I0642241

Herzlichen Dank an meine Helfer und Unterstützer:
Malaika, Olga, Marius und Burkhard

Erika Plueckthun

Bin ich echt schon so alt?

Ein Zauberspiegel lässt bunte Erinnerungen aufleben.

Bibliografische Information der Deutschen Nationalbibliothek:
Die Deutsche Nationalbibliothek verzeichnet diese Publikation in der
Deutschen Nationalbibliografie; detaillierte bibliografische Daten sind
im Internet über http://dnb.dnb.de abrufbar.

TWENTYSIX – Der Self-Publishing-Verlag
Eine Kooperation zwischen der Verlagsgruppe Random House und
BoD – Books on Demand

© 2017 Erika Plueckthun

Herstellung und Verlag:
BoD – Books on Demand, Norderstedt

ISBN: 978-3-740-72818-2
Illustrationen: Olga Wolter und Erika Plueckthun

Lisa und ihr Spiegel:
Liebeskummer und Clochemerle

Tja, da sitzt sie nun, Lisa, die Frau, die auf ein ganzes Leben zurück blickt, die auf ihr Leben zurück blickt, auf ein schon ziemlich langes, erfülltes Leben.

Sie kann es gar nicht fassen, dass es ihr Leben ist und nicht das einer Romanfigur aus einem der unzähligen Bücher, die sie gelesen hat. So lange währt es schon? So viel ist geschehen? Das kann doch nicht wahr sein. Ich fühle mich ganz und gar nicht alt, bin doch noch eine recht junge Frau. Ja, schön wäre es, ist aber nicht so. In Gedanken jung, Im Herzen jung, gut, das stimmt, aber an Jahren?

Lieber gar nicht weiter darüber nachdenken. Bloß keine Jahre aufzählen oder gar zusammen rechnen! Dürfen Zahlen hier eine Bedeutung haben? Es ist ihr Leben, daran gibt es keinen Zweifel. Und sie selbst sitzt tatsächlich hier vor ihrem Spiegel, betrachtet ihr Gesicht und schaut tiefer, immer tiefer, schaut in ihr Leben.

Episoden blitzen auf. Lange vergessen geglaubte Geschehnisse, die unterschiedlichsten Bilder, stürmen auf sie ein. Erinnerungen lassen Gefühle hervor sprudeln. Sie versteht nicht, was da mit ihr geschieht, es stellt sich keine Ordnung ein. Die Gedanken wollen sich nicht einengen lassen, wollen sich keiner bestimmten Reihenfolge unterordnen. Immer wieder neue drängen sich in den Vordergrund. Was macht der Spiegel nur mit ihr?

Kaum sieht sie sich als junge, verliebte Frau, schon drängt sich das nächste Bild in den Vordergrund: Baby Lisa liegt in einer Schublade, ihrem ersten Kinderbettchen. Und wieder ein neues Bild: Lisa als junges Mädchen mit Teenager Sorgen, nein, jetzt sitzt sie im Zimmer eines Studentenheims, stimmt nicht, schau doch genauer hin: sie fährt lachend und singend durch Frankreich. Und schon steuert sie als Vierzehnjährige oder Fünfzehnjährige ein Auto, ihr Papa sitzt neben ihr. Und jetzt schlendert sie mit Eltern und Bruder im Hafenviertel von Marseille an Restaurants vorbei. Jetzt schnorchelt sie im glasklaren Wasser über Korallengestein. Stopp! Lisa ist verwirrt, ihr wird schwindlig. Das hat keinen Sinn! Sie schließt die Augen, sie versucht sich zu sammeln und murmelt:

„Hör auf, Spiegel! Ich kann dir so nicht folgen! Komm, Spiegel, so geht das nicht! Du springst zu schnell von Bild zu Bild, du wechselst zu stark zwischen den Jahren und Jahrzehnten. Wie soll ich mich da zurecht finden? Du musst dich schon entscheiden, was ich sehen soll, was du mir zeigen willst!"

Sie lehnt sich zurück und zwingt sich, ruhig zu atmen, sie will sich erinnern, sehr gerne möchte sie sich erinnern, sie will Einzelheiten erkennen, sie will sich vor Augen führen, wie sie in verschiedenen Lebenssituationen mit Problemen umgegangen ist, wie sie sie gelöst hat. Sie will Erlebnisse aus der Vergangenheit aufgezeigt, beschrieben und vielleicht sogar, jetzt aus dem sicheren Abstand heraus, erklärt bekommen bzw. sich selber erklären können.

Aber doch bitte nicht in dieser wirren rasanten Form! Es muss keine chronologische Darlegung werden. Nein, gerade das Hin- und Herspringen in ihrem Leben stellt sie sich als besonders spannend und aufregend vor. Aber die Wechsel dürfen dann nicht gar so schnell aufeinander folgen.

Sie will die Lebensabschnitte, die ihr vorgeführt werden, verstehen, will in schönen Erinnerungen schwelgen, will genießen, will sich ausführlich in alte Zeiten versetzen lassen, will vieles noch einmal durchdenken können, sich an immer mehr Einzelheiten erinnern, will sich wie ein Zuschauer im Theater im bequemen Sitz zurücklehnen und sich vom Geschehen auf der Lebensbühne, auf ihrer ganz individuellen Lebensbühne, fesseln lassen.

Lisa atmet tief durch, öffnet die Augen und fragt sich, wie sie nun am besten mit den Angeboten des Spiegels umgehen soll. Sie überlegt nicht lange. Ihr kommt rasch eine Idee. Sie weiß, was ihr helfen wird. Sie weiß, was genau zu ihrer gegenwärtigen Stimmung passt. Sie holt sich eine Flasche aus ihrem Weinkeller, öffnet sie mit geheimnisvollem Lächeln und schenkt sich ein Glas Rotwein ein. Ein Beaujolais muss es sein. Genau den braucht sie jetzt. Mit dem blutroten Wein im Glas setzt sie sich wieder vor ihren Spiegel. Sie hebt das halb gefüllte Glas und prostet ihrem Spiegelbild und allem, was sich dahinter verbergen mag, zu. Der Wein funkelt verführerisch. Und sie weiß, das ist der Schlüsselreiz für die erste Erinnerung, der perfekte Auslöser. Sie sieht nicht mehr sich, nicht mehr den Spiegel, nicht mehr den Wein. Ein Buch erscheint vor ihrem inneren Auge.

Als hielte sie das Buch in Händen, sieht sie den bunten Einband vor sich, auf dem neben dem Titel und dem Namen des Autors auch lachende Personen zu sehen sind, die sich anscheinend nur mühevoll auf den Beinen halten können und jeweils ein mit Rotwein gefülltes Glas in den Händen balancieren. Ein großes Glas, zur Hälfte mit funkelndem Wein gefüllt, rechts unten auf dem Cover, drängt sich dem Betrachter besonders in den Blick.

„Clochemerle". Dieses Buch von Gabriel Chevallier, das sie so oft gelesen und vorgelesen hatte, das fällt ihr sofort ein. Es geht um skurrile Menschentypen in einer kleinen Stadt im Weinbaugebiet Beaujolais. Alles, was man braucht, um sich ein authentisches kleines französisches Weindorf vorstellen zu können, hat Chevallier liebevoll, charmant und witzig, immer mit einem Augenzwinkern, beschrieben. So lernt man einen Bürgermeister kennen, der den Bau einer Bedürfnisanstalt für Männer für dringend nötig hält, um seine Wiederwahl zu sichern. Die Männer des Dorfes, die sich nach außen zwar überaus stolz und machohaft zeigen, müssen ihre Frauen sonntags zum Gottesdienst begleiten. Alle fügen sich in ihr Schicksal und trotten stumm hinter ihren Frauen her. Einige Durchtriebene schlüpfen aber kurz vorm Betreten der Kirche zur Seite und versuchen, sich in Richtung Brasserie zu verkrümeln. Nur selten entwischen sie ihren Frauen, die sie mit strengem Blick oder energischem Armziehen wieder auf den Pfad der Tugend zurückholen.

Nach dem Gottesdienst ist dann allerdings kein Halten mehr und sie strömen in die Brasserie, um ihre vom inbrünstigen Singen so ausgedörrten Kehlen mit Wein zu kühlen. Ist ja klar, dass sie danach dringende Bedürfnisse verspüren. Was liegt da also näher, als so ein Bauwerk direkt gegenüber von der Kirche, neben der Kneipe, zu errichten?

Man schmunzelt und amüsiert sich über einen sehr menschelnden Priester, der in enger Verbundenheit mit seiner Haushälterin lebt und eventuelle Sünden regelmäßig mit einem befreundeten Pfarrer eines Nachbardorfes austauscht und sich so Absolution holt.

Man lacht laut über spezielle Bräuche, die von männlichen Dorfbewohnern und tapferen Burschen der Umgebung mit größter Sorgfalt gepflegt und erhalten werden. So stellt das jährlich stattfindende Wein-Wett-Trinken den absoluten Höhepunkt eines Clochemerle Jahres dar. Jeder Wettkampf wird bis zum bitteren Ende, sprich, bis auch der allerletzte Mitstreiter besinnungslos von seinem Hocker gefallen ist, durchgeführt. Auch wenn der Sieger nichts mehr wahrnimmt, wird er gebührend gefeiert.

Man lächelt über die Wirtin, die ihre üppigen Reize immer wieder gerne durch großzügige Ausschnitte ihrer Blusen allen lechzenden Männerblicken sowie den neidischen Frauenblicken präsentiert, sei es an der Theke oder wenn sie sich weit aus ihrem Wohnzimmer Fenster zur Straße hin hinaus lehnt. Verständlicherweise hält sich die Freude ihres Ehemannes dabei in engen Grenzen.

Diese attraktive Wirtin stellt den perfekten Kontrast dar zu Jungfer Putet, dem überaus sittenstrengen, prüden, vertrocknet wirkenden alten Mädchen des Dorfes, das so gar keine Reize vorzuweisen hat. Dafür aber fällt Putet umso mehr durch ihren unermüdlichen Kampf gegen Unsitte, Unmoral und nun insbesondere gegen das Pissoir auf.

Die Wände dieses von Männern als dri
denen Bauwerks reichen ihnen nur b.
Bauchmitte und ermöglichen den Benu
sehr guten Rundumblick. Sie fühlen sich v
Urzeit, die ihr Gebiet vor tausenden von Jah.
ten und überschauen beim Benutzen dieser C
einst ihre Vorfahren das umliegende Revier, si
nie unaufmerksam, sondern immer auf der Hut
dem Unheil. Gleichzeitig erlauben die recht nieα.
tenmauern tiefere Elnblicke ins Innere, aber nur, w
sich weit genug aus einem Fenster im Obergeschoss
genüber liegenden Hauses beugt, dabei so hoch wie
lich auf die Zehenspitzen stellt und das Pissoir und vι
lem seine Benutzer genau in Augenschein nimmt, wie Ju
fer Putet es mit empörtem Eifer tut, um dann voller A
scheu wegen des skandalösen Anblicks gegen diese Bedürt
nisanstalt zu wettern.
Lisa war fest überzeugt, genau solche Typen, wie die im
Buch so treffend charakterisierten auch in ihrer Nachbarschaft schon gesehen zu haben.
Obwohl sie beide es ahnten oder sogar wussten, dass der
von ihnen gesuchte Ort nicht wirklich existierte, sondern
nur fiktiv war, machten sich Lisa und ihr Liebster, nennen
wir ihn Andreas, kurz nach ihrem Kennenlernen auf den
Weg nach Frankreich und auf die ausgiebige Suche nach
diesem Städtchen Clochemerle. Natürlich war das ein von
vornherein zum Scheitern verurteiltes Unterfangen. Das
störte sie aber keineswegs bei ihrer intensiven Suche. Das
echte Clochemerle fanden sie somit nicht, aber sie fanden
viele andere „Clochemerles" und vor allem viele Menschen, die ganz sicher im echten Clochemerle wohnen würden, gäbe es diesen Ort tatsächlich, die zumindest perfekt
hierhin gepasst hätten.
Woher kam diese Überzeugung nur? Was ließ sie beide immer wieder in dem Buch blättern, daraus vorlesen, über die
Schilderungen lachen und unermüdlich Clochemerle suchen? Hatte vielleicht auch der Beaujolais Schuld, den Lisa

Andreas natürlich ausgiebig kosten mussten? Jedes
f, das sie entdeckten, bot ja seine speziellen Weinsorten
Probe an. Es war nicht einfach, den besten aus diesem
ßen Angebot heraus zu schmecken. Immer wieder be-
ühten sie sich gewissenhaft und gründlich. So mussten sie
anche Flasche leeren, um zu einem Urteil gelangen zu
önnen.
Sie scheiterten dennoch. Es gelang ihnen nicht, den einzigen, den wahren, den besten Beaujolais herauszufinden. Sie
konnten abschließend nur kichernd feststellen, Beaujolais
schmeckt vorzüglich und ist genau richtig, um total verliebte Paare auf total verrückte Clochemerle Suche zu schicken.
Meine Güte, waren sie verliebt gewesen! Andreas hatte sie
nur wenige Wochen zuvor aus ihrer immer trübseliger werdenden Stimmung herausgerissen. Wie ein Wirbelsturm war
er in ihr Leben geprescht. Ohne viel nachzufragen, wer sie
war, wie sie ihr Leben geordnet hatte, wer zu ihr gehörte, ja,
ohne überhaupt den Gedanken aufkommen zu lassen, es
könne einen anderen Mann als ihn in ihrem Umkreis geben,
hatte er Lisa wie eine alte Bekannte begrüßt und regelrecht
beschlagnahmt. Sie war ihm, seinem Auftreten, seinem be-
törenden Charme ausgeliefert. Dieser Mann verstand es, sie
zu beeindrucken, sie zu umgarnen.
An diesem Tag ihres Kennenlernens saß Lisa in ihrem Studentenheim Doppelzimmer, das sie sich nun schon mit der
dritten Kommilitonin, endlich aber einer, die zu einer richtigen Freundin geworden war, teilen musste. Sie hatte wieder
einmal auf einen Anruf gewartet, auf den Anruf!
Ohja, dieser Anruf, dieser anscheinend so lebenswichtige
Anruf, nur für den hatte sie eine lange Zeit existiert. So lange, bis es ihrer Freundin endlich gelungen war, sie davon zu
überzeugen, sich wieder an ein normales Leben, an ein
munteres Studentenleben anzupassen, wieder auszugehen,
wieder mit anderen Menschen, natürlich auch Männern,
Kontakte zu knüpfen. Bis dahin war sie kaum dazu bereit
gewesen, ihr Zimmer oder gar ihr Studentenheim mehr als

unbedingt nötig zu verlassen, schon gar nicht, um mit Freunden etwas zu unternehmen.

Aber er kam nur höchst selten, dieser Anruf, vielleicht einmal in der Woche, manchmal seltener. Und der Anrufer, ein Mann, in den sie sich vor über einem Jahr Hals über Kopf verliebt hatte, der fünf Jahre älter war als sie und der so bestimmend war, dieser Mann, Torsten, der Anrufer, kam noch seltener.

Natürlich schrillte das Telefon auf dem Flur sehr oft und jedes Mal rannte Lisa voller Vorfreude zum Apparat, riss den Hörer von der Gabel, um in den meisten Fällen enttäuscht zu werden, da der Anruf nicht ihr gegolten hatte. Aber wenn es dann tatsächlich einmal für sie bimmelte, jemand also an ihre Türe klopfte und laut „Telefon für dich, Lisa!" rief, so war das oft der Moment gewesen, an dem sie sich gerade nicht in ihrem Zimmer aufgehalten hatte.

Man musste ja schließlich auch einmal einkaufen, in die Uni oder mal unter die Dusche oder mit anderen auf einem anderen Flur klönen oder abends gemeinsam ein Bierchen trinken. Das verzieh ihr Anrufer Torsten aber nicht, sondern er fühlte sich genötigt, vielleicht zur Strafe, vielleicht zwecks Erziehung, die nächste längere Anruf- und natürlich auch Besuchspause einzulegen. Er ließ sie eine Weile zappeln, baute darauf, dass ihr schlechtes Gewissen von Stunde zu Stunde, von Tag zu Tag anwachsen würde. Anfangs gelang ihm das auch bestens.

Erst einige Zeit später rief er dann wieder an und machte ihr heftige Vorwürfe. Schließlich hätte er doch wohl erwarten können, sie anzutreffen, wenn er sich von seinem bisschen Freizeit mühevoll Minuten zum Telefonieren abgerungen hatte. Und überhaupt, wo war sie denn gewesen? War sie etwa mit einem Mann zusammen gewesen? Wer war der andere? Kannte er ihn? Hatte sie etwa Spaß gehabt? Hatte sie etwa gemeinsam mit anderen etwas unternommen? Wie kam sie nur dazu, wo sie doch ihn, ihren Torsten, hatte! Was für eine Freundin hatte er sich da nur ausgesucht! Er wählt sich die Finger wund an der Drehscheibe seines Telefons –

Handys gab es ja noch nicht – und sie flaniert in der Welt herum. Naja, jetzt hat sie es sich selber zuzuschreiben, dass er sie nicht besuchen wird. Sie hat letzte Woche seine Zeit vergeudet, hat jetzt also seine gesamte Planung durcheinander gebracht, so dass er heute auf keinen Fall zu ihr kommen kann. Tja, selber schuld! „Denk das nächste Mal daran, sei am Telefon, wenn ich anrufe!"

Kleinlaut sah sie dann ihre vermeintlichen Verfehlungen ein und gelobte Besserung. Infolgedessen traute sie sich noch weniger, ihr Zimmer oder gar das gesamte Haus zu verlassen. War sie diesem Mann etwa hörig? Ja. Das war sie. Warum? Tja, warum?

Und warum kam er nicht regelmäßiger zu ihr? Warum eigentlich nicht täglich? Schließlich wohnte sie jetzt ganz in der Nähe seines Heimatortes und so anstrengend und besonders zeitfressend war sein Beruf nun wirklich nicht, dass er sie nicht besuchen hätte können. Liebte er sie denn überhaupt? Oder hielt er sich sie nur als Lückenbüßer für besonders langweilige Tage, an denen sich eben nichts Besseres finden ließ? All diese Fragen entstanden im Laufe der Zeit, nicht zuletzt durch die kritischen Hinweise ihrer Freundin, aber sie ließ sie erst nach vielen Monaten des Wartens und Hoffens zu. Erst allmählich gewann ihr Verstand wieder Oberhand und erlaubte logisches Denken und sie begann wieder, wie ein vernünftiger Mensch zu urteilen.

Viel hatte sie nie von ihm gehabt. Weder bei gemeinsamer Freizeitgestaltung noch bei intimen Dingen. Einmal, ein einziges Mal, ganz am Anfang ihrer Beziehung hatte er sie in einen Taumel ihr bis dahin unbekannter, aufwühlender Gefühle entführt und damit wohl so stark gebunden. Das musste doch Liebe sein, so hatte sie gedacht. Dann aber wurde er übervorsichtig. Er hatte panische Angst, von einem Mädchen eingefangen zu werden, wollte nie „heiraten müssen". Also hielt er sie auf Distanz. Liebe bestand fortan nur aus recht mechanischem, wenig gefühlvollem Petting. Er beherrschte nicht einmal das besonders gut. Vielleicht war es auch Absicht, vielleicht wollte er sie gar nicht so liebkosen, erst recht nicht verwöhnen, dass sie viel Freude daran hatte? Er selber kam immer auf seine Kosten, ihm gefiel es anscheinend sehr gut, so wie es war. Und kaum hatte er sich wieder erholt, hatte er nur noch einen Gedanken: Waschen! Ganzkörperdusche! Hände waschen! Hände besonders gründlich schrubben! Welch seltsame Vorstellungen er gehabt haben muss? Fast schon krankhaft. Was hatte er ihr eigentlich unterstellt? Hatte er gemeint, sie sei darauf aus, ihn durch eine Schwangerschaft an sich zu binden? Ausgerechnet sie, die gerade begonnen hatte, erwachsen zu werden und ihre Freiheit zu genießen. Sie, die vorhatte, gar nicht zu heiraten, der ein eigen bestimmtes freies Leben ohne Zwänge vorschwebte. Doch diese Erkenntnisse kamen erst viel später, als sie Jahre von Torsten getrennt war und kopfschüttelnd aus der Distanz ihre Dummheit und seine Unverschämtheit, ja Boshaftigkeit, erkennen konnte.

Warum nur hatte sie geglaubt, ihn derartig zu lieben? Er behandelte sie wie einen Gegenstand. Gegenstände haben nun einmal keine Gefühle, die kann man hin und her schubsen, ganz nach Belieben. Auf Gegenstände muss man nur wenig achten. Rücksicht muss man nur nehmen, damit man in bestimmten Situationen seinen Vorteil aus ihnen schöpfen kann. Man holt sie bei Bedarf aus ihrer fast vergessenen Ecke hervor, stellt sie nach Gebrauch wieder weg und lässt sie einstauben.

Und genau so verhielt Torsten sich auch Lisa gegenüber. Sie war für ihn kein Mensch, auf dessen Gefühle man achten musste. Er verabredete sich vor ihren Augen mit anderen Frauen, immer hatte er logische und natürlich absolut harmlose Erklärungen parat und war zutiefst empört, wenn sie ihn zur Rede stellte oder gar verletzt war. Wehe, sie dachte etwas Böses dabei! Welch schmutzige Fantasie sie doch seinen Aussagen nach entwickelte! Selbst als sie ihn bei einem unangekündigten Besuch in der Wohnung eines befreundeten Ehepaares mittags im Ehebett liegend vorfand, akzeptierte sie seine fadenscheinige Erklärung und schickte jeden Gedanken an Betrug weit von sich.

Wie er mit unschuldiger Miene beteuerte, hatte er ganz harmlos diese Frau, seine Cousine über viele Ecken, besucht und plötzlich hatte er so gefroren und war so müde geworden. Was war da natürlicher, als sich im kuscheligen Ehebett zu erholen?

Der Ehemann arbeitete tagsüber in einer entfernten Stadt und kehrte erst spät abends heim, daher war das Bett ja verwaist und konnte für ein Mittags-Nickerchen genutzt werden. Man beachte den wichtigen Anfangsbuchstaben!

Die Ehefrau, Torstens Cousine um wer weiß wie viele Ecken, stand grinsend in ihrer Küche, kochte Kaffee und bestätigte die Aussage. Ganz normal unter Freunden. Oder? Schäm dich, Lisa, hinter allem etwas Unrechtes zu vermuten!

Lisa wurde immer perfekter darin geschult, Misstrauen zu verdrängen, Protest zu unterlassen, jede Ausrede zu glauben und Schuld bei sich selber zu suchen und dann eindeutig zu finden, bei sich, die sie immer derartig unbegründete Fragen stellte und solch abwegige Fantasie hatte.

Diese Verbindung zu Torsten hatte sich zu einer unerfreulichen Episode ihres Lebens entwickelt. Klar, auch diese Episode hatte einmal nett und aufregend angefangen. Das romantische junge Mädchen hatte sich verliebt, war auf diesen erfahrenen Mann hereingefallen, und wollte dann die Scheuklappen, die sich bei ihr so fest installiert hatten, einfach nicht mehr beiseite schieben, obwohl jeder, der sie wirklich gern hatte, ihr immer wieder versuchte, die Augen zu öffnen. Je mehr Menschen auf sie einredeten, desto sturer hielt sie zu ihrem Torsten, desto vehementer verteidigte und erklärte sie jede seiner Verhaltensweisen.

Vor allem ihr Bruder Stefan konnte sich kaum beherrschen und musste ernsthaft zurückgehalten werden, weil er diesen Mann schon früh durchschaut hatte und ihn am liebsten verprügelt hätte, windelweich wollte er ihn schlagen. In seinem Zorn konnte er unberechenbar sein.

Nein, nein! Wer will schon auf Ratschläge anderer hören, wenn er sich Hals über Kopf verliebt hat? Es lohnt sich nicht, weitere Gedanken an diese bittere Erfahrung einer jungen Frau zu verschwenden. Fehler sind dazu da, dass man sie macht, dass man dann aber auch aus ihnen lernt.

Und so, durch ihre Freundin, die es einfach nicht mehr mit ansehen konnte, und liebevoll, aber bestimmt immer wieder auf sie einredete, änderte sich dann doch ganz allmählich Lisas innere Einstellung. Immer öfter traute sie sich wieder fort aus der Hörweite des Telefons. Langsam bekam sie wieder Freude am Leben, wurde zunehmend gesellig und unternehmungslustig. Ihr schlechtes Gewissen meldete sich seltener, sie beschwindelte den Anrufer Torsten das ein oder andere Mal sogar, wenn sie eine Ausrede brauchte, warum sie nicht zu erreichen gewesen war. Sie merkte, dass sie immer besser damit leben konnte.

****

Andreas - Ebbe in der Geldbörse –der erste Tag

Und dann, eines Tages sollte sich alles ohnehin grundlegend ändern! Und wie sich ihr Leben veränderte!
Es klopfte also an die Türe dieses Doppelzimmers im Studentinnenheim und er, Andreas, der spätere Clochemerle Sucher, stand im Zimmer. Lässig, sehr gut aussehend, charmant. Er fragte nach Ramona, der anderen Bewohnerin des Zimmers. Nun, sie war an diesem Wochenende gerade zu ihren Eltern nach Hause gefahren. Er zeigte keinerlei Bedauern, schaute sich im Zimmer um. Sicher wollte er nicht einfach so unverrichteter Dinge wieder umkehren. Er hatte schon das halbe Studentenheim auf der Suche nach einem netten Mädchen abgeklappert. Sehr erfolgreich war er nicht gewesen. So war er schließlich im obersten Stockwerk, direkt unterm Dach, gelandet. Hier sollte in einem der Doppelzimmer das hübscheste Mädchen des gesamten Hauses wohnen, hatten ihm irgendwelche jungen Männer verraten. Genau dieses Mädchen suchte er. Wie das Schicksal so spielt, diese Ramona, wirklich bildschön, exotisch, mit einer super Figur, mit langen schwarzen Haaren und fast schwarzen Augen, war aber nicht anwesend. Im Zimmer befand sich ein anderes Mädchen: Lisa, nicht exotisch, aber auch hübsch, mit guter Figur, mit langen hellblonden Haaren, mit blaugrünen Augen, echtes Kontrastprogramm zu Ramona.
Was hatte ihn überhaupt dazu gebracht, zu allererst an eben die Türe von Ramona und Lisa zu klopfen? Es gab ja noch mehr Doppelzimmer auf diesem Stockwerk. Nur an vereinzelten Türen gab es Namensschilder.
Aber Lisa hatte ihre Türe etwas geschmückt. Sie hatte eine dunkelrote Baccara Rose, die auf der Hülle einer Langspielplatte von Udo Jürgens geprangt hatte, heraus geschnitten und an die Türe geklebt. Kombiniert mit bestimmten Buch-

staben ergab sich so eine Art Bilderrätsel und ließ mit ein bisschen Nachdenken Lisas Nachnamen erkennen.

Andreas liebte alles Ungewöhnliche, fühlte sich angesprochen von Dingen, die in seinem so geordneten und strengen Alltag nicht vorkamen und ließ sich durch dieses originelle Türschild verlocken anzuklopfen.

Lisa lächelt und denkt: „Vielleicht war es auch eine höhere Macht, vielleicht die berühmte gute Fee, die Erbarmen mit meinem Schicksal gehabt hat, die nicht mehr mit ansehen wollte, wie ich mich nach jemandem verzehrte, der es einfach nicht verdient hatte. Vielleicht war sie es, die diesen Mann Andreas, der wie ein hungriger Wolf auf Beutezug war, zu mir geschickt hat. Wer weiß das schon?"

Auf jeden Fall betrat er ziemlich forsch, starkes Selbstbewusstsein ausstrahlend, ihren kleinen Raum. Sie saß am Tisch, war nicht auf Besuch eingestellt, wirkte leicht zersaust, war ungeschminkt und sah unwillig von ihren Büchern auf. Sie lernte für eine Chemie Klausur. Ausgerechnet Chemie! Chemie war alles andere als ihr Lieblingsfach. Entsprechend miese war ihre Laune.

Kaum im Zimmer, entdeckte Andreas den ungewöhnlichen Türrahmen, auf dem mit Filzstift eine lange Liste mit Namen und Zahlen aufgetragen war. Hier konnte man Vornamen und Körpergrößen in Zentimetern eines jeden, der den Raum je betreten hatte, ablesen. Das gefiel ihm. Das war witzig. Auf diese Liste wollte er auch aufgenommen werden. Lisa amüsierte es und sie erfüllte ihm gerne seinen Wunsch. Ablenkung konnte nie schaden, schon gar nicht, wenn es um komplizierte chemische Formeln ging, dem absolut ungeliebten Lernstoff, den sie ohnehin nur mit Mühe verstehen und anwenden konnte, der ihr eigentlich total schnuppe war. Ohne Angst vor der kommenden Klausur hätte sie sich nie freiwillig damit beschäftigt.

Andreas war begeistert, aber gleichzeitig fühlte er beim Lesen der anderen männlichen Vornamen schon jetzt eine gewisse Eifersucht. Nebenbuhler mochte er nun gar nicht. Er kannte hier zwar niemanden, war erst fünf Minuten im

Zimmer, hatte aber sofort Platzhirsch Gefühle und zeigte sie auch.

Lisa war belustigt, erstaunt, verwirrt, sprachlos, ein bisschen hilflos, eben überrumpelt. Sie fühlte sich aber nicht wirklich unwohl bei dem Gedanken, aus der eintönigen Beschäftigung mit diesem „Hexenwerk" heraus gerissen zu werden.

Eigentlich hätte sie ja an Torsten denken müssen. Was war von ihrem Anrufer zu erwarten, wenn er von diesem Besuch erfuhr? Welche Strafmaßnahmen würde er sich ausdenken? Eigentlich hätte sie diesen Fremden sofort hinaus komplimentieren müssen, eigentlich hätte sie sich bei solchem überfallartigen Auftritt schon aus Selbstschutz sofort abschotten müssen. Benahm er sich nicht ähnlich bestimmend wie ihr Torsten? Nein, nicht ganz. Ihm fehlte diese spöttische Arroganz, die sie an Torsten anfangs so reizvoll und anregend gefunden hatte. Dieser Fremde wirkte ehrlich, viel unkomplizierter. Er versprühte Lebensfreude, hatte Sinn für Humor. Sie fand ihn gleich sehr sympathisch. Zudem zeigte er sich interessiert an chemischen Zusammenhängen, kannte sich mit den auf dem Tisch ausgebreiteten Aufgaben besser aus als Lisa. Er hatte schon immer ein Faible für diese Wissenschaft gehabt. Nun, das traf zwar bei ihr nicht wirklich zu, für sie war es nur ein ungeliebtes Fach, das zu ihrem Studium gehörte. Eines allerdings war sofort klar: die Chemie zwischen den beiden, die stimmte. Und wie sie stimmte! Vom ersten Augenblick an sprühten anscheinend Funken über, man spürte prickelnde Elektrizität.

Ein schlechtes Gewissen, wie sie das von früher gewöhnt war, wenn sie nur einen anderen Menschen als Torsten angesehen hatte, stellte sich bei Lisa nicht im Geringsten ein. Sie hatte große Fortschritte gemacht. Und irgendwann war es ganz leicht gewesen, einfach weniger an Torsten zu denken.

Jetzt, mit dem quirligen Besucher in ihrem Zimmer dachte sie gar nicht an diesen Torsten, den Anrufer. Wozu also dann ein schlechtes Gewissen entwickeln?

Und schon schlug Andreas vor, gemeinsam Mittag essen zu gehen. Verlockende Vorstellung, den Büchern mit ihren unendlich vielen Hieroglyphen entrinnen zu können! Sie wollte zu gerne mit Andreas gehen.

Doch da baute sich ein großes Hindernis vor dem gemeinsamen Mittagessen auf. Das nötige Geld! Besser gesagt, das fehlende Geld! Blitzartig stellte sie sich den Blick in ihre geöffnete Geldbörse vor. Sehr übersichtlich im Innern! Es gab nur ein Fach. Mehr brauchte sie auch nicht bei dem meist kargen Inhalt. Es war Monatsende und Papas Überweisung kam frühestens in drei Tagen, aber auch nur, wenn er pünktlich an die Überweisung gedacht hatte, häufig verzögerte sich das Eintreffen.

Wie oft reihte sie sich am Monatsanfang in eine lange Schlange vor einem Bankschalter ihrer Bank ein, wartete geduldig, bis sie an der Reihe war und musste sich dann manches Mal mit hoch rotem Kopf und beschämt wegschleichen vom Schalter und wieder nach Hause gehen, weil das Konto immer noch leer war und ein Überziehen ausgeschlossen war. Wie peinlich ihr das immer war! Sie bildete sich ein, alle Leute in der Warteschlange würden über sie tuscheln oder sie auslachen. Wahrscheinlich war das Unsinn, die meisten waren Studenten wie sie und kannten ihre Lage aus eigener Erfahrung nur zu genau. Sie war auch nie wirklich ärgerlich darüber, vielleicht ein bisschen enttäuscht. Papa machte das nicht aus Bosheit, sondern er vergaß es ganz einfach hin und wieder. Warum er keinen Dauerauftrag eingerichtet hatte? Sie wusste es nicht. Wenn es ganz hart wurde, sie wirklich nichts mehr hatte, um Essen zu kaufen, rief sie Mama an und diese wusch Papa wohl wie eine Furie den Kopf und umgehend kam die Überweisung.

Ab und zu ging Lisa auch mit einer Freundin zu einer Job Vermittlung. Dort wurden Studenten tageweise, selten längerfristig, an Firmen vermittelt.

Lisa hatte einmal das Glück, im Kaufhof in der Krawatten Abteilung arbeiten zu dürfen. Man zeigte ihr den Umgang mit der Kasse und wo welche Krawatten hingen bzw. in Schubladen zu finden waren. Über Preise und Qualität, und wie man Kunden berät, erfuhr sie nichts. Dann ließ man sie alleine. Heute wäre das sicher undenkbar, einer Tages Aushilfe so ohne weiteres die Kasse zu überlassen. Natürlich hatten sie Lisas Unterlagen, Name, Adresse etc., aber dennoch zeigte es viel Vertrauen. Lisa arbeitete dort acht Stunden und bekam ca. 30 DM, auf die sie sehr stolz war. Die Arbeit empfand sie als interessant, aber auch als sehr anstrengend.

Seither bewundert Lisa Verkäuferinnen und Verkäufer, ist bis heute immer sehr freundlich zu ihnen. Es ist nicht einfach, stundenlang zu stehen, Ware einzuräumen, auf Kunden zu warten und diese immer höflich zu behandeln, egal in welcher Stimmung die sind und wie sie sich benehmen. Ihr lustigstes und vielleicht auch peinlichstes Erlebnis war, als ein Mann mittleren Alters zielbewusst auf sie zustrebte und sie um Rat fragte. Bis jetzt hatten sich Kunden selbständig ein Teil ausgesucht und sie hatte es nur verpackt und den auf der Ware ausgeschilderten Preis kassiert.

Aber dieser Mann wollte beraten werden. Der Arme ahnte ja nicht, dass diese junge Frau vor ihm sicher weitaus weniger Ahnung von der Materie hatte als er selber. Sie kannte Krawatten und auch Fliegen bisher nur aus Papas Schrank oder Bruder Stefans Schrank, sah sie meist nur sonntags, wenn Papa und manchmal auch Stefan sich fein machten. Krawatten waren Kleidungsstücke, über die man ständig schimpfte, weil man Probleme hatte, diese verdammten Knoten zu basteln. Da gab es ja sogar unterschiedliche, jeder Knoten hatte seinen speziellen Namen. Papa kannte sie alle und als junger Mann, in der Zeit, in der er es liebte, tanzen zu gehen und sich zu diesem Zweck schick anzuziehen, um den Mädchen und Frauen zu gefallen, hatte er auch keinerlei Probleme gehabt, sie schnell und perfekt zu binden. Doch später, nach seinem schrecklichen Arbeitsunfall, den er nur durch viele Wunder, viele Schutzengel, viele sehr gute Ärzte, viele sehr liebevolle Pflege, erst durch Nonnen im Krankenhaus, dann zu Hause, überlebt hatte, konnte er diese Bewegungen nicht mehr ausführen, weil sein rechter Arm teilweise steif war und sich nur noch in einem eingeschränkten Winkel zum Hals und Kopf hin bewegen ließ.

Aber Papa war ja ein pfiffiger Mann, der sich von solchen Lappalien nie hatte unterkriegen lassen. Da hatte er schon ganz andere Probleme gelöst. Er ließ sich einfach von Mama und Stefan alle seine Krawatten fertig binden. Er kontrollierte streng die Güte der Knoten und die Länge der Bänder, dann wurden sie der Reihe nach im Schrank aufgehängt und bei Bedarf schlüpfte er nur mit seinem Kopf durch die Schlinge und musste nur noch den Knoten stramm ziehen. Das schaffte er recht gut alleine.

Ja, damit erschöpfte sich aber auch schon Lisas Wissen über Krawatten. Und nun stand hier dieser gut aussehende, freundliche Mann und erwartete ihren fachmännischen Rat. Sie dachte an zu Hause und erinnerte sich, wie Krawatten und Hemd zum Anzug ausgewählt wurden. Da Papa ja recht eitel war, legte er großen Wert auf passende Accessoires. Das war ein guter Anhaltspunkt für Lisa und sie fragte mit Miene und Tonfall einer Expertin, wie denn der Anzug und das Hemd aussähen, dass der Mann zu kombinieren wünschte.

Dann marschierte sie, als habe sie genau sein Outfit vor Augen, zu einem Stand, an dem seidene, nicht ganz billige Krawatten hingen und zeigte ihm einige, die ihr persönlich gefielen. Der Mann war glücklich, eine solch gute Beratung zu bekommen und entschied sich schnell. Lisa, nun schon mutiger, erklärte ihm, dazu passe natürlich ein Hemd bestimmter Farbe und Struktur am besten. Da er das nicht besaß, schickte sie ihn gleich zum Nachbarstand, wo er eines kaufen konnte. Hätte das ihr Chef mit bekommen, sie hätte vermutlich öfter hier arbeiten dürfen. Abends fiel sie hunde-müde in die Federn. Ein harter Job, bei dem man nicht nur solch nette Kunden wie diesen Mann hatte. Es gab auch ganz andere. Vor allem gab es viele unverschämte und zickige Frauen. Aber auch in solchen Situationen musste man freundlich bleiben und lächelnd deren Wünsche erfüllen. Das wäre kein Job, den sie auf Dauer gerne machen würde. An diesem Tag hatte sie 30 DM verdient, ein kleines Vermögen, auf das sie sehr stolz gewesen war. Leider war das Geld im Blitztempo wieder aufgebraucht. Man brauchte ja schließlich die eine oder andere Kleinigkeit, um sich hübsch machen zu können.

Jetzt, auch ohne den Blick in die Geldbörse, wusste sie genau, es lagen nur noch insgesamt fünf mickrige Mark sehr gut erkennbar in ihrem Portemonnaie. Da versteckte sich nirgends auch nur der kleinste Geldschein. Das hatte sie schon mehrfach überprüft, als es darum ging, vielleicht noch etwas einzukaufen. Es war ihre eiserne Reserve, mit der sie eigentlich auskommen wollte und musste, bis die nächsten 250 DM für den kommenden Monat eintreffen würden.

Papa hatte ihr von Kindesbeinen an eingeschärft, nie etwas von Fremden anzunehmen, und seit einigen Jahren predigte er stets: Lass dich nie von einem Mann einladen. Bezahl alles, was du haben möchtest, immer selber. Wenn das nicht geht, dann musst du eben darauf verzichten. Hüte dich vor den Männern! Männer wollen nämlich immer nur „das Eine". Was das genau war, hatte Papa nie verraten. Aber er kannte sich wohl bestens damit aus, er selber war ja seit seiner Jugend ein sehr gut aussehender und sehr beliebter Mann.

Männer wollen immer nur das „Eine". Also hatte sie ganz alleine, ohne Papas Hilfe, herausfinden müssen, was das war. Das berühmte „Eine". Mit fünfzehn oder sechzehn, sie erinnert sich nicht mehr so genau, also vier oder fünf Jahre zuvor, wusste sie Bescheid, was Papa gemeint hatte, und verstand nicht, was so Tolles an dem „Einen" war. Wurde das nicht auch bei all den Gesprächen mit Freundinnen total überbewertet?

Es war vollkommen unromantisch gewesen. Es war unter Angst, Zeitdruck, Hast, ohne Zärtlichkeit und in falscher Umgebung gewesen. Es hatte weniger aus Verlangen und Sehnsucht stattgefunden als aus Neugier und um endlich mitreden zu können. Es hatte weh getan. Es war einfach ernüchternd gewesen. Ihr Partner und sie versuchten es hin und wieder erneut, aber ein besonderes Erlebnis wurde auch dann nicht daraus, daher wiederholten sie es nicht mehr oft. Sie liebten sich eben nicht. Der junge Mann war genauso ahnungslos wie sie gewesen und daher hatten sie beide dieses angeblich so große Ereignis im Leben junger Menschen eher zu einem Fiasko werden lassen. Sie waren sich danach nie böse. Anfangs waren sie ja sehr in einander verliebt gewesen, das legte sich mit der Zeit zunehmend. Das „Eine" war für beide dann eine Pflichtübung gewesen, eine ähnlich enttäuschende. Sie sprachen nicht groß darüber. Und daher trennten der junge Mann und sie sich auch bald freundschaftlich und wünschten sich alles Gute für die Zukunft. Sie sahen sich nie wieder, hörten Jahre nichts mehr von einander. Irgendwann erfuhr Lisa, dass er auch sein Glück mit Frau und Kindern gefunden hat.

Vielleicht wird der Spiegel Lisa diese erste zarte Verliebtheit, die sie als junges Mädchen zu empfinden glaubte, noch einmal zeigen. Das Ende konnte er allerdings getrost in seinen unergründlichen Tiefen verschwinden lassen Das musste sie nicht noch einmal vorgeführt bekommen. Dieser kurze Rückblick reichte ihr.

Sie war lange ohne festen Freund und nur zu bereit, als eines Tages, nachdem sie gerade ihr Abitur bestanden hatte und neunzehn Jahre alt geworden war, Torsten auftauchte. Er lieferte ihr die zweite und viel bitterere Enttäuschung ihres Lebens. Und so hatte ihr Leben im Zimmer am Studienort die letzte Zeit hauptsächlich aus Warten und Sorge, den Anruf oder gar den Anrufer persönlich zu verpassen, bestanden. Bis zu diesem Klopfen an der Türe.

Und nun stand plötzlich dieser fremde Mann vor ihr und lud sie ein, mit ihm essen zu gehen. Und Papa war nicht da. Sie konnte ihn weder um Rat fragen noch um Geld bitten. Da saß sie nun in ihrem grün geblümten Sommer - Mini - kleidchen, das sie so toll fand, und das Mama genäht hatte, und druckste herum, sie habe keine Zeit, müsse sooo viel lernen.

Das allerdings spornte den selbstbewussten Mann nur an. Überreden, Bezirzen, Überzeugen und Erobern lagen ihm offensichtlich im Blut. Er ließ keine ihrer Ausreden zu. Nun gut, die waren auch schwach genug. Wider alle Alarmglocken, die in ihrem Gehirn Sturm läuteten, wollte sie ja mit ihm ausgehen.

Dass sie kein Geld für solche Unternehmungen hatte, mochte sie einem Fremden, der auch noch derartig attraktiv war, auch nicht gleich auf die Nase binden. Also überlegte sie, so werde sie eben nur eine winzige Kleinigkeit bestellen, dann würden die fünf DM schon ausreichen. Und wie die nächsten Tage weiter gehen würden? Das würde sich schon ergeben. Ein paar Scheiben Brot waren ja noch da und Marmelade sicher auch. Zur Not konnte man die Freundin um etwas Essbares anbetteln. Würde alles schon klappen. Außerdem war das jetzt alles so egal, da so ein Mann vor ihr stand und sie offensichtlich unbedingt als Begleitung mitnehmen wollte.

Kein Gedanke mehr an den Anrufer. Anrufer? Welcher Anrufer?

Gesagt, getan. Schließlich saßen sie in einem netten Lokal. Sie hatte alles versucht, ihn in eine kleine und vor allem billige Kneipe zu lotsen, aber nein, das war nichts für ihn, zumindest nicht an diesem Tag. So schön und aufregend er das Leben von Studenten fand, heute wollte er unbedingt in dieses Restaurant, in dieses feine Restaurant. Sein eigenes Studium war schon länger beendet und seine Studienzeit war nie so frei, lustig und ausgelassen gewesen, wie man das so aus Literatur und aus Schilderungen kannte. Er hatte sich das Studium, damals durch Studiengebühren und Ge-

24

bühren für jede Veranstaltung sehr teuer, selbst finanzieren müssen, keine Zeit für Spiel und Spaß gehabt.

Inzwischen verdiente er gut und an diesem Tag wollte er unbedingt in dieses Restaurant, in dieses feine Restaurant. Klar, das war kein billiges. Jeder gut vorbereitete und gut situierte Tourist steuert auch heute noch dieses so urige Lokal an. Mit rotem Kopf saß Lisa am Tisch und las in der Speisekarte. Trotz mehrfachen gründlichen Erforschens fand sie kein einziges Gericht, das nur fünf DM oder gar weniger kosten sollte. Es gab kein einfach belegtes Brötchen, keine Bockwurst ohne Beilage und auch keine Frikadelle mit Senf.

Außerdem musste sie ja auch bedenken, dass noch ein Getränk dazu kommen würde. Sollte sie einfach sagen, sie habe so gar keinen Hunger und wolle nur ein Wässerchen bestellen? Das würde klappen. Da würde ja sogar noch etwas übrig bleiben für die nächsten Tage. Doch dieser Mann duldete keine Ausflüchte. Er erkannte bestimmt, welche Überlegungen sie anstellte. Lachend sagte er, sie sei natürlich zum Essen und Trinken eingeladen.

Klingeling, erste große Alarmglocke, nicht mehr zu überhören: Männer wollen alle nur „das Eine". Auweia, Papa!!!! Papa!!! Was nun? Papa, was soll ich tun?

Papa war nicht da, also noch einmal die Speisekarte durchforsten. Immer, wenn man dich braucht, Papa, dann bist du weit, ganz weit weg! Also wirklich! Ganz auf sich alleine gestellt war sie nun.

Was war das billigste Gericht auf der Karte? Sie überflog die Liste nochmals. Gut, Wiener Schnitzel, kostete nur knapp über acht DM, dazu ein Glas Wasser. Das müsste gehen. Sie betonte, dass sie sich aber mit fünf DM an der Rechnung beteiligen wollte. Er grinste unverschämt charmant und bestellte Schnitzel für sie beide. Dazu ein Glas Wasser, aber auch noch zwei Gläser Wein. Ohne guten und leckeren Wein kann man keine Mahlzeit einnehmen, so erklärte er überzeugend.

Ohoh, klingelingeling. Die zweite noch größere Alarmglocke schrillte auf. War das schon der nächste Schritt zum „Einen"? Wein am hellen Tag! Wein trank man doch nur zum Geburtstag, zu Ostern, zu Weihnachten, vielleicht! Tja, Papa, und nun? Wieder mal unerreichbar, ihr Papa, der so kluge Ratgeber.

Das Essen verging wie im Flug. Andreas ließ sich von ihrem Studentenleben erzählen, lauschte begeistert ihren Schilderungen. Sie hing an seinen Lippen, als er von seinen Reisen in entfernte Länder erzählte, von tropischen Stränden, von Koralleninseln und Korallenriffen.

Eine völlig neue Welt eröffnete sich ihr. Sie fühlte sich benommen wie im Traum. Meeresbiologin, diesen Beruf hätte sie zu gerne erlernt. Doch man hatte ihr abgeraten. Damals waren Frauen in solchen Berufen reine Exoten mit wenig Aussicht auf einen Arbeitsplatz. Und nun saß sie hier am Tisch mit einem tollen Mann, der sich ebenfalls für Meeresgetier und ähnliches begeistern konnte.

Schließlich krönte er seine Beschreibungen mit der Feststellung, er würde seine nächste Reise nach Afrika auf jeden Fall mit ihr zusammen unternehmen. Sie würden gemeinsam im klaren warmen Wasser schwimmen, über Korallenriffen schnorcheln und das Land und das Meer erkunden.

Das war der Moment, in dem sie das erste Mal aus dem Traum aufwachte und sich dachte: „Meine Güte, an welchen Spinner bin ich denn hier geraten. Klein Lisa nach Afrika, ins tropische Afrika". Tansania oder Kenia hatte er im Sinn. „Völlige Hirngespinste", so sagte sie sich. Wie sollte das gehen, sie beide nach Afrika????

Irgendwann verließen sie das Restaurant. Sie wollten sich aber noch nicht trennen. Was faszinierte sie nur gegenseitig derartig?

Sie kehrten in ein Straßencafé ein. Saßen dort und redeten und redeten. Lisa wollte sich eine Zigarette anzünden. Schon fischte er ein sehr elegantes, silbernes Gas Feuerzeug aus seiner Jackentasche und gab ihr Feuer. Danach schenkte er ihr das Feuerzeug. Sie war unfähig, es abzulehnen, sie war unfähig, ihren eigentlichen Standpunkt zu erklären. Torsten, ihr Anrufer, hatte ihr innerhalb des letzten Jahres nichts geschenkt, eigentlich hatte er ihr außer einem Buch und ganz selten einmal Blumen nie etwas geschenkt. Und das war ja ganz in dem von Papa festgelegten Sinn, also gut. Dieser Mann forderte also nach Papas Theorie nicht „das Eine".

Jetzt schenkte ihr ein Fremder ein für sie mit ihrem engen Budget kostbares Feuerzeug, das sie sich niemals selber hätte kaufen können.

Klingelingeling, klingelingeling! Alle Alarmglocken, die normalerweise für Sturm, Feuer, Wasser, also für Katastrophen jeglicher Art eingesetzt wurden, und diese ganz speziellen, die für das „Eine" zuständig waren, läuteten jetzt wie wild in ihr. „Du darfst das nicht annehmen!!! Dieser Mann bezahlt dich! Er zahlt sogar im Voraus! Sicher will er dann auch etwas dafür bekommen, klar, „das Eine", was denn sonst? Denk an Papa! Hüte dich!"

Andererseits, inzwischen war sie ja keine 15 oder 16 mehr. Sie war 20. Und Papa, stell dir vor, du hast dich geirrt. Nicht nur Männer wollen immer „das Eine"! Dieser Mann verzauberte sie. Sie konnte ihm nicht widersprechen. Auch sie spürte Verlangen nach „dem Einen"! Unfassbar! Jetzt schon! Sie kannte Andreas doch erst wenige Stunden!

Schon erzählte er von seiner schönen Wohnung und seinem riesigen Farbfernseher, damals einem der ersten, also eine Besonderheit. Sie kannte in ihrem Studentenheim nur den alten Schwarz-weiß Apparat, der in einem winzigen Raum auf dem Flur, eine Etage tiefer, stand. Fernsehraum nannte sich diese Abstellkammer großspurig. Immerhin konnte man dort recht gesellig auf den wenigen Tischen und Stühlen zusammen hocken. Bei einem oder auch mehreren Bierchen, ganz nach finanzieller Lage, fanden dort manche Gespräche bis in den frühen Morgen statt.

Farbfernseher kannte sie nur aus Erzählungen. Vielleicht hatte sie mal in einem Schaufenster eines Geschäftes, in dem ein farbiger Film aus Werbegründen vorgeführt wurde, einen kurzen Eindruck gewinnen können, mehr sicher nicht. Trotz aller inneren Kämpfe begleitete sie also Andreas zu seiner Wohnung. Praktischerweise wohnte er nur eine Seitenstraße entfernt von ihrem Studentenheim. Auf dem Weg zur Wohnung erzählte er so ganz nebenbei, dass er verheiratet sei, dass er eine kleine Tochter von knapp zwei Jahren habe. Sie dachte, die Welt um sie herum würde zusammen brechen. Da war also der Haken an dieser schönen Geschichte! Es musste ja so kommen. Es hatte sich alles einfach zu märchenhaft präsentiert.

Und welch ein Haken sich da offenbarte! Dieser verführerische Mann war vergeben, sogar ein Kind hatte er. Sie konnte es nicht fassen. Klar, er war einige Jahre älter als sie. Ein Wunder war das also nicht. Aber was hatte er sich nur dabei gedacht, einfach in ein Mädchenheim zu spazieren und sich dort eine Begleitung auszusuchen?

Sie war zutiefst verwirrt und wollte in ihr Haus, in ihr sicheres Doppelzimmer, ihre Wunden lecken, in Selbstmitleid zerfließen, sie wollte nicht mehr in seine Wohnung. Was hatten ihre Eltern ihr immer wieder eingeschärft? Der Mann einer anderen Frau ist tabu, absolut tabu! An so einen Mann darf man nicht einmal denken! Niemals! Und wenn gar noch ein Kind dabei ist, dann ist es noch viel mehr tabu, dann ist es einfach unmöglich, solchen Mann näher anzuschauen. Ja, Papa, ja, du hast ja so Recht!! Ja, Mama, du hast natürlich auch so Recht! Ich kann nicht mit ihm gehen! Ich will nicht mit ihm gehen! Stimmte das?

Schon erklärte Andreas mit absolut sachlichen und überzeugenden Worten, wie modern er und seine Frau die Ehe sähen. Sie war zur Zeit mit ihrem Töchterchen in Belgien in Urlaub und er eben hier zu Hause alleine. Sie lebten mehr oder weniger getrennt, so verstand sie seine Ausführungen. Direkt ausgedrückt hatte er das nicht. Im geschickten Argumentieren war er ein Meister. Lisa wollte es genau so verstehen und schob ihre Bedenken ganz weit weg.

Und Papa und Mama waren ja nicht da. Und überhaupt, musste man ihnen denn alles erzählen? Vielleicht war morgen ja schon alles wieder vergessen, wozu sich also heute besonders aufregen? Und was war denn schon dabei, sich einen Farbfernseher anzusehen? Zumal gleich ein Film mit wunderschönen Unterwasser Aufnahmen gesendet werden würde?

Danach würde sie natürlich umgehend zurück in ihre Dachkammer gehen, sich an ihren Tisch setzen und Formeln pauken. Klar, genau so würde sie es machen. So würde es geschehen.

Und schon betraten sie seine Wohnung. Schick eingerichtet, ohne Frage. Da stand der Fernseher. Er schaltete ihn ein und tatsächlich, herrliche Bilder von bunten Fischen, von in der Strömung schwebenden Quallen, von Korallen und exotischen Meeresschnecken, von Seeanemonen und anderen bildschönen Meeresbewohnern zogen vorbei.

Er bot ihr einen Portwein an. Sie kannte das nicht. Zum Mittag ein Glas Wein, jetzt Portwein. Das war ja schon ihre halbe Jahresration. Wann trank sie Wein? Vielleicht öffnete Papa zu Weihnachten, zum Gänsebraten, mal eine gute Flasche Moselwein oder ab und zu, wenn Gäste zu Geburtstagen kamen. Aber Lisa trank nur wenig, vielleicht zum Anstoßen ein Schlückchen. Portwein kannte sie nur dem Namen nach, hatte ihn nie getrunken.

Dann müsse sie aber auf jeden Fall diesen herrlichen Tropfen probieren. Na gut. Sie probierte. Er hatte Recht, schmeckte sehr lecker. Er saß neben ihr, legte einen Arm um ihre Schultern. Sie bebte innerlich. Was war nur los mit ihr? Welche Schleusen öffnete er da gerade? Er küsste sie sanft. So hatte noch niemand sie geküsst. Sie zitterte, sie war zu keinem Gedanken mehr fähig. Sie reagierte nur noch. Sie meinte, wie diese Quallen im Film, die vom Wasser sanft bewegt wurden, durch eine ihr unbekannte Macht zum Schweben gebracht zu werden. Nie zuvor hatte sie solche Gefühle erlebt. Sie spürte seine Hände auf ihrem Rücken. Sie strichen zart über den langen Reißverschluss.

Und schon öffnete sich dieser nur zu bereitwillig. Sie rückte leicht beiseite und bemühte sich, das Kleid wieder in Ordnung zu bringen, nestelte am Reißverschluss, zog ihn wieder hoch. Das war wohl das letzte Aufbäumen ihres Anstands, sehr schwach allerdings, mit wenig Wirkung.

Warum nur sprang sie nicht verärgert auf und verließ die Wohnung? Ja, warum? Warum gab sie ihm nicht wenigstens eine Ohrfeige? Das wäre doch jetzt angebracht gewesen. So hätte sie sich doch normalerweise verhalten! Aber dann schoss wieder ein anderer Gedanke durch ihren Kopf. Verheiratet, ein Kind, aber eben doch nicht so eine richtige Ehe, oder? Und schon wieder öffnete sich der Reißverschluss, und wieder schob sie ihn hoch. Warum stand sie immer noch nicht empört auf?

Doch, sie stand schließlich auf, er stand vor ihr und zog sie hoch, ihr Kleid war nun bereits auf dem Teppich. Sie küssten sich stürmisch und plötzlich standen sie in seinem Schlafzimmer. Zwei Betten nahm sie aus den Augenwinkeln wahr. Eines links in einer Ecke, das zweite an einer anderen, weiter entfernten Wand. Ja, so erwartet man das, wenn ein Paar getrennt lebt. Und schon war alles vergessen, Papas kluge Ratschläge, Mamas ängstliche Einwände, der Anrufer, die Ehefrau, das kleine Kind, alles.

Als sie Stunden später wieder ihr eigenes Zimmer betrat, war sie immer noch nicht fähig, klar zu denken. Sie wusste kaum noch, wie sie her gekommen war. Andreas hatte sie bis zum Haus begleitet. Dann hatte sie sich verabschiedet. Sie musste nun alleine sein. Musste wieder zu sich kommen. Zitternd setzte sie sich auf ihren Stuhl vor die aufgeschlagenen Bücher, die vorwurfsvoll zu warten schienen.

An Lesen und Lernen war natürlich gar nicht zu denken. Sie musste erst einmal ihre Gedanken und Gefühle ordnen. Was war das für ein Tag gewesen? Was war heute geschehen? Was hatte sie nur getan? Meine Güte, sie hatte gegen alle Prinzipien verstoßen, hatte jedes Tabu gebrochen. Am ersten Tag des Kennenlernens war sie mit in die Wohnung eines fremden Mannes gegangen. Was hätte da alles passieren können! Und was war da schon bald tatsächlich alles passiert!

Ohoh, Papa, ja, „das Eine", das hatte sie nun genauso erwischt, wie es doch laut Papa nur fremde Männer erwischte. „Das Eine" kann man eben nicht einfach so mit dem Verstand beiseite wischen. Und, Papa, es war so traumhaft aufregend und schön gewesen! Das müsstest du ja eigentlich auch wissen! Und wie du das weißt! Und Mama weiß es auch ganz genau!

Du wolltest sicher nur, dass sich dein Töchterlein das für den richtigen Mann aufspart.

Aber, war das heute der richtige gewesen? Das kann ja gar nicht sein. So schön auch alles war.

Halbwegs zurück in der Realität wurde ihr klar, das musste ein einmaliges Erlebnis bleiben! Das durfte sich nie wiederholen. Unter keinen Umständen! Nie!

****

Lisas Beginn in der Schublade

Der Spiegel schien ihr zuzuzwinkern. Er kannte sie. Er kannte ihr Leben. Ihn konnte sie nicht täuschen. Sie wollte ihm auch gar nichts vorschwindeln. Wozu auch? Der Blick in den Spiegel war wie der Blick in die eigene Seele, in die eigene Vergangenheit. War es nicht bisher ein wunderschönes Leben gewesen? Natürlich war es ein Leben mit Höhen, mit Tiefen, mit Freuden, mit Schmerzen. Ganz normal eben, wie es sein sollte. Nur dass bei ihr die Höhen und Freuden überwogen. Sie war eben ein Sonntagskind. Ersehnt und bereits während der Schwangerschaft geliebt, begann ihr Leben. Liebevoll umsorgt und absolut geborgen nahm es seinen weiteren Lauf.

Die ersten Schritte ins Leben waren zwar rein äußerlich betrachtet nicht rosig gewesen, aber was zählen schon Haus und Wohlstand, wenn es um die Liebe zu einem Kind geht? In Wahrheit wurde sie zwar in absolute Armut hinein geboren, aber mehr geliebt und mehr geborgen als sie konnte kein anderes Kind auf dieser Welt aufwachsen.

Wie oft erzählte man ihr von den ersten Lebensstunden und den Tagen als kleiner Mensch auf dieser Welt. Sie kam als drittes Kind ihrer Eltern in die Familie, ein absolutes Wunschkind. Ihr ältester Bruder wurde acht Jahre zuvor während des Krieges geboren. Seinetwegen musste damals eine Blitzhochzeit durchgeführt werden. Hochzeit per Telefon, eine sogenannte Ferntrauung, die dann später mit weißem Kleid und schicker Uniform noch einmal korrekt nachgeholt wurde, so wie es sich gehörte. So, wie man es dann stolz auf Fotos präsentieren konnte. Diese Hochzeit musste sein, es sollte ja schließlich alles seine Ordnung haben. Den äußeren Schein zu wahren, das war in der damaligen Zeit ungeheuer wichtig. Für dieses Paar war es ein guter Entschluss. Beide hatten diesen Schritt nur zu gerne gemacht. Sie liebten sich. Eine echte Liebe war es, eine Liebe, die ein langes Leben lang dauerte.

Das bewusste Foto hängt heute noch bei Lisa an einer Wand und veranlasst sie jedes Mal zu einem Lächeln, wenn sie es im Vorbeigehen anschaut. Ihre Eltern hatten ihren Kindern eine gute und glückliche Gemeinschaft vorgelebt, ihnen also beste Voraussetzungen für ihr Leben mit gegeben.

Schmunzelnd erinnert sich Lisa, wie sie jedes Mal die immer gleiche nervöse Antwort bekam, wenn sie stichelnd, aber mit absoluter Unschuldsmiene, Hochzeitstermin und Tag der Geburt des Bruders erfragte. Mama errötete, Papa hatte dringend etwas im Garten oder Keller zu erledigen und Mama stotterte verlegen: „Kind, es war Krieg!"

Das erklärte also alles, auch die anscheinend wohl doch uneheliche Geburt oder eben fast uneheliche Geburt. Anfangs schaffte Lisa es noch, ihre Eltern immer wieder in Verlegenheit zu bringen, manchmal sogar, sie zu verärgern. Solche Themen wurden einfach eine ganze Zeitlang nicht diskutiert. Später dann wurde „Kind, es war Krieg" fast zum geflügelten Wort innerhalb der Familie und sorgte für viele Lacher. Die Zeiten hatten sich eben geändert, man war nicht mehr gar so verklemmt und somit ehrlicher.

„Stefan ist doch ein Siebenmonats Kind", so die Aussage der Großmutter, die versuchte die schreckliche „Schande" zu vertuschen, die eigentlich nie eine war, da die gesamte Familie, besonders aber Mamas Vater sich vor Freude kaum halten konnte, dass endlich ein Sohn in dieser mädchenreichen Familie geboren worden war, endlich ein Stammhalter!

Mamas Mutter hatte diese Erklärung im Laufe der Jahre, in denen sie wohl Nachbarn und anderen Wissbegierigen Auskunft gegeben hatte, derartig verinnerlicht, dass sie sich ihr Leben lang mit diesen Worten vor ihren „Kronprinzen" stellte. So wurde Lisa stets ermahnt, Rücksicht zu nehmen auf den Bruder, der ja ein Siebenmonatskind war. Lisa lächelt bei dem Gedanken an den geliebten Bruder und sieht eine typische Szene vor sich. Sie beide kabbeln sich, das kleine Mädchen Lisa, acht Jahre jünger als Stefan, schlug dem fast erwachsenen, ca. 1,90 Meter großen Burschen auf den Oberschenkel, um sich gegen seine Buffe zu wehren. Oma sah dies, eilte wie sein persönlicher Bodyguard mit einer Schnelligkeit, die ihr kaum jemand zugetraut hätte, herbei und schritt sofort mit strenger, mahnender Stimme ein. Mit ängstlich besorgtem Blick rief sie:

„Lass das, Lisa, du tust ihm weh! Dein Bruder ist ein Siebenmonatskind, vergiss das nie!" Natürlich wurde dieser Ausruf ebenfalls zu einem geflügelten Wort in der Familie und im Freundeskreis.

Der zweite Bruder, ein paar Jahre später geboren, verstarb durch einen tragischen Unglücksfall, so dass Lisa ihn nie kennen lernte. Der Dreijährige verbrühte sich mit kochendem Wasser. Ihr Vater war noch in russischer Gefangenschaft, also unerreichbar. Später erzählte er, er habe geträumt, dass seine Frau mit dem Jungen im Arm weinend vor ihm stand und ihn um Hilfe anflehte. Es muss in dieser Nacht gewesen sein, wie sie recherchieren konnten. Es gibt eben Dinge auf der Welt, die sich mit dem Verstand alleine nicht erklären lassen.

Lisas Mutter hatte kein Telefon. Sie bat eine Nachbarin, einen Arzt zu holen. Diese lief auch sofort los, kam aber mit der Mitteilung zurück, der komme nicht den weiten Weg zu ihr hinaus. Es war Winter, draußen stürmte und schneite es. Sie packte in ihrer Verzweiflung ihr Kind in einen Kinderwagen und machte sich durch diese schreckliche Nacht auf den Weg zum Arzt in einem entfernteren Dorf. Dort angekommen, kümmerte sich dieser kaum um Mutter und Kind, schaute kurz hin und gab ihr ein Medikament und schickte sie wieder nach Hause. Zu mehr Behandlung hatte ihr Geld nicht gereicht. Zu Hause angekommen, verstarb der Kleine. Sie machte sich selber schwere Vorwürfe, redete sich ein, sie hätte zu wenig aufgepasst. Dass der Arzt seine Pflicht nicht wirklich erfüllt hatte, war eben normal, wenn man ihn nicht gut bezahlen konnte. Das schmerzte sie zwar sehr, aber anders kannte sie es nicht. So erging es armen Leuten eben, das war ganz normal in der sogenannten „guten alten Zeit".

Lisas Vater, endlich aus der russischen Kriegsgefangenschaft zurück gekehrt, übte inzwischen seinen erlernten Beruf aus. Der Wunsch nach einem weiteren Kind, einem Mädchen, wurde immer stärker.

Die Familie wohnte in einer Hütte auf dem Gelände eines Bauern, bei dem ihre Mutter Kühe und andere Tiere versorgte, um zum Familienunterhalt beitragen zu können. Diese Hütte bestand eigentlich nur aus einem Raum.

Eines Tages kündigte Lisa sich an und das ersehnte Mädchen wurde bald geboren. Es kam in dieser Hütte neben Ställen mit Tieren, ähnlich wie das Jesuskind, aber nicht im Stroh, sondern im Ehebett zur Welt. Nun war das kleine Familien Glück perfekt.

Als Lisas Vater während seiner Arbeit die Nachricht von der Geburt bekam, stieß er natürlich gleich mit seinem besten Freund auf das neu geborene gesunde Töchterchen und die stolze Mama, die das so gut gemeistert hatte, an. Vermutlich geschah das mehrfach hintereinander. Vermutlich sogar ziemlich oft.

Irgendwann kauften sie Weintrauben für Lisas Mutter, ein absoluter Luxus. Wie die Heiligen drei Könige wollten sie das Kind begrüßen. Nicht mehr so ganz nüchtern trafen die beiden in ihren Arbeitsanzügen, die voller Schmutz und Staub waren, bei Mutter und Baby ein. Vor lauter Glück umarmte Lisas Papa Mutter und Kind und vergaß dabei völlig, dass er ja noch die Weintrauben vorne in seiner Jacke verstaut hatte. Und wie zu erwarten war, hatte die inzwischen auch eingetroffene Großmutter wenig Freude an diesem Schauspiel und schimpfte wie ein Rohrspatz, als sie die Bescherung sah. Im Bett lag eine etwas verwirrte, aber strahlende Wöchnerin, mit Baby im Arm, zugedeckt mit einer Bettdecke, die interessante Muster von Sand, Staub und Weintraubensaft aufwies. Daneben zwei fröhliche Männer, jauchzend und lachend.

Sie sangen Lieder, die ihnen gerade in den Sinn kamen, auch wenn sie wohl nicht so passend waren. Lisas Großmutter sprach ein Machtwort, scheuchte die beiden aus dem Zimmer und schickte sie, ihren Rausch ausschlafen. Welche herrliche Geschichte war das. Diese außergewöhnliche Begrüßung der kleinen Tochter konnte man später immer wieder als lustige Anekdote bei Geburtstagsfeiern oder ähnlichem zum Besten geben.

Da das Geld sehr knapp war, hatte man weder Wiege noch Kinderbettchen kaufen können. Also kam die kleine Lisa, die, wie ihr Papa immer wieder behauptete, quadratisch gebaut war, kurzerhand in eine Schublade der großen Kommode, in der normalerweise Wäsche aufgehoben wurde.

Dieses Schubladen - Kinderbettchen war ein warmer und sicherer Ort für die ersten Lebensmonate, eben so lange, bis das Quadrat dann langsam aber sicher eher zu einer Ellipse heranwuchs und seiner Schublade entwuchs.

Lisas früheste Kindheit fand zwar in Armut statt, aber in absoluter Geborgenheit und grenzenloser Liebe.

****

Ferienjob
- und täglich einmal Loreley

Lisa erwacht aus dem Schubladen Tagestraum, streckt ihre Arme aus, rekelt sich wohlig in ihrem Sessel und greift zum Glas, in dem der Wein verführerisch funkelt. Oh, dieser Beaujolais! Er schmeckt nicht nur vorzüglich, nein, er symbolisiert auch so manche wundervolle Erlebnisse. Durch ihn sind viele überhaupt erst ausgelöst worden, damals. Er wurde zu Lisas absolutem Lieblingswein. Liegt es nur am Geschmack oder an dem Zauber, der für sie mit diesem Wein verbunden ist? Ist es nicht so, dass er immer noch zusammen mit diesem Spiegel einen wunderbaren Einfluss hat? Man muss ihn nur sanft in seinem Glas schwenken, seinen Duft einatmen, seine Farbe bewundern, einen kleinen Schluck auf der Zunge zergehen lassen und dann in den Spiegel schauen und sich entführen lassen.

Wohin die Gedanken doch so gelenkt werden, wenn man in sein Leben, in frühere Zeiten zurückversetzt wird. Der Spiegel hat Zauberkraft, scheint Besonderheiten aus Lisas Vergangenheit verständnisvoll gespeichert zu haben und bereitwillig bei passender Gelegenheit wieder für Lisa hervorzuholen, in Lisas Gedankenwelt zu katapultieren. Er könnte auch langweilige oder gar unangenehme Episoden aufzeigen. Auch an solche Momente erinnert Lisa sich. Aber der Spiegel - und damit sie selbst - begnügt sich damit, solche Erinnerungen nur aufblitzen, kurz als Teil des Lebens akzeptieren zu lassen und dann ganz rasch schöneren weichen zu lassen.

Sie schaut ins Glas, schaut in den roten Wein, nimmt seinen charakteristischen Duft wahr, schaut wieder hoch, sieht das purpurne Bild vor sich, das das Glas widerspiegelt und schon zieht es sie fort aus der Gegenwart.

Sie befindet sich auf einem Schiff auf dem Rhein. Sie ist kein Passagier, nein sie gehört für ca. fünf Wochen zur

Mannschaft. Sie hatte einen Ferienjob, oder besser gesagt, einen Job, um sich in der Zwischenphase von Schule und Studium etwas Geld zu verdienen, angetreten. Wie stolz sie war! Sie durfte das in ihren Augen imposante Schiff, die „Deutschland", ein Schiff der Köln Düsseldorfer Rheinschifffahrt, der „Weißen Flotte des Rheins", betreten, als gehörte sie schon immer zur Crew dazu.

Ihre Erfahrungen mit Schiffen beliefen sich bis dahin auf Ausfahrten mit dem eigenen Paddelboot, einem zweisitzigen Faltboot der Firma Klepper, mit dem sie halsbrecherische Ausfahrten mit Kapitän Papa auf dem Rhein durchgeführt hatte. Nachdem sie die lebensgefährlichen Bedingungen wie die enorme Strömung und die vielen Schlepper, die an langen Stahlseilen Schiffe hinter sich her zogen und dadurch ein Überqueren des Rheins für unerfahrene Freizeit Kapitäne nahezu unmöglich machten, überstanden hatten, hatte sich Lisas Begeisterung etwas gelegt und Ausflüge wurden nur noch auf ruhigen Seen unternommen.

Ein paar Stunden auf kleinen Ausflugsschiffen, das gehörte auch noch zu ihren Erlebnissen. Mehr allerdings nicht. Und nun hatte sie diesen Traum Job ergattert, wieder einmal durch Papas Beziehungen, klar. Solche Jobs waren selten und ungeheuer begehrt.

Zum ersten Mal war Lisa auf sich selbst gestellt. Zum ersten Mal war sie von zu Hause fort. Zum ersten Mal war niemand da, der auf sie aufpasste. Besonders für ihre Mutter muss das eine schlimme Zeit gewesen sein, voller Sorge und Angst. Einmal, so etwa nach vierzehn Tagen, besuchten ihre Eltern sie. Mama war so nervös und aufgeregt, dass sie beim Herausfahren aus der Garage gar nicht bemerkt hatte, dass Papa seine Beifahrertüre noch nicht geschlossen hatte. Das hatte die eigentlich stabile Türe nicht gut überlebt. Sie hing nur noch traurig in ihrer Einfassung. Aber die beiden wollten ja unbedingt ihre Tochter besuchen, also wurde die Tür mit Tauen am Auto befestigt und los ging es. Sie hatten sich nicht einmal besonders gegenseitig ausgeschimpft, hatten gar nicht gestritten. Ihr Ziel, das Wiedersehen mit Tochter Lisa war viel wichtiger.

Lisa schwieg dann auch wohlweislich über ihre ersten Tage auf dem Schiff und erzählte ihren besorgten Eltern erst geraume Zeit später Einzelheiten dieser Wochen auf dem Rhein. Wer weiß, was sonst noch alles auf der Rückfahrt passiert wäre. Wer weiß, ob nicht sie selber dann sogar dabei gewesen wäre. Denn vermutlich hätten sie Lisa nicht auf diesem Schiff bleiben lassen.

So ein Schiff stellt einen eigenen, von der Außenwelt abgeschotteten Lebensraum dar. Ein Großteil der Crew lebte für Monate auf diesem Schiff, eben die gesamte Saison von Anfang März bis Ende Oktober. So war an Bord eine ganz besondere Atmosphäre. Es war eine absolut neue und fremde Erfahrung für Lisa. Direkt am ersten Abend offenbarten sich ihr Charaktere und Verhaltensweisen so unterschiedlicher Menschen, denen sie bislang nie persönlich begegnet war, von denen sie bestenfalls gelesen hatte.

So hörte sie, kaum dass sie ihre Kajüte bezogen hatte, einen lautstarken Tumult auf dem Gang, an dem auch ihre Kabinentüre sich befand. Die Auseinandersetzung steigerte sich zu heftigem Anschreien und gipfelte schließlich in einer Messerstecherei.

Ein Matrose war mit einem anderen Crew Mitglied in Streit geraten. Und anscheinend zückte wohl sofort einer der Kontrahenten sein Messer und stürmte auf den anderen los. Absolut bühnenreife Vorstellung, für Lisa aber nur als Hörspiel zu erleben.

Auch wenn wohl niemand ernsthaft verletzt worden war, so war doch die Polizei gerufen worden. Solche Vorfälle durften an Bord eines Ausflugsdampfers auf keinen Fall geschehen.

Lisa stand entsetzt und regungslos in ihrer Kajüte. Sie wagte kaum zu atmen, schon gar nicht verließ sie ihre Kajüte. Ein wirklich heftiger Arbeitsbeginn, besonders für ein Mädchen, das so behütet aufgewachsen war. Fremde Stadt, dazu ungewohnte Großstadt, völlig fremde Umgebung, Zugehörigkeit zur Besatzung eines Schiffes, Einzug in eine Kajüte mit echten Kojen und dann noch gleich so ein Streit vor ihrer Türe, das war schon was für die eigentlich so schüchterne Lisa. Und doch war das noch längst nicht alles an diesem ersten Tag.

Nachdem sich draußen die Lage beruhigt hatte, wagte sie sich auf den Gang und zu dem freundlichen und charmanten Zahlmeister, der sie mit allem, was sie zum Start wissen musste, bekannt machte, mit den Menschen und mit ihrem Arbeitsbereich.

Zum ersten Mal im Leben stand sie homosexuellen Männern gegenüber und lernte einige näher kennen. Deren Neigung war nicht zu übersehen, da sie sich nicht versteckten, selbst so ein unerfahrenes junges Mädchen bemerkte es. Dennoch war Lisa regelrecht verblüfft, wie normal diese Männer aussahen. Sie unterschieden sich nur leicht in Gesten, manchmal in Ausdrucksweise und Bewegung von anderen Männern.

Zu Hause hatte man über „Schwule" nur hinter vorgehaltener Hand gesprochen, niemals direkt mit ihr, ganz im Gegenteil, jedes Gespräch verstummte, sobald sie sich näherte. Themen, die auch nur im Entferntesten etwas mit Sexualität zu tun hatten, waren in ihrer Familie vor Kindern nie Gesprächsstoff. Schon gar nicht solch brisantes Thema. Dafür sorgte schon die sittenstrenge Oma. Ein scharfer Blick und jeder verstummte mitten im Satz und verschluckte jedes weitere „unanständige" Wort.

Lisas Kenntnisse auf dem Gebiet der Homosexualität stammten hauptsächlich aus der „Bravo", die immer irgendein Mädchen aus der Schulklasse mitbrachte, und die dann heimlich unter der Bank oder in einer engen Kabine auf dem Klo begierig durchforstet wurde. Was stand da nicht alles drin! Puterrot wurden sie beim Blättern und Lesen.

Wenn das die so gestrengen Lehrerinnen ihrer „Anstalt" gewusst hätten! Das hätte Benachrichtigungen der Eltern, Konferenzen und mindestens Verwarnungen gegeben. Schulverweise wurden schnell ausgesprochen. Das Vergehen, heimlich Zeitschriften zu lesen, war an sich ja schon frevelhaft, aber das Mitbringen und Lesen dieser speziellen Zeitschrift kam einem schweren Verstoß gegen Sitte und Anstand nahe und konnte schwere Konsequenzen nach sich ziehen. Vermutlich hatten einige Lehrerinnen, die jüngeren und netteren, von diesem „Vergehen" gewusst, hatten aber Verständnis, vielleicht Erinnerungen an die eigene Teenager Zeit – und hatten offiziell nie etwas gesehen.

Der Wissensdurst heranwachsender Mädchen war groß, zumindest der meisten, denn auch in dieser Klasse gab es „Putels", die zwar laut Geburtsurkunde noch sehr jung waren, nach Aussehen, Benehmen, Denken und Fühlen jedoch schon alte Jungfern waren. Die anderen, die normalen Teenies, ließen sich durch nichts davon abbringen, Bildung auf den wichtigen Gebieten der Erotik und Sexualität zu erlangen.

Irgendjemand musste doch die Aufklärungsarbeit übernehmen. Eine Biologie Lehrerin, die sie in der 9. oder 10. Klasse unterrichtete, war leider nicht dazu in der Lage. Sie errötete bereits bei der Frage danach, was eine Plazenta sei und stotterte:

„Das bekommt ihr, wenn ihr in der 13. Klasse seid!"

Ihr war vermutlich nicht klar, dass ihre Schülerinnen Mädchen waren, die einfach nur ihren Körper kennen lernen wollten und wissen wollten, wie das so mit der Liebe und dem Nachwuchs ablief.

Was dann – trotz aller Verbote und trotz der Lektüre der Bravo – dennoch hin und wieder geschah: eine Schülerin dieser „Anstalt" wurde schwanger. Die Flüsterpropaganda an der Schule ließ manches vermuten, aber Gewissheit bekamen die anderen Mädchen immer erst dann, wenn besagte Schülerin in kürzester Zeit die Schule verlassen musste und man sie einige Monate später Kinderwagen schiebend auf der Straße traf. Welche Schande !!!! Ja, so war das damals. Es wurde eine zutiefst verlogene Moral angewandt.

Nach der fesselnden Lektüre der Bravo und insbesondere der Seiten, auf denen Dr. Sommer Antworten auch auf die peinlichsten Fragen lieferte, fanden dann ausführliche, fast verschwörerische Gespräche mit den engeren Freundinnen statt. Diese Diskussionen drifteten dann oft ins Reich der Märchen ab, da alle Beteiligten meist auch nur über sehr begrenztes Fachwissen verfügten. Sicher hatte die eine oder andere bereits Erfahrungen auf dem Gebiet, auch Lisa erkundete ja schon bald „das Eine", aber so richtig wusste keine von ihnen Bescheid. Diejenigen, die ältere Geschwister, besonders ältere Schwestern hatten, waren natürlich klar im Vorteil, hatten immer Wissensvorsprünge. Sie sonnten sich in der Rolle der umschwärmten und bewunderten Kundigen.

Es gab diesen Paragraphen 175, bei dessen Erwähnung jeder kicherte. Das wusste Lisa, wenn sie auch nicht genau wusste, was der eigentlich bedeutete. Das Kapitel hatten sie in der „Bravo" wohl nicht gründlich genug gelesen. Das Stichwort „Paragraph" hatte sie nicht so gereizt. Was sie aber wusste, es war auf jeden Fall strafbar, homosexuell zu sein. Und nun lernte sie hier solche Männer kennen. Und die wirkten, soweit sie das nun feststellen konnte, wie andere Männer auch. Was an ihnen sollte kriminell sein? Im Gegenteil, sie waren viel netter als manche andere Männer, die sie bisher kennen gelernt hatte. Man musste sich nicht vor ihnen in Acht nehmen. Man konnte sich wunderbar mit ihnen unterhalten. Auf dem Schiff durfte anscheinend jeder wissen, wie sie gerne lebten, hier drohte ihnen keine Gefahr. Sie waren sehr dezent und Lisa kam gut mit ihnen klar. Und noch etwas ereignete sich an diesem ersten Tag. Kaum dass sie in ihre Kajüte eingezogen war, schaute ein Matrose, der irgendwelche Arbeiten außen am Schiff verrichten musste, durch ihr Fenster, erschreckte sie dadurch ungewollt fast zu Tode, wollte sie aber nur ganz harmlos zum Tanzen am Abend an Land einladen.

Sie war ziemlich verwirrt von all diesen Eindrücken und traute sich kaum, diesen freundlichen jungen Mann abzuweisen. Wäre das nicht unhöflich? Und Papa hatte sie immer zu absoluter Höflichkeit erzogen. Ja, ja, Papa, du hast es gut gemeint, aber deine Welt hat sich verändert, in meiner Welt muss man auch unhöflich sein können. Und so entschloss sie sich dann zu einem Kompromiss und vertröstete diesen Matrosen auf einen eventuell späteren Termin. Er fragte sie nicht wieder, und das war gut so. Sie sah ihn seltsamerweise auch nie wieder auf dem Schiff. Matrosen blieben wohl mehr unter sich.

Das war alles etwas viel für einen ersten Tag. Erst recht für den Tag eines Mädchens, das bisher friedlich in einer langweiligen, aber beschaulichen Kleinstadt gelebt hatte. Sie hatte durchaus überlegt, ihre Eltern sofort anzurufen und ihnen alles zu erzählen. Dann aber wurde ihr ganz schnell klar, dass so ein Anruf bedeutet hätte, Mama und Papa wären umgehend angereist, um ihr Töchterchen dieser wilden gefährlichen Welt zu entreißen. Und genau das wollte sie keinesfalls. Endlich erlebte sie ja etwas Aufregendes! Das musste man auskosten, wenn auch mit mulmigem Gefühl.

Sie hatte einen Vertrag für fünf Wochen auf diesem Ausflugsschiff, das täglich auf dem Rhein von Köln nach Mainz und am nächsten Tag dieselbe Strecke wieder zurück schwamm. Sie hatte eine eigene Kajüte, eine Doppelkajüte ganz für sich alleine. Sehr klein, sehr schmal, aber mit großem Fenster. Sie wählte die obere Koje für sich aus. Hier konnte man in der Freizeit liegen und gleichzeitig aus dem großen Fenster schauen und das Rheinufer an sich vorbeiziehen sehen.

Freizeit hatte sie nicht allzu viel. Der Dienst dauerte an manchen Tagen 12 Stunden oder mehr. Sie bemerkte das kaum. Die Zeit verging wie im Flug. Es war so viel zu tun, dass sie gar nicht auf die Uhr schauen konnte. Anfangs war ihr Magen etwas beleidigt wegen der ständigen Schaukelei, aber er hielt sich zurück und blamierte sie nicht. Und schon bald merkte sie gar keine Wellenbewegungen mehr. Schon bald schwankte sie an Land, auf festem Boden, mehr als an Bord.

Ihre Arbeit bestand darin, im Bereich Caféteria - Selbstbedienung zusammen mit einer älteren, sehr netten Frau, ihrer

Vorgesetzten, dafür zu sorgen, dass die Theke immer neu mit Speis und Trank befüllt wurde. Das Angebot an Getränken war reichlich. Zu essen gab es außer Süßigkeiten nicht sehr viel. Die Gäste sollten im Restaurant speisen und hier in der Caféteria nur Snacks zu sich nehmen. Das einzige kulinarische Highlight waren Wiener Würstchen mit trockenen Brötchen dazu. Ein regelrechter Hit für Lisa. Sie mochte diese Würstchen sehr gerne, konnte sie eigentlich zu jeder Tageszeit essen. Sie schmecken ihr heute noch.

In einem großen Kessel mussten sie erhitzt werden. Wenn dabei eines platzte, so konnte man es nicht mehr zum Verkauf anbieten und durfte diese „Ausschussware" selber essen. Tja, da gab es Zeiten, vor allem so um die Mittagszeit und Abendbrotzeit, da platzten erstaunlich viele dieser Würstchen. Auch Bedienungspersonal bekam ja mal Hunger und mochte nicht immer in die Mannschaftsmensa gehen. Meist war auch gar keine Zeit dazu. Wasser, Cola oder Limo durften sie sich nehmen, so viel sie wollten. Niemand zählte, wie viel sie tranken. Die Arbeitsbedingungen waren sehr human, man ging freundlich und verständnisvoll miteinander um, auch mit Untergebenen. Mitarbeiter wurden als Menschen angesehen, nicht als gefühllose Maschinen, die nur funktionieren sollten. Und gerade deshalb funktionierte alles bestens.

Es war eine sehr angenehme Arbeitsatmosphäre. Das Schiff war bei jeder Fahrt bis auf den letzten Platz mit Touristen der unterschiedlichsten Nationen gefüllt. So konnte Lisa oft voller Stolz ihre Sprachkenntnisse nutzen. Diese Fahrt entlang der schönsten Weinorte am Rhein mit ihren beeindruckenden Burgen war bei Touristen aller Länder sehr beliebt. Sobald das Schiff sich der Loreley näherte, erklang von einer schon leicht ausgeleierten Schallplatte, aber in voller Lautstärke, das altbekannte Volkslied mit Heinrich Heines Text von der verführerischen Maid, die ihr güldenes Haar kämmend so manchen braven Schiffer ins Verderben gezogen hatte.

Warum eigentlich hatten sich diese angeblich doch so braven Männer denn nur derartig leicht von langen blonden
Haaren und Mädchen-Gesang beeindrucken und locken lassen? Warum hatten sie nicht aufs Wasser geschaut, sondern
nach oben zum Felsen mit der Jungfrau auf dem Gipfel?
Warum hatten sie so gar nicht mehr auf den Kurs ihrer Käh-
ne geachtet? Die hatten doch sicher alle Frau und Kinder zu
Hause. Warum dann zur Loreley hoch schauen?
Darüber hat sich keiner Gedanken gemacht. Davon erzählt
niemand, schon gar nicht Heinrich Heine. Obwohl der ansonsten ja kein Kind von Traurigkeit war und gerne seine
feine Ironie verwendete, besonders in seiner späteren Schaf-
fungsphase.
Generationen von Schülern müssen bis heute dieses Gedicht bzw. Lied besprechen und sogar auswendig lernen
und singen, ohne je das Verhalten der Schiffer zu diskutieren. Immer wird ihnen die Schuld der verführerischen jungen Frau eingetrichtert. „Cherchez la Femme". Wie immer!
Das war und ist ja die einfachste Erklärung, wenn Männer
Fehler machen.
Allerdings sorgten dieser Loreley Felsen und dieses Lied
Tag für Tag für die Begeisterung unzähliger Touristen.
Wäre das blonde süße Gift nicht als dieses so verlockende
und die harmlosen und unschuldigen Männer ins Unheil
ziehende Weib bekannt geworden, hätte das vermutlich
nicht geklappt. Da hat Heinrich Heine ja was Tolles für die
Touristik Branche geleistet. Sie müsste ihm ein eigenes
Denkmal am Fuße seiner Loreley setzen.
Beim ersten Ton des Liedes eilten alle Gäste aufs Sonnen-
deck, um sich den berühmt berüchtigten Felsen anzuschauen und ihn von allen Seiten zu fotografieren. Hierbei
drängelten sich auf Lisas Schiff besonders Japaner in vor-
derster Reihe, bewaffnet mit den neuesten Errungenschaften, die auf dem Gebiet der Fotoapparate zu erwerben
gewesen waren. Hatte das Schiff diese tatsächlich auch heute noch sehr gefährliche Kurve um zackige, unter der
Wasserlinie lauernde Felsen hinter sich gelassen, so schie-

nen die Gesichter der zuerst begeisterten Fotografen einen leicht enttäuschten Ausdruck anzunehmen. Irgendwie hatte wohl jeder ganz tief in seinem Inneren die Hoffnung gehabt, diese bildschöne Jungfrau Loreley zu erspähen und nicht nur einen schroffen Felsen, wie es Dutzende anderer gab.

Erstaunlich, dass noch kein Fremdenverkehrsbüro auf die Idee gekommen war, eine blonde Schöne zu engagieren, die dort oben hingebungsvoll ihr langes goldenes Haar kämmt, sobald sich ein Ausflugsdampfer nähert. Das wäre dann doch wirklich ein lohnendes Foto Motiv, mit dem man bei Freunden in Japan oder wo auch immer auf der Erde mächtig Eindruck machen könnte!

Dieses Loreley Lied hörte Lisa also mindestens dreißig Mal in diesem Monat, an fast jedem Tag einmal. Das war wohl das einzige, auf das sie gerne verzichtet hätte. Sie hatte keinerlei erotische Anwandlungen dem weiblichen Geschlecht gegenüber, und da sie selbst blondes langes Haar besaß, konnte der Gedanke an dieses Mädchen sie nicht im Geringsten beeindrucken. So konnte sie den ersten Vers vom Heine Gedicht vollkommen nachempfinden

„Ich weiß nicht, was soll es bedeuten". Der zweite Vers stimmte dann allerdings gar nicht mehr: „Dass ich so traurig bin". Traurig wurde sie keineswegs, nein, sicherlich nicht! Schließlich lachte sie über das unvermeidliche Gedudel und freute sich wie der Rest der Crew auf den nächsten Tag, auf die neuen Touristen, die vermutlich wieder gleiche leicht enttäuschte Mienen zeigen würden, da sich auch morgen keine Loreley blicken lassen würde und sie außer einem hübsch begrünten steilen Felsen nichts auf ihren Filmen einfangen könnten.

Lisa und ihre Kollegin in der Caféteria hatten sehr viel zu tun, Pausen gab es so gut wie nie, aber dadurch verging die Zeit auch rasend schnell. Getränkekästen heranschleppen, Flaschen aus- und einräumen, Kisten mit Naschereien aus dem Lager herbeiholen, ausräumen, einsortieren, all das war anstrengend, doch Lisa war ja jung und hatte viel Freude an der Arbeit. Sie wusste auch, wie außergewöhnlich gut die Bezahlung war.

An manchen Abenden fanden entweder in Mainz oder in Köln Tanzfahrten bis Mitternacht statt. Die Caféteria war dann ab 20 Uhr geschlossen, da die Gäste sich im Restaurant oder auf der Dachterrasse aufhielten. Das waren die schönsten Abende. Ein großer Teil der Crew saß oft in einer nicht einsehbaren Ecke des Hecks, im unteren Bereich, direkt über der Wasserlinie zusammen und erzählte und erzählte.

Es war Sommer, es war wunderbar mild. Die Lichter der Orte am Rheinufer glitzerten an ihnen vorbei. Vom oberen Deck erschallten Musik und fröhliches Lachen. Lisa lauschte den Erzählungen dieser für sie so ungewöhnlichen Menschen. Hätte man sie ans andere Ende der Erde geschickt, sie hätte es nicht exotischer empfunden, als es ihr hier vorkam. Sie tauchte voller Neugier in die Geschichten der Menschen aus der ihr bisher völlig unbekannten Welt ein.

Wer hier für Monate, meist ein dreiviertel Jahr mit anderen zusammen auf kleinstem Raum leben musste, hatte eben ganz andere Erfahrungen, Vorstellungen und Träume als die Menschen an Land. Viele kannten sich schon lange Zeit, weil sie Jahr für Jahr immer wieder auf einem Schiff dieser weißen Flotte anheuerten, sich somit immer wieder trafen. Viele hatten auf den noch größeren Schiffen der Köln Düsseldorfer gearbeitet, auf der Britannia, oder der France, oder der Helvetia und wie sie alle hießen. Sie kannten das Leben auf Schiffen, die von Rotterdam bis Basel fuhren und auf denen die Passagiere bequeme Kajüten zur Verfügung hatten. Die heute so angepriesenen Fluss Kreuzfahrten gab es also damals schon.

Das Leben an Land wurde bei diesen Menschen vollkommen von dem an Bord ihres jeweiligen Schiffes geprägt und überlagert. An Land fühlten sich die meisten von ihnen fremd. So fürchteten sie das Ende der Saison und hofften auf neue Arbeitsverträge zum Beginn der folgenden Saison im März.

Wie gleichmäßig, zwar behütet, aber auch langweilig, war dagegen Lisas Leben bisher verlaufen! Sie genoss jede Minute dieses Zusammenseins und sog jedes Wort begierig auf.

Der spätere Anrufer Torsten, der zu dieser Zeit noch kein Anrufer, sondern einfach nur ihr Freund war, den Lisa erst kurze Zeit kannte, war in Urlaub mit seinem befreundeten Ehepaar. War er nun in Spanien oder war er in Griechenland gewesen? Lisa hat es vergessen und dem Spiegel scheint es auch unwichtig zu sein. Erst hatte Torsten ihr vorgeschwärmt, wie wunderschön es wäre, wenn sie mit reisen würde. Dann aber entdeckte er immer mehr Gründe, warum sie eben nicht mit fahren könne und war wohl heilfroh, dass Lisas Eltern ohnehin nie ihre Erlaubnis gegeben hätten. So hatte er die perfekten Sündenböcke, die ihrem Zweierglück im Wege standen. Er konnte ja nichts dafür, hätte sie zu gerne mit genommen. Zwei Ansichtskarten schickte er ihr.

Ganz tief in ihrem Inneren wurde ihr klar, dass sie sich unter einem Traummann etwas anderes vorgestellt hatte, dennoch klammerte sie sich an den Gedanken dieser vermeintlichen Liebe und duldete keinerlei Kritik, weder an ihm selbst, noch an seinem Verhalten. Aber auf diesem Schiff lebte sie, wie auch die anderen um sie herum, in einem abgeschotteten Nest, weit weit weg von den Problemen an Land. Und so traten Gedanken an diesen Mann Torsten immer mehr zurück. Er gehörte zu ihrem anderen Leben, hatte an Bord nichts zu suchen. Sie verspürte nicht einmal Sehnsucht.

Sie hatte am ersten Tagen den charmanten englischen Zahlmeister des Schiffes kennen gelernt. Er hatte sie umgarnt und ihr schmeichelte das. Vielleicht hatte sie sich sogar ein wenig verliebt. Sie verbrachte mit ihm von Anfang an viele Abende in irgendwelchen netten Restaurants und Kneipen und danach in seiner relativ großen und recht schönen Kajüte.

Ein schlechtes Gewissen stellte sich nur selten ein und wenn, dann nur an Land, nie an Bord. Sie war ganz schnell zu einem Mitglied dieser ungewöhnlichen Gemeinschaft geworden und lebte somit wie sie in zwei voneinander getrennten Welten.

Oh, der Spiegel scheint etwas zu beschlagen. Ob er die nächsten Gedanken verschwommener erscheinen lassen möchte, um ihren Zauber nicht zu zerstören? Lisa schmunzelt und sieht sich am Tisch eines gemütlichen Lokals. Ihr Zahlmeister und sie aßen dort eine Kleinigkeit, als ein Rosenverkäufer, den Arm voller Blumen, an ihren Tisch kam. Lisa kam sich wie eine Prinzessin vor. Ihr Begleiter kaufte ihm den gesamten Vorrat an roten langstieligen Rosen ab. Es waren mehr als fünfzig, wie Lisa später, als sie sie in ihrer Kajüte in einem Sektkübel anordnete, immer noch völlig betört, feststellte.

Auch nach ihrer Zeit auf dem Schiff trafen die beiden sich ab und zu noch heimlich in der Stadt. Torsten durfte natürlich nichts davon erfahren und Joe, ihr Zahlmeister, hatte wohl auch seine Gründe, ihre Freundschaft im Geheimen zu belassen.

An Land, im normalen Leben, verblassten die Gefühle dann doch recht schnell, zumal Lisa sich kaum noch traute, ihn zu treffen. Undenkbar, wenn Torsten das bemerkt hätte!

Eine Weile schickte Joe ihr heiße Liebesbriefe, die sie zunächst in Büchern versteckte und dann aber doch vernichtete, damit der so eifersüchtige, eher herrschsüchtige und ihr Leben bestimmende Torsten, der sich bald zum Anrufer entwickelte, sie nie entdecken konnte. Eifersucht setzt Liebe voraus. Also kann es bei ihm keine Eifersucht gewesen sein. Es war wohl einfach die Freude daran, ein Mädchen beherrschen zu können.

Leider hat sie diese so poetischen Briefe vernichtet. Sie hat es später sehr bereut. Man sollte Beweise an schöne Erlebnisse und schöne Erinnerungen nicht so einfach beseitigen. Allerdings kannte sie aus der Schule Fontanes „Effi Briest". Das war ein Roman, den sie gar nicht mochte, bei dem sie sich zum Entsetzen ihrer damaligen alten und überaus prüden Jungfer Lehrerin mächtig aufgeregt hatte. Immer wieder fragte sie sich und natürlich auch die empörte Lehrerin, die ihre Gedankengänge nie nachvollziehen wollte und vermutlich gar nicht konnte durch ihre so fest montierten Scheuklappen allem gegenüber, das nicht ihrer Meinung entsprach, warum diese dumme Pute im Roman ihre intimsten Liebesbriefe im Nähkästchen aufheben musste, wo sie doch so leicht zu finden waren.

Aber hätte Fontane sie das nicht tun lassen, welche Grundlage hätte er dann für seinen Roman gehabt? So konnte er sich in aller Ausführlichkeit an der Beschreibung der Moralvorstellungen dieser Gesellschaft austoben. Fontane wurde nie zu einem von Lisas Lieblingsschriftstellern. Er war ihr zu ausschweifend in seinen Schilderungen und zu den dargestellten Inhalten fand sie keinen Bezug. Das war eben ganz und gar nicht ihre Welt. Hätte man sie nicht immer wieder in der Schule gezwungen, seine Werke zu lesen, sie würde ihn kaum kennen.

Aber eine Sache hatte sie doch aus dieser Lektüre gelernt: Effis Schicksal war ihr eine Warnung. So würde sie nicht enden! Vor Kummer zergehen! Nein, das war nichts für sie! Sie wollte leben und genießen. Das hatte sie wohl absolut verinnerlicht, daher war sie klüger als diese Effi. Wenigstens erschien es ihr so. Anfangs war sie sehr stolz auf ihre weise Entscheidung. Heute seufzt sie, es blieben ihr nur die Gedanken daran, dass sie einmal sehr schöne Liebesbriefe bekommen hatte. Liebesbriefe, die nicht einmal ein Fontane so wunderschön hätte schreiben können. Gerne würde sie hin und wieder in ihnen blättern.

Meine Güte, wie lang ist das alles her?

Der Spiegel beschlägt stärker. Sie atmet tief ein und aus.

Sie lehnt sich zurück. Sie wartet. Sie muss nachdenken, muss genießend mit diesem Kapitel ihrer Lebensgeschichte abschließen. Erst dann ist sie wieder bereit für die nächste Erinnerung. „Lass mir Zeit, mein Zauberspiegel! Vielleicht bis morgen oder auch bis übermorgen!"

* * * * * * *

Abschied
– Eifersucht und der Fiat 500

Es vergeht kaum ein ganzer Tag, da sitzt Lisa wieder vor ihrem Spiegel. Sie ist begierig, will weiter in ihr Leben schauen. Da ist doch noch so viel, das man wieder entdecken könnte!

Das Spiegelglas scheint zunächst verschwommen, aber Lisa kennt inzwischen die Geheimnisse des Spiegels, seine Tarnung, und gibt nicht auf. Sie schaut durch Nebelschleier hindurch, weiß, gleich wird sich ein neues Bild öffnen. Sie muss nicht lange warten.

Die junge Frau Lisa verließ nur einen Tag nach dem so verwirrenden Erlebnis mit Andreas, dem ersten Tag, der ersten Nacht mit diesem ihr doch völlig Fremden, ihr Zimmer im Studentenheim. Semesterferien hatten begonnen und sie war schon fast auf dem Weg nach Hause, zu ihren Eltern. Bepackt wie für eine halbe Weltreise, stolperte sie aus dem Haus und steuerte auf ihr Auto zu, einen knallroten Fiat 500, ihren Marienkäfer. Was hatte näher gelegen, als dieses kugelförmige Autochen so zu schmücken, dass es wie ein frecher Marienkäfer aussah? Auf dem gesamten Auto hatte sie große, schwarze Folienpunkte verteilt. Über den Scheinwerfern besaß das Auto jeweils eine Art kleines Schutzblech. Für Lisa waren das ganz klar Augenlider. Was also war logischer, als auf diese Bleche schwarze Streifen aufzukleben, die lange Wimpern darstellen sollten.

Gut, wirkliche Käfer besitzen im Normalfall keine Wimpern, aber ihr Marienkäfer war ja auch kein „Normalfall". Er hatte ja auch keine Flügel und keine sechs Beine, sondern nur vier Räder, auf denen er eigentlich brav rollen sollte. Natürlich konnte er nicht fliegen, aber so richtig fahren konnte er leider auch nicht. So lustig das Auto tatsächlich aussah, so wenig lustig war es, sich damit im Straßenverkehr fort zu bewegen. Der Marienkäfer war äußerst eigenwillig und verweigerte oft den Dienst, genau den, für den ein Auto doch konstruiert worden war. Sollte er so reagieren, wie Autos das eben normalerweise taten, so wurde er häufig störrisch, so dass er den Begriff „Verkehrsmittel" kaum noch verdiente.

Sein Hauptproblem war, dass er meist erst nach vielen lautstarken Startversuchen, begleitet von Lisas immer verzweifelter werdenden Stoßgebeten, ansprang. Sein Motor klang regelrecht mürrisch, so als habe er keine Lust, seinen Dienst zu verrichten. Er vermittelte unmissverständlich den Eindruck, dass ein Auto in seinem hohen Alter wirklich Ruhe auf einem Schrottplatz finden sollte und nicht auf Straßen herum gescheucht werden wollte. Doch diese Ruhe war ihm noch nicht vergönnt, also zeigte er seiner Besitzerin regelmäßig, wie verärgert er war.

Aber Lisa war auf ihn angewiesen. Zuvor hatte sie einen VW Käfer gefahren, auch alt, aber sehr zuverlässig. Nie hatte der sie im Stich gelassen. Wie die Werbung es bis heute verspricht, rollte und rollte und rollte er stets brav und unermüdlich dahin, wo Lisa ihn hin steuerte.

Warum Papa den verkauft hatte und diesen vom ersten Tag an unzuverlässigen Fiat dafür erstanden hatte, war ihr recht unklar geblieben. Sie hatte Papas Entscheidungen aber nie besonders hinterfragt. Meist lag er ja richtig mit seinen Hinweisen, Ratschlägen und Handlungen. Dieses Mal allerdings nicht. Irgendwelche schlauen Leute, die nicht selber mit dem Auto fahren mussten, hatten ihm wohl den Floh ins Ohr gesetzt, wie kostengünstig dieser Tausch wäre. Zunächst stimmte das auch. Für den alten VW bekam Papa nach fast zwei Jahren Nutzung noch den vollen Anschaffungspreis von 2000 DM und musste nur 500 DM für diesen Fiat hinblättern. Auf längere Sicht aber war das keine gute Entscheidung gewesen. Und im Endeffekt stellte sich dieser Tausch sogar als gefährlich heraus und wurde teurer als gedacht.

Lisa kannte ihren bockigen Marienkäfer inzwischen ganz gut und bekam natürlich auch ständig von allen Seiten gut gemeinte Ratschläge. Besonders taten sich dabei absolute

Laien hervor, die noch weniger Ahnung hatten als Lisa und das sollte schon etwas heißen!

Den im wahrsten Sinne des Wortes heißesten Hinweis, erhielt sie von einem Fachmann, so stellte er sich ihr vor. Erst lauschte sie dankbar und zunächst vom Wissen des Mannes überzeugt, seinen Ratschlägen und folgte diesen zwar zögernd, aber was sollte sie sonst tun? Sie wurde zunehmend skeptisch, und bald schon erschien ihr dieser Tipp als gar nicht mehr so hilfreich. Dieser Mann, ein Tankwart, hatte ihr geraten, vor dem Starten etwas Benzin in eine bestimmte Öffnung, ganz dicht neben dem Motor gelegen, zu kippen. So sollte der Wagen leicht anspringen, sobald Lisa startete, weil er ja direkt Benzin bekam. Gleichzeitig hatte er sie immerhin mahnend darauf aufmerksam gemacht, dass bei so einer Prozedur der Motor leicht Feuer fangen könnte, wenn man zu viel Benzin hinein kippen würde bzw. wenn man die besagte Öffnung nicht korrekt traf und daneben goss.

Wie man das Benzin ohne zu kleckern in die richtige Öffnung befördern konnte, zeigte er ihr auch. Er benutzte dazu eine Art kleiner Oelkanne mit langem dünnen Hals. Schade nur, dass Lisa so ein Hilfsmittel nicht besaß. Im Labor gab es diese Plastikflaschen mit destilliertem Wasser, die sahen ähnlich aus. Sie hatten einen dünnen, sehr lang gezogenen und gebogenen Ausguss. Die hätten sich sicher als perfekt geeignet herausgestellt. Nur ungünstig für Lisa, sie besaß keine eigene, nicht zu Hause, und erst recht nicht im Auto.

Und so passierte genau das, was eben nicht hätte passieren sollen.

Lisa war alles andere als mutig, aber sie hatte diesen Ratschlag des Fachmannes befolgt und Benzin als Starthilfe in die vorgesehene Röhre geträufelt. Was war ihr anderes übrig geblieben? Sie brauchte das verdammte Auto dringend, aber nicht stehend, sondern sich fortbewegend.

Es schien auch geklappt zu haben. Der Marienkäfer sprang ohne große Weigerung an und fuhr recht brav los. Kaum hatte sie aber ein paar Kilometer auf der Autobahn zurück gelegt, da hupten überholende Autofahrer aufgeregt, gestikulierten und machten seltsame Zeichen. Sie schaute in den Rückspiegel und erblickte kleine Rauchwolken, die aus ihrem Motorraum hervor quollen. Lisa zitterte vor Entsetzen. Aber mitten auf der Autobahn anzuhalten, traute sie sich nicht. Was würde das kosten, wenn sie Hilfe anforderte, wenn sie gar abgeschleppt werden müsste. Da sah sie ein Schild. Die nächste Autobahn Raststätte mit Tankstelle wurde angekündigt. Fünf Kilometer trennten sie noch von der Rettung. Das müsste gehen, das musste gehen, die Ausfahrt war ja nicht mehr weit entfernt.

Voller Panik schaute sie mehr in den Rückspiegel als auf die Fahrbahn vor sich. Sie plante für den Notfall fieberhaft ihren abrupten Halt auf dem Standstreifen, das Greifen ihrer Handtasche vom Beifahrersitz und den rettenden Sprung aus dem brennenden Auto, wenn das Abenteuer denn tatsächlich so dramatisch enden sollte.

So weit kam es dann doch nicht. Sie rollte zwar dampfend, aber nicht brennend auf die Raststätte samt Tankstelle zu. Sie parkte das Auto weit weg von den Tanksäulen und rannte in den Verkaufsraum, um Hilfe zu holen. Viel helfen konnten die Männer dort ihr und ihrem Marienkäfer auch nicht, aber nachdem sie ihnen die Vorgeschichte geschildert hatte, versuchten sie Lisa zu beruhigen und erklärten, dass der Rauch nur von ein paar Tröpfchen daneben gelaufenen Benzins stammte und sie beruhigt weiter fahren könnte. Es würde keine Gefahr bestehen. Der Rauch hatte sich inzwischen aufgelöst und sie fuhr weiter, aber beruhigt war sie sicher nicht. Voller Misstrauen und Angst schaute sie immer wieder in den Rückspiegel. Obwohl inzwischen kein Rauch mehr zu sehen war, so war sie doch auf der Hut und rechnete immer noch mit einem Zwischenfall, wenn auch nicht mehr mit einer Katastrophe. Es geschah nichts Ungewöhnliches mehr. Der Fiat fuhr sie ohne weitere Störung zu ihrem Ziel. Eines aber hatte sie fürs Leben gelernt: Nie wieder schüttete sie Benzin in irgendwelche Rohre oder Zulei-

tungen, Benzin goss sie ausschließlich in den dafür vorgesehenen Tank.

Das waren aber noch nicht alle Eigenheiten, die dieser
spezielle Fiat 500 aufwies. Langsam wurde es Lisa sehr
klar, warum er für so wenig Geld verkauft worden war.

Lisa hatte sich schon daran gewöhnt, dass ihr unzuverlässi-
ger Marienkäfer, bzw. sein altersschwacher Motor, sich
nach jedem Bremsvorgang, der zum Stand führen sollte,
wie das an einer roten Ampel ja unumgänglich war, mit
blubberndem Geräusch in eine Pause verabschiedete und
sich direkt im Anschluss ganz ausstellte. Nur mit Mühe, mit
wiederholten Startversuchen, die ihr unendlich lang vorkamen, gelang es dann, ihn wieder zum Laufen zu bringen.

So stand sie manches Mal an einer roten Ampel und orgelte
und orgelte, um bei Grün wieder in Fahrt zu kommen. Das
klappte manchmal erst bei der zweiten oder dritten Grün-
phase. Die Verkehrsteilnehmer hinter ihr brauchten starke
Nerven. Lisa aber brauchte noch viel stärkere. Ihre Nerven
lagen jedes Mal blank. Sie hätte weinen oder laut brüllen
mögen. Hin und wieder tat sie es tatsächlich, aber das er-
barmte den Fiat nur selten. Ihr Gesicht leuchtete roter als
jede Ampel, der Schweiß lief in Strömen, doch dieses unbe-
rechenbare Auto kam erst nach vielen Versuchen wieder in
Gang und fuhr hoppelnd los.

Getreu Papas Ausspruch:

„Es gibt nichts oder zumindest kaum etwas, was man nicht
hinbekommt, wenn man es nur wirklich will!" hatte Lisa eines Tages eine tolle Besonderheit ihres Marienkäfers entdeckt und bekam das Problem „Ausgehen" nach Bremsung
weitgehend in den Griff, indem sie grundsätzlich nur noch
mit Vollgas und Bremse fuhr.

Der Wagen hatte die für diesen Fall segensreiche Vorrich-
tung; Handgas geben zu können. Er besaß einen Hebel unter dem Armaturenbrett, mit dem man dieses Handgas ein-
stellen konnte. Man musste nur den Hebel heraus ziehen
und konnte damit die Stärke des Gasgebens bestimmen. Ob
die Hersteller das in weiser Voraussicht eingebaut hatten?

Hatten sie bedacht, welch Höllenqualen eine junge Frau durchstehen musste, wenn dieses Auto sie gnadenlos auf Kreuzungen stehen ließ?

Nach anfänglichen Schwierigkeiten klappte das Gas Geben per Handregulierung recht gut. Lisa fuhr nun stets mit Vollgas und laut heulendem Motor munter durch die Gegend und war hauptsächlich damit beschäftigt, so zu bremsen, dass sie relativ normal am Straßenverkehr teilnehmen konnte, ohne ein Verkehrshindernis zu sein, aber auch ohne jemanden anzufahren oder ungebremst über Kreuzungen und rote Ampeln zu preschen.

Zur Ehrenrettung dieses Autos muss man aber sagen, es hatte auch positive Seiten. Es war ja sozusagen ein Cabriolet. Es besaß ein so großes Stoff Schiebedach, dass ein Mitfahrer sich im Auto hinstellen konnte und den Oberkörper weit aus dem Dach strecken konnte. So konnte man viele Freunde unterbringen und mit ihnen Ausflüge machen. Es war unglaublich, wie viele Personen in dieses Auto passten! Oft bewies Lisa sein Fassungsvermögen, wenn sie es mit Freunden und Picknick Ausstattung vollstopfte, um z.B. zu einem nahe gelegenen See zum Schwimmen zu fahren.

Trotz aller Mängel, dieses rote, schwarz getupfte Gefährt hatte noch einen großen Vorteil, der einfach nicht zu überbieten war, zumindest nicht in einer Großstadt mit wenig freien und vor allem kostenlosen Stellplätzen. Lisa hatte nie auch nur die geringsten Parkplatz Probleme. Das winzige Auto mit seinen genau 2,97 Metern Länge und 1,32 Metern Breite passte perfekt zwischen eine Telefonzelle und einen Baum mit mächtigem Stammumfang, die sich auf einem Streifen zwischen Bürgersteig und Straße, direkt neben dem Studentenheim befanden. Kein anderes Auto konnte hier geparkt werden. So besaß sie also einen eigenen Privatparkplatz, direkt vor ihrem Wohnhaus.

Und da stand der Fiat natürlich auch am Tag ihrer Abfahrt zu den Eltern.

Schmuck glänzte er unter den Regentropfen, die an diesem frühen Julimorgen munter niederprasselten. So lange er nicht fahren musste, war er ein wirklich niedliches Auto, so ein richtiges Mädchen Auto. Kaum jemand ging an ihm vorbei ohne zu schmunzeln, wenn er da so zwischen gelber Telefonzelle und braun-grünem Baumstamm knallrot vor sich hin leuchtete. Die Wimpern schienen jedem keck zuzublinzeln.

Eigentlich liebte Lisa ihren Marienkäfer, zumindest jetzt noch. Nach einem späteren Erlebnis erlosch die Liebe dann schlagartig. Aber das wollte ihr Spiegel ihr im Moment nicht erzählen. Und so sah Lisa sich, wie sie ihr Auto aufschloss und ihre Siebensachen auf allen Sitzen verteilte.

Schon näherten sich einige Freundinnen und Freunde, um sie in die Ferien zu entlassen, und um sich gegenseitig eine schöne Zeit zu wünschen. Mit viel Umarmungen und Küsschen wurde sie lautstark verabschiedet. Da tauchte aus dem benachbarten Jungen Studentenheim Klaus auf.

Es herrschte zu dieser Zeit noch strickte Geschlechtertrennung in den Heimen. So gab es Lisas Heim, in dem nur Mädchen wohnten und dann eben praktischerweise das benachbarte Jungen Heim. Nun ja, diese Trennung war sehr locker. Man konnte zwar nicht im Heim ein Zimmer mieten, wenn man nicht das vorgeschriebene Geschlecht hatte, aber ansonsten kümmerte sich niemand um die tatsächliche Bettenbelegung, solange es nicht zu regelmäßig zu Doppelbelegung führte. So konnte ein Außenstehender nur schwer unterscheiden, in welchem Haus er sich gerade aufhielt, denn es wuselte alles durcheinander, egal ob Mädchen oder männliche Wesen.

Klaus fiel an diesem Morgen wieder einmal auf. Er war ein charmanter und netter Kumpel, aber meist ein wenig neben sich, verhuscht, oder gar etwas verhascht? Wie auch immer, er schlurfte herbei und rief schon von weitem seine laute Begrüßung. Auch er wollte Lisa ein Küsschen geben und ihr und dem Marienkäfer, den er von manch einem Ausflug her sehr gut kannte, nachwinken. Schon hatte er die Aufmerksamkeit aller auf sich gezogen. Jeder prustete los vor Lachen. War wohl etwas früh am Tag für Klaus. Er hatte es noch nicht geschafft, sich in seine Jeans und Pulli zu zwängen. So stand er im Schlafanzug, mit Puschen an den Füßen, aber unter einem großen Schirm vor ihnen. Ein Zirkusclown hätte einen Wettstreit, wer am albernsten aussähe, sicher verloren.

Ihm bedeutete sein Äußeres nichts. Er nahm Lisa in den Arm, küsste sie stürmisch auf die Wangen und wollte ihr gerade etwas ins Ohr flüstern, da riss ihn jemand von ihr fort.

Fast wäre Klaus auf dem glitschigen Untergrund buchstäblich aus seinen Pantoffeln gehoben worden. Lisa und er schauten erschreckt und verblüfft auf den Angreifer. Vor ihnen stand Andreas, Lisas so verwirrende Eroberung vom Tag zuvor. Wütend blaffte er Klaus an, er solle gefälligst verschwinden und sich wieder in sein Bett legen, aber auf jeden Fall Lisa nicht betatschen. Alle Umstehenden guckten verdutzt. Hatten sie etwas verpasst? Hatte Lisa einen neuen Freund? Wer war denn dieser andere? Woher kam er? Niemand kannte ihn. Welche Ansprüche auf Lisa hatte er?

Fast die gleichen Fragen stellte Lisa sich auch. Gut, der Tag zuvor, das war ein aufregender Tag gewesen und die Nacht erst! Die war wirklich unglaublich aufregend gewesen! Aber mehr war doch nun auch wieder nicht geschehen. Sie hatte einen Tag und eine Nacht mit einem Mann verbracht, das geschah schon mal, war also nicht das erste Mal hier am Studienort. Nannte man das nicht „One Night Stand"? In ihrem Fall könnte man auch von einem „One Day – One Night Stand" sprechen. Sie hatte doch beschlossen, dass es dabei bleiben sollte, ja unbedingt bleiben musste!

Sie hatte sich ja innerlich von Torsten einigermaßen befreit und daher durchaus am Leben wieder aktiv teil genommen. War Andreas da nicht nur ein ganz normaler, wenn auch heftiger und aufregender Flirt gewesen? Was bildete sich dieser Kerl nur ein? Plusterte sich wie ein Hahn im Hühnerhof auf. Bildete der sich ein, er habe ein Anrecht auf sie? Sie waren doch kein Paar, oder? Wie konnte er es wagen, ihre Freunde so zu behandeln.

Bevor die Situation eskalieren konnte, winkte Klaus noch einmal allen zu und trollte in Richtung Jungenheim davon. Er war noch ziemlich im Tran und hatte den Angriff gar nicht groß zur Kenntnis genommen. Aber auch im ausgeschlafeneren Zustand mit klarerem Durchblick hätte er sich vermutlich ähnlich verhalten. Klaus war alles andere als aggressiv, sicherlich kein Kämpfertyp. Und wozu auch sollte er das sein? Lisa und er waren Freunde, mehr nicht. Nur zu zweit alleine waren sie nie gewesen und wollten sie auch nie sein. Sie hatten zusammen mit anderen manche Nacht, bis früh in den Morgen, Skat oder Doppelkopf gespielt, waren mit Freunden und Bekannten zum Baden an verschiedene Seen gefahren. Selbst nachts waren sie zum Tanzen oder um ein Bier zu trinken, durch die Stadt gezogen. Sie hatten alles gemeinsam unternommen, was man so mit anderen Studenten eben unternahm, wenn man sich vom Stress der Seminare, der Praktika, der Vorlesungen und der Lernerei schlechthin ablenken wollte. Mehr war nie zwischen ihnen gewesen.

Hätte irgendjemand Lisa angegriffen, so wäre er vermutlich dazwischen gegangen, weniger aus Tapferkeit, sondern eher aus Anstand, weil man das eben so machte als junger Mann, wenn ein Mädchen bedrängt wurde. Aber das hätte er nicht nur für Lisa getan, sondern auch für jedes andere Mädchen oder auch jeden Freund, wenn sie in eine Notlage gekommen wären. Er war nämlich ein echter Kumpel.

Andreas zog Lisa zur Seite und nahm sie wie zufällig selbst in den Arm. Er streichelte sie heimlich, für die anderen kaum sichtbar, und sagte bestimmt, aber zärtlich, dass er es nicht dulden werde, wenn ein anderer sie anfasse, schon gar nicht in seiner Anwesenheit. Lisa erschauerte. Auch wenn dieser Mann offensichtlich nicht alle Tassen im Schrank hatte, so war es doch ein schönes Gefühl, von ihm gehalten zu werden und seine Lippen an ihrer Wange und ihrem Ohr zu spüren. Blitzartig hatte sie wieder den vergangenen Tag vor Augen. Dieser verrückte Tag, diese verrückte wilde Nacht! Aber auch Ehefrau und Kind kamen ihr gleich in den Sinn. Sie errötete und schob ihn energisch von sich. Mit knappen Worten verabschiedete sie sich von ihm und ihren Freunden, winkte allen fröhlich zu, sprang in ihren Marienkäfer, schlug die Türe mit Schwung zu und startete den Motor.

Wie durch ein Wunder, vielleicht um zur Abwechslung einmal einen guten Eindruck zu hinterlassen, sprang der sonst so störrische Fiat ohne Mucken sofort an und ließ sich anstandslos aus seiner Parklücke hinaus manövrieren. Lisa war ziemlich aufgewühlt. Sie war froh, erst einmal alles hinter sich lassen zu können. Sie freute sich auf die Autofahrt, bei der sie alle Geschehnisse durchdenken konnte. Der Anrufer hatte heute nicht die geringste Chance, ihr die Fahrt mit Gedanken an ihn und seine seltsamen Forderungen zu vermiesen. Nur ganz kurz kam er ihr in den Sinn, sie tippte sich mit dem Zeigefinger an die Stirn und sagte sich:

„Du kannst mich mal gern haben, du Idiot, ich habe kein schlechtes Gewissen! Bleib von mir aus da, wo der Pfeffer wächst. Ich brauche dich nicht mehr! Adios!"

Und schon war er vergessen. Schließlich brauchte sie ihre volle Konzentration für ihre neuesten Erlebnisse.

Andreas hatte ihre Gefühls- und Gedankenwelt ganz schön durcheinander gewirbelt. Das hatte den überaus positiven Effekt, dass sie sich immer weiter von dem Anrufer und dessen Anspruchsdenken gelöst hatte.

Nun lagen erst einmal drei lange Monate Semesterferien vor ihr. Sie freute sich auf zu Hause, freute sich darauf, von Mutti bekocht zu werden, von Papa und sogar von Stefan verwöhnt zu werden und überhaupt das Rundum-Familien-Sorglos-Paket zu Hause genießen zu können. Sie war gespannt auf ihren Ferienjob beim Zoll, den sie durch Papas Beziehungen ergattert hatte.

Was würde mit Andreas weiter geschehen? Würde sie ihn überhaupt einmal wiedersehen? Drei Monate waren eine lange Zeit. Seltsam alles. Er hatte sich eben so benommen, als seien sie schon lange ein Paar. Diese Eifersuchtsszene erinnerte sie an Torstens Verhalten und war dann doch so ganz anders gewesen. Hier hatte sie nicht das Gefühl, beherrscht zu werden oder fremd bestimmt zu sein. Nichts in ihr misstraute Andreas. Er war tatsächlich ganz anders. Er war liebevoll gewesen, er hatte sie beide glücklich gemacht an diesem Tag, in dieser Nacht. Sie hatten harmoniert, als seien sie für einander geschaffen worden und hätten sich nun endlich gefunden. Das war kein Vergleich zu den Erlebnissen mit Torsten.

Andreas hatte eine ganz andere Art von Eifersucht gezeigt, eine, die ihr im Grunde sehr gefiel. Dennoch verstand sie diesen Mann nicht. Aber sich selbst verstand sie noch weniger. Sie hatte ihm ihren vollen Namen und ihre Heimatadresse gegeben. Warum eigentlich? Sie kannte ihn doch gar nicht. Das war nicht üblich. Unter Studenten tauschte man solche privaten Daten erst aus, wenn man sich länger kannte und vertraute. Kaum jemand sonst von ihren Bekannten wusste solche Einzelheiten.

Sie hatte keine logische Erklärung. Das durfte doch alles keine Fortsetzung haben. Ein verheirateter Mann!!! Undenkbar, mit dem eine Beziehung einzugehen. Tja, aber sie hatte es ja bereits getan. Eines war ihr auf jeden Fall klar, ihren Eltern durfte sie nichts von diesem Erlebnis erzählen. Nie hätten sie Verständnis für Lisas Verhalten gehabt.

Heute glaubt sie es zu wissen, warum sie damals sich so völlig gegen jede Vernunft verhalten hat. Es war ihre Bestimmung gewesen, ihr Schicksal. Wer auch immer die Schicksale der Menschen in seiner Hand hat und bestimmt, wie ihr Leben verlaufen soll, der hat es in ihrem Fall sehr gut gemacht. In diesem Mann war ihr die Liebe ihres Lebens begegnet.

****

„Denn ich kann ohne dich nicht sein"
(Raymond Peynet)

Lisa nimmt einen kleinen Schluck aus ihrem Glas. Genüsslich lässt sie den Wein einen Moment ihre Zunge umspielen. Köstlich. Und nur durch Andreas hatte sie Beaujolais kennen und lieben gelernt. Sie lehnt sich etwas in ihren Sessel zurück und schließt die Augen.

Leise murmelt sie vor sich hin:

„Spieglein, Spieglein, vor mir an der Wand, ich war sicher nicht die Schönste im ganzen Land, nur die Zweitschönste in diesem Doppelzimmer, aber ich konnte diesen Mann verzaubern. Die Schönste, Ramona, war gerade ‚über den sieben Bergen', nicht bei den sieben Zwergen, sondern bei ihren Eltern, als er in mein Zimmer und in mein Leben trat. Das war Schicksal! Er war sofort fasziniert von dem Anblick des zersausten blonden Mädchens, das in diesem kargen Zimmer saß und Chemie Bücher vor sich aufgestapelt hatte. Das war Liebe auf den ersten Blick gewesen. Vor allem meine grünen Augen hatten es ihm sofort angetan, wie er immer wieder hervorhob, was ihn später zu einem besonderen Geschenk veranlasste."

Und vor ihrem inneren Auge erscheint dieses Geschenk.

Schon nach wenigen Treffen schenkte Andreas seiner Lisa ein entzückendes Büchlein von Raymond Peynet mit dem Titel „Denn ich kann ohne dich nicht sein" – „Eine Liebeserklärung an die Liebe", in dem der französische Autor und Zeichner Peynet kurze Texte, oft nur Zweizeiler, mit liebevollen Karikaturen verbindet. Somit also, wie im Klappentext zu lesen ist, „seine anmutigen und versponnenen Liebespaare in den verliebtesten Situationen darstellt. Mit unendlicher Poesie und Grazie schildert er l'amour, l'amour, love, Liebe in all ihren Formen. Bei diesen zärtlichen Zeichnungen spürt jeder: Verliebtsein ist das Schönste, was es gibt. Aber es ist auch eine Kunst. Man kann sie lernen".

Da Andreas Ehe wohl doch nicht so freizügig war, wie er zunächst behauptet hatte, vermied er es mit allen Mitteln, nachprüfbare Spuren zu hinterlassen. Das bedeutete, er schenkte Lisa nach Möglichkeit nichts, das auf ihn hätte zurück geführt werden können, schrieb zum Beispiel niemals Liebesbriefe. Wie sie später erfuhr, war das auch sehr klug gewesen für einen Mann, der seine Ehe in dieser freizügigen Art führte. Lisa war durchaus nicht die einzige Affäre, die er bisher gehabt hatte. Bevor er Lisa kennen lernte, erfreute er sich parallel zu seiner Ehe ausgiebig an mehreren Beziehungen mit völlig unterschiedlichen Frauen, die immer geschickt und klug auf verschiedene Orte verteilt waren. So bedurfte es schon eines erstklassigen Sicherheitssystems und Organisationstalents, um einerseits den Überblick nicht zu verlieren und andererseits zumindest nach außen hin den Anschein eines braven Ehemannes zu wahren. Seine Frau ahnte einiges, aber solange sie ihr bequemes Leben weiter führen konnte, übersah sie es und akzeptierte diesen Lebensstil. Somit hatte er nicht direkt gelogen, als er von „freier Ehe" gesprochen hatte. Wie sie später selbst erzählte, war sie ganz froh, dass ihr jemand diese lästige Sache, diese ehelichen Pflichten, weitgehend abnahm. Einzige Bedingung, nach außen durfte nichts erkennbar sein. Und die „Affäre" sollte nicht in der unmittelbaren Nachbarschaft wohnen. Der brave und hochanständige Andreas entpuppte sich also so nach und nach als ein Mann, der alles andere als treu und brav und ehrlich war. Aber als Lisa das so langsam von ihm erfuhr, war es ja schon um sie geschehen und sie konnte und wollte sich nicht mehr von ihm trennen. Seine Frau hatte ihre Scheuklappen und konnte damit leben. Das einzige, das sie stören würde, war, dass Lisa nicht weit entfernt wohnte, sondern sogar in direkter Nachbarschaft lebte. Und ein zweiter, viel wesentlicherer Punkt, der auch ganz neu für seine Ehefrau war: Lisa war keine vorübergehende Episode wie die bisherigen alle, sondern es entwickelte sich eine sehr enge Beziehung. Das hatte ihr nicht entgehen können.

Mit Lisa änderte Andreas sein unstetes Leben, er ging nicht mehr auf die Pirsch, ja, er meldete sich nicht einmal mehr bei den anderen Damen. Zumindest hatte er Lisa das so dargestellt, dass er sich nur noch für sie interessiere, dass er sich derartig verliebt habe, dass die anderen bedeutungslos geworden seien. Sie hatte ihm nach anfänglichem Misstrauen, immerhin war sie ja ein „gebranntes Kind", schließlich geglaubt. Sie hatte ihm von da an bedingungslos vertraut, kam nie auch nur auf die Idee, ihm nachzuspionieren. Er hat sie nie enttäuscht.

Die verlassenen Frauen werden vermutlich noch eine Weile auf ihn gewartet haben, dann aber, zwar mit Wehmut, dennoch recht gefasst, erkannt haben, dass dieser charmante Schwindler nicht mehr bei ihnen auftauchen würde. Die meisten waren selber verheiratet und hatten zudem von vornherein gewusst, dass es nur um „das Eine" ging und hatten auch selber nie mehr gewollt.

Ja, ja, Papa wusste schon, wovor er Lisa immer gewarnt hatte. Er war ein kluger Mann gewesen! Papa kannte sich aus! Papa selber war nie ein Kind von Traurigkeit gewesen und hatte in seiner Jugend so manches Mädchen bezirzt. Erst als er bei seiner Frau in festen Händen war, stellte er dieses flatterhafte Verhalten ein. Ob das so ganz freiwillig war? Auf jeden Fall passte Mama wie ein Luchs auf und hätte ihm keinen Fehltritt verziehen.

So konnte man es schon fast mutig nennen, ja, für Andreas bisherige Einstellung war es gar tollkühn, dass er eine Widmung ins Büchlein geschrieben hatte. Bis heute hat Lisa dieses „Denn ich kann ohne dich nicht sein" klar sichtbar auf ihrem Bücherregal, auch wenn der pinke Schutzumschlag schon reichlich zerfleddert ist. Und hin und wieder schlägt sie es auf, um die Widmung zu lesen und sich lächelnd zu erinnern:

„Meinem süßen kleinen Mäuschen (Mäuserich) von seinem Liebsten".

Um die wunderbare umschmeichelnde Stimmung zu vervollständigen, musste sie nur noch die Worte im Schutzumschlag lesen, mit denen Peynet seine Sicht der Dinge sehr gefühlvoll erklärt:

„Verliebte brauchen ihre verzauberte und verzaubernde Traumwelt – daran können weder Wissenschaft noch Technik etwas ändern. Undenkbar, daß künstliche Essenzen den Duft echter Rosen ersetzen könnten, daß aus dem Köcher des vorwitzigen Gott Amor eine Pfeilwurfmaschine würde, daß blattumrankte Parkbänke vertauschbar wären mit bequemen Fauteuils. Zärtlichkeit, Poesie und Verzauberung sind es doch, die das Leben lebenswert machen. Und so lange es Parkbänke, Blumen, rosarote Wolken und Sterne gibt, solange gibt es auch zärtlich Verliebte."

Wie hätte man Gefühle junger Verliebter besser beschreiben können?

Was hätte besser zu ihnen beiden gepasst? So romantisch oder für manche Leser vielleicht sogar kitschig sich Peynets Schwärmereien auch anhören mögen, auf Lisa und Andreas trafen sie voll und ganz zu. Hätten sie nicht Grundlage, ja Auslöser für Peynets Buch der Verliebten sein können? Nun, es gab sicher schon Millionen anderer Liebespaare vor ihnen, die diesen Autor inspiriert hatten.

Und in diesem Büchlein steht unter einem entzückenden und sehr romantischen Bild folgendes geschrieben:

„Es ist Abend. Sanft fällt die Nacht hernieder. Vor euch steht die Frau eurer Träume: dunkelhaarig, grünäugig, nymphengleich. Was flüstert ihr?"

Nun, „dunkelhaarig", das passte absolut nicht. Lisa war blond, sehr blond, sogar hellblond durch den Einsatz entsprechender Mittel aus der Tube. Nyhmphenartig? Nun, ja, auch nicht wirklich überzeugend. Sie war zwar schlank, aber mit Rundungen, da wo sie eben hingehörten. An eine Nymphe hatte eigentlich noch niemand bei ihrem Anblick gedacht, zumindest hatte das bisher keiner zu ihr gesagt, gestand sie sich grinsend ein. Nymphen waren für sie blasshäutige, dünne, irgendwie esoterische Wesen. Damit wollte sie niemals verglichen werden.

Aber das Wörtchen „grünäugig", das traf zu und war sogar in ihrem Ausweis unter Augenfarbe vermerkt. Auf diesen Eintrag war sie stolz, hatte bei der mürrischen Dame im Amt, die unbedingt ihr übliches „graublau" eintragen wollte, darauf bestanden, „grün" zu übernehmen und sich schließlich durchgesetzt. Immerhin waren grünliche Flecken in ihren Augen, die diese Angabe rechtfertigten. In genau diese Augen, besonders wohl in deren grüne Bereiche, hatte Andreas oft sehr ausgiebig und tief geschaut. Das hatte ihn veranlasst im Buch dieses Wort mit grünen Filzstift Punkten hervorzuheben. Ein dezenter, aber sehr persönlicher Hinweis, nur für Lisa erkennbar!

So also hatte sie ihn verzaubert.

Mit ihren Gedanken völlig in der Vergangenheit flüsterte Lisa:

„Und er! Wie hatte er mich verzaubert! Aber das ist eine neue Geschichte, lieber Spiegel."

****

Ob blond, ob braun
- Freundinnen und der Lloyd

Lisa lacht ihrem Spiegelbild zu. Dieses Mal sind einige Tage vergangen, seit sie in ihre Vergangenheit schaute. Sie wollte die letzten Bilder erst einmal eine Weile genießen, bevor sie wieder frei für neue und vielleicht ganz andere Erinnerungen werden konnte. Nun sitzt sie wieder auf diesem Platz, der für sie magische Kräfte hat. Hier, vor diesem Spiegel kann sie in vergessen geglaubte Bereiche ihres Lebens eintauchen und alles Aktuelle für diese Momente vergessen. So ähnlich muss wohl eine sanfte Hypnose ablaufen, denkt sie. Der Unterschied liegt alleine darin, dass sie nach der Rückkehr in die Gegenwart nichts vom Gesehenen vergessen hat, sondern ganz im Gegenteil die Erinnerungen als sehr gegenwärtig auch noch länger genießen kann. Niemand beeinflusst das, es liegt ganz alleine an ihr, woran sie denken mag, was sie noch einmal reflektieren möchte.

Wieder spiegelt sich flackerndes, warmes Kerzenlicht neben ihrem Gesicht. Sie entspannt sich, lässt sich forttragen.

Vor ihrem inneren Auge sieht sie einen anderen Wagen, nicht ihren störrischen Marienkäfer, sondern einen grauen, uralten Lloyd, der den Ausdruck „Automobil" voll verdient hatte. Er wirkte wie einer, der der Steinzeit der Autoentwicklung entsprungen war. Er ließ seine stolzen 3,35 Meter Länge und 1,41 Meter Breite normalerweise am Straßenrand manchmal bewundern und oft genug belächeln. Normalerweise war das so, ja, normalerweise. Doch jetzt sieht Lisa ihn in völlig ungewohnter Umgebung. Er steht im ersten Stock des Jungenheimes in einem der größeren Aufenthaltsräume, mitten auf mehreren zusammen geschobenen Tischen. Wie war es dazu gekommen?

Lisa und ihre Zimmerkollegin Ramona, die inzwischen zur besten Freundin geworden war, spazierten eines Tages gut gelaunt aus ihrem Wohnheim, um mit dem Lloyd eine nette

Spritztour ins Grüne zu unternehmen. Fröhlich schwatzend marschierten sie zum vermeintlichen Parkplatz, also zu der Stelle, an der Ramona, wie sie beteuerte, ihn abgestellt hatte. Da standen tatsächlich viele Autos, doch leider kein Lloyd, schon gar nicht der gesuchte. Ramonas Auto war weit und breit nicht zu sehen! Lisa wunderte sich nicht im Geringsten. Sie kannte ihre Freundin. Ramona stand ab und zu etwas neben sich. Sie war extrem kurzsichtig. So durfte man ihre Ortsbeschreibungen meist nicht sehr ernst nehmen. Ohne Brille war sie ziemlich hilflos und nahm ihre Umgebung nur ungenau wahr, konnte also durchaus schon einmal falsche oder irreführende Angaben über den aktuellen Standort ihres Autos machen. Mit Brille wäre das nicht passiert. Doch aus Schönheitsgründen ließ sie, kaum dass das Auto zum Stehen gekommen war und sie den Zündschlüssel aus seinem Schloss herausgezogen hatte, ihre Brille von der Nase blitzschnell in ihrer Handtasche verschwinden. Mit dieser Brille wollte sie nicht gesehen werden, schon gar nicht von jungen Männern.

Sie war ein sehr intelligentes Mädchen, dazu sah sie unglaublich gut aus, auch mit ihrer Brille. Nahezu jeder Mann, der sie sah, zeigte sofort Imponiergehabe und führte sich auf, wie es kein balzender Paradiesvogel besser oder beeindruckender gekonnt hätte. Nur war Ramona trotz ihrer bildschönen exotischen Ausstrahlung eben kein Vogelweibchen, schon gar kein Paradiesvogel Weibchen, das mit kritischem Blick auf Partnersuche war.

Auch Lisa wurde natürlich umflattert und angebalzt, wenn auch weniger heftig. Welches Mädchen hätte sich nicht geschmeichelt gefühlt? Manchmal allerdings wurden diese Auftritte etwas lästig, aber im Großen und Ganzen genossen Ramona und Lisa diese Balzrituale. Sie konnten Stunden mit der späteren kritischen Analyse verbringen. Es war zu schön, sich jedes Gesicht, jede Verhaltensweise beim Durchhecheln der Ereignisse genau vorzustellen und sich vor Lachen auszuschütten oder vor Empörung über zu freche Anmache zu erregen. Sie ergänzten sich perfekt und hatten großen Spaß beim Lästern.

Ramona hatte einen festen Freund, der zwar in einer anderen Stadt wohnte, aber den sie an den Wochenenden regelmäßig traf, und dem sie absolut treu war, fast absolut, meistens absolut. Nur ganz selten war die Verlockung einfach zu groß und man musste ihr nachgeben. Aber im Herzen war sie absolut treu.

Und Lisa hatte ja ihren Anrufer Torsten, der sie immer seltener besuchte, aber dennoch sporadisch anrief und natürlich ihre Anwesenheit erwartete. Das sah Lisa nun inzwischen lockerer und auch die Treue bereitete ihr nicht mehr solche Sorgen. Andreas kannte sie noch nicht. Der sollte ja alles total verändern. Aber Torsten treu sein? Das war ihr nun nicht mehr wichtig. Sie hatte hier die nettesten und attraktivsten Männer zur freien Auswahl. Sie befanden sich ganz in der Nähe, fast immer greifbar, fast immer für jeden Quatsch zu haben: sei es zum Kartenspielen in irgendwelchen Zimmern, vom Nachmittag bis zum folgenden Morgen, sei es zum Musikhören in einer überfüllten und verräucherten, aber total angesagten Kneipe, an Sonntag Vormittagen mit leckeren Schmalzstullen und einem Bierchen dazu, sei es zum Schwimmen, irgendwo nachts in einem entlegenen See, sei es zum Feiern bei immer wieder neuen Anlässen, sei es zum Tanzen, sei es zum Reden, sei es zu allem anderen auch. Wer hier sein Leben nicht genoss, würde nie wieder solche Gelegenheit geboten bekommen.

Dass Lisa endlich wieder das Haus verließ und mit anderen jungen Leuten etwas unternahm, begeisterte Ramona, die wochenlang ernste Gespräche mit ihrer Freundin geführt hatte, um sie von diesem Telefonterror los zu reißen. Mehr oder weniger war ihr das ja auch gelungen. Lisa hatte zwar anfangs immer noch ein leicht schlechtes Gewissen gehabt, wenn sie sich vom Telefon entfernt hatte, aber das hatte glücklicherweise stetig nachgelassen. Sie gewöhnte sich immer mehr an ein freies und unbeschwertes Studentenleben. Noch kannte sie Andreas nicht, genoss also alles, was sich ihr bot. Es war eine traumhafte Zeit. Auch heute, beim Blick in den Spiegel, beim Rückblick auf diese Zeit, ist sie sich sicher, keine Sekunde missen zu wollen. Keine Sekunde bereut sie. Wie sang Edith Piaf so treffend? „Non, je ne regrette rien!"

Also, Ramona hatte diesen festen Freund. Natürlich flirtete sie dennoch gerne und ausgiebig, aber eben meist ohne das berühmte „Eine". Zwischen Lisa und Ramona gab es regelrechte Turniere bezüglich der Eroberungen. Fast führten sie eine Strichliste. Sie waren ein begehrtes Team, das alles gemeinsam unternahm. Die eine dunkelhaarig mit fast schwarzen Augen, die andere blond mit grünlichen Augen. Das reizte manche „Jäger".

Die beiden verglichen aber nicht nur Anzahl, Aussehen, und Auftreten ihrer Verehrer, sondern vieles andere mehr. So führten sie zum Beispiel regelmäßig den berühmten Bleistifttest durch. Ramona bestand ihn nie. Sie selber litt darunter. Für die jungen Männer allerdings war wohl genau diese Tatsache ein Kriterium, das sie besonders an ihr reizte und sie ins Träumen und ins kopflose Balzen geraten ließ.

Dass Ramona aber meist ihre festen Grenzen einhielt, ärgerte ihre Verehrer mächtig. Und so hatten sich einige an diesem bewussten Tag abgesprochen und sich auf eine kindische und dennoch originelle Art gewehrt. Junge Männer eben! Das reicht für eine Erklärung! Nicht reif genug, sich mit Niederlagen abzufinden.

Je weniger Ramona dem einzelnen Gockel gestattete, desto wilder waren anschließend dessen Schilderungen im Freundeskreis, umso mehr gab er mit seiner angeblichen Eroberung an. Solche Typen gab es eben auch. Man gewöhnte sich daran. Welcher Mann gibt schon gerne zu, abgeblitzt zu sein, total abgeblitzt zu sein? So wurde oft getuschelt, wenn Ramona auftrat. Vermutlich ahnte aber jeder, dass eigentlich so gut wie nichts von diesen Gerüchten stimmte. Ramona und Lisa ignorierten das irgendwann einfach.

Zum Glück kannte man damals keine Handys, schon gar keine Smartphones mit der Möglichkeit, Nachrichten, Fotos und Filme unmittelbar herzustellen und zu verschicken. An Internet war gar nicht zu denken. Facebook und andere „soziale" Plattformen, die in gerade solchen Fällen heute ja alles andere als „sozial" genutzt werden, waren nicht einmal in Ansätzen denkbar. Man hatte zu dieser Zeit nur das gute alte Netztelefon und wenige besaßen einen Fotoapparat, natürlich nicht digital, sondern mit zu belichtendem Film, den man zwecks Entwicklung in einem Fachgeschäft abgeben musste, um dann Tage oder Wochen später die Fotos in den Händen zu halten und schließlich erst Wochen nach der Aufnahme anschauen konnte.

Es wurde selten fotografiert. Die Filme waren teuer und die Abzüge kosteten auch viel Geld. Man musste sie bezahlen, egal, ob die Aufnahmen gelungen waren oder eben nicht. Kaum ein Student konnte sich solchen Luxus leisten.

Also gab es keine Möglichkeit, in Sekundenschnelle Botschaften an die halbe Welt zu verschicken. So war also der Radius dieser bösen Nachreden ziemlich begrenzt. An diesem Tag „rächten" sich ein paar pfiffige Männer origineller als die schwafelnden Angeber für die vermeintlichen Niederlagen. Das waren Männer, die eben mehr Fantasie besaßen.

Wie gesagt, Ramona hatte keinen scharfen Blick, im wahrsten Sinne des Wortes. Ihre einzige wirkliche Schwachstelle das waren ihre Augen. So groß und dunkel und geheimnisvoll sie auch aussahen, sie waren leider nur mit Brillengläsern der Dicke von Panzerglas zum Sehen geeignet. Ohne diese Brille war Ramona nahezu blind, ähnlich wie ein Maulwurf, der ja auch bekanntermaßen keine Adleraugen besitzt. Aus Eitelkeit wiederum verzichtete sie häufig auf diese Brille und somit musste sie sich auf ihr Gefühl oder ihre hilfsbereiten Begleiter verlassen. So krallte sie sich manches Mal in Lisas Arm fest, wenn sie zum Beispiel Treppen hinabsteigen musste. Und das war nötig. Ohne Brille und ohne „Blindenhund" war sie nämlich besonders bei Dämmerung und Dunkelheit ziemlich gehandicapt.

Dieses Wissen immer vor Augen, nahm Lisa die Autosuche als normalen Vorgang hin. Sie rechnete damit, dass Ramona ihre Brille nach dem Einparken umgehend wieder in ihrer Handtasche hatte verschwinden lassen, und somit den Rückweg nur schemenhaft wahr genommen hatte und Straßen ungenau oder falsch zugeordnet hatte. Also musste man eben, wie schon oft, alle Parkmöglichkeiten der näheren Umgebung nach diesem Lloyd absuchen. Das war nichts Neues, nichts, was Panik verursachen musste. Lisa zuckte also gelassen die Schultern, während Ramona darauf bestand, ihren Grauen genau an dieser Stelle, an der sie sich nun befanden, abgestellt zu haben. Sie steigerte sich in Angst und Verzweiflung, war fest überzeugt, das Auto sei gestohlen worden. Kurz bevor sie Lisa dazu bewegen konnte, zur Polizei zu gehen, tauchten plötzlich, wie aus dem Nichts, einige Burschen aus dem Jungenheim auf. Sie lachten schallend und forderten die Mädchen auf, ihnen zu folgen. Ja, so stellte es sich heraus, dass sie aus „Rache", weil Ramona sie schnöde abgewiesen hatte, dieses ca. 550 kg leichte Auto zu viert in den ersten Stock des Hauses getragen hatten und dort auf den Tischen platziert hatten.

Ramona war fassungslos. Als sie vor ihrem geliebten Wagen stand, brach sie in Tränen aus. Für sie war der Anblick ihres Autos mitten in einem Haus, im ersten Stock, auf Tischen, alles andere als spaßig. Schließlich fasste sie sich, wurde wütend und tobte schreiend wie eine Furie durch den Raum. Man sollte das Auto sofort nach unten tragen. Die Rache Bengel entschuldigten sich mehr oder weniger reuig. War da etwa ein verstohlenes Grinsen zu entdecken? Nun, Ramona sah es nicht. Verminderte Sehkraft hat eben auch ihre Vorteile.

Wirklich Schlimmes war ja nun nicht passiert, und das hatten die Rächer bestimmt auch nicht im Sinn gehabt. Die gesamte Aktion hatte ein origineller Gag sein sollen, eine harmlose Retourkutsche für die manchmal recht schroffen Abfuhren, die Ramona verteilt hatte.

Lisa fand die Idee und das Resultat im Grunde witzig, hüte- te sich aber, der so in Rage geratenen Freundin auch nur eine Andeutung in diese Richtung zu machen, diese wäre völlig ausgerastet. Am besten, man wartete ab, bis sie ihr Auto wieder da wusste, wo sie es stehen haben wollte und sich beruhigte. Schließlich stand der kleine Graue wieder brav am Straßenrand, wo so ein Auto eben hin gehört.

Bei der anschließenden Ausflugsfahrt beruhigte sich Ramo- na schnell, konnte auch schon wieder lächeln und kicherte bald in gewohnter Weise mit Lisa bei dem Gedanken an den Anblick des grauen Lloyds auf Tischen in einem Raum im ersten Stockwerk. Wer konnte schon mit solcher Geschichte aufwarten. Außer in mehrstöckigen Ausstellungsräumen fand man sicher nie Autos so kunstvoll auf ein Podest geho- ben. Ein Erlebnis, das bald mit Freuden immer wieder in Gesellschaft zum Besten gegeben wurde und für viele La- cher sorgte.

Ja, dieses Auto musste einiges aushalten mit seiner Besitze- rin und diese mit ihrem Auto. Aufgrund ihrer Sehschwäche fühlte sich Ramona unsicher und ihre Fahrkünste hielten sich in überschaubaren Grenzen. Sie fuhr folglich nicht all- zu gerne selbst, ließ aber auch keinen Fremden an ihr Steu- er. Um nicht aus der Übung zu kommen, zwang sie sich dann doch zu der einen oder anderen Ausfahrt.

Das gefährlichste Abenteuer hatte Ramona mit dem Wagen durchstanden, als sie einmal auf einer Straße in der Innen- stadt wenden wollte, dabei mit den Rädern in den Schienen der Straßenbahn stecken blieb und nicht mehr vor oder zu- rück kam. Jeden Moment konnte die nächste Bahn ange- braust kommen. Ramona sprang aus dem Auto und konnte es nicht fassen.

Hier traf sie allerdings außer der Tatsache, dass das Wenden an sich auf diesem Straßenabschnitt nicht sehr günstig oder sogar untersagt war, kaum eine Schuld. Dieser Lloyd hatte Räder, die nicht viel breiter als Fahrradreifen waren. In Schienen zu gelangen, war also kein Kunststück.

Zum Glück sprangen unmittelbar beherzte Männer herbei, hoben das Auto, ohne viel Aufsehen zu machen, hoch und stellten es im sicheren Bereich ab. Lisa fragt sich, ob das heute auch noch so ablaufen würde? Oder würden sich heute am Straßenrand eher Zuschauer einfinden, die jede Szene mit Handy als Foto oder Film festhalten würden. Ein Selfie mit einem Auto im Hintergrund, das Auge in Auge zu einer nahenden Straßenbahn steht, welch Erlebnis! Meine Güte, welche Sensation, die bei You Tube und anderen Plattformen sicher viele „likes" bekommen würde. Bei noch größerem Glück könnte man vielleicht filmen, wie die Straßenbahn das Auto vor sich herschiebt, wie eine junge Frau fassungslos weint. Der Fantasie sind keine Grenzen gesetzt und so schüttelt Lisa lieber diese Gedanken beiseite und konzentriert sich auf die wirklichen Geschehnisse.

Damals auf jeden Fall fand man als Mädchen oder Frau mit Leichtigkeit hilfsbereite Kavaliere, die einem vor Panik erstarrten weiblichen Wesen gerne zu Hilfe eilten, um es ritterlich aus seinen Ängsten zu befreien. Als Belohnung reichte den männlichen Wesen im Normalfall ein schüchternes Augen Aufschlagen und ein bewunderndes und dankbares Lächeln.

Vermutlich prahlten sie später bei Freunden und Bekannten damit, dass sie wieder einmal Retter in äußerster Not gewesen waren. Nun, ja, Frau am Steuer! Da waren ja Katastrophen vorprogrammiert. Was hatte man da anderes erwarten können? Man musste eben immer mit offenen Augen durch die Welt gehen, um in solchen Fällen sofort hilfreich eingreifen zu können. Die absolute Zustimmung der Kumpel und deren zutiefste Bewunderung waren dann Bezahlung genug! So profitierten also beide Parteien davon.

****

Lisa
- das Spiegelbild und die Lesesucht

Lisa nippt an ihrem Glas. Sie schaut wieder in den Spiegel. Lässt sich jetzt aber nicht in seine Tiefe entführen, sondern sieht direkt auf ihr Spiegelbild. Ja, das ist ihr Gesicht, so kennt sie es. So kennt sie sich. Sieht sie nicht fast so aus wie damals? Ja, fast so wie damals, fast, fast.

Welches Damals meint sie jetzt eigentlich? Das Damals als Kind? Das Damals als Schülerin? Das Damals als Studentin? Das Damals als junge Ehefrau und Mutter? Ein klares Nein zu all diesen Damals Varianten! Wie ein ganz junges Mädchen möchte sie wirklich nicht mehr aussehen, auch nicht so wie als ganz junge Frau. Doch lieber so, wie eine Frau, die mitten im Leben steht, eigentlich genau so, wie sie jetzt aussieht. Man muss nur über ein paar Falten hinweg sehen, sich einige etwas zu üppige Rundungen wegdenken, dann erkennt man sogar parallel in diesem Spiegelbild vereint die junge, die ältere und die Lisa von heute. Sie ist zufrieden mit sich, mit ihrem Aussehen, mit ihrem Leben. Sie ist glücklich. Sie besitzt diese wunderbaren Erinnerungen, Erinnerungen, die ein ganzes Leben ausmachen. Leider, so sagt sie sich heute, hat sie kein Tagebuch geführt, abgesehen von dem einen, das einen kurzen Lebensabschnitt, ungefähr ein Jahr, ihrer Zeit als ganz junges Mädchen widerspiegelt.

Schon als Kind und dann als Teenager war sie Mitglied der örtlichen Leihbücherei gewesen, denn Lesen war von Anfang an ihre Lieblingsbeschäftigung gewesen. Mit „Heidi", „MobyDick", „Pinocchio", „Fury", „Lassie", „Schatzinsel", „Sagen aus aller Welt" und wie die Kinderbücher alle hießen, begann ihre Sucht, die sich unermüdlich verstärkte.

Sie las überall und bei fast jeder Gelegenheit, selbst da, wo es eigentlich offiziell keine Gelegenheit dazu gab bzw. geben durfte, nämlich während des Unterrichts. Doch selten nur gelang es den Lehrerinnen, ihre Schülerinnen so zu motivieren, dass sie auf keine anderen Ideen kamen, als gefesselt ihren Worten zu lauschen. Lisa war sicher nicht die einzige, die sich gerne ablenken ließ.

Sowohl auf der Schulbank als auch unter der Schulbank ließ sich manches Buch neben den für den Unterricht nötigen Utensilien wunderbar unterbringen. Saß sie strategisch günstig, also nicht direkt im Blickfeld der Lehrer, so hatte sie recht gute Chancen, nicht erwischt zu werden, zumal sie ohnehin als ziemlich stilles und braves Mädchen galt und folglich kaum von der jeweiligen Lehrerin wahr genommen wurde. Ob ihre Mängel, die besonders in den Bereichen Geografie und Latein noch heute klar zu erkennen sind, in irgendeinem Zusammenhang mit diesem heimlichen Lesen während der Schulstunden stehen, kann nicht mehr einwandfrei geklärt werden.

Bekannt und bewiesen ist aber, dass sie ein Buch nach dem anderen verschlang. Sie liebte es, sich in fremde Leben und fremde Welten hinein zu träumen. So zitterte sie in „Vom Winde verweht" mit Scarlett O'Hara um deren Liebsten, schwebte neben ihr die riesige Freitreppe hinunter, bekleidet mit einem der traumhaften Kleider, von denen die verwöhnte Tochter eines Plantagenbesitzers unendlich viele zu besitzen schien. Sie verstand nie, warum dieses verrückte Weib sich nicht gleich mit Rhett Butler, dem in Lisas Fantasie ach so begehrenswerten Mann, zusammentat und ihn heiratete. Wieso musste sie hinter diesem absolut langweiligen Ashley her sein? Andererseits wäre es fraglich, ob die Autorin mit diesem neuen Hintergrund auch einen langen Roman hätte schreiben können. Und wäre er noch so mitreißend, spannend und fesselnd geworden?

In verschiedene Dokumentationen von Heinrich Schliemann und denen anderer Forscher vertieft, buddelte Lisa in ihren Träumen mit ihnen gemeinsam nach verborgenen Schätzen. Sie spürte Seite an Seite mit den Archäologen die Hitze, den Staub, die flirrende Luft und die Anstrengungen. Sie erlebte mit den Abenteurern Gefahren, Hoffnungen,

Enttäuschungen und schließlich den unglaublichen Triumph, als sie Troja fanden. Sie war wie sie alle fasziniert vom Schatz des Priamos, holte sich immer neue Bücher, um mehr darüber zu erfahren.

Sie war durch Erich Maria Remarques Figuren erschüttert über die Erlebnisse im ersten Weltkrieg. Sie begann mit „Im Westen nichts Neues", war begeistert, wurde regelrecht süchtig nach seinen Romanen und las so viele Bücher von ihm, wie sie auftreiben konnte.

Sie hatte in ihren Träumen ein Ticket für die Jungfernfahrt der Titanic, befand sich auf dem Schiff, als dieses mit einem Eisberg kollidierte, erlebte die Panik der Menschen hautnah mit, als dieses doch angeblich „unsinkbare" Schiff unterging. Sie las Tatsachenberichte über diese Jungfernfahrt. Sie arbeitete sich anschließend durch Dokumentationen über den Bau und die Leistungen des Schiffes, wollte alle Details zum Schiffsinneren entdecken und verstehen.

In Johannes Mario Simmels Romanen fieberte und zitterte sie mit seinen Romanfiguren, die so realistisch wirkten, tauchte ein in Drogenmilieus, erschauerte vor Gewalt und erlebte wissbegierig die Auswirkungen der ersten Genmanipulationen mit. Sie wartete sehnsüchtig auf jede Neuerscheinung des Autors.

Sie lachte mit Leo Slezak über dessen witzige Anekdoten und die ungewöhnlichen Charaktere in seinen Büchern.

Sie errötete beim heimlichen Lesen der erotischen Darstellungen in den Werken von Harold Robbins, war gefesselt von Sex and Crime, die der Autor meisterhaft verbunden hat.

Sie liebte die melancholischen und oft bissigen Liebesromane der Rebellin Francoise Sagan und weinte mit deren Frauenfiguren.

Sie versetzte sich mit Schaudern und gleichzeitig Wonne in die Sagenwelt der verschiedensten Kulturen, fühlte wie ein Burgfräulein, das huldvoll von einem Balkon auf ihren Ritter hinabschaute und seinen Minneliedern lauschte. Noch spannender wurde es, wenn ihr unerschrockener Ritter mit

Drachen kämpfte, um sein Volk und natürlich besonders seine Angebetete zu beschützen.

Sie war völlig fasziniert von Konrad Lorenz und Eibl Eibesfeldt, die angewandte Verhaltensforschung betrieben, und beneidete sie um ihre Arbeit. Wie gerne hätte sie mit ihnen diese Versuche und Beobachtungen zur Verhaltensforschung mit Gänsen, Enten und allen anderen Tieren durchgeführt. Der Wunsch war zwar nie in Erfüllung gegangen, aber beim Lesen dieser Bücher entwickelten sich die Wurzeln für ihren späteren Beruf. Und im Kleinen konnte sie manche Beobachtungen und Versuche im eigenen Garten nachvollziehen, wie zum Beispiel bei der Aufzucht einer frisch geschlüpften Ente, die ihr siebenjähriger Sohn einmal mit nach Hause brachte.

Ihr Leserepertoire war sehr weitläufig, sie war auf der Suche, wollte alles erfahren. Ganz nach ihrer jeweiligen Stimmung wählte sie ihre Lektüre.

Das Lesen nahm den größten Teil ihres Tagesverlaufs ein. Schulische Pflichten traten zum Leidwesen ihrer Eltern vollkommen in den Hintergrund. Die Noten der Klassenarbeiten und später die Zeugnisnoten gaben unmissverständliche und beängstigende Auskunft darüber.

Noch mehr Freude als die ausgeliehenen Bücher machten ihr die neu gekauften, die, die ihr ganz alleine gehörten. Die konnte man immer wieder, zu jeder Tages- oder Nachtzeit, in die Hand nehmen, darin nach Belieben blättern, daran schnüffeln. Niemand hatte sie zuvor länger angefasst. Sie rochen nach frischem Papier, rochen so ganz anders als die muffeligen, die schon durch Hunderte Hände gegangen waren. Und wie viel unsichtbare Spucke wohl an den Seiten in diesen ausgeliehenen Büchern klebte. Sie mochte es sich gar nicht vorstellen, ekelte sich.

Aber es gab ja vorerst keine Alternative zum preisgünstigen Ausleihen. Später, als sie eigenes Geld verdiente, lieh sie nie wieder Bücher aus, einzige Ausnahme: Bücher, die sie für ihr Studium benötigte. Und heute nutzt sie sehr gerne die neuen technischen Möglichkeiten und bleibt mit Hörbuch und ebook ihrem Hobby in gewissem Sinne treu. Auf das sinnliche Erleben eines Buches in der Hand verzichtet sie zugunsten dieser praktischen Möglichkeiten.

Jeder, der Lisa kannte, wusste von ihrem Buchtick und beschenkte sie zu gegebenen Anlässen entsprechend. Sie sammelte stetig für ihre Traum Bücherwand. Jedes Buch, das in ihrem Regal stand, hatte sie mindestens einmal intensiv gelesen. Sie wusste genau, welche Bücher sie besaß, wo sie auf dem Regal zu finden waren. Sie kannte jeden Titel, jeden Autor.

In ihrer Fantasie erträumte sie sich ein Zimmer, es sollte ein Erkerzimmer in einem kleinen Turm sein, mit drei dicht gefüllten Bücherwänden, mit einem offenen Kamin und mit einem großen Fenster, das den Blick aufs weite Meer frei gab, denn das Zimmer befand sich natürlich in einem Haus, das hoch oben auf der Klippe einer wilden Meeresküste in Felsen hinein gebaut war. Dort saß sie dann auf einem Schaukelstuhl mit einem ihrer Bücher in der Hand und schaute ab und zu auf die wild tobende Brandung unter sich.

Ihre reale Bücherwand war nicht ganz so spektakulär, befand sich in einem recht kleinen Zimmer an nur einer Wand und füllte diese nicht einmal aus. Das Haus stand nicht am Meer, schon gar nicht auf einer Klippe. Einen offenen Kamin gab's auch nicht. Nicht einmal ein Schaukelstuhl stand im Zimmer. Aus dem Fenster sah man in Gärten mit Gemüsepflanzen, Obstbäumen, Ziersträuchern und Blumen. Völlig anders als in ihren Träumen, aber auch ganz hübsch. Es war ein Anfang, kein schlechter.

Geburtstag und Weihnachten, zu denen man eventuell Buchgeschenke bekam, gab es leider nur jeweils einmal im Jahr und Geschenke außerhalb dieser Zeiten waren selten, daher hatte sie die Mitgliedschaft in der Leihbücherei geschenkt bekommen. So holte sie sich eben dort mehrmals pro Woche neues Lesefutter, bis ihre Eltern eingriffen und ihre Lesewut eingrenzten. Sie durfte nur noch in festgelegten Abständen Neues ausleihen, genau gesagt, einmal pro

Woche maximal drei oder vier Bücher. Das war hart für sie und verursachte einige Wutanfälle und viele Tränenausbrüche. Aber für ihre Schulnoten erwies sich dieser elterliche Beschluss dann doch als günstig.

In einigen ihrer Bücher las sie, dass praktisch alle Mädchen Tagebuch schrieben, ja sogar mit ihrem Tagebuch regelrechte Gespräche führten. Also beschloss sie, dass sie das nun auch machen müsse. Im Alter von 15 Jahren bekam sie auf Wunsch zu Weihnachten ein Tagebuch geschenkt und schrieb fortan in den nächsten Monaten ziemlich sorgfältig und regelmäßig alle paar Tage auf, was sie so bewegte.

In den Romanen schrieben die Mädchen immer an „Mein liebes Tagebuch". Sie erzählten dieser vermeintlichen Freundin alles, was sie so bewegte. Verschwiegen war diese Freundin, das stimmte, wenigstens auf den ersten unkritischen Blick, doch eine Gesprächspartnerin konnte man sie sicher nicht nennen. Sie antwortete ja nie! Sie gab keine Ratschläge, bot keine Auswege, keine Erklärungen. Lisa dachte ausgiebig über Sinn und Unsinn solcher persönlichen Anrede nach. Obwohl sie wie fast alle Mädchen dieses Alters sehr romantisch veranlagt war, kam sie sich doch etwas bescheuert vor, diese Papierblätter mit Texten zu füllen, die wie Briefe an eine reale Person formuliert waren und verzichtete daher von Anfang an auf eine persönliche Anrede und meistens auch auf die Verabschiedung mit den in ihren Augen so unsinnigen Worten „deine Lisa" oder „deine Freundin Lisa". So viel Verstand musste man bei all der Romantik bewahren! Das hatte sie verinnerlicht.

Lisa fühlte sich schon immer mehr zu realistischem Denken und Handeln hingezogen. Mathematik und Biologie, allerdings auch Deutsch und Geschichte, gehörten zu ihren Lieblingsfächern.

Sie war ein ruhiges Mädchen. Sie flippte äußerst selten unbeherrscht aus, kreischte nie unbegründet, warf nie mit Gegenständen um sich wie viele andere Mädchen es angeblich taten. Nicht einmal Musikbands wie die damals so umjubelten Beatles oder Rolling Stones konnten sie zum Schreien oder Weinen anregen. Einzelne Songs gefielen ihr und so gröhlte sie voller Inbrunst und Begeisterung „I can get no satisfaction", wenn die Musik im Radio gespielt wurde, aber das war es dann auch schon. Sie staunte über ihre Freundin, die sich völlig in dieser Musik verlieren konnte und alles um sich herum vergaß, wenn diese Bands im Radio zu hören oder gar im Fernsehen zu sehen waren. Lisa schüttelte nur den Kopf, wenn sie sah, wie Mädchen vor der Bühne, in der Nähe zu ihren Idolen, ohnmächtig zusammen brachen. Solche Phänomene konnte man beobachten und vielleicht analysieren, aber sich beteiligen, das war unmöglich für sie.

Es dauerte auch nicht lange, da verzichtete Lisa ganz auf jegliche Tagebucheinträge. Gerade als ihr Leben interessanter wurde, stellte sie die Tagebucheinträge völlig ein, somit lagen keine schriftlichen Beweise von Gefühlen und Gedanken mehr vor. Wie sicher war es denn, wenn man mit diesem winzigen Schlüssel das lächerlich instabile Schlösschen des mit dem roten Leineneinband versehenen Buches abschloss? Mutter und Bruder Stefan kannten das Buch ganz genau, hoffentlich nur von außen! Bezüglich Papa musste sie sich keine Gedanken machen, den interessierte solch „Mädchenkram" nicht. Er stellte keine Gefahr dar. Aber Mama und Stefan? Die waren neugierig! Den beiden traute sie es durchaus zu, in ihren Unterlagen herum zu schnüffeln. Mama vermutlich aus dem großen Bedürfnis heraus, ihre Tochter vor allem Bösen dieser Welt zu schützen, Stefan vermutlich, um sie bei günstiger Gelegenheit hänseln, ärgern oder erpressen zu können. Für sein Schweigen könnte er sie leicht dazu bringen, ihn ohne Murren rund um die Uhr zu bedienen oder lästige Arbeiten im Haushalt für ihn zu erledigen.

So fragte sich Lisa, ob diese Offenbarungen der Seele eines jungen Mädchens in einem kleinen Zimmer ohne Safe sicher untergebracht werden konnten. Gab es überhaupt sichere Verstecke vor den Adleraugen einer besorgten Mutter und eines frechen Bruders? Tja, diese Fragen beantworteten sich eigentlich von selber. Die Antworten waren klar. Nichts konnte man sicher verstecken. Dazu kam, dass Lisa inzwischen viel zu beschäftigt war, um dann abends auch noch aufzuschreiben, was sie tagsüber alles erlebt hatte.

Heute bedauert sie das, rät ihren Kindern, schlauer zu sein und sich wenigstens Stichworte zu notieren, um später, im Alter, Erinnerungen nicht aus großen Nebelschwaden mühselig herausfischen zu müssen oder gar wesentliche Erlebnisse ganz zu vergessen.

Und wie schön ist es. sich an Episoden seines Lebens zu erinnern! Sie ist kein Mensch, der in der Vergangenheit lebt, nein, im Gegenteil, sie genießt jeden Tag der Jetztzeit in vollen Zügen. Aber so hin und wieder gehört zu diesem Genuss auch die Erinnerung an Vergangenes.

Und schon steht Lisa auf, zwinkert ihrem Spiegel wieder einmal zu und kramt nach einem geheimen Schlüssel, öffnet einen Schrank und findet dort das etwas ramponierte Tagebuch.

****

Teenager Sorgen:
Klamotten, Freunde, Partys

Lisa betrachtet ihr altes Tagebuch. Der Verschluss ist offen, weil sie irgendwann einmal den Schlüssel verlegt hatte und kurzerhand das Lederband, das die beiden Umschlagdeckel zusammen halten sollte, durchgeschnitten hatte. Sie setzt sich wieder vor ihren Spiegel und hebt das Buch hoch.

„Siehst du, Spiegel, ich habe es noch", denkt sie dabei. Lisa blättert und liest amüsiert, was sie als junges Mädchen schrieb. Es war die Zeit vor und während ihrer ersten Verliebtheit. Oh, oh, welche Sorgen man doch in diesem Alter hatte. Wie alt war sie gewesen?? Wie amüsiert kann sie heute das Geschriebene überfliegen, wie schrecklich ernst waren ihr diese Gedanken und diese Berichte gewesen! Meine Güte, ist das lange her!

Lisa erkennt beim Blättern die hervorstechenden Themen, die ein fünfzehnjähriges Mädchen zu der damaligen Zeit so brennend interessierten. Im Wesentlichen lässt sich alles auf vier Bereiche zusammen fassen:

Klamotten   Freundinnen   Jungen   Partys

Klamotten: Hatte man angesagte Kleidung, modern und schick?

Naja, das hielt sich bei Lisa sehr in Grenzen. Sie trug selten wirklich Modisches, dazu fehlte ihren Eltern das Geld bzw. dazu waren sie zu sparsam. Es gab Wichtigeres als moderne Kleidung.

Wenn Lisa Kleidung bekam, so waren das stets einzelne Teile. Entweder wurde Geld für Schuhe ausgegeben, oder für ein Kleid, oder für einen Mantel, oder für was auch immer. Nie wurden mehrere größere Anschaffungen gleichzeitig getätigt. Schließlich brauchten andere Familienmitglieder meist auch etwas Neues zum Anziehen. Also mussten die Ausgaben gerecht verteilt werden.

Dazu kam, dass das neue Teil natürlich nur „für gut", also sonntags, angezogen werden durfte, ausnahmsweise auch zu feierlichen Anlässen wie Weihnachten, Ostern und besonderen Geburtstagsfesten.

So war ihr Gesamt Outfit nie wirklich der aktuellen Mode entsprechend. Sie litt aber nicht darunter, den meisten ihrer Klassenkameradinnen ging es nicht anders als ihr. Und die wenigen, die als hochnäsige Modepüppchen auftraten, spielten ohnehin in einer anderen Liga als der Rest der Klasse. Deren Eltern waren wohlhabend, oder taten zumindest nach außen hin so. Wie es in Wirklichkeit bei einigen zu Hause aussah, nun, das ging ja niemanden etwas an.

Diese Mädchen wurden anscheinend schon bei ihrer Geburt in angesagten Vereinen, in erster Linie im Tennisclub, in dem auch die Mamas und Papas schon lange Mitglieder waren, angemeldet. Selbstverständlich fand man in diesen Kreisen nur Anerkennung, wenn man teure und modische Kleidung trug, am besten vom Babyalter an. Vielleicht sollten die Mädchen in ihren rosa Rüschenhöschen und Kleidchen bereits in der Baby Krabbelgruppe auf einen passenden zukünftigen Ehemann in zünftigem hellblauem Matrosenanzug treffen. Da musste man als Eltern rechtzeitig seine Fühler ausstrecken, denn in dieser Kleinstadt wuchsen begehrte männliche Wesen nicht gerade üppig heran.

Und als sie älter wurden, war Konkurrenz gar nicht gerne gesehen. So hielten diese Mädchen es für günstig, dass nur wenige zur Gruppe Tennisclub Mitglieder gehörten und der Hauptteil der Klasse aus Schülerinnen bestand, die aus normalen Elternhäusern stammten. Dass die allerdings durchaus zu einer gefährlichen Konkurrenz bezüglich Jungen Bekanntschaften werden konnten, mussten sie dann schweren Herzens und voller Widerwillen zur Kenntnis nehmen. Kleider und modischer Schnickschnack war eben doch nicht alles. Mit Lisa und ihren Freundinnen wollten diese

Mädchen nichts zu tun haben. Das beruhte allerdings auf Gegenseitigkeit.

Zum Glück hatte Lisa noch eine hilfsbereite und sehr geschickte Oma. Oma nähte ihr manches Kleid und manchen Rock. Sie konnte das gut, war auch bereit, schöne Stoffe und moderne Schnitte zu verwenden und die Sachen sahen später nicht wie „selbst gemacht" aus. Es wäre alles perfekt gewesen, hätte es nicht die vielen Anproben mit endlosen Diskussionen gegeben. Lisa empfand diese Veranstaltungen oft geradezu als Folter. Oma hatte sicher nicht viel mehr Freude daran.

Um richtig Maß nehmen zu können, befahl Oma ihr, auf einen Tisch zu steigen und absolut bewegungslos, am besten ohne Luft zu holen, stehen zu bleiben. Nur so konnte Oma den Stoff am Körper richtig abstecken. Und Lisa hasste es, auch nur einige Sekunden vollkommen ruhig stehen zu müssen. Sie konnte ja gar nichts dafür, das versuchte sie immer wieder klar zu stellen. Kaum befand sie sich für wenige Sekunden in richtiger Position, zwickte und juckte es sie, mal am Ohr, mal am Zeh, mal an der Nase, und sie musste sich natürlich bewegen und Abhilfe schaffen. Oma schimpfte. Für Augenblicke stand Lisa wieder still, aber unter Garantie kitzelte es in der Nase und sie musste plötzlich niesen. Wieder galt es, sich neu auszurichten. Oma kniete vor ihr, Stecknadeln im Mund und Zentimetermaß um die Schultern und knurrte unwillig, sprechen ging ja nicht. Dann wieder beugte sich Lisa vor, weil sie ja überprüfen musste, wie Oma die Länge absteckte. Oma wurde bis an die Grenzen ihrer Geduld getrieben. Dieses Anprobieren war für beide Beteiligten eine Qual, und wirkte sich auf den gesamten Hausfrieden aus. Irgendwann mieden die anderen Familienmitglieder das Zimmer für die Zeit, in der dieses Drama sich abspielte.

Wie bejubelten alle die Anschaffung einer Schneider Puppe, eines massiven Drahtgestells, das nur einmal übergestülpt und auf dem nur mit Unterwäsche bekleideten Körper der Person, die „benäht" werden sollte, zurecht gedrückt werden musste und dann fast alle weiteren Anproben ersparte. Draht und Plastik waren zwar unangenehm kalt, aber man musste nicht bewegungslos stehen und die Prozedur war schnell vorbei und musste nur selten wiederholt werden. Lisa wusste genau, Modell würde sie sicher niemals werden wollen.

Ähnlich intensiv wie diese nervenaufreibenden Anproben aber waren die Diskussionen um die Tiefe des Ausschnitts und die Länge des Kleides oder Rockes. Erst nach vielen anstrengenden Anproben, nachdem Lisa alle ihr zur Verfügung stehenden Überredungskünste eingesetzt hatte, sogar vor tränenüberströmtem Flehen und Betteln nicht zurückgeschreckt war, schöpfte sie Hoffnung, erfolgreich ihren Willen durchgesetzt zu haben.

Sie war ziemlich sicher, Oma überzeugt zu haben, dass Rocksäume noch etwas kürzer, als Oma das für schicklich hielt, abgesteckt werden mussten. Um jeden Zentimeter hatte sie erbittert gekämpft. Oma hatte anscheinend irgendwann entnervt nachgegeben. Aber wenn der Rock fertig war, so erkannte Lisa Omas List. Der Saum war doch wieder viel zu weit unten. Trotz aller Proteste musste sie das Kleidungsstück tragen, denn Oma blieb stur und änderte nichts mehr. Mama hielt sich weitgehend zurück und mischte sich nur ungern ein.

Als Oma einige Jahre später nicht mehr nähte und Mama diese Aufgabe übernahm, zeigte die sich wesentlich großzügiger und nähte, strickte und häkelte mit Freuden die gewagtesten Minikleidchen und Miniröcke, die mehr Ähnlichkeit mit einem etwas breiteren Gürtel hatten als mit einem Rock. Voller Genugtuung konnte Lisa nun endlich die Früchte ihrer früheren aufreibenden Kämpfe einfahren. Oma saß nur kopfschüttelnd daneben.

Omas genähte Röcke also hatten nie die gewünschte Länge, oder treffender gesagt, hatten nie die von Lisa gewünschte Kürze, hörten nämlich nie mindestens eine Handbreit über dem Knie in Richtung Taille auf. Nach Omas Auffassung hatten Kleider und Röcke eine Handbreit unter dem Knie aufzuhören. Knie umspielend, na gut, das war das Äußerste, auf das sie sich einließ. So also gingen die Meinungen mindestens um zehn Zentimeter auseinander und schlimmstenfalls sogar um zwanzig.

Was blieb Lisa also anderes übrig, kaum dass sie aus Omas Sichtweite war, den Bund des Rockes so oft umzuschlagen, bis der Rock die gewünschte Kürze aufwies. Leider war das meist eine auf Dauer instabile Sache, diese Bündchen rollten sich gerne zurück und man spazierte in einem zipfeligen Rock durch die Gegend. Absolut peinlich, besonders, wenn Jungen in der Nähe waren! Kleider erschienen Lisa noch schlimmer, total ungeeignet, die mochte sie gar nicht mehr tragen, die konnte man ja nicht nach Wunsch kürzen. Sie ließen sich bestenfalls mit einem Gürtel geringfügig hochziehen.

So viel zum Thema Kleidung.

Freundinnen- Hatte man die richtigen Freundinnen?

Da war sie gut dran. Sie hatte diese Schwestern zu Freundinnen, die waren angesagt, sahen sich überhaupt nicht ähnlich, aber jede hatte das gewisse Etwas. Sie kannten eine Reihe interessanter Leute. Auf diese Weise kam auch Lisa in den Genuss, weitere Mädchen und Jungen kennen zu lernen. Sie hatten alle die gleichen Vorlieben, die gleichen Sorgen und Probleme. Sie konnten täglich Stunden zusammen hocken und sich unterhalten. Es wurde nie langweilig, nie ging ihnen Gesprächsstoff aus. Sie waren täglich zusammen, morgens in der Schule, nachmittags und abends im Freien oder je nach Witterung bei den Freundinnen zu Hause oder bei Lisa. Man kannte sie eigentlich nur noch als Dreiergruppe. Die jüngste Schwester der beiden, war völlig ausgeschlossen. Sie litt darunter, aber das war den dreien egal. Sie war in den Augen der Dreiergruppe ein „Kleinkind", das nur nervte und störte.

Jungen   - Guckten einem Jungen nach? Zeigten sie Interesse?

Lisa war viel zu schüchtern, um Jungen forschend oder gar auffordernd anzuschauen, aber aus den Augenwinkeln registrierte sie schon das eine oder andere Mal Blicke, die ihr galten. Das verwirrte sie, gefiel ihr aber sehr gut. Es kribbelte so schön im Bauch. Und später hatte man neuen Diskussionsstoff für die Stunden mit den Freundinnen. Einordnen konnte sie die Blicke und deren Bedeutung und ihre Empfindungen nicht direkt. Sie hatte nur wenig Kontakt zu Jungen, durfte ja abends nirgends hin, auch tagsüber waren ihre Möglichkeiten recht beschränkt. Sie wurde sehr behütet. Da waren diese Freundinnen der Glücksfall schlechthin, denn zu denen nach Hause durfte sie natürlich und dort wiederum waren ab und zu andere Mädchen und auch der ein oder andere Bruder oder Freund eines Freundes, zwar selten, aber doch ab und zu. So konnte man das andere Geschlecht wenigstens vorsichtig beschnuppern. Die Jungen verhielten sich auch ganz anders als der eigene Bruder, der sich entweder als Beschützer aufführte, der jedes männliche Wesen in der Nähe seiner Schwester mit scharfem Blick in Schach hielt, oder der wie ein Sklavenhalter seine kleine Schwester herumkommandierte.

Partys - Wurde man zu Partys eingeladen?

Oh weh, das wurde man nur, wenn man einen Begleiter hatte. Kein Mädchen war so leichtsinnig, einzeln auftretende potenzielle Konkurrentinnen einzuladen. Lisa hatte anfangs keinen Freund, keinen Bekannten, den sie hätte mitbringen können, also hatte sie ganz ganz schlechte Karten. Selbst ihre Freundinnen luden sie selten zu solchen Festen ein, weil sie eben nur alleine herumgesessen hätte, während die anderen tanzten und schließlich munter knutschten. Also erklärten sie, damit Lisa nicht traurig und einsam herum sitzen müsse, würden sie sie schonen, und um ihr nicht weh zu tun, gar nicht erst einladen und lieber unter sich als Paare bleiben.

Toll, Lisa sah das alles natürlich ein, gab sich gelassen, voller Verständnis. Sie zeigte nach außen sogar Dankbarkeit gegenüber dieser Rücksichtnahme und später dann, wenn sie zu Hause alleine in ihrem Zimmer war, weinte sie in ihr Tagebuch, in ihre Kissen und ins schon ziemlich abgerubbelte Fell ihres Brummis, dieses alten Teddys, den sie von Oma und Opa Jahre zuvor geschenkt bekommen hatte, und der sich alle ihre Sorgen anhörte und beruhigend brummte, wenn sie ihn bewegte. Auch damals schon gab es also diese „Sorgenfresser", wie man die kuscheligen Tiere heute nennt.

Niemand sonst erfuhr von ihrem Kummer, diese Blöße hätte sie sich nie gegeben. Das hatte Papa sie stets gelehrt: Niemals auf Mitleid Fremder hoffen, niemals deinen Stolz aufgeben, immer aufrecht erscheinen, keine Blöße erkennen lassen. Es kommen wieder bessere Zeiten. Und dann lachst du über manches Vergangene. Das hatte sie verinnerlicht. Papa hatte zwar keine höhere Schulbildung, aber dafür umso mehr Herzensbildung und Lebenserfahrung. Er war ein sehr kluger Mann. Er hatte fast mit allem Recht, was er ihr im Laufe ihres Lebens zu vermitteln versucht hatte. Seine Ratschläge hatten sich immer als durchdacht und meist als hilfreich erwiesen.

Ihre zwei Freundinnen hatten ihr bezüglich Verliebtheit und Partytreiben einiges, ehrlich gesagt alles, voraus. Jede hatte bereits ihren festen Freund. Und eines Tages, ganz nach Papas Voraussage, wurde dies auch für Lisa zum Glücksfall, da sie durch diese Freunde den Bruder des einen Jungen näher kennen lernte und sich bald Hals über Kopf in ihn verliebte.

Ihr hatte sich also eine wirklich sehr günstige Ausgangslage geboten. Sie lernte sonst nirgends Jungen kennen. Mitglied in Vereinen oder ähnlichem war Lisa nicht.

In der Schule gab es nur Mädchen, sie besuchte ein Mädchengymnasium, das von dem „Lehrkörper" als „Anstalt" bezeichnet wurde. Kein besonders ansprechender Begriff. Mit den Jungen vom Jungengymnasium kam man kaum zusammen. Bei offiziellen Anlässen wie Theatervorstellungen in der Aula oder Gottesdiensten in der Kirche sorgten die Lehrer streng für Trennung. Sie bewachten ihre Schüler, als seien es wilde Tiere, die vor einander geschützt werden müssten. Vergleiche mit einem Zirkus, bei dem die Raubtiere durch diese vergitterten Gänge zur Manege getrieben wurden, und niemals Kontakt zu Zuschauern haben durften, erschienen Lisa gar nicht so abwegig.

Meist wanderten die Mädchenklassen hinüber zum Jungengymnasium, da es dort eine richtige große Aula gab. Unter den Blicken feixender und gröhlender Jungen, die sich in den Gängen sowie auf und neben den Treppen drängten, stolperten die Mädchen kichernd und herumalbernd in die Aula im ersten Stock. In diesen Minuten hatten die Lehrer kaum eine Chance, ihre Vorstellungen von Disziplin durchzusetzen. Für die Schülerinnen und Schüler waren solche seltenen Highlights die Sensation schlechthin. Aber sobald alle Schüler auf ihren Stühlen saßen, die Jungen auf einer Seite, dazwischen ein Mittelgang und dann die Mädchen auf der anderen Seite, begann die strenge Überwachung.

So saßen die Lehrer nach dem turbulenten Einmarsch ihrer Schüler an strategisch wichtigen Stellen, jeweils einer in jeder Reihe auf dem ersten Platz am Mittelgang, um sogar Blicke aus den Reihen der Mädchen zu denen der Jungen und umgekehrt zu stören und zu verhindern. Und wehe, es traf sich ein Blick einer Lehrerin mit dem einer Schülerin, die begierig zu den Jungen hin schielte. Diese alten Jungfern verstanden es, mit scharfen Augen jeden weiteren Versuch abzuwürgen. Man konnte froh sein, wenn es nach der gemeinsamen Veranstaltung nicht noch Strafpredigten gab. Die männlichen Lehrer der Gegenseite waren nicht minder streng. Oder waren sie genauso verklemmt wie die meisten ihrer Kolleginnen?

Schule hatte also keine Möglichkeiten zur näheren Kontakt-aufnahme mit dem doch so spannenden anderen Geschlecht geboten.

Da blieb noch ihr Bruder Stefan als Chance, männliche We-sen kennen zu lernen. Aber da er erheblich älter als sie war, hatten weder er noch seine Freunde Interesse daran, den Babysitter für eine kleine Schwester zu spielen. Im Gegen-teil, ihr Bruder hielt sie strengstens von seinen Freunden fern und passte wie ein Haremswärter auf ihre Tugend auf. Und die war seiner Meinung nach nun einmal zu Hause, in Obhut der Eltern, am besten geschützt. So hatte er weniger Arbeit und konnte sich voll auf seine Vergnügungen kon-zentrieren. Wer will es ihm verdenken? Lisa hatte ihren großen Bruder dennoch bedingungslos geliebt. Alles, was er tat, fand sie richtig, selbst wenn es anscheinend nicht zu ih-rem Vorteil war, und verteidigte ihn ausnahmslos vor den Eltern und erst recht vor Fremden.

Lisa blättert weiter in diesen frühesten Erinnerungen.

Die Liebesgeschichte begann, wie wohl bei jedem jungen Mädchen, mit den ersten schüchternen Blicken und mit den tausend Fragen und Gedanken: Wird er mit mir „gehen" wollen? Mag er mich? Ich mag ihn. Ich mag ihn sehr. Bin ich verliebt? Ich bin verliebt. Ich denke nur noch an ihn. Wann kommt er endlich. Ist er verliebt? Denkt er auch so oft und so viel an mich? Wann endlich sagt er, dass er mich mag. Wann streichelt er mich? Wird er mich heute küssen? Da gab es noch eine andere, mit der er manchmal zu-sammen war. Was ist mit der? Ist das seine Freundin? Was macht er mit ihr? Mögen Mama und Papa ihn? Darf ich ihn mit nach Hause bringen?.....

Lisa liest vom ersten Vortasten an diesen bestimmten jun-gen Mann, vom ersten Tanzen mit ihm, von den ersten ver-wirrenden Küssen, von Tanzstunde und Ausflügen. Sie wird an kribbelnde Aufregung vor den Treffen erinnert, an aus-giebige Spaziergänge, Hand in Hand, an wunderschöne ro-mantische Stunden, aber ebenso an dieses schrecklich hohle Gefühl im Bauch, das sie wie Messerstiche durchfuhr, als ihre Eltern plötzlich meinten, sie träfe sich zu häufig mit ihrem Freund, er besuche sie zu oft. Sie wollten sie zwingen, sich von ihm zurück zu ziehen, mehr alleine zu bleiben. Lernen für die Schule, das alleine sollte ihre Aufgabe sein.

Dieses widerwärtige Gefühl kennt sie noch heute. Genau wie die so junge Lisa es zum ersten Mal in ihrem Leben spürte, durchfährt es die alte Lisa auch heute noch, wenn sie ganz plötzlich einer unangenehmen Situation ausgesetzt wird, wenn sie sich vollkommen hilflos ausgeliefert fühlt.

Ihr fallen getrocknete Blütenblätter von Rosen und Nelken entgegen, Geschenke, die sie als verliebtes junges Mädchen absolut verzückt hatten. Minigolf Quittungen, Eintrittskarten von Flugschau, Zoo und anderem kleben auf den Seiten, sogar ein Foto dieses ersten echten Freundes fällt ihr entgegen!

Tanzkurs Termine, Einladungen zum Mittelball, zum Abschlussball, der Kleine Knigge, Benimm Regeln, das Büchlein, das sie zum Abschlussball alle bekamen, eben alles, was das Leben eines Teenagers so spannend machte, findet sie. So werden vermutlich viele Tagebücher bestückt sein. Und alle werden ähnliche Einträge über Ereignisse, Gefühle, Ängste, Sorgen, Träume enthalten.

Lisa legt das Büchlein zur Seite. Nun darf es wieder in seiner Schublade verschwinden. Dieser Abschnitt ihres Lebens kann weiter im Verborgenen schlummern, bis, ja, bis vielleicht wieder einmal ein Moment des lächelnden Zurückblickens sich ergibt und angenehm und schön sein wird.

Sie betrachtet ihr Spiegelbild genauer.

Sie sieht durchaus einige Spuren des Alters. Aber sie weiß, sie führt ein ruhiges, zufriedenes und glückliches Leben. Andreas und sie lieben sich noch immer. Sie haben ein gutes Verhältnis zu ihren Kindern, die ihren Weg ins Leben zielstrebig gemeistert haben, nette Partner gefunden haben und auch glücklich sind.

Welche Bedeutung sollten da die paar Falten haben, die der Spiegel ihr zeigt?

Doch sie haben eine Bedeutung, eine ganz wichtige sogar, eine nach Lisas Überzeugung sehr positive. Diese Falten machen das Gesicht eines Menschen aus, es sind Lebensspuren. Es sind ihre Lebensspuren, Zeugen ihres Lebens. Sie spiegeln ihr im Laufe der langen Jahre gewachsenes Ich. Sie machen ihr Gesicht individuell. Wie eine Barbie Puppe mit glatten, nichtssagenden Zügen hatte Lisa nie aussehen wollen.

Sie zwinkert ihrem Gegenüber zu und lehnt sich zufrieden in ihrem Sessel zurück.

Schon verrückt, welche Gedanken der Spiegel ihr vermittelt.

Nichts erscheint vor Lisas geistigem Auge in streng chronologischer Abfolge.

Nein, Gedanken und Gefühle schwirren anscheinend einer ganz anderen Ordnung folgend vor ihr her, an ihr vorbei. Sie halten sich an keine Regeln, schon gar nicht an festgelegte Zeitverläufe.

Der Spiegel lässt ihre Erinnerungen wie verführerische Angebote auf einem endlosen Fließband an ihr vorbei ziehen. Immer wieder andere Episoden reihen sich ein. Sie muss nur zugreifen, wenn sie vorbei schweben.

Ihre Speicherzellen im Gehirn scheinen sich in gespannter Lauerstellung zu befinden, geben ihre Geheimnisse nur bei bestimmten Anregungen preis, vor allem bei denen, die sie zum Schmunzeln bringen lassen. Unangenehmes hat kaum noch Bedeutung, das soll gefälligst im Dunkeln, weit weit versteckt in ungenutzten Zellen herum wabern und am besten verdorren und schließlich ganz verschwinden.

Wie bunte Koffer, bunte Taschen, bunte Aufkleber, bunte Anhängsel auf dem Rundumband in einer Ankunftshalle nach der Landung eines Flugzeugs gleiten ihre Erlebnisse an ihr vorbei, Ausschnitte aus ihrem bunten Leben. Der Spiegel lässt Erinnerungsblitze aufleuchten. Und wie der Fluggast, der seine Tasche an bestimmten charakteristischen Merkmalen erkennt, und schnell zugreift, so greift auch in Lisa plötzlich irgendetwas zu, fühlt sich angesprochen, entscheidet in wenigen Augenblicken, meist in Sekundenbruchteilen, ob es wirklich ihre Tasche ist, ob es für sie eine wichtige Erinnerung ist. Wählt sie diese als für diesen Moment bedeutsam aus, so wird diese Erinnerung immer klarer, je mehr sie ihre Gedanken darauf konzentriert. Im Nu befindet sie sich dann wieder mitten in diesem Erlebnis, als sei die Zeit nicht vergangen.

****

Führerschein Erwerb nach alter Sitte

Ein neuer Abend, eine neue Kerze, ein neues Glas Rotwein.
Der bekannte Spiegel, die bekannte wundersame Zauberkraft.
Lisa fischt sich die nächste Erinnerung aus dem reichen,
bunten und verführerischen Angebot, das wie auf diesem
Endlosband an ihr vorbei zieht, heraus.
Papa konnte nie gut Auto fahren. Er hatte sich auch nie darum bemüht. Er legte keinen Wert darauf. Er besaß zwar
einen Führerschein – weiß der Himmel, wie er den geschafft hatte – aber der bedeutete ihm nichts. Man muss allerdings bedenken, dass zu der Zeit, da er Auto fahren gelernt hatte, kaum Verkehr auf den Straßen gewesen war, nur
wenige Bewohner der Kleinstadt überhaupt ein Auto besaßen, und die Fahrschulen auch erst im Aufbau waren. Man
bekam einige Fahrstunden, dann meldete der Fahrlehrer seinen Schüler zur Prüfung an. Die Prüfungen gestalteten sich
recht locker. Man kreuzte auf den mit Fragen vorgedruckten
Papieren die als richtig vermuteten Antworten an, man fuhr
danach eine kleine Strecke, parkte ein und wieder aus, bog
mal nach links, mal nach rechts in andere Straßen ein, wurde zur Probe aufgefordert, falsch herum in eine Einbahn-
straße zu fahren und wenn man alles korrekt erledigt hatte,
bekam man seinen Schein meist umgehend problemlos aus-
gestellt.
Bei Papa war die Sache etwas ungewöhnlicher gewesen. Er
besaß bereits einen Wagen. Mama, erheblich interessierter
an technischen Errungenschaften und begabter für viele
Dinge, hatte kurz vor ihm die Fahrprüfung zum Auto Fahren mit Bravour bestanden. Ein Motorrad konnte sie schon
lange zuvor steuern. Ob man dazu auch eine Prüfung hatte
absolvieren müssen, zeigt der Spiegel nicht.
Mama fuhr auf jeden Fall beides ausgezeichnet und genoss
jede Minute, die sie endlich im eigenen Auto am Steuer ver-

bringen durfte. Sie konnte nie nachvollziehen, wie andere Frauen ihres Alters und selbst jüngere und junge Frauen sich weigerten, diese Prüfung zu machen und sich lieber gerne in Abhängigkeit zu ihrem Mann begaben, ihn bei jeder Kleinigkeit anbettelten, er möge sie irgendwohin kutschieren. Mama war schon immer gezwungen gewesen, eine selbstständige Frau zu sein, sie war es gewohnt, für sich und die Familie verantwortlich zu sein. Das Getue vermeintlich „hilfloser" Weibchen war ihr zuwider, fand sie einfach lächerlich. Sie war kein Mensch, der sich bedienen lassen wollte. Das hatte sie nie kennen gelernt und ging ihr auch gegen die Natur. Sie war viel lieber die Handelnde, die Frau, die ihre Entscheidungen selbst verantwortlich fällte, benötigte keinen Mann, bei dem sie „denken und handeln ließ". Sie wollte gleichberechtigt neben ihrem Partner leben und auch so wahrgenommen werden. Das gelang ihr nur zu gut.

Ganz anders war Papas Verhältnis zu Motorrädern und Autos. Sein erster stolzer Ausflug auf Mamas Motorrad endete in einem Misthaufen. Weise verzichtete er dann auf weitere eigenständige Ausflüge.

Man kann es sich heute kaum vorstellen, doch Papa, der nur einzelne Fahrstunden mit einem Auto genossen hatte, dennoch rasch zur Überzeugung gekommen war, das nötige theoretische und praktische Wissen zu beherrschen, fuhr am besagten Tag der Prüfung mit dem eigenen VW Käfer - fröhlich vor sich hin pfeifend, doch natürlich noch ohne Führerschein – Richtung Prüfungsgebäude. Er passierte den Bahnhof und sah einen offiziell wirkenden Mann im grauen Anzug mit Aktentasche aus dem Gebäude heraus gehen. So viel Bahnreisende kamen zu dieser Tageszeit in dem kleinen Ort nicht an, daher war er sich sicher, das könnte nur sein Prüfer sein. Freundlich, wie Papa nun einmal war, hielt er an und erkundigte sich, ob der Mann zur Fahrschule unterwegs sei. Es gab nur diese eine im Ort. Nachdem der Mann das verblüfft bestätigte, bot Papa ihm an, ihn mit zu nehmen und dort abzusetzen. Wie selbstverständlich stieg der ahnungslose Mann auch ein, freute sich, nicht weiter zu Fuß gehen zu müssen und plauderte munter drauf los. Zum Glück mussten sie nur eine kurze Strecke zurücklegen, so dass Papa keine Chance hatte, viel falsch zu machen.

Am Ort des Geschehens eingetroffen, begriff der Prüfer, bei wem er da mitgefahren war, da sie beide denselben Weg ins Gebäude nahmen. Aber was sollte er jetzt tun? Sich groß aufzuregen, das war nun bedeutungslos, wäre unter Umständen sehr peinlich geworden. Fahrlehrer und andere standen ja um sie herum, als sie den Prüfungsraum betraten. Der Prüfer war ein praktisch denkender Mensch, zuckte mit den Achseln, bedachte, dass man die Fahrt hierher ja als Prüfungsfahrt einstufen könnte und überreichte Papa seine Prüfungsfragen, ohne auch nur mit einem Wort auf das vorangegangene Geschehen einzugehen. Papa beantwortete alle Fragen korrekt, denn die Theorie lag ihm, und nach kurzer Runde, wieder mit dem Prüfer neben sich, aber dieses Mal offiziell, war die Übergabe des Fahrscheins nur noch eine Formsache.

Man munkelt ja noch heute, dass der Prüfer ganz schnell aus dem Auto hinaus wollte und daher ohne Verzögerung alles Nötige unterschrieb. Beweise dafür existieren nicht, da nur die beiden mit dem Fahrlehrer im Auto waren und später niemand berichtete, wie die Prüfung im Einzelnen verlaufen war. Aber der Prüfer sah etwas blass aus, als er wieder auf der Straße stand. Zum Bahnhof wollte er dann sehr gerne alleine gehen, er brauchte unbedingt Bewegung und frische Luft, so beteuerte er überzeugend.

Papa war es recht, er steckte seinen Schein stolz und zufrieden ein und freute sich schon auf die anschließende Feier, in der seine große Leistung beredet, begossen und betanzt werden sollte. Er hatte ja durchaus eingesehen, was alle ihm erzählt hatten, ein Mann müsste einen Auto Führerschein haben, das gehörte sich so. Den hatte er ja nun. Und damit war die Angelegenheit für ihn erledigt. Selten nutzte er seinen Wagen, denn ihm bedeuteten weder Auto noch Fahrerlaubnis auch nur das Geringste und dies änderte sich zeitlebens nicht, im Gegenteil, es verstärkte sich immer mehr, so dass er nach wenigen Jahren gar nicht mehr selber am Steuer saß.

****

Mamas Auto
- Papas Abkürzungen

Das Auto war Mamas Auto, jedes Auto, das sie kauften, war Mamas Auto. Sie hatte ein völlig anderes Verhältnis zu ihrem jeweiligen Wagen als Papa. Angefangen hatte es mit dem VW Käfer. Der besaß geteilte Scheiben im hinteren Bereich.

Schaute man aus dem Inneren über die Rückbank nach draußen, so hatte man das Gefühl, in einem Zimmer mit Butzenscheiben zu sitzen. Die Winker waren Seitenstäbe, versehen mit Katzenaugen, die in Höhe der winzigen vorderen Seitenfenster bei Bedarf ausgeklappt wurden, wie man das heute noch bei bestimmten Bobs beim Start im Eiskanal sehen kann. Sieht sich Lisa heute Bob Wettkämpfe an, vor allem den Viererbob, so muss sie immer schmunzeln, weil sie sofort diese VW Käfer Winker vor Augen hat. Immer wieder hat sie Spaß daran, zuzusehen, wie die Seitenklappen beim Bob eingerastet werden. Und wenn das in ganz seltenen Fällen nicht so klappt, weil die Dinger irgendwie verhakt sind, meint sie auch heute noch ihre Mutter zu hören, wie sie sich mächtig aufregt und diese Mistdinger mit den schönsten Schimpfworten anfeuert, endlich das zu tun, was sie tun sollen.

Nach dem ersten Käfer folgte ein weiterer und dann wurde umgestellt. Aus welchem Grund auch immer beschloss der Familienrat, Opel Rekord sollte das zukünftige Gefährt sein. Immer wieder, alle zwei bis drei Jahre, bekam Mama nun ihren Opel Rekord. Diese kurzen Zeiträume hatten mit der steuerlicher Absetzung eines Betriebsfahrzeugs zu tun, aber auch damit, dass die Firma Opel ungefähr alle zwei Jahre ein neues Modell heraus brachte, das völlig anders aussah als das davor. Mama war begeistert von diesem regelmäßigen Auswechseln und war sehr stolz auf ihr immer aktuelles Modell.

Sie liebte jedes ihrer Autos, jedes einzelne war für sie unersetzlich. Sie gaben ihr Freiheit und selbstbestimmtes Leben. Alleine unternahm sie regelmäßig tägliche Einkaufs Fahrten mit ihrem Auto, machte aber nie alleine größere Ausflüge. Aber der Gedanke, sie könne ja jederzeit, sie habe jederzeit die Möglichkeit, irgendwohin zu fahren, das war das, was für sie lebenswichtig war. Das war das Sahnehäubchen, das ihr jeden Tag versüßte. Papa gönnte ihr dieses Gefühl von Herzen und kaufte gerne regelmäßig einen Wagen, wie sie ihn sich wünschte.

Ein Opel Rekord blieb es immer, immer das neueste Modell. Die Ausstattung suchte sie ganz alleine aus. Roter Samt zu weißem Auto, das war eine ihrer Lieblings Ausstattungen. Papa dagegen liebte sein jeweiliges Fahrrad. Das wurde aber nicht alle zwei bis drei Jahre gegen ein neues eingetauscht, das fuhr er meist sehr lange. Es war schließlich ein echter Drahtesel, an dem eigentlich nur die Bremsen und die Lichter so hin und wieder überprüft wurden. Das Aussehen interessierte Papa nicht. Er brauchte nur einen fahrbaren Untersatz, den er überall in der Stadt unbesorgt abstellen konnte, auch schon mal über Nacht. Ohne Fahrrad wäre sein Leben eingeschränkt gewesen. Er ging zwar auch sehr gerne zu Fuß, aber mit dem Fahrrad war er doch schneller, wenn es denn sein musste und vor allem konnte er so größere Strecken zurücklegen.

Waren Fahrten zu weiter entfernten Zielen nötig, sei es beruflich oder auch im privaten Bereich, so fuhr natürlich „Mutter", die die geborene Auto Fahrerin war, wie er immer wieder betonte.

Er war ein äußerst angenehmer Beifahrer, solange ihm keine „Abkürzungen" in den Sinn kamen. Sobald Mutter ein paar Kilometer gefahren war, legte Papa seine Füße aufs Armaturenbrett und schlief selig ein. Niemals hätte er sich in das Fahrgeschehen eingemischt. Manchmal jedoch tauchten dunkle Wolken am normalerweise harmonischen Autofahrt Himmel auf und die Fahridylle geriet ins Wanken.

Aus irgendwelchen unklaren Gründen, die er selber wohl auch nicht durchschaute, meinte Papa nämlich manchmal, er kenne die Wegstrecke zum angepeilten Ziel sehr genau. Autobahn Fahrt sei doch absolut langweilig, er wisse von einer herrlichen Strecke, die zudem auch noch eine Abkürzung sei. Es hatte keinen Sinn, mit ihm zu streiten, da blieb er stur und Mama, die ja wusste, wie das Unternehmen „Papas Abkürzungen" ausgehen würde, schimpfte zwar leise vor sich hin und ärgerte sich, fuhr aber dann doch die gewünschten Straßen, denn im Endeffekt erfüllte sie Papa jeden Wunsch.

So lernten Lisa, Bruder Stefan und auch ihre Eltern während dieser Fahrten wirklich jede Menge von Nebenstraßen aller Qualitäten kennen. Zunächst größere, die durch Ortschaften führten, dann immer kleinere, eher Feldwege, auf denen ihnen kaum Menschen begegneten, nicht einmal Bauern auf Treckern oder Kinder auf Fahrrädern. Felder über Felder, Waldstücke, herrliche Alleen, alles bot sich ihnen ganz dicht, rechts und links neben ihrem Auto. Fenster hinunter kurbeln und die eine oder andere Blume pflücken, das war hin und wieder durchaus möglich, wie Lisa erleben durfte. Ja, sie sahen manch seltenes Tier am Straßenrand oder sogar mitten auf der Straße bzw. dem Weg. Meist war das nicht einmal platt gefahren, sondern stolzierte gemächlich vor ihnen her, als habe es keine Angst vor Menschen. Woher sollte es die auch haben, hier schienen ja nie Menschen aufzutauchen.

Das ging so lange gut, bis Mama fast vor Zorn platzte und giftig schimpfend anhielt, die Landkarte zur Hand nahm und erst einmal herausfinden wollte, wo sie eigentlich inzwischen herumkurvten.

Ein Königreich für ein Navi, würde man heute sagen. Aber das sollte ja erst Jahrzehnte später erfunden werden. Und Papa hatte sicher keine Navi Qualitäten. In Wahrheit hatte Papa nämlich wenig bis gar keine Ahnung von der Lage der Orte in Bezug zu Straßen und Autobahnen, da er ja nie selber fuhr und sich absolut nicht auskannte. Straßenkarten waren ihm lästig und fremd. Außerdem konnte man sich, seiner Aussage nach, nie auf Karten verlassen.

Er orientierte sich nur nach seinem Gefühl. Mit dem Brustton der Überzeugung verkündete er jedes Mal, schon in Russland, während des Krieges hätte sich dieses Verfahren bewährt. Da hatten er und seine Kameraden auch so gut wie keine Straßenkarten gehabt, ja, nicht einmal Straßen hatten sie da gehabt. Endlose Steppe, endlose Schlammwüsten und später endlose Schneewüsten hatten sie durchqueren müssen. Und hatten sie sich nicht dennoch zurecht gefunden? War das nicht Beweis genug für sein perfektes Orientierungsvermögen?

Entweder schwindelte er bei seinen Schilderungen und in Wahrheit hatten andere die Aufgabe übernommen, zu bestimmten Zielen zu gelangen, oder er hatte diese großartige Gabe inzwischen total verloren. Es war ja zum Glück auch nicht mehr lebenswichtig. Und heute hatte er ja Mama, die würde das schon regeln.

Keine seiner Abkürzungen hatte die Bezeichnung „Abkürzung" verdient. Sie stellten sich nahezu ausnahmslos als Umwege heraus und zwar als sehr heftige. Lisa und ihr Bruder hielten sich bei den Diskussionen vorsichtshalber zurück und beschäftigten sich lieber damit, Autos nach Marken getrennt zu zählen. Jeder bekam bestimmte Firmen zugeteilt. Klar, Bruder Stefan spielte nur mit, wenn er Opel und VW bekam, Lisa musste sich mit weniger bekannten Marken begnügen. Wieso nur verlor sie dieses Spiel jedes Mal? Wenn es kaum noch Autos zu zählen gab, weil auf diesen abgelegenen Straßen eben nur selten welche unterwegs waren, verlegten sie sich auf das Zählen von Tieren oder Bäumen. Das allerdings langweilte Stefan schnell. Bald schon las er einen Jerry Cotton Schmöker und war nicht mehr ansprechbar. Lisa vertiefte sich in ihre spannenden Abenteuergeschichten von Fury, Lassie, Kapitän Nemo in seiner Nautilus, Kalle Blomquist, dem Meisterdetektiv oder was auch immer. Lesestoff hatten sie immer in großer

Vielfalt bei sich. Nie hätten sie das Haus verlassen ohne einen ansehnlichen Stapel Bücher mit zu nehmen.

Wie auch immer sie sich beschäftigten, es war klug, sich nicht in Straßen- und Stadtsuche einzumischen, sie hätten sonst von beiden Elternteilen ordentlich was zu hören bekommen, egal, wie verärgert diese waren, sie hielten immer zusammen. Solche Ausflüge endeten dann jedes Mal mit mürrischen und genervten Kindern, einer zwar erschöpften, aber triumphierend grinsenden Mama, die irgendwann wieder eine normale Straße oder sogar eine Autobahn gefunden hatte, weil sie sich nicht weiter hatte beirren lassen.

****

Das perfekte Team:
Der Gentleman und seine Fahrerin

Im Heimatort und der näheren Umgebung mischte Papa sich nie beim Fahren ein. Mama konnte im wahrsten Sinne des Wortes nach Belieben schalten und walten.

Ganz uneigennützig war es nun aber keinesfalls, dass er das Auto vollkommen Mama überließ. Papas großer Vorteil bei diesem Abkommen lag darin, dass er auf diese Weise ein absolut zuverlässiges und rund um die Uhr zur Verfügung stehendes Privat Taxi besaß. Ein Anruf genügte und Mama saß keine fünf Minuten später am Steuer, um zu ihm zu fahren und ihn abzuholen. Es spielte keine Rolle, wohin er sie rief oder zu welcher Uhrzeit. Ohne ihn konnte sie ohnehin keine Ruhe finden, ohne ihn wäre sie nie eingeschlafen, hätte die ganze Nacht nervös mit Unmengen von Kaffee und Zigaretten verbracht, bis er eingetroffen wäre. Sie konnte nie schlafen, wenn sie ihre Schäfchen nicht beisammen hatte. Bevor Papa nicht zu Hause war, saß sie angezogen und für sofortigen Aufbruch bereit im Wohnzimmer.

So wartete sie auf das Klingeln des Telefons. Sie wartete gerne, es war keine Last für sie. Es gab ihr die Sicherheit, dass ihrem Mann nichts passieren konnte und sie ihn bald wieder bei sich haben würde. Alleinsein war nichts für sie.

Es gab selten ein unwilliges Wort bezüglich des Taxidienstes. Im Gegenteil, die beiden verkörperten ein perfekt aufeinander eingespieltes Team. Außenstehende glaubten zu wissen, diese energische Frau habe den sanften, bei jedem, vor allem bei Frauen, beliebten Mann voll unter ihrem Pantoffel. Lisas Eltern hatten sich mit dem Gerede abgefunden. Sie wussten, wie es wirklich war und gerade Papa hütete sich, die Menschen aufzuklären. Es war äußerst praktisch für ihn und seinen Betrieb, eine gefürchtete und respektierte Kämpferin im Hintergrund zu haben, die man dann bei Bedarf aber auch direkt in den Vordergrund stellen konnte. Besonders wenn es darum ging, säumige Zahler aufzufordern, Rechnungen zu begleichen, konnte sie ihr Talent voll ausleben. Sie schaffte es fast immer, dass die Bezahlung umgehend erfolgte. Sie regelte das persönlich, weitere Mahnungen musste sie nie schreiben. Sie brauchte oft nur ein einziges klärendes Gespräch mit dem Schuldner, wo Papa zuvor viele Wochen vergeblich interveniert hatte. Ohne sie hätte er manches Mal weitere Monate auf sein Geld warten müssen oder es gar nicht bekommen. Er wusste, dass er sich absolut auf seine Frau verlassen konnte. Für ihn und ihre Kinder war sie immer da, sie hätte ohne auch nur eine Sekunde zu zögern, ihr Leben für jeden von ihnen gegeben.

Damals waren sie beide noch recht jung und neu in dieser Stadt. Papa lernte durch seinen Beruf viele Menschen kennen, kam in fast jede Wohnung dieser Stadt. Immer wieder fanden Besprechungen mit Handwerkern, Architekten und Bauherren statt, die oft in Kneipen bei einem Bierchen ihren Ausklang fanden. Naja, das eine Bierchen befeuchtete gerade mal ein bisschen die vom vielen Diskutieren, Verhandeln und Reden ausgedörrten Kehlen und so folgte ein zweites, ein drittes und vielleicht an manchen Abenden auch noch das ein oder andere mehr.

Schließlich merkte Papa in den meisten Fällen selbst, dass er dann doch irgendwann genug Flüssigkeit, vor allem Alkohol, eingefüllt hatte. Das vor den anderen zuzugeben, das kam nicht in Frage. Vor anderen Männern zeigte man keine Schwäche. So ging er auf dem Weg zur Toilette wie zufällig am Fernsprecher vorbei, der fast immer in den Kneipen dort im Gang an der Wand hing, kramte ein paar Groschen aus der Hosentasche, die er dort immer für solche Notfälle auf Vorrat hatte, und rief kurzerhand zu Hause an. Mama kam umgehend, sie vertrödelte keine Minute. Sie wusste, Papa wollte erlöst werden. Am Tonfall erkannte sie, ob und wie ernst die Lage war. Sie betrat die Kneipe und hatte die Situation meist schnell richtig eingeschätzt.

Anfangs war sie vermutlich ab und zu etwas harsch vorgegangen, doch sie lernte schnell und bald merkte sie, dass es bessere Möglichkeiten der Einflussnahme gab. Als kluge Frau war sie darauf bedacht, ihren Mann auf keinen Fall vor den anderen bloß zu stellen oder gar ihn lächerlich zu machen. So begrüßte sie alle freundlich, setzte sich mit in die Runde und trank mindestens ein Tässchen ihres geliebten Kaffees. Alkohol war für sie absolut tabu, wenn sie Auto fahren sollte oder wollte. Auch wenn die anderen den Bierchen und Schnäpschen meist intensiv zugesprochen hatten und dennoch immer noch einmal die „letzte Runde" bestellen mussten, konnte sie sich problemlos einreihen und noch eine Weile mit allen am Tisch plaudern, über ihre Witze lachen und sich an den Gesprächen beteiligen, auch wenn die nicht mehr wirklich klar nachvollziehbar oder sogar verständlich waren. Sie drängelte nicht. Und dann, meist gar nicht so lange nach ihrem Eintreffen, folgte der allgemeine Aufbruch ganz natürlich, ohne Zwang. So verschaffte sie im Grunde allen einen angenehmen Abschied. Manch andere Ehefrau wird ihr insgeheim dankbar dafür gewesen sein.

Meistens klappte das wenigstens so. Nicht immer! Ab und zu soll es auch etwas vehementere Vorgehensweisen gegeben haben, wie man Lisa später schmunzelnd beichtete. So war Papa, der in diesen Anfangsjahren gerne einmal über die Strenge schlug, nicht immer gar so willig und Mama, die ihren Mann nur zu gut kannte, nicht immer gar so verständnisvoll. Mama wusste sich durchaus energisch durchzusetzen. Waren gar andere Frauen mit bei diesen Gelagen, so konnte Mama zur Furie werden, falls sie den Verdacht hatte, dass eine sich ernsthaft an Papa heranmachen wollte. Und Papa, der versuchte, sich zunächst wortstark zu widersetzen, aber schließlich immer nachgab, war spätestens am nächsten Tag froh über ihr Eingreifen, das ihn vor Schlimmerem bewahrt hatte. So hatte er den Schein eines netten Mannes gewahrt und sie hatte ihren Ruf der ihn beherrschenden Frau unfreiwillig gefestigt. Ganz fair war das nicht, aber Mama akzeptierte es. Was interessierte sie das dumme Geschwätz missgünstiger Leute.

Waren sie gemeinsam bei Veranstaltungen, so waren beide sehr tolerant. Jeder durfte mit anderen Partnern tanzen, in die Sektbar gehen und Spaß haben. Mehr allerdings nicht. Das war beiden klar. Papa war bei solchen Feierlichkeiten einer der gefragtesten Männer, da er ein begeisterter und auch begnadeter Tänzer war. Er ließ nur selten einen Tanz aus. Besonders den Langsamen Walzer sowie den Wiener Walzer beherrschte er wie ein Profi und wirbelte die Damen in wildem Tempo mal links herum, mal rechts herum durch den gesamten Saal. Nach drei Tänzen japsten diese nach Luft und brauchten eine Verschnaufpause, aber nicht Papa. Er hatte eine sagenhafte Kondition und holte sich sofort die nächste Tanzpartnerin. Die Damen der Stadt schwärmten von ihm, denn ihre eigenen Männer waren in den meisten Fällen absolut tanzfaul, kein Vergleich zu diesem wilden Tänzer, der auch noch sehr attraktiv aussah in seinem dunklen Anzug. Lisa war ungeheuer stolz auf ihn.

Lisa musste lachen. Engel waren beide Elternteile nicht gewesen, zum Glück. Sie waren eben Menschen mit all ihren Schwächen. Aber Lisa kramt auch hier die netten Schwächen hervor, bevorzugt die schönen Gedanken, filtert Unangenehmes heraus. Warum sollte man sich an Negatives erinnern? Lisa ist die perfekte Optimistin. Für sie ist das Glas stets halbvoll, niemals halbleer. So hat sie es ihr Leben lang gehalten, und das Leben gab ihr Recht. Sie fuhr gut mit dieser Einstellung. Selbst in schwierigen Situationen wendete sich am Ende alles wieder zum Positiven.

Sie war und ist ein fröhlicher Mensch, der Böses und Schlechtes gerne von sich fern hält. Sie hatte als junge Frau durchaus ihre kämpferischen Phasen, in denen sie die Welt am liebsten verändert hätte, in denen sie wütend über Missstände diskutierte und nach Auswegen suchte, aber irgendwann schwächte sich dieser Wunsch, eine bessere Welt zu schaffen, zunehmend ab, sie resignierte vor dieser ungeheuren Aufgabe. Sie veränderte sich, es traten andere Sichtweisen, andere Notwendigkeiten in den Vordergrund. Heute mag sie erst recht nicht mehr kämpfen, möchte sich an Schönes erinnern, heute möchte sie ihr Leben einfach nur noch genießen.

So sagt sie beim Blick in ihren Spiegel still vor sich hin lächeln: „Lustige Anekdoten sind doch wesentlich unterhaltsamer als traurige." Sie will gerade aufstehen und sich wieder dem realen Leben zuwenden, da schaut sie noch einmal auf die spiegelnde Fläche vor sich. Sie muss sich wieder hinsetzen. Der Spiegel lässt sie noch nicht aus seinem Bann.

Ein Schluck Beaujolais, ein Blick auf die nächste Erinnerung.

****

Privat Fahrschule
- Feuertaufe vor der Polizei

Ach ja, da war ja noch etwas. Etwas, das für sie als junges Mädchen einfach großartig gewesen war.

Da Papa nie besonderen Wert auf seinen Führerschein gelegt hatte, war für ihn die Vorstellung, die Polizei könne ihm den wegen eines Vergehens im Straßenverkehr abnehmen, völlig bedeutungslos. Er hatte viele Optionen bezüglich Fortbewegung. Einerseits stand Mama stets als willige Chauffeuse bereit, andererseits wartete sein geliebtes Fahrrad brav und geduldig in der Garage auf ihn und zusätzlich waren da noch seine gesunden Beine, die er sehr gerne sportlich nutzte, und die er auch jederzeit einsetzen konnte. Die waren gestählt, nicht zuletzt durch seine regelmäßigen morgendlichen Kniebeugen. Manch eine Frau beneidete ihn um seine wohlgeformten schlanken, aber äußerst muskulösen und knackigen Waden.

Wie sollte so einen Mann die Aussicht erschüttern, man würde ihm den Führerschein entziehen und er dürfe nicht mehr Auto fahren? Das Papier, das ihm die Fahrerlaubnis bestätigte, hatte er außerdem nie bei sich. Das lag im Schreibtisch in einer abgeschlossenen Kassette neben seinem Ausweis und anderen Kuriositäten. Wozu auch sollte er solch Nachweis mit sich führen? Er saß nur selten am Steuer und war ohnehin überzeugt davon, relative Narrenfreiheit bei der Polizei vor Ort zu besitzen. Eine Hand wäscht eben die andere. Und Papa murrte nicht ein einziges Mal, wenn er dienstlich durch die Polizei gerufen wurde, nicht einmal Heilig Abend um 22 Uhr oder Silvester um 24 Uhr. Man kannte und achtete sich in dieser Stadt. Man konnte sich auf einander verlassen. Man vertraute sich.

Papa liebte seine Tochter über alles, sie war sein Sonnenschein. Und eines Tages beschloss er, sie sei jetzt alt genug, endlich einmal selber ein Auto zu steuern.

Bisher hatten Vater und Tochter jeden Sonntagvormittag Spaziergänge oder Fahrradausflüge unternommen, um Mama beim Kochen des Sonntagsmahls nicht zu stören. Mama liebte das Hantieren in ihrer Küche und war heilfroh, wenn keiner ihr dazwischen funkte. Die Küche war ihr alleiniges Reich. Topfgucker standen ihr im Weg, Helfer brauchte sie keine und Naschern gestattete sie nur kurze Stippvisiten zum Herd mit den Töpfen und Pfannen, aus denen es immer gar so verführerisch duftete. Oh, wie köstlich war doch kross angebratenes Fleisch, wenn man dünn Scheiben absäbelte. Wurde jemand beim Stiebitzen erwischt, gab es was auf die Finger und der Mundräuber wurde der Küche verwiesen.

Mama war eine ausgezeichnete Köchin, stets bereit, Neues auszuprobieren, um ihre Lieben zu überraschen und zu verwöhnen. Heute, bei den vielen Kochsendungen im Fernsehen, würde sie vermutlich nicht mehr zur Ruhe kommen. Was müsste sie da nicht alles ausprobieren!

Bruder Stefan nutzte diese sonntäglichen Vormittage meist, um Freunde zu treffen, mit ihnen Kurztrips zu unternehmen, über die neuesten Auto Modelle zu diskutieren, über Reparaturen ihrer Autos, über Freizeitplanungen oder was auch immer zu palavern. Da sie alle Frühaufsteher waren, konnten sie diese Vormittage ausgiebig nutzen.

Pünktlich um 12 traf man sich dann wieder zu Hause, versammelte sich um den hübsch gedeckten Tisch im Wintergarten, ließ sich das Wasser im Mund zusammenlaufen bei den verführerischen Düften und genoss, untermalt von angeregten Gesprächen, Mamas Köstlichkeiten. Dieser Tagesablauf war ein seit Jahren festgesetztes Ritual.

Nun hatte man als Spaziergänger nur einen begrenzten Radius für den sonntäglichen Ausflug. Mit dem Fahrrad war man schon etwas flexibler, aber irgendwann reichte das auch nicht mehr und Papa kam auf die Idee, mit einem Auto könnte man neue, vor allem entferntere Wege erkunden und neue Orte ansteuern.

Da er selber nicht gerne fuhr, und es ja zum Wohle seiner Mitmenschen besser auch unterließ, lag es auf der Hand, Lisa diese Aufgabe zu überlassen. Der Vorteil: Er könnte sogar problemlos sein Frühschoppen Bierchen genießen. Einziges Hindernis bei dieser Überlegung: Lisa war erst fünfzehn und hatte natürlich keinen Führerschein, aber auch nicht die geringste Ahnung, wie man ein Auto steuert, sie war ja bisher nur Beifahrerin gewesen.

Doch Papa kannte keine Hindernisse, die man nicht überwinden konnte. „Geht nicht" – ließ er nie zu. Mit ein bisschen gutem Willen geht alles, so seine Devise. Um sein Ziel zu erreichen, musste er ja nur Lisa das Autofahren beibringen. Kleinigkeit! Er hatte Zeit und viel Verständnis für Fehler. Lisa hatte eine schnelle Auffassungsgabe, so waren seine Aussagen.

Papa als Fahrlehrer, eine erschreckende Vorstellung, sollte man meinen. Doch es lief ganz anders als befürchtet. Auch wenn er selber hinter dem Steuer keinen Vertrauen erweckenden Eindruck hinterlassen konnte, so stellte er sich erstaunlicherweise als erstklassiger Fahrlehrer heraus. Die Theorie beherrschte er. Die Praxis konnte er perfekt erklären und vor allem hatte er grenzenlose Geduld und strahlte absolute Ruhe aus. Sicher lag das darin begründet, dass ihn ja die Aussicht, die Polizei könne diese Fahrstunden jäh beenden und ihn bestrafen, nicht im Geringsten erschüttern konnte. Man kannte die Polizisten, die alle vor Ort lebten, war zum Teil enger befreundet mit ihnen. Sollten sie doch durchgreifen wollen, so wäre es zwar schade, wenn sie seinen Führerschein einziehen würden, aber an seinem Leben, an seinem Wohlbefinden, würde das absolut nichts ändern.

Die Gefahr, erwischt zu werden, war auch gering. Missgünstige Neider, die einen anschwärzten, hatten wenig Chancen oder es gab solche Menschen vielleicht auch gar nicht. Der Verkehr auf den Straßen hielt sich in Grenzen. Wer fuhr denn schon Auto? Irgendwie hatten die Menschen es wohl auch noch nicht so eilig wie heute, waren entspannter und weniger aggressiv.

So fuhr Papa also an einem sonnigen Sonntagvormittag mit Lisa als Beifahrerin zu der Wiese eines befreundeten Bauern. Die Wiese grenzte an ein kleines Gewässer. Jahre später bezeichnete Lisa dieses als Teich und noch einige Jahre später als Tümpel. Als sie dort im Alter von ca. fünf Jahren schwimmen gelernt hatte, kam es ihr noch wie ein großer See vor. So ändern sich die Perspektiven und mit ihnen die Eindrücke und Empfindungen.

Die Wiese, die nun zum Übungsplatz und Ausbildungsort erkoren worden war, war riesig. Mit Ausnahme der Abgrenzungen zur Straße hin gab es weit und breit keine Zäune. Zum Gewässer hin erstreckte sich eine Art Deich, so dass die Wiese sogar über einen Hügel mit abschüssigem Bereich verfügte.

Papa überließ Lisa das Steuer, setzte sich seelenruhig neben sie und erklärte alles Nötige genau. Mit klopfendem Herzen, aber auch voller Begeisterung, stürzte sich Lisa in das Abenteuer. Sie war ein Naturtalent, begriff sehr schnell, wie man die einzelnen Pedalen und das Lenkrad behandeln musste und bekam ein gutes Gefühl dafür, wie so ein Auto reagiert. Dem großen Bruder nachzueifern und vor allem, ihm zu imponieren, ohja, das war ein starkes Motiv.

So ging es mehrere Sonntage. Der Praxisunterricht wurde schließlich verfeinert. Bruder Stefan, ein absoluter Autonarr, wurde in die Übungsstunden einbezogen. Er fand es anfangs spannend und amüsant, der kleinen Schwester etwas über Autos und deren Handhabung beibringen zu können und opferte so einige Stunden seiner kostbaren Freizeit. Er war stolzer Besitzer eines Funkgerätes bzw. zweier Walkie Talkies, wie die Dinger genannt wurden. Diese boten sich als perfekte Unterstützung an. Sie hatten bei freier Strecke eine Reichweite von einigen Kilometern. Während Papa sich im Gras sonnte, stand Stefan mitten auf der Wiese, mit strengem Blick und einem der Walkies in der Hand, in das er seine Anweisungen hinein rief. Das andere lag neben Lisa auf dem Beifahrersitz. Ihr Bruder gab genaue Hinweise, was sie zu tun hatte. Sie musste geradeaus fahren, abbiegen, rückwärts fahren, den Hügel hoch und runter, dabei immer wieder anhalten und am Hügel anfahren, bremsen, Gas geben, anhalten, starten, eben jedem Befehl des Bruders folgen, der richtigen Spaß dabei hatte, sie nach Belieben herum kommandieren zu können, sie bei Bedarf zurechtweisen und ausschimpfen zu können und dafür auch noch Beifall und Lob vom Vater zu bekommen.

Lisas Gefühle spielten Achterbahn. Sie schwirrten zwischen unbändiger Freude, jäher Angst, großem Spaß und Stolz, aber auch Zweifeln am eigenen Können hin und her. So fürchtete sie manches Mal, dass das Auto zurückrollen würde, wenn sie zum Beispiel mitten auf dem Hügel anfahren sollte. Sie mochte diesen Hügel nicht, stellte sich sogar vor, wie sie seitwärts abrutschen und das Auto umkippen könnte.

Ihre schlimmste Vorstellung: Das Auto mit ihr darin landet im Wasser und sie strampelt und versucht vergeblich, lebend aus dieser Falle heraus zu kommen. So abwegig war diese Angst nicht, denn eine Schulkameradin, damals zwölf Jahre alt, deren Eltern und zwei Geschwister waren auf diese Weise ums Leben gekommen. Den Anblick der zwei großen braunen Särge und den der drei kleinen weißen davor hat sie bis in die Gegenwart nicht vergessen. Noch heute ist ihr nicht wohl dabei, wenn sie auf steilen Straßen parken und später anfahren muss. An Abhängen abbremsen und wieder anfahren zu müssen, vielleicht sogar noch neben einem Gewässer, diese Manöver sind ihr unangenehm, denn immer noch steckt diese unterschwellige Angst in ihr, sie könne die Beherrschung über das Auto verlieren.

Es passierte jedoch nie etwas, weder damals noch heute. Nach wenigen Wochen konnte sie auf dieser Wiese prima Auto fahren. Damit hatte Stefan sein Interesse am Unterricht verloren und klinkte sich aus diesem Unternehmen aus. Seine Schwester immer nur loben zu müssen, das war nichts, das machte auf Dauer keinen Spaß. Außerhalb dieser Wiese würde er sich niemals mit ihr am Steuer fortbewegen wollen, nicht so lange sie keine offizielle Fahrerlaubnis hatte.

Im Gegensatz zu seinem Vater war der Führerschein für ihn nämlich das höchste Gut, das er besaß. Und an seinen ersten Wagen, einen alten Alfa Romeo Sportwagen, den er fast mehr als seine jeweilige Freundin liebte, hatte er sie höchsten ab und zu zum Putzen herangelassen, selbst das aber nur unter kritischer Aufsicht und mit Hinweisen und Ermahnungen jeder Art.

Meine Güte war er stolz auf dieses vom ersten selbst verdienten und zusammen gesparten Geld gekaufte Auto. Natürlich war es ein Gebrauchtwagen, aber Stefan hatte jedes Teil, vermutlich jede Schraube einzeln, auf Hochglanz gewienert. Man sah ihn nur noch unter, an und in diesem Wagen. Als Beifahrer sich hineinsetzen zu dürfen, selbst das war schon ein gnädiges Entgegenkommen.

Papa dagegen hatte bald nicht mehr die geringsten Bedenken, seine Tochter nun auch außerhalb der Wiese ans Steuer zu lassen. Anfangs fuhr er sie beide noch bis zum Waldrand und wechselte dann erst die Position mit Lisa, aber schon bald ließ er sie von zu Hause aus jeden Weg selbständig fahren. So wählten sie einen kleinen Wald und einen bewaldeten Berg zu ihrem zukünftigen Ausflugsort aus. Lisa fuhr, sie meisterte die Aufgabe ohne größere Probleme, denn es gab kaum andere Autos auf diesen einsamen Wegen, und sie fühlte sich recht sicher. Sie parkte das Auto, dann unternahmen sie ihre Spaziergänge, wie früher schon. Es war eine herrlich unbeschwerte Zeit.

Eines Tages reichten Papa diese beschaulichen Unternehmungen nicht mehr. Es gelüstete ihn nach Spannung und vor allem nach Neuem. Er wollte nicht mehr in den Wald, er meinte, heute sei es an der Zeit, einmal große Straßen zu befahren und im Nachbarort einen Eisbecher bzw. ein Bierchen zu sich zu nehmen. Lisa war nicht so begeistert von dem Vorschlag. Ihr war es nicht geheuer, auf normalen Straßen ganz offiziell am Steuer zu sitzen. Aber sie hatte schon einige Fahrpraxis, konnte ja recht gut fahren, also ging es los. Sie gewöhnte sich sogar daran, dass sie unterwegs von Autos überholt wurden, ja, auch daran, dass Papa von anderen Autofahrern gegrüßt wurde, diese natürlich sahen, wer am Steuer saß. Er war ja bekannt wie ein bunter Hund. Als sie sich dem Zielort näherten, wollte Lisa in eine Nebenstraße fahren, um dort zu parken. Doch Papa bestand darauf, zum Marktplatz zu fahren und sich dort in dessen Mitte einen schönen schattigen Platz zu suchen.

Gegenüber von diesem Markt befand sich eine Polizeistation, wie Lisa wusste. Lisa wurde es heiß und kalt, sie wurde immer nervöser. Papa merkte das gar nicht, oder er tat zumindest so, um Lisa sein absolutes Vertrauen zu demonstrieren und ihr Selbstbewusstsein zu stärken. Er war intensiv damit beschäftigt, seitlich aus dem Fenster zu gucken und Leuten am Straßenrand munter mit beiden Händen zuzuwinken.

Lisa warnte ihn: „Mensch, Papa, am Markt ist doch die Polizeiwache!" Er reagierte völlig gelassen mit einem frechen Grinsen: „Na und? Du kannst doch fahren. Fahr wie immer! Fall nicht auf, dann passiert gar nichts!" Tolle Antwort. Sehr hilfreich! Lisa gehorchte natürlich dennoch, fuhr also und bemühte sich, wie immer zu fahren und nicht aufzufallen.

Vor der Polizeistation, am linken Straßenrand, standen ein paar Beamte neben einem Dienstwagen und unterhielten sich. Fast genau gegenüber, an der rechten Straßenseite, befand sich die große, sehr breite Einfahrt zum Marktplatz. Lisa sah die Polizisten, erstarrte förmlich und hatte nur den einen Gedanken: Nicht auffallen! Und schon steuerte sie das Auto mit nassen Händen und schlotternden Knien nicht genau in die dafür vorgesehene Einfahrt hinein, wie es ganz einfach gewesen wäre, nein sie wählte eine schwerere Herausforderung und lenkte das Auto mitten über einen Bordstein, einige Meter neben dem eigentlichen Weg. Wo war dieses blöde Hindernis nur so plötzlich hergekommen?

In der Panik, das Auto auf keinen Fall abzuwürgen, gab sie nun zu viel Gas, so dass der Motor kläglich aufheulte und den Wagen mit Schwung vorwärts hüpfen ließ. Bockend und hoppelnd fuhr sie auf den Marktplatz. Sie schwenkte das Auto so, dass es mit der Schnauze in Richtung auf die Polizisten zum Stehen kam. Nur die Straße trennte Lisa und Polizei. Die Männer guckten kurz auf, einige grinsten mitleidig oder auch schadenfroh. Man sah es ihnen förmlich an, was ihnen durch den Kopf schoss: „Frau am Steuer"! Es lohnte sich nicht, sich damit zu beschäftigen und sie vertieften sich wieder in ihr Gespräch. Wie jung diese Fahrerin war, wie nervös, wie unsicher, wie ängstlich, das bemerkten sie zum Glück nicht.

Lisa war wie erstarrt, aber Papa blieb ganz ruhig und forderte sie auf, auszusteigen. Lisa weigerte sich, sie wollte lieber sterben und zwar hier direkt und sofort. Gut, wenn schon Sterben nicht ging, wenn Verstecken auch unmöglich war, sollten sie dann nicht lieber fliehen, so schnell es ging wieder weg fahren? Doch Papa ließ sich auf keine Diskussion ein und erklärte energisch, sie müsse sich doch nur normal verhalten, also raus mit ihr. Mit hochrotem Kopf und zitternden Beinen hievte sie sich nach draußen. Niemand beachtete sie. Fest an Papas Arm gekrallt ging sie schließlich relativ aufrecht und zielstrebig zur Eisdiele. Bei einem Eisbecher erholte sie sich recht schnell von diesem Schrecken und Papa prostete ihr grinsend mit seinem Bierchen zu. Er hatte mächtig Spaß gehabt und war sehr stolz auf seine Lisa, die alles so gut gemanagt hatte. Die Heimfahrt verlief dann ohne weitere Zwischenfälle. Niemand erfuhr, wie Lisa gezittert hatte. Nein, Im Gegenteil, jedem erzählte er, wie gut Lisa Auto fuhr und wie souverän sie mit schwierigen Situationen zurecht kam. Diesen Tag hat Lisa nie vergessen. Erst lange, nachdem sie den Führerschein ganz regulär erarbeitet hatte, berichteten sie im Freundeskreis ehrlicher von dem Ereignis und konnten sich ausschütten vor Lachen. Welch großartigen Papa hatte Lisa doch gehabt! Welcher andere Vater wäre zu solchen Kapriolen fähig gewesen? Welch anderer Vater hätte seiner Tochter solche Abenteuer verschafft? Bis heute ist sie überzeugt, den verrücktesten, liebsten und tollsten Papa der Welt gehabt zu haben!

Als sie sich Jahre später zur Fahrschule anmeldete, sagte ihr der Fahrlehrer, der seit Papas eigenen Lehrstunden mit ihrer Familie befreundet war: „Na, Lisa, du kannst doch schon lange fahren, was soll ich dir noch beibringen." Das dachten zunächst alle, Lisa eingeschlossen. Sie musste selbstverständlich die obligatorischen zehn Fahrstunden, um zur Prüfung zugelassen zu werden, absolvieren. Fahren konnte sie eigentlich seit Jahren ausgezeichnet, aber mit dem Prüfungstermin vor Augen war sie plötzlich wie paralysiert. Sie machte die dümmsten Anfängerfehler. Der Fahrlehrer hatte mächtig damit zu tun, sie für die Prüfung fit zu machen. Besonders das Einparken, vorwärts und vor allem rückwärts, wurde zu einem echten Problem. Das hatte sie alles so perfekt beherrscht, aber je näher der Prüfungstermin kam, desto nervöser wurde sie und desto mehr Probleme taten sich auf. Und die Theorie musste sie natürlich auch noch erlernen.

Der Tag der Prüfung kam und trotz aller Zitterpartien verliefen theoretische und praktische Prüfungen fehlerfrei, sie bestand auf Anhieb und bekam den ihr so wichtigen Schein ausgehändigt, den sie aber erst einige Tage später, als sie 18 wurde, nutzen durfte. Diese bestandene Prüfung wurde bereits am Abend im hauseigenen Partyraum, der Bar, ausgiebig gefeiert. Lisas Eltern hatten nicht eine Sekunde an dem Erfolg ihrer Tochter gezweifelt und daher diese Party bis ins Kleinste liebevoll vorbereitet und so für eine wunderbare Überraschung und einen unvergesslichen Tag gesorgt. Wenige Wochen später schenkten ihre Eltern ihr das erste Auto, einen alten VW Käfer, was sonst?

Damit war Lisa das einzige Mädchen an ihrer Schule, das einen eigenen Wagen besaß. Selbst die Lehrerinnen und die inzwischen hier auch unterrichtenden zwei männlichen Lehrer hatten, abgesehen von wenigen Ausnahmen, kein Auto. Natürlich fuhr Lisa stolz mit diesem VW zur Schule. Ein sehr weiser Entschluss war das sicher nicht, da unweigerlich Neid, anscheinend sogar im Kollegiumskreis, aufkam. Kann man einem stolzen jungen Mädchen diese kleine Angeberei verdenken? Die Quittung fand Lisa dann in der Beurteilung zur Zulassung zum Abitur. Dort steht neben anderen, die Persönlichkeit betreffenden Hinweisen, vermerkt:

„Lisa kommt aus einfachen Verhältnissen, aber der Vater hat es zu einigem Wohlstand gebracht und so wurde sie stets sehr von ihren Eltern verwöhnt."

Woher nahmen die ihr Wissen? Was gingen solche privaten Angaben die verbittert und verknöchert wirkenden Jungfern Lehrerinnen und die wenigen männlichen Lehrer eigentlich an? Erst Jahrzehnte später erfuhr Lisa überhaupt von diesen Zusätzen zum Abiturzeugnis und konnte die Bemerkungen einsehen. Sie waren nämlich streng geheim gewesen, wurden den Eltern und Schülern niemals vorgelegt, nur den Lehrern in einer Konferenz oder auf Nachfrage. Wie entstanden solche Charakteristiken, das fragte sie sich ernsthaft. Kein Lehrer kannte doch im Normalfall den heimischen Hintergrund seiner Schüler. Also überlegte sich jeder vermutlich an seinem Schreibtisch sitzend und am Füllfederhalter kauend, wie es wohl bei Schülerin X zu Hause zugehen könnte, welcher Mensch sie überhaupt wäre und schmückte diese Vorstellungen dann je nach Fantasie und je nach eigenem Charakter mehr oder weniger ausführlich aus. Wie vielen jungen Mädchen damit wohl für die Zukunft geschadet wurde? Wem wurden diese Berichte außerhalb der Schule vorgelegt? Lisa schüttelt nur noch den Kopf. Wie gut, dass sich die Zeiten geändert haben. Sie denkt wieder dankbar an ihre Eltern.

Sie hatten Lisa alle Voraussetzungen zu einer erfolgreichen, zufriedenen und glücklichen Zukunft mit gegeben.

Lisa schließt die Augen. Sie leert das Glas, genießt die letzten Tropfen des Weins. Dann steht sie auf und sagt zum Spiegel: „Für heute müssen wir aufhören. Danke für all die Bilder, für all die Filme! Ich komme bald wieder. Lass ja nichts Wichtiges in deinen Tiefen verschwinden! Ich kann es kaum erwarten, weitere Erinnerungen an mein Leben in dir zu finden."

****

Kofferradio will verdient werden:
Ferienjob

Tage sind vergangen, ohne dass Lisa sich vor dem Spiegel betrachtet hätte. Sie hat ihn nicht einmal abgestaubt, überhaupt nicht beachtet. Es hatte sich nicht ergeben. Die Stimmung hatte nicht gepasst.

Nun aber ist ein Abend angebrochen, der zum Träumen einladen möchte. Der Beaujolais funkelt bereits wieder einladend in seinem Kristallglas vor dem Zauberspiegel. Lisa hat das Licht im Zimmer gedimmt, eine orange-gelbe Kerze angezündet und auf das Tischchen neben das Weinglas gestellt. Im Spiegel flackert es geheimnisvoll. Warmes, weiches Licht erfüllt das Zimmer und umschmeichelt besonders die Frau vor ihrem Spiegel.

Lisa schaut erwartungsvoll. Was wird sie heute sehen? Welche Überraschung aus der Vergangenheit wird ihr der Spiegel heute hervorzaubern?

Und schon sieht sich Lisa im elterlichen Zuhause. Sie hatte die Fahrt mit ihrem Fiat 500 erstaunlich störungsfrei überstanden. Semesterferien hatten begonnen und damit hatte sie eine räumliche und auch eine emotionale Distanz zwischen sich und ihre aufreibenden Erlebnisse der letzten Tage geschaffen. Ihre Eltern interessierten sich brennend für ihre Berichte, sie nahmen schon immer großen Anteil an Lisas Werdegang, waren so stolz auf ihre Tochter, liebten sie ohne Einschränkungen. Es gab viel zu erzählen, von der Uni, was sie dort Neues erforscht hatte, von ihren Lernfortschritten, die sie gerne etwas beschönigte und damit ihren Eltern die Bestätigung lieferte, dass jede in sie investierte Mark ihre volle Berechtigung hatte. Und das betraf nicht nur ihren Unterhalt, ihr Zimmer, ihre Kleidung etc., sondern auch die Anschaffung von Büchern, Schreibutensilien und anderen Dingen, die man für die Uni brauchte.

Meist ließen sie sich gerne überreden, teure Fachbücher zu kaufen, die Lisa, glaubte man ihren leidenschaftlichen Aussagen, unbedingt für ihr Studium brauchte. Sogar einen kleinen Kopierer schenkten sie ihr, weil Lisa sehr überzeugend darlegte, wie wichtig das alles für ihren Erfolg wäre. Da sie ja wussten, wie ungerne Lisa Bücher aus Leihbüchereien in die Hand nahm, wurde so manches Buch angeschafft, dass Lisa in Wahrheit nur wenig für ihre Vorbereitungen brauchte. Aber, wenn man Lisas Bücher Sammelleidenschaft berücksichtigte, so war kein Pfennig zu viel ausgegeben worden. Wie toll wirkten diese Werke auf Lisas Bücherregal! Das machte was her, wenn zum Beispiel „Organic Chemistry", ein sehr elegant aussehendes, ca. 1000 Seiten dickes Werk auf der obersten Reihe ihres Regals prangte, neben anderen gewichtigen naturwissenschaftlichen Bänden. Wie oft sie gerade dieses sündhaft teure Buch tatsächlich verwendete, darüber schweigen wir lieber. Immerhin konnte sie ca. 30 Jahre später ihrer Schwiegertochter damit eine große Freude machen. So vorausschauend war diese Anschaffung, sagte sie sich mit einem Augenzwinkern.

Auch von ihren Freundinnen und von gemeinsamen Unternehmungen berichtete Lisa ihren Eltern mit Begeisterung. Ja, sie erwähnte sogar Andreas, ihre verrückte Bekanntschaft mit ihm. Dennoch musste sie genau abwägen, welche Informationen sie preis gab. So erzählte sie witzig, doch unverfänglich, ohne pikante Einzelheiten auszuplaudern. Sie schilderte das lustige Kennenlernen und ihr finanzielles Problem, das mit der Einladung ins Restaurant aufgetaucht war.

Mama konnte es nicht fassen, schimpfte sofort mit Papa, dass er wieder einmal das monatliche Unterhaltsgeld zu spät abgeschickt hatte und Töchterchen dadurch in eine unangenehme, wenn nicht sogar gefährliche Lage gebracht hatte. Was hätte ihr alles geschehen können! Ganz abgesehen davon, dass sie ja nahezu verhungert wäre, das arme Kind! So versorgte er also seinen Liebling! Empörend!

Kleinlaut und zutiefst schuldbewusst gelobte Papa Besserung, wie immer, wenn Mama ihm temperamentvoll und daher mächtig aufbrausend solch Fehlverhalten vorwarf. Aber offensichtlich, so empfanden es wohl beide und so ging es ja aus Lisas Darstellung klar hervor, war Lisa ja ohne Schaden zu nehmen, also ohne, dass man von ihr „das Eine" gefordert hätte, der misslichen Lage entkommen. Die Sache mit dem Geschenk, dem Feuerzeug, nun gut, das war ja gerade eben noch zu vertreten. ganz wohl fühlte sich Papa nicht dabei, aber vielleicht hatten sich die Zeiten ja geändert und dieser junge Mann hatte ganz ohne Hintergedanken gehandelt. Genauer fragte er lieber nicht nach. Er dachte sicher an seine eigene Jugend. Und Lisa war ja zudem kein Kind mehr. Damit musste man sich auch als Papa eines Tages abfinden. Also glaubte er eben, dass nichts Schlimmes passiert war.

Der monatliche Unterhalt wurde ab sofort per Dauerauftrag überwiesen, und traf fortan pünktlich ein, sicher war sicher. Man musste als Vater ja keine gefährlichen Situationen provozieren.

Lisa hatte kompromittierende Einzelheiten für sich behalten. Es war schon besser, dass die Eltern nichts von dem Besuch in der Wohnung des forschen Eroberers oder gar von der Nacht mit ihm erfuhren. Hätte Lisa Frau und Kind erwähnt, hätten sich ihren Eltern vor Entsetzen die Haare hoch gestellt. Sie hätten Lisa sofort den Umgang mit diesem Mann verboten und ihr gesagt, dass sie ihn niemals in ihrem Haus empfangen würden. Sie wären zutiefst enttäuscht von ihrer Tochter gewesen.

Also warum sollte Lisa ihre armen Eltern so aufregen? Viel viel später könnte sie ihnen diese Episode vielleicht etwas genauer erzählen. So ähnlich hatte sie es ja auch mit den Erlebnissen auf dem Schiff gehalten. Das hatte sich als vernünftig herausgestellt. Man sollte Eltern nicht leichtfertig beunruhigen und sich selber damit schaden, erst recht nicht, wenn das Geschehene ohnehin vorbei war und Lisa selber es sicher bald vergessen hätte. Sie merkte durchaus, dass sie nicht ganz ehrlich mit sich war.

Diesen Tag, diese Nacht, diesen Morgen danach würde sie sicher nie vergessen. Es war einfach zu schön und aufregend gewesen. Wäre vielleicht einmal eine nette Geschichte, die man seinen Kindern oder seinen Enkeln erzählen könnte.

Erst zwei Tage waren seit dem Kennenlernen vergangen. Sobald Lisa sich die Einzelheiten vorstellte, war sie wieder zutiefst verwirrt. Von wegen, man vergisst das schnell! Jede Sekunde hatte sie klar vor Augen und ihr Herz bubberte, schien wieder Rekorde im Schnellklopfen brechen zu wollen.

Nun kam aber erst einmal ihr Ferienjob und nebenher musste sie fürs Studium lernen. Somit hätte sie bald ganz andere Gedanken, die sie beschäftigen würden. Ja, so dachte sie. Der Mensch denkt, Gott oder irgendwelche anderen unbekannten Mächte oder das Schicksal oder an was immer man auch glaubt, lenkt aber wohl doch. Und wie diese höhere Instanz bei Lisa gelenkt hat! Auf sie raste schon bald ein unbeherrschbarer, dennoch wunderbarer Wirbelsturm zu, der sie eine lange Zeit in einem wilden Taumel halten würde.

Beschwingt und neugierig auf das, was sie erwartete, fuhr sie eines Montagmorgens fröhlich und vor allem lautstark im Auto Liedchen trällernd zu ihrer Dienststelle beim Grenzzoll. Sie wünschte sich sehnlichst ein Kofferradio, ein bei jungen Leuten damals begehrtes technisches Wunderwerk. Dann könnte sie immer Musik hören und sogar mit Hilfe eines Mikrofons ihre Lieblingssongs auf ihr Grundig Tonband Gerät aufnehmen. Verlockende Vorstellung, die schönsten Titel immer wieder abspielen zu können, ganz nach Lust und Laune.

Das Aufnehmen vom Fernseher oder vom elterlichen Stand Radio gestaltete sich jedes Mal als regelrechtes Kunststück. Kaum war die damals so aufwändige Technik mühselig aufgebaut und sie saß angespannt im Wohnzimmer neben dem

Mikrofon, das genau auf die Lautsprecher des Sende Gerätes ausgerichtet war, wartete voller Ungeduld und Vorfreude darauf, dass endlich ein guter Song gespielt wurde, drückte schließlich in Höchstspannung die Aufnahme Taste und hielt die Luft an, um keine Nebengeräusche zu produzieren, da passierte es fast regelmäßig. Mitten in die Aufnahme trällerte irgendein Störgeräusch aus ihrer Umgebung, selbstverständlich in beeindruckender Lautstärke.

Die Auswahl der Möglichkeiten war groß: Es schepperte ohrenbetäubend in der Küche, es schellte durchdringend an der Haustüre, es klingelte das Telefon, jemand taperte in den Aufnahme Raum, jemand lachte auf dem Flur oder, und das war der Gipfel der Störungen, irgendein Familienmitglied rief: Lisaaaaaaaaaaaaaaaaaaaaaa, komm doch mal, hol mir dies aus dem Keller oder bring jenes nach oben auf den Dachboden.

Es war zum Verzweifeln, aber trotz Lisas wütender Schimpftiraden passierten diese Zwischenfälle immer wieder. Die Aussicht auf ein eigenes Radio war da wirklich verführerisch. Sie würde zunächst ihre Zimmertüre sorgfältig abschließen, dann die gesamte Technik in ihrem Zimmer aufbauen, und in absolut himmlischer Ruhe Aufnahmen tätigen können. Ach, war diese Vorstellung schön!

Der Ferienjob, den Papa ihr über einen Freund besorgt hatte, brachte sie diesem Ziel einen riesigen Schritt näher. Ein gutes Radio kostete so etwa 300 DM. Der Ferienjob würde ihr fast 800 einbringen. Traumhaft, sie würde reich sein! Es war nicht so viel, wie sie auf dem Schiff verdient hatte, aber doch eine ganz ordentliche Summe. Schon jetzt hatte sie mit Papa und Bruder stundenlang überlegt und diskutiert, welches Gerät für sie das ideale wäre. Man musste solche für Lisa beachtliche Anschaffung gut planen und in alle Richtungen durchdenken. 300 DM entsprachen ihrem Unterhalt für mehr als einen Monat. 800 DM waren der Unterhalt für gut drei Monate, das war beeindruckend viel. Mit eigener Arbeit verdientes Geld hat einen ganz anderen Wert als geschenktes. Wenn man vier Wochen oder mehr dafür arbeiten musste, gab man es nicht leichtfertig aus. Sie zumindest nicht. So wollte Lisa keinen Fehler machen, wollte sich nicht nach einem Kauf ärgern müssen, weil es doch noch ein für sie besseres Gerät gegeben hätte.

Ihr Job stellte sich zunächst als gähnend langweilig heraus. Sie musste Ordner abstauben, uralte Vorgänge in ihrer Meinung nach völlig überflüssigen Akten nach einem neuen System, hinter dem sie auch keinen Sinn erkennen konnte, ordnen, damit sie danach wieder in einem entfernten Kellerraum für die nächsten hundert Jahre einstauben konnten. Ihre Kollegen waren nett, wussten aber offensichtlich nicht, was sie ihr Sinnvolles zu tun geben konnten. So viel Arbeit gab es hier einfach nicht. Also hatte sich einer ihrer Vorgesetzten diese völlig überflüssige Tätigkeit ausgedacht, um sie zu beschäftigen. Was hätte er ihr auch sonst geben sollen?

Sie bekam eine bestimmte Anzahl Ordner für jeden Tag zugewiesen. Anfangs stürzte sie sich voller Eifer und Tatendrang auf diese Akten. Hätte ja sein können, dass da spannende Geschichten zu finden waren, Beschreibungen von Straftaten vielleicht, so wie sie sich das zum Beispiel in Akten der Kriminalpolizei vorstellte. Da wurde sie aber ganz schnell bitter enttäuscht. Keine Verbrechen, keine spannenden Geheimnisse, gar nichts Interessantes befand sich in diesen Akten. Sie enthielten genau die langweiligen Papiere, die man bei solchen verstaubten und bisher unbeachteten Akten eben erwarten konnte. Es ging nur um die Auflistung unzähliger LKW und ihrer Ladungen sowie ihrer Fahrstrecken. Absolut eintönige Beschreibungen setzten ihre Neugier auf einen Nullpunkt.

So war die Einordnung der tausend Zettel und Listen auch ruckzuck erledigt. Sie hatte die ihr jeweils morgens zugewiesenen Aktenordner nach spätestens einer Stunde fertig bearbeitet. Ihr Tagewerk war somit beendet, obwohl noch sieben Stunden vom Arbeitstag zur Verfügung standen. Anfangs langweilte sie sich alleine in ihrem kleinen Abstellraum, später wurde sie befördert und durfte mit den anderen zusammen in einem netten Zimmerchen im ersten Stock sitzen. Durch ein Fenster sah man auf die Straße, sah das gegenüberliegende Zollgebäude und konnte die LKW beobachten, wie sie abgefertigt wurden. Durch ein anderes Fenster hatte man einen wunderschönen Ausblick auf einen Bach mit stark bewachsenem Ufer und Enten, die dort Ausflüge mit ihren Kindern machten.

Dort konnte sie mit den anderen munter plaudern, und sich in Gesellschaft einer Sekretärin und meist zweier Zollbeamter über den langen Tag hinweg hieven. Das Büro als Sekretärin zu leiten, war tatsächlich verantwortungsvolle Arbeit, nicht besonders anstrengend, aber doch ausreichend für den Tag. Die Aufgaben und somit die Bedeutung der beiden Beamten erschloss sich Lisa nur wenig.

Sicher, wenn die Sekretärin auch nur einen neuen Bleistift oder Radierer benötigte, so musste sie einen schriftlichen Antrag dafür erstellen. Der zuständige Büroleiter erschien Lisa wie ein Beamter aus dem Bilderbuch: Er hätte dem Roman „Der Hauptmann von Köpenick" entsprungen sein können. Seine Jacketts – oder war das immer das eine gleiche? -, das er täglich trug, besaßen sogar Ellenbogenschoner. Dieser fleißige Beamte bekam also jeden Antrag der Sekretärin auf seinen Schreibtisch gelegt. Nun begann das verantwortungsvolle Bearbeiten. Er musste eine Weile mit sich selber beraten, wie er weiter vorgehen sollte. Schließlich genehmigte er den Antrag, zumindest immer, wenn Lisa im Raum war. So dauerte jede Anschaffung doch ihre Zeit. Nun ja, wenn sie nichts dort zur Verfügung hatten, Zeit hatten sie im Übermaß! Der Beamte war zwar umständlich und von seiner Bedeutung zutiefst überzeugt, aber dennoch sympathisch und ein netter Gesprächspartner. Alle kannten ihn ja und nahmen ihn eben so, wie er war. Nur als er seinen Urlaub schweren Herzens angetreten hatte, sorgte er dann doch für manch lustige Unterhaltung, für freche Bemerkungen und offenes Schmunzeln. Er rief nämlich alle paar Tage an, um zu erfahren, ob es irgendwelche Probleme gäbe, ob man seine Hilfe benötigte. Er hielt sich für nahezu unentbehrlich, machte sich offensichtlich größte Sorgen um seine Dienststelle, mochte sich gar nicht konkret vorstellen, welches Chaos ohne ihn angerichtet werden würde und wie hilflos die anderen ohne seinen Rat und seine Tat den schweren Aufgaben, die sich ihnen stellten, gegenüber standen.

Selbst aus Mallorca rief er an. Dieses Gespräch muss ein Vermögen gekostet haben. Ferngespräche, gar Auslandsgespräche, waren sehr teuer. Der arme pflichtbewusste Mann wurde bei jedem Telefonat enttäuscht. Es gab einfach nie Probleme. Welche sollten denn auch schon auftreten? Neue Bleistifte und Radierer und Papier waren ja vorsorglich vor seinem Urlaubsantritt geordert und entgegengenommen worden. Mit Sicherheit glaubte er diesen Beteuerungen nicht, dachte bestimmt, man wollte ihn nur schonen, um ihm nicht den Urlaub zu verderben.

Der zweite Beamte, wohl der Leiter der gesamten Dienststelle, hatte ebenfalls mehrmals täglich etwas im Sekretariat zu erledigen. Hatte er seine Arbeit getan, ergab sich dann hin und wieder ganz zufällig, dass er Karten heraus kramte und Lisa mit Sekretärin und ihm munter Skat dreschen konnte. So verging die Zeit dann doch weniger schleppend, als anfangs befürchtet. Von Tag zu Tag verstanden sich alle vier immer besser und hatten viel Spaß miteinander.

Lisa blieb über Mittag im Büro, um früher Feierabend zu haben, die anderen fuhren zum Essen nach Hause. So übertrug man ihr die überaus wichtige Aufgabe, für die Statistik entsprechende Listen auszufüllen. Sie musste bestimmte Tabellen zu den LKW, die die Grenze passieren wollten, ausfüllen.

Jeder PKW und seine Insassen wurden hier kontrolliert, und jeder LKW musste anhalten, der Fahrer brachte Papiere über Herkunft, Ziel und Ladung ins Büro, holte sich dort seine Einreise oder Ausreise Stempel ab und konnte dann erst weiter fahren. Die Angaben zu jedem LKW wurden dann in entsprechende Spalten eingetragen und statistisch aufgearbeitet. Alles klappte einigermaßen, die Fahrer gaben

Zettel mit ihren Daten ab und Lisa musste eigentlich nur abschreiben und zuordnen.

Nun traten zwei Schwierigkeiten auf: Komplikation Nummer eins: Die Fahrer hatten diese Zettel wohl meistens schon während der Fahrt auf ihrem Schoß ausgefüllt, somit war das Gekritzel kaum zu entziffern. Wie die Hieroglyphen, die Ärzte auf ihre Rezeptblöcke krakeln, so verschlüsselt wirkten die Angaben auf Lisa. Sie fühlte sich wieder an ihren Schliemann und seine Ausgrabungen erinnert und kam sich vor wie eine Archäologin, die sich bemühte, geheime Schriften zu entziffern.

Komplikation Nummer zwei: Es mussten die Herkunftsorte der LKW in eine Spalte eingetragen werden und direkt daneben das jeweilige deutsche Bundesland, zu dem diese Stadt oder gar dieses Dorf gehörte. Allein die Namen der Orte genau zu benennen, war schon eine Herausforderung, da sie Lisa, wenn es nicht gerade Großstädte waren, meist unbekannt waren. In Geografie hatte sie nie sonderlich aufgepasst, ihr diesbezügliches Wissen hielt sich in engen, überschaubaren Grenzen. Bundesländer und ihre Städte, Flüsse, Seen oder gar Berge und Gebirge waren ihr nur sehr nebulös bekannt. Ihr Gedächtnis hatte sich auf andere Bereiche konzentriert, nämlich auf die, die ihr wichtig erschienen, die sie interessierten, die für sie Bedeutung hatten. Naturwissenschaften und Literatur, vielleicht noch die französische Sprache, das waren ihre bevorzugten Fächer. So hatte sie sich intensiv mit vielen schönen Dingen beschäftigt, Geografie und alles, was damit zusammenhing, hatte eben nicht dazu gehört. Bedauerlich, aber die Schulzeit war vorbei.

Zwar hing im Büro der Dienststelle eine große Deutschlandkarte mit angrenzenden Ländern, aber es war sehr mühevoll, dieser Karte die nötigen Informationen zu entlocken, da sie natürlich nur einen Überblick gab und Lisa gar nicht wusste, in welchem Bereich sie suchen sollte. Internet und Suchmaschinen gab es ja leider nicht, nicht einmal Gedanken an solche Hilfen. Und so eine Karte immer von oben nach unten, von links nach rechts abzusuchen, das nervte, weil es meist nicht von Erfolg gekrönt wurde. So beachtete sie die Karte schon bald nicht mehr.

Allmählich erkannte sie, was ihre Kollegen hier leisteten. Sowohl die Sekretärin als auch die beiden Beamten waren sehr fit auf dem Gebiet, sie waren ihr wirklich absolut überlegen und sie bereute, in der Schule nicht besser aufgepasst zu haben. Nun, die Reue hielt sich in Grenzen. Sie fand ja andere Möglichkeiten, diese Probleme zu bewältigen.

Da sie sich vor den anderen keine Blöße geben wollte, fragte sie auch nur selten nach, sondern wies die Orte schließlich beherzt, völlig ohne Gewissensbisse, irgendwelchen Bundesländern zu. Hatte sie den Eindruck, ein Land sei doch etwas zu kurz gekommen bei der Zuteilung, so bekam es eben die nächsten Orte in seine dafür vorgesehene Spalte geschrieben. Gerecht sollte es ja wirklich zugehen. Konnte sich der Spruch: „Glaube nur der Statistik, die du selber gefälscht hast" besser bewahrheiten als hier? Und wieder hatte Lisa etwas für ihr Leben gelernt. Sei absolut skeptisch, wenn es um die Aussagekraft empirischer Erhebungen geht! Zu Hause setzte sie sich dann aber doch hin und nahm sich ihren Atlas genauer vor. Sie studierte die Deutschland Karten und lernte so dann recht schnell, eine bessere Ordnung in ihre statistischen Angaben zu bringen. Ihre Zuweisungen von Orten und Bundesländern wurden also mit der Zeit dann genauer und vor allem korrekter.

Das Ausfüllen der Listen war meist schnell erledigt und so hatte Lisa während ihrer Stunden im Büro ausreichend Zeit nach Herzenslust zu lesen. Daher vergingen diese langen acht Stunden eines Tages dann doch irgendwie recht angenehm.

Nachmittags kam Lisa immer total erschöpft nach Hause. Langweilige Arbeit erledigen zu müssen, nicht richtig gefordert zu werden, entpuppte sich als wesentlich unangenehmer und ermüdender als die Erledigung von Aufgaben, die eine Herausforderung darstellten.

Aufträge, die sie zwangen, sich voll zu konzentrieren, die sie manches Mal nahezu an die Grenzen ihrer Fähigkeiten brachten, dann doch wieder neue Lösungen eröffneten, waren spannend und ließen die Stunden nur so verfliegen.

Ähnlich verhielt es sich mit Arbeit, die einen körperlich herausforderte und an Grenzen führte. Am Abend genoss man das zufriedene Gefühl, etwas geschafft zu haben. Das fehlte ihr hier doch sehr, denn hier tröpfelten die Stunden eher wie zäher Sirup dahin.

Wie viel schöner war da doch der wirklich harte Job auf dem Schiff gewesen. Dort war die Zeit regelrecht verflogen.

****

Abenteuerliche Urlaube mit Familie

Lisa hebt das schlichte Glas, natürlich in Frankreich gekauft, stilecht sozusagen, und schaut auf die Widerspiegelung. Blutrot funkelt der verführerische Beaujolais. Sie lehnt sich zurück, schließt die Augen und schon lächelt sie.
Sie erkennt Frankreich, sieht wieder eine gemeinsame Reise mit Andreas. Nach ihrer Clochemerle Suche im Beaujolais und herrlich total verliebten Tagen dort, fuhren sie weiter in die Provence. Lisa schüttelt den Kopf. Provence Bilder verblassen, sie werden später wieder kommen dürfen. Jetzt schieben sich andere Bilder vor diese Reiseerinnerungen mit Andreas. An Andreas war noch nicht zu denken, nicht einmal an einen festen Freund überhaupt, damals, als sie noch ein sehr junges Mädchen war und mit Eltern und Bruder Stefan die Ferien verbrachte.
Schon lange bevor sie Andreas kennen lernte, entwickelte sich ihre Begeisterung für das Element Wasser. Schon immer liebte sie es, in Teichen und Seen zu baden. Als kleines Mädchen von etwa vier Jahren konnte sie schon schwimmen wie ein Fisch, besonders unter Wasser. Wie die Familien Chronik besagte, schaute meist nur der Po aus dem Wasser, der Kopf war untergetaucht. Das Ganze ähnelte angeblich den Schwimmbewegungen der Frösche und amüsierte Zuschauer in schöner Regelmäßigkeit.
Angst kannte sie nicht. Müde wurde sie auch nie. So übte sie immer wieder, große Strecken unter Wasser vorwärts zu kommen, besonders im Wettkampf mit ihrem Vater, einem ausgezeichneten Schwimmer. Ihre Mutter konnte nicht schwimmen, im Gegensatz zu Lisa war sie die Blei Ente der Familie, ihr Po war immer Richtung Grund und ihr Kopf weit über dem Wasser, eigentlich stand sie fast aufrecht im Wasser, ging natürlich auch nie ins Tiefe. Lange blieb sie ohnehin nie im Wasser, schaute lieber mit Argusaugen vom Ufer aus zu, dass ihren Lieben ja nichts Böses in dem ihrer

Meinung nach menschenfeindlichen Element passierte. Lisa wäre nur selten freiwillig aus dem Wasser gekommen. Nicht einmal Lockangebote wie Eis oder Bonbons konnten viel ausrichten. Um zu verhindern, dass sie Schwimmhäute entwickelte, musste man sie daher fast mit Gewalt aus dem Wasser ziehen.

Als ihre Eltern finanziell besser dastanden, kamen erste Familien Urlaube an der Nordsee dazu. Der erste Blick aufs Meer! Das erste Mal am Strand! Welch einschneidendes Erlebnis! Von diesem Moment an war ihre Liebe zum Meer erwacht. Diese Weite, dieser Duft, diese Geräusche, wenn Wellen durch Felsen gebrochen wurden oder auch nur am Sandstrand ausliefen, brachten sie fast zum Weinen. Sie war schon als Kind überwältigt von diesen Sinneswahrnehmungen. Stand bei jedem Mal, wenn die Ferien begannen, von Neuem erst einmal einige Minuten glücklich staunend und still da, sog wieder alle Eindrücke in sich auf.

Berge waren für sie nie attraktiv gewesen, Berge grenzten sie ein, Berge wirkten bedrohlich auf sie, nur Wasser konnte sie reizen und besonders das Meer hatte es ihr angetan.

In den ersten Jahren tummelte sie sich begeistert an und in der Nordsee. Später, als weiter entfernte Reiseziele angesteuert wurden, entdeckte sie das Mittelmeer. Für Lisa gab es nichts Schöneres mehr. Frankreich, seine Landschaften, seine Menschen, deren Lebensart, französische Mittelmeerküste, alles das waren Eindrücke, die ihre Vorlieben prägten, die sich fest in ihrem Inneren etablierten, die ein Leben lang nicht mehr auszulöschen waren.

Als junges Mädchen war sie mit Eltern und Stefan zweimal in Frankreich gewesen. Welch ausgiebige Planungen waren diesen Reisen voraus gegangen! Welch herrliche Ferien waren das gewesen!

Andere Eindrücke drängen in den Vordergrund. Im Spiegel erscheinen Ausschnitte aus dieser Kindheit und Jugendzeit. Ferien an der Nordsee, Ferien in Bayern, Ferien in Österreich, Camping, unvergessliche Erlebnisse.

In ihrer Kindheit ging es immer an die Nordsee, Camping in Neuharlingersiel oder in Dangast, das war meistens zu Pfingsten angesagt. Kichernd erinnert sie sich, wie sie im Mai mit ihrem Vater ins lausig kalte Nordseewasser rannte und laut rief, wie schön es doch sei, nur um neugierig am Strand entlang laufende Urlauber ins Wasser zu locken. 14 Grad Wassertemperatur, vielleicht 18 Grad Lufttemperatur, höher stieg das Thermometer eigentlich in dieser Jahreszeit nie. Aber Vater und Tochter plantschten wie die Wilden herum, so wurde ihnen warm, zumindest taten sie so. So richtig überzeugen konnten sie allerdings kaum jemanden. Die wenigen Mutigen, die tatsächlich vorsichtig ihre Zehenspitzen in heran rollende Wellen tauchten, sprangen meist, spitze Schreie ausstoßend, wieder ins Trockene. Mama und Bruder Stefan fielen ohnehin nie auf ihre Lockungen herein. „Wasser hat keine Balken", verkündete Mama immer wieder, „und das Meer ist unberechenbar. Wieso sollte ich mich in Gefahr bringen?" Und Stefan tat gelangweilt, so verrückt, ins kalte Wasser zu gehen, war er eben nicht, er las seine Krimis und Wildwest Romane und hoffte auf Einladung zum Boot Fahren. Das waren seine Lieblingsbeschäftigungen. Und tatsächlich fuhren er und Papa öfter mit einem befreundeten ansässigen Fischer aufs Meer hinaus. Lisa beneidete sie glühend um diese Ausflüge. Aber „für kleine Mädchen ist das nichts, das ist nur Männersache", hieß es. Und so musste Mama zusehen, wie sie eine schmollende Tochter wieder zufriedenstellen konnte.

Als wäre es erst wenige Tage her, sieht Lisa ihren Vater auf ihr hinter dem Deich aufgebautes Zelt zu stapfen. Der Zeltplatz befand sich auf den Wiesen eines Bauern. Erst hatten sie Papa nicht erkannt. Wie ein Nigerianer sah er aus, aber nur bis zur Taille. Mit schwarzem Schlick hatte er Gesicht, Hals und Oberkörper dick eingeschmiert. Ab der Taille strahlten eine helle, makellos saubere Badehose und fast schneeweiße Beine. Im Gesicht erkannte man nur noch Augen. In diesem Watt-Outfit traf er sich mit anderen Männern, die ähnlich geschmückt waren, zum Fußball

Spielen auf dem Meeresboden. Bei Ebbe bot sich dort ein ideales Spielfeld an. Lisa sieht in der Erinnerung den Ball ca. zehn Meter vor ihrem Vater auf dem Boden liegen. Papa nimmt Anlauf, rennt wie ein Stürmer zum Ball, holt aus, um ihn möglichst direkt zum Tor zu schießen. Statt Jubel Johlen hört man aber nur einen markerschütternder Aufschrei. Leider hatte Papa sich verschätzt, den Ball hatte er nicht getroffen, stattdessen steckte sein Zeh ca. zwanzig Zentimeter vor dem Ball im Schlick. Tja, das war das Ende seines aktiven Fußballspielens in diesem Urlaub. Als Zuschauer macht es ja auch Spaß, sagte sich Papa später reumütig beim Blick auf seinen enorm angeschwollenen Zeh. Vermutlich war er gebrochen, aber wegen solcher Kleinigkeiten ging er natürlich nicht zum Arzt! Das heilt auch von ganz alleine, sagte er fest überzeugt. Und er hatte Recht. Es heilte.

Im Sommer fuhren sie oft nach Österreich, nach Kärnten. Mit dem Autozug durch den Tauern Tunnel, danach Zelten in Seeboden, direkt am Millstätter See, das war jahrelang, Sommer für Sommer, angesagt. Man traf alte Freunde und Bekannte und fühlte sich schon fast heimisch. Diese Ferien waren für Lisa als Kind immer ein Traum gewesen. Wenn man erst die Fahrt durch Gebirge etc. überstanden hatte und am See angekommen war, wurde es sehr schön. Man lebte das herrlich freie Zigeunerleben im Hauszelt. Alle vier schliefen im engen Schlafzelt, manchmal sogar zu fünf, wenn Lisa eine Freundin oder ihr Bruder einen Freund hatte mit nehmen dürfen. Es war minimaler Raum vorhanden, dennoch klappte das Zusammenleben prima. In Urlaubsstimmung waren alle friedlich und falls jemand einem anderen auf den Geist gehen sollte, so hatte man ja ausreichend Fluchtmöglichkeiten. So gab es selten Streit, meistens herrschte Harmonie.

Nach dem Frühstück ging jeder seiner Wege, Stefan und Lisa fanden ohne Schwierigkeiten andere Camper ihres Alters, mit denen sie jede freie Minute verbrachten. Mittags traf man sich wieder im heimischen Zelt oder im Zelt von Freunden. Gegessen wurde das, was die jeweilige Mama auf ihrem Gaskocher gebrutzelt hatte. Dabei saß man gemeinsam auf kleinen Klappstühlen in oder vor dem Zelt und schaute auf den wunderschönen See.

Wie oft aßen im heimischen Zelt Gäste mit, denn Papa schleppte immer irgendwelche jungen Leute aus Nachbarzelten heran, die auf ihn doch ach so ausgehungert gewirkt hatten. Meist waren es junge Männer, oft Studenten, die die Welt erkunden wollten. Die ganze Welt stand ihnen – hauptsächlich aus finanziellen Gründen - noch nicht zur Verfügung, also fingen sie erst einmal mit dem Nachbarland Österreich an. Bis hierher konnte man als Tramper recht einfach und vor allem billig gelangen. Sie verfügten immer nur über spartanische Camping Ausrüstungen, hatten nie eigene Kochutensilien wie Gasflaschen, Töpfe, Geschirr oder ähnliches, und ihre Urlaubskasse konnte man mit Sicherheit nur als eine Art Notgroschen ansehen. Meist finanzierten sie sich die Reisen, indem sie gegen Unterkunft oder geringe Bezahlung unterwegs die eine oder andere Arbeit verrichteten.

Das erinnerte Papa so sehr an seine eigene Jugend, in der er als Handwerksgeselle, direkt nach dem erfolgreichen Abschluss seiner Lehre, in passender Kluft, mit großem Hut und Schlaghosen, zwei Jahre auf die Walz gegangen war. Das war zwar für die Handwerker seiner Zeit keine Pflicht mehr, aber er hatte den Drang, Deutschland kennen zu lernen. Ohne Geld konnte er sich den Wunsch eben nur auf diese Art und Weise erfüllen. Er sah gut aus, hatte ein freundliches und gewinnendes Wesen, war zu jeder Arbeit bereit, war fleißig und anständig, so wurde er überall gerne gesehen. Er wirkte sehr attraktiv auf junge Mädchen und deren Mütter. So manche Meistersgattin war von seinem Charme angetan und stellte ihn sich gerne als zukünftigen Schwiegersohn ihrer Tochter vor.

Viel erzählte er nicht von dieser Zeit, man erfuhr nur, dass er meist nicht lange an einem Ort blieb. War das nun jeweils Flucht? Er deutete es nur wage an. Was er auf keinen

Fall wollte, war eine feste Bindung. Er wollte ja erst einmal das Land und die Menschen erkunden.

Noch prägender waren dann die folgenden Jahre für ihn gewesen. Nach Krieg und Kriegsgefangenschaft mit unglaublichem Hunger, nach Rückkehr in die Heimat und den ersten Jahren in bitterer Armut war es ihm gelungen, ein zwar bescheidenes, aber schönes neues Leben für sich und seine Familie aufzubauen. Dafür empfand er große Dankbarkeit und so war es für Papa undenkbar, einen Menschen zu ignorieren, der Hilfe brauchte. Und etwas zu essen, das war ja wohl das mindeste, was er geben konnte. Mama wusste Bescheid, hatte Verständnis für Papas Marotte und war daher immer auf mindestens einen weiteren Esser am Tisch eingerichtet. Jeder, der zur Essenszeit im Haus oder auch Zelt war, wurde eingeladen und bekam bei ihr seinen gerechten Anteil. Nicht nur hier im Urlaub, nein, auch zu Hause kochte sie stets so, dass locker der eine oder andere unangemeldete Gast satt werden konnte.

Beim Anblick dieser jungen Männer auf dem Campingplatz konnte Papa nicht anders, er musste sie einladen und ihnen helfen. Dieser Drang hielt sich bis ins hohe Alter und war nicht auf Campingplätze beschränkt. Immer wieder unterstützte Papa fremde Leute. Immer hatte er Mitleid. Sogar die Penner im Park kannten und schätzten ihn, da er bei seinen Spaziergängen regelmäßig an ihren Treffpunkten vorbeiging, sie freundlich begrüßte und ihnen Bonbons schenkte: Ohne Bonbons in der Jackentaschen verließ Papa niemals das Haus. Verschwenderisch war er allerdings nicht. Er teilte sich selbst und jedem anderen, auch den Pennern im Park, nur zwei, höchstens einmal drei Bonbons pro Spaziergang und pro Begegnung zu.

Für Lisa waren diese Ferien in Österreich immer unglaublich schön. Sie bekam morgens sieben Schillinge, die entsprachen in etwa einer DM. Das war ihr Taschengeld für den Tag. Davon bestritt sie ihre Unkosten. Sie kam sich reich vor. Musste niemanden mehr anbetteln wegen eines Bonbons, oder nach Eis jammern. Sogar ab und zu ein

Micky Mouse Heft konnte sie von diesem Geld kaufen. Mit ihrem Bruder handhabten die Eltern es genauso. Er bekam eine entsprechend größere Summe und war auch zufrieden.

Welch raffinierter Schachzug Papa damit eingefallen war, verstand sie erst Jahre später. Mit dieser Zuteilung von Taschengeld kam er viel günstiger davon. Kinder, die ständig jammern, irgendetwas haben wollen, können teuer werden, denn im Urlaub ist man auch als sparsamer Papa meist freigiebiger als zu Hause. Außerdem unterblieb ja jede Bettelei, so dass Mama und Papa ihre Freizeit viel gelassener verbringen konnten.

Lisa denkt gerne an diese Zeit zurück. Alle Kinder auf dem Campingplatz hatten den ganzen Tag herumtollen dürfen, schwimmen, spielen, faulenzen, ganz nach Lust und Laune. Es gab niemanden, der sich einmischte, niemanden, der ängstlich über sie wachte, um sie vor lauernden Gefahren zu schützen. Auch die Eltern genossen diese Freiheit und alle überstanden alles ohne ernsthafte Schäden zu erleiden. Bessere Ferien hätte es für Kinder nicht geben können.

Selbst ohne tausend Verbote besorgter Eltern überlebten die Kinder die Ferienzeit in fremder Umgebung. Der See war in direkter Nähe, alle Kinder spielten auf den Wiesen, am Ufer und im Wasser. Sicher, es waren meist irgendwo Erwachsene in der Nähe, aber direkte Aufpasser gab es nie. Und dennoch kam es nicht zur Ausrottung der Menschheit. Dabei lauerten damals ja noch viel mehr Gefahren auf die Kinder als heute. Das fing schon im Straßenverkehr an und setzte sich im gesamten Kinderleben fort. Es gab ja weder Sicherheitsgurte im Auto, noch spezielle Kindersitze, noch Fahrradhelme, noch ermahnende Ernährungsexperten und und und. Und auch am Millstätter See hatte man noch nichts gegen die potentiell immer auf der Lauer liegenden Gefahren getan. Es war kein Bereich als Badeanstalt abgetrennt und niemand bewachte Seebereiche, es gab keine Bademeister, die Campingplatz und Wasser mit strengem Blick überprüften. Unverantwortlich, oder? Soweit Lisa sich erinnerte, passierte nie etwas Schlimmes.

Erstaunlich zäher Nachwuchs! Er überstand jede Gefahr. Vielleicht lag es daran, dass man bereits als jüngeres Kind Eigenverantwortlichkeit zeigen musste? Die Eltern wiesen ihre Kinder von Anfang an auf Gefahren hin und ermahnten immer wieder zur Vorsicht, trainierten, wie man sich in bestimmten Situationen zu verhalten hatte, und vertrauten dann ihren Kindern.

Eines Tages jedoch wurde die Ferien Beschaulichkeit jäh unterbrochen.

Lisa plantschte mit einer Horde anderer Kinder im Uferbereich des Sees auf einem Autoreifen, der als Schwimmreifen diente, als jemand auf ein kleines Motor Flugzeug zeigte, das über dem See in nicht allzu großer Höhe Kurven flog.

Die Kinder schauten zu und konnten es kaum fassen, als das Flugzeug mit einem Mal seine Nase steil hoch zog, für den Bruchteil einer Sekunde fast im rechten Winkel zum Wasser in der Luft zu stehen schien, dann plötzlich nach vorne abkippte und blitzschnell mit dem Propeller voran in den See stürzte. Jeder, der sich im See befunden hatte, zum Glück niemand in unmittelbarer Nähe, schwamm in Panik ans Ufer und rannte aus dem Wasser. Alle standen dann vor Schreck wie gelähmt und sahen zur Absturzstelle hin. Zu sehen war eigentlich gar nichts mehr. Nach kurzem Aufschäumen lag der See still wie immer da. Er hatte dieses Flugzeug einfach in seinen Wassermassen verschluckt.

In seiner Mitte war der See tief und die Bergungsarbeiten gestalteten sich sehr schwer. Erst nach Tagen wurde das Wrack mit den zwei jungen Männern darin geborgen. Schön war dieses Erlebnis eines Flugzeug Absturzes nicht, aber für Lisa eine Sensation. Wer hatte so etwas schon gesehen?

Lisa war zu Hause für einige Zeit eine begehrte Gesprächspartnerin, an deren Lippen in jeder Pause auf dem Schulhof Trauben von Kindern hingen. Lisa, der Star des Pausenhofes. Das hatte es noch nie gegeben. Und welche endlosen

Gesprächsthemen sich erst mit den engeren Freundinnen ergaben und entwickelten.

Um von diesem besonders für Lisa grausamen Erlebnis abzulenken, beschloss der Familienrat, einen Ausflug nach Italien zu unternehmen.

Als wäre es erst gestern gewesen, erlebt Lisa erneut die ihr als Kind so lang erscheinende Fahrt von Seeboden aus über Bergstraßen und durch Täler, spürt die prickelnde Aufregung und Vorfreude. Noch einmal fahren sie auf den Parkplatz, der etwas oberhalb eines typischen italienischen Marktes liegt. Zu welchem Ort gehörte der? Sie erinnert sich nicht. Welche Freunde und Bekannten waren auch mit gekommen? Sie erinnert sich nicht. Beides ist auch bedeutungslos. Hier war Italien! Und nur das hatte Bedeutung Nie wird sie diese Eindrücke des ersten Besuchs in Italien vergessen. Wie damals sieht sie hinunter auf die bunten Sonnenschirme.

Vom leichten Wind aufgewirbelter Staub bepuderte im Nu die Autos sowie die Besucher. Beim Anblick des beigefarbenen Sandes und der flirrenden Hitze hatte jeder augenblicklich das Gefühl einer ausgedörrten Kehle. Der Markt versprach schnelle Abhilfe, Rettung vorm qualvollen Tod durch Austrocknung. Einige Männer marschierten ohne Verzögerung schnurstracks ihrem Ziel entgegen. Sollte nicht auch italienisches Bier eine besondere Delikatesse sein?

Lisa wurde angetrieben, nicht so zu trödeln. Doch, was störte sie das schon? Erwachsenen Geschwätz! Sie kostete jeden Augenblick in dieser fremden Welt, dieser italienischen Welt, aus. Ja, sie, die kleine unscheinbare Lisa aus der Kleinstadt in Deutschland war jetzt in Italien! Und das begann für sie mit dem Aussteigen aus dem Auto. Da musste man jeden Eindruck in sich aufsaugen und natürlich auch Eltern und Stefan mitteilen, was es alles zu sehen gab.

So blieb Lisa auf dem Weg zum Markt immer wieder stehen und rief alle herbei, um ihnen ihre Entdeckungen zu zeigen. Mama und Papa fügten sich mehr oder weniger fröhlich in ihr Schicksal, Stefan murrte unwillig, war nur noch genervt und ging einfach zielstrebig weiter. So bekam er Lisas so sensationelle Beobachtungen kaum mit. Nun, sie konnte ja ihren Eltern, besonders Papa, ihre Entdeckungen zeigen und ausführlich beschreiben.

Am Wegesrand hinunter zum Marktplatz wuchsen nämlich struppige graue Gräser und verdorrte Sträucher, deren Stängel fast ausnahmslos vom Erdboden bis in ihre Spitzen hinein mit winzigen Schneckenhäusern übersät waren. Lisa war fasziniert und begeistert von deren Vielfalt und individuellen Schönheit. Sie entdeckte immer wieder neue Muster dieser kleinen Spiralen und wollte am liebsten jede einzelne genauestens betrachten und vorzeigen. Wie nur konnten diese vertrocknet wirkenden Pflanzen den Schnecken Nahrung liefern? Das blieb allen ein Rätsel. Und als auch noch eine kleine Eidechse vor ihr aus dem Gestrüpp herausschoss und blitzartig unter einem flachen größeren Stein verschwand, war sie total hin und weg.

Nun hatten Mama und vor allem Papa immer versucht, diese Begeisterung für die Natur bei ihren Kindern zu fördern. Bei Lisa liefen sie damit offene Türen ein.

Irgendwann dann zog es auch Lisa zu den bunten Marktständen. Die herum wuselnden Menschen, die laut schreienden Händler, die unbekannten Gerüche nach Gebratenem, nach Eingelegtem, nach Gewürzen, nach Blumen, die Aussicht auf Trinkbares und andere Leckereien, dieses herrliche Gewirr exotischster Eindrücke waren einfach zu verlockend.

So anstrengend dieser Ausflug auch war, so fantastisch war er für Lisa. Die Eltern kauften neben landestypischem Brot vor allem Käse- und Wurst-Spezialitäten und den berühmten Marsala Wein. Lisa interessierte sich mehr für bestimmte Süßigkeiten, schaute sich bunte Tücher, Hüte und Taschen an, war verzaubert von den malerischen Obst und Gemüseständen, auf denen die Händler ihre üppigen Angebote kunstvoll arrangiert hatten. Ein Markt, so ganz anders als in der Heimat! Es war ein unvergessliches Erlebnis.

Noch heute faszinieren Lisa Märkte jeder Art, besonders aber mediterrane.

Total erschöpft, aber rundum zufrieden, kehrten sie dann alle abends in ihre Zelte oder Wohnwagen zurück. Mit Nachbarn und Freunden wurde der Tag nun ausgiebig besprochen und dabei ein großer Teil der in Italien erstandenen Schätze vernascht. Für die Erwachsenen wurde das immer eine lange feuchtfröhliche Nacht und für die Kinder eine sehr freie Nacht, in der keiner sie am Abend ins Schlafzelt scheuchte. Irgendwann war Lisa sogar froh, in ihren Schlafsack kriechen zu dürfen. Und dort lag sie dann, freute sich jetzt schon aufs nächste Jahr, den nächsten Ausflug nach Italien und schlief selig ein.

****

Aufregung in Marseille

Dennoch, eines Tages, als der Sommer wieder einmal in den Startlöchern stand und der Ferienbeginn verlockend winkte, revoltierten Lisa und Stefan. Sie wollten nicht mehr nach Seeboden, nicht mehr nach Österreich. Sie waren diesem Campingplatz am Millstädter See entwachsen. Sie wollten Neues kennen lernen.

Sie wollten in die weite Welt, nun ja, Südeuropa, Frankreich oder so, das wäre schon super fürs Erste. Sie wollten in die Sonne, sie wollten ans ferne Meer, wollten im warmen Wasser schwimmen. Nord- und Ostsee waren zu nah, waren zu kalt, nicht exotisch genug. Sie wollten Abenteuer erleben. Man diskutierte Abend für Abend mit hochroten Köpfen über einen Atlas gebeugt, welche Ziele in Frage kommen könnten und einigte sich dann irgendwann auf die französische Mittelmeerküste. Marseille anschauen und von dort aus einen hübschen Campingplatz am Meer ansteuern, das wäre es doch! Das könnte ein Abenteuer ganz nach Stefans und Lisas Vorstellungen werden. Und siehe da, ihre Eltern waren nicht abgeneigt, auch sie reizte diese Herausforderung und Frankreich erschien ihnen ideal.

Lisa hatte in der Schule bereits seit fast zwei Jahren Französisch gelernt, also konnte man es wagen, ohne ein zu großes Risiko einzugehen, in ein Land mit dieser fremden Sprache aufzubrechen, so die einstimmige Feststellung und Beschlussfassung. Lisa würde ja alles verstehen können und dolmetschen können, falls erforderlich. Und Gestik und Mimik standen ja ohnehin allen Menschen, egal welche Sprache sie verwendeten, zwecks Verständigung zur Verfügung.

Nach fieberhaften Vorbereitungen und ersehntem Ferienbeginn war der Tag der Abreise endlich angebrochen. Wie Papa alles in den Opel Rekord gestopft hatte, was so eine vierköpfige Familie für drei Wochen an Zelt Ausrüstung,

Kleidung und Proviant, der zum großen Teil aus Kosten-
gründen von zu Hause mitgenommen wurde, brauchte, das
hatte nie jemand wirklich verstanden. Und vier Personen
wollten ja auch noch einigermaßen bequem untergebracht
werden. Aber im Packen eines Autos war Papa einfach
meisterhaft. Er ließ sich da nicht beirren, jeder wusste, dass
Einmischung total unerwünscht war, und hielt sich folglich
zurück. Man durfte die Dinge, die man für unverzichtbar
hielt, vor dem Auto stapeln. Das war es aber auch. Was tatsächlich mitreisen durfte, unterlag dann Papas kritischer
Begutachtung.

Vieles konnte er unterbringen, nur wenig wurde aussortiert
und zum Zurückbleiben verdonnert. Diese Entscheidung
war dann aber unumstößlich, da half kein Meckern, kein
Betteln, kein Einschmeicheln, keine Bestechungsversuche,
kein beleidigt den Kopf in den Nacken Werfen und auch
kein herzzerreißendes Schluchzen.

Papa bedachte bei dieser Arbeit auch stets, dass man für
eine Übernachtung auf halber Strecke nur bestimmte Sachen brauchte, die dann eben so verstaut werden mussten,
dass man sie problemlos schnell aus und wieder einpacken
konnte.

Dafür hatte Mama die Aufgabe der alleinigen, exklusiven
Chauffeurin. Papa fuhr keinen Meter und Bruder Stefan war
noch zu unerfahren, sagten sie. Welche enorme Leistung
Mama jedes Mal auf sich genommen hat, nahm keiner so
richtig wahr. Es war so selbstverständlich.

So trafen sie an einem Vormittag in Marseille, ihrem ersten
Traumziel ein. Mama, die immer sehr darauf bedacht war,
jedes Schild im Straßenverkehr zu beachten und ihren
Wagen brav nach jeweiliger Vorgabe zu steuern, übersah
nun wie alle anderen Verkehrsteilnehmer, die die Straßen
dicht bevölkerten und es ihr vormachten, jedes Geschwin-
digkeitsgebot und durchquerte die Stadt in forschem
Tempo, als wäre sie hier zu Hause. Sie passte sich nach
kürzester Eingewöhnung problemlos dem chaotischen Fahr-
stil der Einheimischen an und so gelangten sie zügig, er-

staunlicherweise auch ganz ohne Schrammen, durch die engsten Sträßchen hindurch.

Hupen stellten sich als die wichtigsten Kommunikationsmittel heraus. Nach anfänglicher Verwirrung beteiligte Mama sich mit Elan am allgemeinen Hupkonzert. Die Bedeutung dieser Signale verstand im Grunde niemand, sie sollten wohl auch mehr Ausdruck der Lebensfreude sein und die eigene Autorität sowie das eigene Durchsetzungsvermögen unterstreichen und allen mitteilen: „Hurra, hier bin ich. Hört ihr mich? Lasst mich mal durch, ich hab's viel eiliger als ihr! Platz da! Ich komme!"

Man hätte es nie für möglich gehalten, aber Mama genoss dieses Free Style Fahren, Papa sah es wie immer gelassen, vertraute absolut auf Mamas Fahrkünste und Lisa und Stefan waren begeistert.

Schnell hatte Mama auch erkannt, dass Benutzung der autoeigenen Winker ziemlich sinnlos war, da sie kaum bis gar nicht beachtet wurden. Wer nahm in diesem bunten, grellen Wirrwarr schon solche bedeutungslosen Lichter wahr? Sicher nicht Marseiller Autofahrer. In dieser Stadt setzten vor allem die Männer noch auf echte Muskelkraft, das war doch viel cooler, als nur einen Hebel am Lenkrad zu betätigen. Jeder fuhr bei der Hitze ohnehin mit herunter gekurbelten Scheiben und streckte dann einfach einen Arm aus dem Fenster, um den anderen Verkehrsteilnehmern einen Spurenwechsel oder ein Abbiegen zu signalisieren. Und zwar erfolgte der Hinweis genau im Moment des Abbiegens, nicht vorher und abwartend, ob andere eine Lücke lassen, in die man schlüpfen konnte. Die Lücke wurde ganz selbständig geschaffen, erobert und ausgefüllt. Die anderen Verkehrsteilnehmer machten auch tatsächlich immer irgendwie Platz. Und alles spielte sich bei Geschwindigkeiten ab, die eigentlich nicht erlaubt waren. Während ihrer Fahrt erlebten sie keinen einzigen Auffahrunfall. Es schrammte vielleicht einmal ein Spiegel an einem anderen entlang, aber welcher Franzose machte sich darüber Gedanken? Autos waren reine Gebrauchsgegenstände, sahen meist auch entsprechend aus und vertrugen den ein oder anderen Buff. Das System klappte perfekt. So war auch Lisas Familie rundherum beschäftigt, da jeder ganz nach Abbiegewunsch von Mama den Befehl zum „Winker Setzen" bekam.

Das hieß natürlich nicht, dass irgendein Autofahrer besondere Rücksicht auf Wünsche anderer Autofahrer nahm. Hier galten wohl eher das Recht des Stärkeren, das Recht des Schnelleren, das Recht des Lautesten und vor allem das Recht des Frechsten. Mama kam erstaunlich gut damit klar. Ihr schien das ungeheuren Spaß zu machen, sich gegen Machos zu behaupten. Sie vergaß sogar ihre Angst, das schöne Auto könne Schrammen bekommen.

Schließlich hatten sie sich völlig schadenfrei zu ihrem Ziel durchgekämpft. Sie waren erschöpft, aber sehr zufrieden und Mama parkte den braven Opel am alten Hafen dieser quirligen Großstadt.

War das herrlich, die Vier spazierten am Kai entlang, bewunderten die Schiffe, die im Hafenbecken dümpelten, schlenderten vorbei an vielen Restaurants, in die sie natürlich am Anfang eines Urlaubs kaum zum Essen einkehren konnten, da ihre finanzielle Planung straff organisiert war und solch Ausflug ein zu großes Loch in die Reisekasse gefressen hätte. Papa verwaltete ihre Finanzen wie ein strenger Buchhalter. Großzügig wurde er erst kurz vor der Abreise, wenn er klar überschauen konnte, dass sie gut gewirtschaftet hatten. Dann war er wie ausgewechselt und verkündete voll Freude dass der restliche Betrag verprasst werden durfte. Jetzt leisteten sie sich das ein oder andere kleine Mitbringsel oder auch den Luxus, sich in einem schönen Restaurant verwöhnen zu lassen.

Aber nach all diesen Aufregungen an ihrem ersten Tag in Frankreich, nach einer Autofahrt in dieser Stadt Marseille, die in jeden Actionfilm gepasst hätte, fanden sie doch ein kleines, einfaches und preisgünstiges Straßen Lokal unter schattigen Arkaden mit Blick in den Hafen und kehrten dort ein.

Und nun begann der Stress für Lisa. Eltern und Bruder zweifelten nicht im Geringsten daran, dass sie aufgrund ihrer „umfassenden" Sprachkenntnisse nun Getränke und Speisen in fließendem Französisch bestellen konnte. Die drei hatten ihr die Speisekarte in die Hand gedrückt, ihre Vorstellungen so in etwa genannt und schauten sie voller Erwartung und Bewunderung an. Der Ober stand schon neben ihrem Tisch, um die Getränkewünsche aufzuschreiben, und sie versuchte mit hochrotem Kopf die passenden Vokabeln zu finden. Sie wollte nicht nur einfach die passenden Begriffe nennen, um die gewünschten Getränke zu bekommen, nein sie wollte höfliche, beeindruckend konstruierte Sätze bilden, wie ihre Lehrerin das immer wieder von allen Schülern verlangte. Wortwahl und Grammatik sollten natürlich perfekt sein, fehlerfrei. Der Ober sollte staunen. Das tat er sicher auch, und wie er staunte. Aber wohl kaum über ihr tolles Französisch.

Denn ihr fielen leider diese so idealen Redewendungen, mit denen sie ihr Wissen hätte unter Beweis stellen können, gar nicht ein. Sie wurde immer nervöser, wollte das aber nicht zeigen. Nach mehreren stockenden Versuchen griff der geduldige Ober, der anscheinend Spaß daran hatte, diesem jungen Mädchen zu helfen, ein. Mit freundlichem Lächeln wiederholte er Worte, fügte andere hinzu und verbesserte die Grammatik. Manches musste er mehrmals wiederholen, bis Lisa begriffen hatte, was er meinte und erkannte, dass er ihr helfen wollte, und deshalb ihre Sätze verbessert hatte. Er blieb absolut höflich, verbeugte sich und eilte davon. Eltern und Bruder staunten, ihre Lisa konnte ja ein richtiges Gespräch führen! Das übertraf ihre Erwartungen ja nun doch!

Lisa sah keinen Grund, ihnen die Französisch Lektion zu erläutern, lächelte wie selbstverständlich und schaute zu den Schiffen und dem Treiben im Hafen hin. Wenn dieser herrliche Ausblick auf die Schönheit eines typischen französischen Hafens nicht ablenken konnte, was dann?

Der Ober kehrte zurück und schon standen ein Glas Bier, eine Tasse Kaffee sowie zwei Gläser Orangina auf ihrem

Tisch. Alles war ganz nach Wunsch geliefert worden. Nun gut, die Übersetzung war ja nicht sonderlich kompliziert gewesen. Die Worte waren ja fast identisch mit den deutschen.

Beim Studium der Speisekarte taten sich dann echte Probleme auf. Lisa verstand eigentlich nichts, rein gar nichts. In den Schulbüchern standen die tollsten Texte. Die Schüler lernten berühmte französische Philosophen kennen und mussten deren tiefsinnige Gedanken ins Deutsche übersetzen. Das gelang ihnen mehr oder weniger gut, und danach verstanden sie die Texte dennoch nicht, weil sie auch in der Übersetzung nur schwer zu entschlüsseln waren und einfach nichts mit dem Lebensalltag junger Mädchen zu tun hatten.

Wie man im fremden Land zurechtkommt, wie man zum Beispiel in einem Restaurant eine Bestellung vornimmt, welche Speisen und Getränke es dort gibt, all diese lebenswichtigen Dinge hatte sie nie in der Schule gelernt, waren nie vorgesehen. Und Philosophen und Schriftsteller wie Racine oder Voltaire oder Blaise Pascal konnten absolut nichts Hilfreiches beisteuern, nutzten hier rein gar nichts. Selbst die moderneren Autoren wie Sartre und Camus waren keine Hilfe. Sie hatten anscheinend nie in Restaurants gesessen und ganz profan etwas bestellt, hatten wohl weder etwas gegessen noch getrunken, zumindest hatten sie nichts davon erzählt oder man hatte gedacht, solche Informationen gehörten nicht in Schulbücher für den Französisch Unterricht übernommen. Hier fand man nur deren tiefschürfende und hochtrabende Gedankengänge aufgelistet. Hätten die doch nur einmal erklärt, welche Speisen sich hinter diesen seltsamen Begriffen auf einer ganz normalen Speisekarte versteckten! Das wäre dann etwas fürs normale Leben von Schülern gewesen.

Heute haben die Verantwortlichen gelernt und die Schulbücher sind sehr realitätsnah geworden, beschreiben Situationen aus dem Leben der heutigen Menschen.

Lisa erkannte nur ein einziges Gericht, das allerdings erkannten auch ihre Eltern und ihr Bruder, ganz ohne mühevoll erlernte Französisch Kenntnisse. So bestellten sie eben alle Cotelettes et Frites.

Sicher, das war nun leider kein Fischgericht, auch nicht gerade Haute Cuisine, auch nicht gar so typisch französisch, aber allen schmeckte es, alle waren zufrieden. Sie waren ja auch hauptsächlich her gekommen, diese Stadt kennen zu lernen und nicht, um die französische Küche zu beurteilen.

Sie waren hier, um den legendären Hafen, den Vieux Port, dieser geheimnisvollen Stadt Marseille, die sie nur aus Büchern, aus Krimis und Abenteuer Filmen im Fernsehen kannten, zu bewundern, den Blick auf diese wunderschöne Kirche, die Basilika Notre Dame de la Garde, die oben auf dem Hügel, genau gegenüber von ihrem Restaurant majestätisch thront, zu genießen. Und das taten sie voller Begeisterung. Sie staunten über die vielen Schiffe jeglicher Art und Größe, die im quecksilbrigen Wasser im funkelnden Sonnenlicht dümpelten. Sie konnten gar nicht genug bekommen vom Anblick des wolkenlosen Himmels, dessen Farben ganz anders waren als in Deutschland, wie sie sich gegenseitig bestätigten. Und die vielen Menschen jeder Hautfarbe, die lautstark durcheinander redeten und dabei wild gestikulierend vorbei gingen, das waren alles unvergessliche Eindrücke, so dass Speis und Trank nebensächlich waren. Dennoch mussten sie irgendwann an die Weiterfahrt denken.

Hier direkt in Marseille wollten sie auf keinem Campingplatz ihr Zelt aufbauen. Hier war der Strand sicher nicht so geeignet zum Schwimmen, hier waren die Plätze sicher nicht so schön, und dazu sicher auch viel zu teuer. Also verabschiedeten sie sich schweren Herzens vom Hafen und schwuren, noch einmal wieder zu kommen.

Tatsächlich, Lisa kehrte zurück, einmal noch mit ihren Eltern und dann immer wieder mit Andreas, erst mit ihm alleine, später dann mit Andreas und ihrer kleinen Tochter und weitere Jahre später mit Andreas und Tochter und Sohn.

Schon seltsam, wie das Leben spielt. Wie sich herausstellte, war auch Andreas als junger Mann, fast zur gleichen Zeit wie sie, das erste Mal in Marseille gewesen und hatte in wenigen Kilometern Entfernung, im wunderschönen, wie verwunschen wirkendem Fischerdörfchen Cassis, unvergessliche Urlaubstage verbracht. Er hatte zwar nicht gezeltet, war aber auch auf Campingplätzen und hat dort in seinem Auto übernachtet. Wie Lisa hatte er sich in diese Gegend verliebt. Wie sie hatte er den festen Entschluss, wieder zu kehren. Vielleicht waren sie sich sogar irgendwo begegnet, ohne sich bewusst wahr genommen zu haben? Unmöglich war das nicht.

Nun aber saß Lisa wieder auf der Rückbank des Opel Rekords, neben ihr Stefan, der wie sie aus seinem Seitenfenster schaute und alle Eindrücke in sich aufsog, und Mama am Steuer, mit Papa als Wegbeschreiber neben sich. Das konnte ja nicht gut gehen, wie eigentlich jeder von ihnen wusste. Fatale Folgen sollte das haben!

Papa wusste, dass die Straße nach La Ciotat, ihrem Zielort, direkt an der Küste entlang führte. Daher wies er Mama an, eine solche Straße, an deren rechter Seite das Meer zu sehen war, bereits in Marseille zu suchen und auf der eben einfach gerade aus zu fahren. „Es gibt hier nur ein Meer, das muss immer rechts von uns liegen, dann können wir La Ciotat gar nicht verfehlen", so seine Auffassung. Dazu kam seiner Meinung nach, dass es unter Garantie eine Abkürzung wäre, sie würde ihnen die mühselige und aufreibende Fahrt durch die Innenstadt ersparen. Und so fuhren sie auf der Straße, die parallel zum Meer verlief. Prinzipiell hatte er ja durchaus Recht, aber, was er nicht wusste, die gesuchte Küstenstraße begann erst außerhalb von Marseille. Um diese Straße zu erreichen, gab es einfach keine Abkürzung direkt als Uferstraße. Das hatte er nicht bedacht. Ein Blick in eine Landkarte wäre sicher hilfreich gewesen, aber wozu sollte er das machen? Er wusste doch auch so Bescheid!

Mama fuhr also tapfer seinen Anweisungen entsprechend und alle staunten, dass die Straße immer enger wurde, dass die Häuser rechts und links immer weniger stabilen Häusern glichen, eher ungepflegten Hütten ähnlich wurden, schließlich nur noch zerfallene Schuppen aus Wellblechteilen und Schrott waren. Langsam wurde ihnen allen mulmig zumute. Papa schien auf seinem Sitz zu schrumpfen. Er schwieg. Die Menschen am Straßenrand sahen alles andere als vertrauenerweckend aus, eher zunehmend bedrohlich und unheimlich. Sie fixierten mit finsteren Blicken das fremde Auto in ihrem Gebiet, machten keinen erfreuten Eindruck. Im Auto war es mucksmäuschenstill. Jeder dachte wohl fieberhaft, wie es weiter gehen würde. Was könnte hier alles passieren? Wie konnte man zurück? Wie sollte das gehen? Anhalten und wenden?

Plötzlich gab Mama Gas, steuerte das Auto mit Schwung in eine breitere Einfahrt zu einem Schrottplatz, nahm etwas Gas weg und wendete in einer Art und Weise, die man ihr nie zugetraut hätte. Actionfilm zweiter Teil! Selbst Lisas Bruder, der einiges von seinen Kumpeln gewöhnt war, zog vernehmlich die Luft ein. Danach gab Mama Vollgas und das Auto schoss vorwärts. Die gesamte Vorstellung hatte nur Sekunden gedauert und schon fuhr sie wieder in normaler Geschwindigkeit dem Hafen entgegen und ließ diese wilde Gegend hinter sich.

Papa, Bruder und Lisa atmeten hörbar aus. Mehr als: „Bohh, Mama, das war bühnenreif! Du bist klasse!" konnte keiner sagen. Sie drehten sich um und schauten durchs Rückfenster und bemerkten zufrieden, dass die Hütten und Menschen stetig kleiner wurden. Jetzt wirkte der Anblick gar nicht mehr bedrohlich, eher malerisch.

Natürlich konnte niemand sagen, ob wirklich Gefahr gedroht hatte, aber das interessierte nun auch nicht mehr. Sie fühlten sich gerettet, das war wichtig.

Nachdem sie sich wieder in besserer Wohngegend befanden, hielt Mama an. Sie musste zur Beruhigung erst einmal eine Zigarette rauchen. Lisa hingegen bekam den Auftrag, einen vorbeigehenden jungen Mann nach dem Weg zur Küstenstraße, die in Richtung La Ciotat führte, zu fragen.

Das tat sie dann auch und dieser hilfsbereite Marseiller begann begleitet von theatralischen Gesten mit seinen Ausführungen.

Hatte Lisa solch erstklassige Aussprache und solch gute Satzkonstruktion geliefert, dass er überzeugt worden war, jemanden vor sich zu haben, der seine Sprache spielend verstand? So ähnlich musste es wohl gewesen sein. Es schien ihm große Freude zu machen, einem fremden Mädchen ausführlich Auskunft geben zu können.

Lisas Freude hielt sich in Grenzen, sie verstand nur einzelne Worte, sicher keine zusammenhängende Wegbeschreibung, nickte aber brav und häufig. Und warf anstandshalber knappe Fragen, meist nur einzelne Worte in seine Erläuterungen ein. Sie war überwältigt von dem Redeschwall. Schließlich verabschiedete sich der Mann und ging seines Weges. Stefan fragte sie sofort wissbegierig, was der Mann alles erzählt habe. Lisa sagte daraufhin: „Wir müssen noch etwas weiter geradeaus fahren, dann rechts abbiegen, dann sind wir auf dem richtigen Weg. Dann sind wir auf der Küstenstraße, die nach La Ciotat führt.

Ihr Bruder staunte mit offenem Mund, wie Lisa alles so toll verstanden hatte und auch darüber, welch lange Erklärungen nötig gewesen waren, um diese zwei Hinweise zu geben. Noch konnte sich Lisa also in ihrem Sonderstatus der perfekten Dolmetscherin sonnen. Sie war die einzige von ihnen, die die französische Sprache, wie man ja gerade unschwer erkannt hatte, beherrschte. Anstrengende Aufgabe, aber sie erfüllte Lisa durchaus mit einem gewissen Stolz. Wann fand man schon solche Beachtung und Bewunderung? Im Laufe dieses Urlaubs lernte sie wirklich eine Menge hinzu und verliebte sich immer mehr in diese Sprache und vor allem in dieses Land.

Lisa schmunzelt und schaut zwinkernd in den Spiegel. Ja, das war ihre Familie, das hatten sie damals vor so langer Zeit gemeinsam erlebt. Sie hatten einen herrlichen Urlaub auf dem Campingplatz am Meer, hatten wunderbare Menschen und die französische Lebensart kennen gelernt. Sie verbrachten hier sogar noch ein zweites Mal einen tollen Urlaub, trafen sich mit ihren Bekannten und Freunden.

Wie das Schicksal so spielt, ist Lisa heute die einzige ihrer Familie, die von solchen Erlebnissen erzählen kann.

Vielleicht befinden sich die Seelen der drei anderen auch an den Punkten ihrer Schilderungen. Vielleicht aber auch greifen sie schon viel früher ein, vielleicht umschweben sie Lisas Spiegel oder Lisa selbst und ziehen sie mit sanftem Zwang an die Orte der Vergangenheit? Vielleicht sind sie es, die ihr überhaupt erst diese Erinnerungen einflüstern, vielleicht genießen sie diese gemeinsame Zeit mit ihr und vermitteln ihr diese reichen Empfindungen. Eine schöne Vorstellung. Manchmal ist Lisa ziemlich sicher, die anderen ganz in ihrer Nähe zu spüren.

Sie schaut prüfend in den Spiegel und murmelt versonnen:

„Spiegel, Spiegel, mein verschwiegener Geheimnisträger, lass mich eine weitere Reise nach Frankreich sehen! Zeig mir meine erste Reise mit Andreas!"

****

Andreas, verrückter Verführer

Der Spiegel scheint zu suchen, er beschlägt. Lisa beugt sich vor, will ganz tief hineinschauen. Und siehe da, die flimmernden Schleier lösen sich auf. Lisa lehnt sich in ihrem Sessel zurück und schließt die Augen.

Sie befindet sich wieder in ihrem Büro im Zollamt. Erst wenige Tage waren vergangen. Routine war eingetreten. Wieder einmal war es Mittagszeit. Wieder einmal war sie alleine mit ihren Statistiken. Draußen hörte sie LKW ankommen, anhalten, Türen schlagen, Fahrer mit Zöllnern herumalbern und wieder Türen schlagen und LKW starten und abfahren. Ihre Arbeit war gesichert, schon bald würden die neuen Listen gebracht werden. Inzwischen klappte die Zuordnung zu Bundesländern schon etwas professioneller. Ihr schlechtes Gewissen hatte sie gezwungen, sich zu Hause doch einmal näher mit ihrem Atlas zu beschäftigen. Immerhin kannte sie jetzt die Namen der Bundesländer und der zugehörigen wichtigsten Städte. Die Nummernschilder der LKW gaben weitere Hinweise. Spannender war die Arbeit keineswegs geworden. Lustlos griff sie also zu den neuen Listen und überlegte gemächlich, welcher Spalte sie den nächsten Ort zuordnen sollte. Nur nicht zu schnell arbeiten. Die Listen mussten für die gesamte Mittagspause reichen. Da klopfte es an ihrer Türe. Sie vermutete, dass ein Beamter von gegenüber ihr Zettel zur Auswertung bringen wollte. In froher Erwartung über ein wenig Abwechslung rief sie fröhlich: „Herein spaziert".

Um Geschäftigkeit zu dokumentieren, schaute sie zunächst anscheinend voll konzentriert auf die Papiere vor ihrer Nase. Da der Besucher zwar die Türe geöffnet hatte, sich aber ansonsten nicht rührte und auch nichts sagte, schaute sie auf.

Schade, dass sie ihren eigenen Gesichtsausdruck nicht sehen konnte. Der wäre nämlich sehenswert gewesen. Lisa starrte ungläubig zur Türe. Sie hievte sich aus dem Sessel, fühlte sich wie gelähmt. Da stand Andreas. Frech grinsend, als sei es das normalste der Welt, hier in ihrem Büro zu erscheinen, kam er auf sie zu, begrüßte sie fröhlich, nahm sie in die Arme und küsste sie. Sie erwachte aus ihrer Starre und konnte es kaum glauben. Da war dieser verrückte Kerl doch tatsächlich hier in ihrer Stadt erschienen. Von wegen, diese Episode ist schnell vergessen! Keine Woche war vergangen und schon fixierten seine verführerisch glitzernden Augen sie intensiv. Was hatte dieser Mann nur an sich? Sie zitterte und hatte Angst, ihr Herz würde aus ihrem Körper springen und davon flattern. Bevor das passieren konnte, riss er sie förmlich in seine Arme und küsste sie leidenschaftlich, und so musste das Herz eben an seinem vorgesehenen Ort bleiben und konnte nur rasend schnell gegen ihre und seine Brust klopfen. War das überhaupt ihr eigenes Herz oder spürte sie seines? Ach, das war so egal.

Nach dieser stürmischen Begrüßung berichtete er ihr, er habe sie unbedingt wiedersehen müssen und wäre bereits bei ihren Eltern gewesen, die ihm gesagt hatten, wo er sie finden konnte. Nette Eltern hätte sie, sie hatten ihn ganz normal begrüßt, als wäre er schon oft bei ihnen eingekehrt. Sie hatten gerade Besuch, so bekam er auch gleich Kaffee und Kuchen. Ohne hätte Mama ihn nicht gehen lassen.

Tja, so war das. Am Abend fuhr er wieder zurück nach Köln. Von da an kam er alle paar Tage. Lisas Eltern gefielen ihm und er gefiel ihnen. Aber vor allem gefiel er Lisa und sie ihm. Und wie! Sie konnten kaum voneinander lassen. Konnten es kaum erwarten, alleine zu sein. Wie oft fuhren sie an schöne Stellen im Wald oder am Rhein, wo man ungestört war. Sehr viel sahen sie von der Landschaft allerdings nicht. Sie hatten so viel miteinander zu erkunden. Sie mochten sich nie trennen. Welche Zauberkraft wirkte hier nur? Welche Fee hatte beschlossen, sie in diese wilde Verliebtheit einzuspinnen, sie die Wirklichkeit total ausschalten zu lassen?

Eines Tages rief Andreas an und wirkte ziemlich geknickt. Er teilte Lisa mit, dass er 14 Tage mit Frau und Kind nach Frankreich in Urlaub fahren müsste, das wäre schon Monate zuvor geplant gewesen. Lisa durchfuhr es wie Messerstiche. Das hatte ja so kommen müssen. Auch wenn sie Kind und Frau gedanklich völlig verdrängt hatte, so gab es die beiden natürlich noch. Und das wurde ihr nun so drastisch deutlich gemacht. Ganz, ganz tief in ihrem Inneren hatte sie ja schon von Anfang an mit solch einem Ende ihres Traums gerechnet. Sie kannte sich aus, der Anrufer Torsten damals hatte es ähnlich gehandhabt. Erst hatte er ihr die große Liebe vorgegaukelt, dann hatte er sie kaum noch beachtet. Aber der Anrufer damals war im Grunde ein freier Mann gewesen, war nicht verheiratet, konnte tun und lassen, was er wollte. Lisa war so froh gewesen, über diese schlimme Zeit hinweg gekommen zu sein und nicht mehr im Studentenheim fast neben dem Telefon sitzen und warten zu müssen, nicht mehr hingehalten zu werden. Nie wieder hatte sie solche Erfahrungen machen wollen.

Aber hatte sie aus ihren Fehlern gelernt? Sie schluckte fassungslos.

Sie, das offenbar einfältige und wie immer leichtgläubige Mädchen, hatte sich durch die vielen Besuche und das weltmännische Auftreten von Andreas, durch seine Geschenke, seine Liebesschwüre und seine große Erfahrung in Liebesdingen betören lassen und sich Hals über Kopf verliebt, war also trotz aller ernsthaften Vorsätze das zweite Mal auf einen Mann herein gefallen, der anscheinend nur mit ihr gespielt hatte. Nur dieses Mal tat es ganz anders weh. Mit Andreas hatte sie eine ganz besondere Beziehung. Es war kein verletzter Stolz wie bei Torsten, nein, jetzt war es viel mehr. Sie fühlte sich wie gelähmt. Sie wusste nicht, wie sie reagieren sollte, fand keine Worte, war nur zutiefst entsetzt. Das Schlimme war, wirklich böse durfte sie ihm ja gar nicht sein, da sie ja von Anfang an gewusst hatte, worauf sie sich einließ. Es war alles ganz alleine ihre Schuld. Was war sie nur für eine Idiotin gewesen? Affäre, ok, aber warum hatte sie sich derartig verliebt? Warum hatte sie sich so ausgeliefert. Wo war ihr gesunder Menschenverstand geblieben? Wo war ihre gute Erziehung geblieben? Sogar vor ihren Eltern hatte sie Geheimnisse gehabt, was zuvor nie gewesen war. Ihre Situation war aussichtslos, so durchfuhr es sie. Was sollte sie nun sagen? Wie sollte sie reagieren? Welche Möglichkeiten gab es?

Doch bevor sie in Tränen ausbrechen oder besser noch tot umfallen konnte, hörte sie Andreas weiter reden. Erst begriff sie gar nicht, was er da sagte, musste nachfragen, glaubte, sich verhört zu haben. Er musste seinen Vorschlag einmal wiederholen und dann noch ein zweites Mal, bis sie begriff, was er ihr vorschlagen wollte.

Er würde mit seiner Familie diesen „Pflichturlaub" hinter sich bringen und Frau und Kind wieder zu Hause abliefern. Sobald er wieder im Heimatort angekommen sei und alles geregelt hätte, würde er sie anrufen. Sie sollte sich dann in den nächsten Zug setzen und er würde sie am Bahnhof in Empfang nehmen und dann würden sie beide gemeinsam mit seinem beige farbenen Opel Rekord nach Frankreich fahren.

Brauchte es noch mehr Beweise, dass dieser Mann total durchgedreht war? Lisa wusste nicht mehr, was sie denken sollte. Ein Tornado hätte sie nicht kräftiger durcheinander schütteln können. Sie wollte vernünftig sein, wollte ihm sagen, dass das doch nicht ginge, wollte ihm klar machen, er müsse sich ihr gegenüber nicht verpflichtet fühlen, sie gebe ihn frei, er habe ja ohnehin ihr gegenüber keinerlei Verpflichtungen, er gehöre ja einer anderen, er müsse an sein Kind denken, er solle sie vergessen, es sei eine sehr schöne Zeit gewesen, die nun eben vorbei sei, sie habe auch gar keine Zeit für Urlaub, sie habe auch gar kein Geld…..

Das alles hatte sie sagen wollen und hätte sie sagen sollen. Nichts davon sagte sie. Wo war nur ihr Anstand geblieben? Andreas entkräftete jedes dieser Argumente, ohne dass er sie gehört hatte. Ihm war von vornherein klar, was so ein Lisachen einwenden könnte. Er war ein Mann, der Wider-

156

spruch nicht kannte bzw. auf keinen Fall akzeptierte. Was er sich vorgenommen hatte, führte er durch.

Mit ihren Eltern würde er natürlich auch noch sprechen und sie überzeugen, dass er gut auf ihre Tochter Acht geben würde. Sie war ja noch nicht volljährig und brauchte die Zustimmung der Eltern. Die würde sie bekommen, davon war er überzeugt. Sie mochten ihn gerne. Von seiner Familie wussten sie immer noch nichts, warum sollten sie also etwas dagegen haben? Sie sahen, wie glücklich er ihre Tochter gemacht hatte und nur das war für sie wichtig.

Er beteuerte sehr überzeugend, wie schwer ihm diese vierzehn Tage Trennung von seiner Lisa fallen würden, wie sehr er sie liebte, wie unglaublich er sich auf die Ferien mit ihr gemeinsam freute. Er schwärmte ihr vor, was er ihr alles zeigen wollte, was sie alles gemeinsam erleben würden.

Was sollte Lisa sagen? Wie sollte sie reagieren? Ihr Inneres: reines Chaos. Klare Gedanken? Wo waren die? Würden die jemals wieder kommen?

Schließlich stammelte sie unzusammenhängende Worte, konnte nur noch krächzend „ja, toll, ja, ich freue mich auch, ja", ins Telefon flüstern. Hoffentlich dachte jetzt nicht er, dass sie den Verstand verloren hätte! Hoffentlich blieb er begeistert von seinem Vorschlag, hoffentlich änderte er seinen Plan nicht mehr! Ihr hatte es zwar die Sprache verschlagen, aber fühlen konnte sie noch und wie sie fühlte! So jubelte es in ihr: Ja, ja, ja! Ich will mitkommen!! Ja, ja, ja, ich freue mich unbändig! Ja, ja, ja, er würde schon alles richtig regeln. Ja, aber ja, ja, sie wollte ihm vertrauen und wie sie das wollte! Ja, ja, ja, sie war verliebt in ihn und wie sie verliebt war! Ihre Gefühle taumelten unkontrolliert, ließen keine klaren Worte zu. Sein Kuss durch den Telefonhörer sorgte auch nicht gerade für Beruhigung.

Sie zitterte so, dass sie den Telefonhörer nur mit Mühe festhalten konnte.

Schließlich legte er auf. Sie stürmte an ihrer verblüfft guckenden Mutter vorbei die Treppe hoch in ihr Zimmer, warf sich auf ihr Bett, schnappte nach Luft und versuchte, ihr wild klopfendes Herz wieder zum normalen Schlagrhythmus zu zwingen. Mamas erstaunte Blicke und Fragen mussten warten. Erst einmal versuchte Lisa, das wirre Durcheinander in ihrem Kopf in den Griff zu bekommen. Sie lachte und weinte, hüpfte auf dem Bett, machte Kopfstand, setzte sich, kicherte und weinte wieder, benahm sich absolut albern.

So langsam realisierte sie, was Andreas sich ausgedacht hatte. Welch traumhafte Vorstellung! Eine lange Autofahrt nach Frankreich, ausgiebige Erkundungsfahrten durch Frankreich! Clochemerle Suche! Mit ihm, dem Mann, der sie so fesselte! Was würden sie alles gemeinsam sehen und erleben können! Bald dürfte sie mit ihm ganz alleine viele Tage und viele lange Nächte verbringen. Sie konnte es noch nicht fassen.

Sie würden keine Angst haben müssen, dass jemand sie überraschen könnte, sie müssten sich nicht verstecken. Sie könnten Hand in Hand das Land erkunden, könnten sich auf offener Straße küssen, wenn ihnen danach war, könnten sich lieben so oft und so lange sie Lust dazu hatten! In ihren Heimatorten mussten sie ja immer Vorsicht walten lassen, mussten ja immer auf der Hut sein, dass niemand sie erkannte und seine Schlüsse zog, und diese umgehend genüsslich weiter erzählte, bis sie schließlich auch Andreas Frau erreichen würden.

Die Gesetze waren noch so, dass eine Scheidung praktisch nur möglich war, wenn man dem Partner Betrug nachweisen konnte. Der untreue Partner war dann vor Gericht der allein Schuldige, mit allen Konsequenzen bezüglich Unterhalt für Frau und Kind und Umgangsrecht mit seinem Kind. Andreas hatte Lisa das erklärt, sie hatte es akzeptiert, nichts hinterfragt. Ihr war es recht. Sie sprachen nie über Scheidung. Es gab keine Veranlassung. Andreas wollte keine Trennung von seiner Frau und Lisa suchte gar keinen Mann fürs Leben, wollte sich nicht fest binden, dachte nie ans Heiraten. Sie war jung, verliebt, unbekümmert und wollte ihr Leben genießen. Ehemann oder gar Kinder, was waren

158

denn das für seltsame Gedanken für eine Studentin, die ja gerade mal eben der allzu behüteten Zeit im Elternhaus entschlüpft war. Dass Andreas aber vorsichtig sein musste, war einleuchtend für sie und so hielt sie sich daran.

Irgendwie machte dieses Versteckspiel ihre Verbindung enorm spannend, machte sie zu etwas ganz besonders Wertvollem, kettete sie immer enger aneinander und sorgte dafür, dass nie Langeweile aufkam. Manche ihrer Erlebnisse hätten bestimmte Regisseure zu sensationell witzigen Filmen verhelfen können. Allerdings hätten die Zuschauer im Kino später vermutlich gesagt: „Ach, herrje, da hat er aber ganz schön übertrieben!"

Nun, neben aller Spannung, die Tarnungsspiele und Versteckspiele so mit sich brachten, war auch die Aussicht, unendlich viele Stunden ganz ohne Vorsicht miteinander verbringen zu dürfen, enorm attraktiv. Lisa konnte ihr Glück kaum fassen.

Langsam ordnete sie ihre Gedanken. Ihr Gesichtsausdruck wäre einem heimlichen Beobachter nun unter Garantie als reichlich dümmlich vorgekommen, so selig strahlte und grinste sie. Sie durchdachte den Vorschlag, oder war das eher ein Befehl gewesen? Egal, solche Befehle ließ sie zu gerne zu. Je mehr sie sich diese Reise erträumte, desto heftiger klopfte ihr Herz. Sie konnte sich gar nicht recht vorstellen, was auf sie zukommen würde. Traute sich gar nicht, es genauer auszumalen, aus Angst, es würde dann nie wahr werden. Bald schon gluckste sie aber Freudentöne, summte ein Lied und strampelte auf ihrem Bett wie ein Kleinkind mit den Beinen. Die vierzehn Tage, die Andreas unterwegs war, würde sie spielend überstehen. Sie hatte ja ihre Arbeit, musste nebenher fürs Studium lernen und sie hatte ihre Vorfreude, die ihr die Zeit wie im Flug vergehen lassen würde.

Ihre Eltern hatten nichts gegen diese Reise. Sie waren überzeugt davon, sich auf Andreas verlassen zu können. Das war ein sehr sympathischer, zuverlässiger und anständiger junger Mann mit gutem Beruf und gutem Benehmen. Dass er ein nicht gar so kleines Geheimnis hatte, darauf wären sie nie gekommen.

Gut, dass Lisa und Andreas sie noch nicht eingeweiht hatten. Wer weiß, was dann geschehen wäre, wie dann alles weiter gegangen wäre? Hätte ihre Liebe bestehen können?

Lisa ist heute noch überzeugt, dass in ihrem Leben geheimnisvolle Zauberkräfte eine Rolle gespielt haben. Warum sollte es nicht Feen geben, die sie umschwirrten? Was konnte es schaden, sich deren Existenz vorzustellen? Die guten Feen, die für sie beide zuständig waren und offensichtlich streng über sie wachten, waren kluge Lebensplaner. Sie steuerten sie auf ihren Wegen. Feen sind sehr erfahren, haben den Überblick über die Geschehnisse auf der Erde, wissen eben Bescheid, welcher Mensch zu welchem anderen gehören sollte. Feen sehen das große Ganze, regen sich nicht über kurzfristige Zwischenereignisse auf, haben Geduld. Ihre Aufgabe ist es, dafür zu sorgen, die Menschen dazu zu bringen, ihrem Glück die richtigen Chancen zu geben, ihrem Schicksal zu gehorchen.

Bei Lisa und Andreas gelang ihnen dies trotz mancher Umwege perfekt.

Schon bald begannen Lisas Vorbereitungen für diese erste von vielen aufregenden Reisen, die Andreas und sie im Laufe der folgenden Jahre noch unternehmen sollten.

Die letzten Arbeitswochen beim Zoll vergingen tatsächlich wie im Flug, sie hatte so viel zu planen, ihre Vorfreude wuchs von Tag zu Tag!

Als dann das Telefon eines Morgens schellte und Andreas fröhlich verkündete, er sei wieder im Lande, habe seine Familie gesund und munter ausgeladen und werde nun in ein paar Stunden am Bahnhof stehen, um Lisa in Empfang zu nehmen, da war Lisa in kürzester Zeit reisefertig und erwischte den nächsten Zug, der sie zu ihrem Liebsten bringen würde.

Lisa öffnet die Augen. Wieder hatte der Spiegel ihr Erinnerungen geschenkt, die sich seit langem irgendwo in den Weiten ihres Gedächtnisses verirrt hatten. Dankbar lächelt sie ins Spiegelglas und in ihre eigenen Augen. Sie freut sich auf den nächsten Tag, freut sich auf die nächsten Erinnerungen.

****

Frankreich, wir kommen!

Lisa kann es kaum erwarten, schon früh am Abend setzt sie sich auf ihren Kuschel - Sessel vor den Zauberspiegel und ist gespannt, welche Erinnerungen er heute für sie entschleiert. Die erste Ferienfahrt mit Andreas nach Frankreich, diese unglaublichen Wochen mit ihm, möchte sie so gerne noch einmal in ihren Gedanken erleben. Wieder zeigt sich, wie gut der Spiegel sie doch kennt, wie verständnisvoll er doch ist!

Und schon wird sie entführt. Die silbern schimmernde Oberfläche beginnt zu flirren, verschwimmt vor ihren Augen.

Sie sieht mit Getreide bestellte Felder, sie sieht Wiesen, auf denen Tiere herumtollen, Gras rupfen oder einfach liegend vor sich hin dösen, sie sieht Häuser und Gärten an sich vorbei ziehen und spürt das Rattern der Räder eines recht altersschwachen Zuges unter sich. Sie empfindet wie damals: die gleiche Nervosität, die gleiche Ungeduld, die gleiche Angst, die gleiche Vorfreude, das gleiche Kribbeln im Bauch.

Warum nur hielt diese Bimmelbahn so oft? Warum musste sie buchstäblich an jeder Milchkanne Station machen? Selbst dann, wenn nur einzelne oder gar keine Menschen am Bahnsteig standen? Warum diese minutenlangen Aufenthalte? Konnten die Passagiere sich nicht beim Aus- bzw. Einsteigen etwas sputen? Warum nur fuhr dieser Zug zwischen den einzelnen Stationen derartig langsam? Das konnte man nicht mehr als Fahren bezeichnen, nein! Das war ein mühevolles Dahinkriechen. Sekunden und gar Minuten dehnten sich endlos aus, schienen gar nicht vergehen zu wollen. Das Blümchen Pflücken ist während der Fahrt verboten! Das weiß doch jeder! Warum also diese Trägheit? Konnte der Lokführer nicht ein bisschen mehr Gas geben? Sie hasste den Zug, der sie so quälend langsam zu Andreas brachte, dankte der Bahn aber gleichzeitig, denn schließlich würde dieser Zug sie ja tatsächlich zu Andreas bringen. Ihre Gefühle spielten in wildem Hin und Her Pingpong.

Von Himmelhochjauchzend bis zu Tode betrübt, das sind die Gefühle des Sturm und Drang, das sind die Gefühle der Jugend, besonders die der jungen Verliebten. Das hatte sie im Deutsch Unterricht lernen müssen. „Willkommen und Abschied", dieses Goethe Gedicht kam ihr in den Sinn. So recht hatte sie es früher als gelangweilte, ziemlich unaufmerksame Schülerin nicht verinnerlichen können. Wie viele Gedichte waren ihnen aufgezwungen worden? Und noch'n Gedicht, und noch'n Gedicht und noch eines und schon wieder eines. Eines nach dem anderen musste bis in die letzte Zeile, bis ins letzte Wort oder im Extremfall sogar bis auf den einzelnen Buchstaben oder das letzte Komma auseinander gerupft werden, um den angeblich tief in ihm verborgen schlummernden Sinn zu offenbaren. Gründlicher konnte man kein Gedicht zerstören und die Gefühle und die Stimmung, die sie hätten übertragen können, zuschütten. So gelang es aber fast perfekt, Schülern jeglichen Spaß am Lesen von Gedichten auszutreiben. Warum hatten ihre Lehrerinnen nicht den Mut zur Lücke gehabt und auf allzu viele Formalien verzichtet und so ein Gedicht einfach ab und zu kommentarlos wirken lassen?

Jetzt, einige Jahre später, in diesem Zug, da mit einem Mal machte es Klick und Lisa spürte ganz intensiv die Botschaft dieses Gedichtes. Jetzt war sie selber auf dem Weg zu ihrem Geliebten. „Es schlug mein Herz. Geschwind zu Pferd!" So schrieb der junge, wieder einmal total verliebte Goethe. Und Lisa musste kichernd feststellen, dass sicher jeder alte Ackergaul schneller als dieser lahme Zug war.

„Ein Königreich für ein Pferd!" Wer hatte diesen Deal eigentlich einmal angeboten? Ach, ja, dieser Ausruf stammt ja von Richard III, wie William Shakespeare im gleichnamigen Drama zumindest behauptet. Schon klasse, was ihr so alles in den Sinn kam. Sie war erstaunt, doch einiges aus dem Unterricht behalten zu haben. Aber sofort wurde sie wieder auf den Boden der Tatsachen geholt:

Mist, sie konnte ja gar nicht reiten, sie hatte sogar Angst vor Pferden. Samtige Pferdenasen streichelte sie gerne, solange diese Tiere hinter Zäunen standen, aber dichter mussten sie nicht an sie heran kommen. Was sollte sie also jetzt mit einem Pferd? Und woher sollte sie ein Königreich zum Tausch nehmen? Ihre Königreiche gab es nur in ihrer Fantasie, gehörten ganz alleine ihr, waren keine tauschbaren Güter. Blöde Gedanken, die mit dem Pferd und dem Königreich! Ihr blieb doch nur der Zug.

Aber sie bereute jetzt, im Unterricht nicht besser aufgepasst zu haben. Schade, sie konnte das Gedicht nicht auswendig. Dabei würde sie es nun zu gerne leise rezitieren. Sie war genau in dieser Stimmung wie der junge Goethe damals. Jetzt verstand sie seine Unruhe und Ungeduld auf dem Weg zur Geliebten. Jetzt könnte sie mit ihm zusammen jubeln: " welch Glück, geliebt zu werden! Und lieben, Götter, welch ein Glück!" Wie fantastisch hatte dieser Mann vor zweihundert Jahren seine Gefühle dargestellt! Endlich begriff Lisa, was die Lehrerin gemeint hatte, als sie von „zeitlos" gesprochen hatte. Ja, diese Gefühle waren ohne Zweifel zeitlos. Diese Lehrerin selbst hatte auch eines Tages ihre Sturm und Drang Zeit empfunden. Allerdings erst im reiferen Alter, als Lisa bereits die Schule hinter sich gebracht hatte. Das bewies, diese Empfindungen sind nicht nur zeitlos, sie sind auch alterslos.

Schade, nun war Lisa keine Schülerin mehr und konnte den schwachen Eindruck, den sie einst bei ihrer Lieblings Deutsch Lehrerin hinterlassen hatte, nicht mehr revidieren, konnte nicht mehr beweisen, dass sie nun tatsächlich auch einmal den vollen Durchblick hatte.

Sie dankte der Schule insgeheim, zumindest dieser Lehrerin. Es war also doch etwas dran an dem so oft gehörten Spruch: „nicht für die Schule, sondern fürs Leben lernt ihr hier in unserer Anstalt!"

Es war Sommer, es war heiß. Lisa erschauerte. Sie zitterte. Das lag sicher nicht an der Sommersonne, nicht an dem Fahrtwind, der durch die weit geöffneten Fenster hereinströmte. Nein, hier waren ganz andere Naturgewalten im Spiel. Ihre Gedanken überschlugen sich, wollten sich in keine vernünftige Ordnung pressen lassen.

Sehnsucht! Ungeduld! Aber auch wieder Angst! Würden seine Gefühle noch genauso wild und aufwühlend sein wie vor seiner Reise? Wären ihre Gefühle noch die gleichen wie vor vierzehn Tagen? Es konnte sich so viel ändern nach solch langer Trennungszeit. Hatte er auch solch Verlangen nach ihr, nach ihren Augen, nach ihren Worten, nach ihren Händen, nach ihren Lippen, nach ihrem Körper wie sie nach seinen Augen, seinen Worten, seinen geflüsterten Liebesschwüren, seinen Armen, in die man sich so hinein kuscheln konnte, die einem so viel Liebe und Geborgenheit vermittelten?

Vierzehn Tage allein mit Frau und Kind, dazu in Frankreich, in herrlicher Landschaft, bei flirrender Hitze, bei Wein und köstlichen Speisen! Oh, was hätte da alles passieren können! Wer weiß, was da tatsächlich alles geschehen war und ihn und seine Gefühle verändert hatte?

Lisa schreckte aus ihren Tagträumen auf. Die kreischenden Bremsen des Zuges hatten sie wieder in die Gegenwart zurück geholt und sie erkannte verblüfft, dass sie in den Ziel Bahnhof einfuhren, dass sie in wenigen Minuten alle Antworten bekommen würde.

Wie sie mit ihrem Gepäck aus dem Zug, aus dem Bahnhof zum Busbahnhof und dem dahinter gelegenen Parkplatz gestolpert war, wusste sie nicht mehr. Sie sah nur das bekannte Auto und den Mann, der sich lässig an die Fahrertüre gelehnt hatte und zu ihr schaute und winkte. Alle Zweifel zerstoben. Sie sah das strahlende Gesicht, sie spürte das Stechen in ihrer Brust, glaubte zu zerspringen, wusste aber dennoch, sie musste sich beherrschen. Hier in seiner Heimatstadt mussten sie sehr vorsichtig sein. „Feind" sah von allen Seiten mit. Die Welt ist wie ein Dorf, gerade wenn man es nie für möglich hält, trifft man auf Freunde und Bekannte, besonders an den unmöglichsten Orten.

Würden sie sich stürmisch in die Arme fallen und leidenschaftlich küssen, so wäre sicher irgendwo jemand, der Andreas erkannte und seine Beobachtungen zu gegebener Zeit, ganz zufällig natürlich und ohne böse Hintergedanken, ausplaudern würde.

Also näherte sich Lisa ihm so cool, wie sie es nur fertig brachte. Äußerlich ruhig, unaufgeregt, winkte sie ihm freundlich lächelnd zu, genau wie das eine lose Bekannte, die ihn zufällig traf, auch machen würde. Sie horchte in sich hinein. So musste sich ein schwabbelnder Pudding fühlen. Lisa, Lisa, wie weit war es mit dir gekommen? Hatte sie wirklich Knochen und Muskeln wie ein normaler Mensch? Was ließ sie nur so aufrecht gehen? Wer lächelte da mit ihrem Gesicht? Wer oder was hielt sie zurück und ließ sie nicht auf ihn zu rennen? Wer sprach mit dieser krächzenden, zitternden Stimme? Wer streckte brav eine Hand hin, um ihn zu begrüßen? Wer überließ ihm das Gepäck, um zur Beifahrerseite zu gehen und die Auto Türe zu öffnen? Wer plumpste wie ein nasser Sack auf den Sitz? Wer atmete da eigentlich für sie?

Erst als sie ihn neben sich sitzen sah, als sie ihn mit allen Sinnen wahr nahm, als er das Auto vom Parkplatz weg steuerte, als er Richtung Autobahn fuhr, als er eine Hand leicht auf ihr Knie legte, erwachte sie langsam wieder aus diesem tranceartigen Zustand. Wozu sollte sie jetzt auch weiter in ihren Gedanken herum taumeln? Sie realisierte endlich, dass wirklich er neben ihr auf dem Fahrersitz war. Er brauchte nicht viele Worte, um ihr klar zu machen, dass seine Empfindungen noch genauso waren wie vor seiner Reise. Auch er hatte diesem Wiedersehen entgegen gefiebert, hatte geglaubt, die Sehnsucht würde ihn zerreißen.

Eine Hand hielt er am Steuer, aber die andere streichelte sie bereits voller Begierde. Mannomann, die Reise begann erst. Sie hatten sich erst seit wenigen Minuten wieder. Sie hatten sich noch nicht wirklich begrüßen können. Sie mussten sich richtig begrüßen!

Wie sollten sie das aushalten bis zum nächsten Hotel? Das war noch sehr weit weg. Irgendwo in Frankreich wollten sie das erste Mal übernachten, so der Plan.

Sie hielten es nicht aus. Natürlich hielten sie es nicht aus! Irgendwann steuerte Andreas einen lauschigen Parkplatz an. Hier parkte außer ihnen niemand. Hier waren zudem Bäume und Sträucher, die sie vor neugierigen Blicken schützen konnten. Hier konnten sie sich endlich ausgiebig begrüßen. Viele Worte brauchten sie dazu nicht. Geflüsterte Koseworte, schnurren, piepsen, stöhnen: die Verständigung war perfekt.

Und so fuhren sie dann später ruhiger und weniger gierig weiter. Lisa hatte den Kopf auf seinen Schoß gelegt. Unter sich spürte sie seinen warmen Körper, direkt neben ihrem Gesicht sah sie das Steuerrad und etwas weiter darüber sein Gesicht. Sie unterhielten sich, sie lachten, sie alberten herum. Er sah sie immer wieder liebevoll an. Seine rechte Hand streichelte sie. Nur wenn er schalten musste oder die Situation auf der Straße seine Konzentration voll verlangte, nahm er beide Hände ans Lenkrad. So fuhren sie munter in raschem Tempo ihrem Ziel entgegen.

Wie gut, dass es noch keine Sicherheitsgurte gab! Wie hätte Lisa das sonst anstellen sollen, sich so hin zu legen? Sie hätte sich unweigerlich stranguliert und Fesselspiele waren nicht ihr Ding, nein, darauf stand sie nun wirklich nicht. Dass es nicht ganz gefahrlos war, auf dem Schoß des Fahrers zu liegen, während man mit recht hoher Geschwindigkeit über die Autobahnen flitzte, bedachten sie nicht eine Sekunde. Was sollte ihnen denn schon passieren? Hatte Goethe bei seinem nächtlichen wilden Ritt durch Wiesen und Wald etwa Angst vor einem Zwischenfall gehabt? Laut seiner Aussage stellten sich ihm durchaus Hindernisse in den Weg und seine Fantasie spielte ihm manchen Streich, so dass er in der Dämmerung und im nächtlichen Wald bedrohliche Gestalten zu entdecken glaubte. Doch nichts hatte ihn abhalten können, wie ein Besessener zu seiner Liebsten zu eilen.

Wie Goethe seinen rasanten Ritt, so genossen sie ihre rasche Autofahrt. Und sie waren mindestens so verliebt wie der junge Mann einst, als er auf seinem Pferd durch die einsame Landschaft preschte.

Und trotz der Autofahrt, die nach aktueller Überzeugung unglaublich leichtsinnig und gefährlich war, weil ohne vom Hersteller oder Staat und Gesetz besonders gut durchdachter Sicherheitsvorkehrungen, ohne Geschwindigkeitsbeschränkung, ohne Sicherheitsgurte, ohne Airbags ohne warnendes Piepen an im und ums Auto herum, dafür mit umso mehr Ablenkungen und viel Spaß, kamen sie gesund und munter vorwärts und an ihre jeweiligen Ziele. Ihr Schicksal hatte es nicht vorgesehen, dass ihnen Böses geschehen sollte. Sie mussten noch so viel erleben, sollten immer wieder neue Abenteuer unbeschadet bestehen!

****

Männer und ihr Jagdtrieb

Andreas war der geduldigste und verständnisvollste Mann, normalerweise, ja, normalerweise, meistens, ja, meistens, eben für gewöhnlich so lange, wie ihm nichts bzw. niemand im Wege stand, sein fest eingeplantes Ziel zu erreichen. Und so lernte Lisa gleich an diesen ersten Tagen eine Seite an ihm kennen, die ihr bislang unbekannt gewesen war. Er mutierte in Sekundenschnelle zu einem Mann, der kaum noch ansprechbar war, der einen fast starren Blick bekam, der sich voll auf sein Auto und auf die Straße konzentrierte, der sich nicht mehr ablenken ließ. Was nur hatte diese Verwandlung hervorgerufen? Das Geheimnis blieb nicht sehr lange ein Geheimnis, da Andreas es schon bald lüftete. Seine Stimme klang angespannt, war eine Mischung aus Wut und Angst. Und so erfuhr Lisa, dass ihr Liebster absolut keinen Spaß verstand, wenn er befürchten musste, nicht rechtzeitig um zwölf Uhr mittags, seinem persönlichen High Noon, in einem von ihm unter strengsten Kriterien ausgesuchten bestimmten Restaurant einzutreffen.

Erst erschrak Lisa vor diesem „Fremden" neben ihr, dann, nach seinem Geständnis, lachte sie in sich hinein, verhalten, leise, möglichst unauffällig, schaute dabei aus dem Seitenfenster, als bewundere sie die Landschaft. Sie kannte ihn ja noch nicht so genau, wusste nicht, wie er reagieren würde und wollte ihn nicht noch mehr aufregen. Lange hielt sie das nicht durch, schielte vorsichtig zu ihm hinüber, erkannte sein freches Grinsen und konnte ein Glucksen nicht mehr unterdrücken. Aha, so schlimm war es also doch nicht mit seiner Stimmung. Sie sahen sich an und mussten beide herzlich lachen. Die gute Laune änderte allerdings nichts daran, dass Andreas sein Ziel fest vor Augen hatte und gewillt war, alles zu unternehmen, um das Restaurant spätestens um zwölf erreicht zu haben.

Les Échets, ein winziger Ort kurz vor Lyon, direkt an der Route Nationale Nummer 7 gelegen, eine Autobahn gab es in dieser Region noch nicht, war damals - und ist es vielleicht heute noch - nur bekannt durch seine drei Spezialitäten Restaurants. Aber diese drei Restaurants waren jedem Gourmet, der im Umkreis von Lyon lebte bzw. der, so wie Andreas seinen „Michelin France" und weitere Restaurant Führer das ganze Jahr über ausgiebig studierte, ein Begriff, und was für ein Begriff! Dieses Les Échets war ein Geheimtipp, zugegeben, inzwischen nicht mehr ganz so geheim. Selbst in der Stadt Lyon und um sie herum gab es, außer vielleicht dem vom berühmten Spitzenkoch Bocuse, kein besseres Restaurant. Vielleicht gab es welche, die mehr Löffel aufwiesen als diese hier, die viel teurer waren und auch andere Spezialitäten anboten, aber für Andreas waren diese drei die attraktivsten. Viel mehr als diese drei völlig unscheinbar aussehenden Häuser hatte der Ort Les Échets auch nicht aufzuweisen. Von außen waren die bewussten Häuser nur beim genaueren Hinschauen als Restaurants zu erkennen. Sie wirkten wie alte Bauernhäuser, urig und gemütlich, aber nur beim genaueren Hinsehen, besser noch beim Testen, konnte man erkennen, was sie tatsächlich zu bieten hatten. Besondere Werbung brauchten sie nicht, sie waren eben ein bekannter Geheimtipp.

Lisa war der Ort nicht bekannt. Das lag nun nicht nur an ihren mangelnden geografischen Kenntnissen, sondern einfach daran, dass sie sich mit Restaurants im Allgemeinen und denen in Frankreich im Besonderen überhaupt nicht auskannte.

Andreas war in dieser Beziehung völlig anders. Er kaufte jedes Jahr den aktuellen „Michelin", den Restaurant und Hotelführer für Frankreich. Schon früh hatte er Lisa bestimmte Lebens Weisheiten kundgetan. So hatte sie staunend erfahren, dass man eigentlich nur drei Bücher lesen müsse, die aber sehr sehr gründlich und immer wieder. Das wichtigste war natürlich der „Michelin", um stets aufs Beste über kulinarische Aspekte des Lebens informiert zu sein.

Die anderen zwei Bücher waren „Der Graf von Monte Christo" und „Die Schatzinsel". Laut Andreas konnte man aus diesen beiden alles, aber wirklich alles Wichtige fürs Leben lernen. Natürlich hatte Lisa beide auch in ihrer frühestens Jugend verschlungen, weil sie so spannend und aufregend gewesen waren. Dass sie dabei etwas für ihr Leben gelernt hatte, hatte sie gar nicht bemerkt, wie sie nun amüsiert feststellte. Und der Michelin war ihr tatsächlich entgangen, obwohl sie ja nun wirklich eine Leseratte war. Auch in Zukunft überließ sie nach kurzen Einblicken dessen Lektüre dem kundigen Experten Andreas. Ihre schüchternen Vorschläge, wo sie als nächstes einkehren könnten, wurden ohnehin immer nur belächelt und abgewiesen. Er wiederum konnte sich stundenlang eingehend mit den kleinsten Details beschäftigen und Pläne schmieden. Regelrechte Restaurant Routen erschuf er so für sich und jetzt auch für Lisa.

Und nun also waren sie auf direktem Weg zur Futterquelle, die Mittagszeit nahte unweigerlich irgendwann, wehe, jemand funkte jetzt dazwischen und gefährdete Andreas Vorhaben, einen schönen Tisch zur Mittagszeit zugewiesen zu bekommen.

Dieser spezielle Tag, den der Spiegel nun hervorzaubert, begann völlig harmlos.

Am Abend zuvor hatten sie in einem sehr schicken First Class Hotel in Belfort – oder war es Besançon gewesen? - ein Zimmer gebucht. Lisa fühlte sich wie in einem Traum. Noch nie in ihrem Leben hatte sie in solch einem Luxushotel übernachtet, ja, eigentlich hatte sie überhaupt nur äußerst selten als Kind mit ihren Eltern in Hotels übernachtet. Das waren dann aber sogenannte gut bürgerliche Häuser mit sauberen, einfachen Zimmern und gut bürgerlicher Küche gewesen, nicht zu vergleichen mit einem Hotel der Kategorie Sofitel oder Mercure. Sicher gab es weitaus mondänere Hotels, aber für Lisa war dieses hier Luxus pur. Das Ritz in Paris zum Beispiel kannte sie ja noch nicht, ebenso wenig das Vierjahreszeiten in Hamburg, und diese protzigen Paläste in Dubai gab es noch nicht, zumindest hatte Lisa nie davon gehört, also hatte sie nur eingeschränkte Vergleichsmöglichkeiten. Doch selbst nachdem sie Jahre später andere Luxushotels kennen lernte, sieht sie bis heute Häuser der Gruppe Sofitel und Mercure immer noch als ideal an, sie zeigen dezenten, sehr angenehmen Luxus, keinen aufdringlich übertriebenen, wie er hauptsächlich überspannte Menschen, Neureiche und Superreiche begeistern kann.

Lisa fühlte sich wie eine verwöhnte Prinzessin, ihr Prinz hatte genau ihren Geschmack getroffen, hatte gewusst, was sie beide begeistern könnte, und um alles perfekt zu arrangieren, hatte er beim Zimmer Service Leckereien wie Erdbeeren, Champagner und köstliches Gebäck dazu bestellt. Sie erlebten eine aufregende Nacht in diesem riesigen, wunderschönen Zimmer, das dazu über ein traumhaftes Bad verfügte.

Viele Jahre später sah Lisa den Film „Pretty Woman". Wen wundert es da, dass der zu einem ihrer ausgesprochenen Lieblingsfilme wurde? Sieht nicht Richard Gere ihrem Andreas von damals sogar ähnlich? Na, ja, nur ein bisschen, so ein ganz kleines Bisschen. So wohlhabend wie dieser Geschäftsmann war Andreas sicher nicht einmal annähernd, und ein Geschäftsmann war er auch nicht, schon gar nicht so einer, der davon lebte, andere Menschen zu übervorteilen und aus deren Unglück großes Kapital zu schlagen. Diese Welt war ihrem Andreas immer fremd und blieb ihm und ihr zeitlebens fremd. Das Hotel im Film war zwar noch etwas luxuriöser, hatte aber durchaus Ähnlichkeit und hätte in etwa das von damals gewesen sein können. Natürlich hatten sie keine Penthouse Suite zur Verfügung, sondern nur dieses eine elegante Zimmer mit fantastischem Bad dazu. Ob der Regisseur heimlich in ihr Zimmer geschaut hatte und daher für seinen Film auch Erdbeeren, Champagner und Knabbereien in die Suite liefern ließ? Ob er dann ihre heiße Liebesnacht und schließlich den Anfang der gemeinsamen Zukunft entsprechend eingebaut hat? Wer weiß? Auf jeden

Fall konnte er mit dieser Geschichte ein Millionenpublikum begeistern und zu Tränen rühren. Und Lisa entführt er jedes Mal zurück in „ihr" Sofitel, wenn sie die nächste Wiederholung im Fernsehen anschaut. Zu schön, dass es immer wieder diesen Filme zu sehen gibt!!!

Auch die schönste und aufregendste Nacht ist einmal zu Ende, sei es im Film, sei es in der Realität. Und so aßen Lisa und Andreas am Morgen danach noch ein kräftigendes Frühstück und fuhren schließlich satt, zufrieden und gemächlich auf der Route Nationale weiter durch das schöne Frankreich und genossen die abwechslungsreiche Landschaft, die rechts und links an ihnen vorbeizog.

Felder mit Mais, Felder mit blühenden Sonnenblumen, Felder mit Kohlköpfen und Salaten und anderen Feldfrüchten, wechselten sich ab mit saftig grünen Wiesen, auf denen Tiere grasten und durch die sich Bäche schlängelten. Abschnitte mit wunderschönen alten Bäumen, oft dicht bewachsen von Mistelbüschen trennten Felder und Wiesen von einander. Felder mit Sonnenblumen und Maispflanzen waren im Nordwesten Deutschlands zu der Zeit völlig unbekannt. Sie begeisterten Lisa. Zumal oft neben den Feldern große scheunenartige Gebäude standen, in denen Tausende gelber Maiskolben kopfüber zum Trocknen aufgehängt waren. Sie leuchteten schon von weitem und glänzten in der Sonne wie pures Gold. Noch befanden sie sich nicht in der Provence, dennoch erinnerte sie schon manches an die Bilder von van Gogh, von Monet, von Manet, von Cézanne und die anderer französischer Impressionisten, Bilder die sie beide immer schon, lange bevor sie sich kannten, so wunderschön fanden.

Sie diskutierten über tausend Themen, sie streichelten und küssten sich, sie alberten herum, plapperten wie verliebte Teenager durcheinander. Sie waren unbekümmert, als seien sie alleine auf der Erde. Doch dann geschah es:

Ein Blick auf die Uhr ließ Andreas zusammenfahren, als käme ihm Schreckliches in den Sinn. Es war schon zehn Uhr. In zwei Stunden wollte er seinen Tisch im Restaurant in Les Échets erobert haben. Auf die Idee, dort telefonisch vorzubestellen, kam er nicht. Im Ausland, als völlig unbekannter Gast in einem Restaurant in fremder Sprache einen Tisch vorzubestellen, das erschien sogar ihm, der sonst keinerlei Hindernisse akzeptierte, wohl undurchführbar, was ganz klar an der Sprachbarriere lag. Er hörte zwar ausnahmslos französische Sender, hauptsächlich wegen der Musik, aber auch um Wetterberichte und Nachrichten aus der Provence und von der Côte d'Azur verfolgen zu können. Er war sprachbegabt, hatte Französisch nie in der Schule angeboten bekommen, aber im Laufe der Zeit einiges im Radio gehört, kombiniert, sich zusammengereimt und so auch behalten.

Er verstand inzwischen sehr viel, aber selber sprechen war dann doch wieder eine ganz andere Herausforderung, die Vokabeln und Grammatik erforderte. Lisa hatte jahrelang in der Schule Französisch gelernt, doch hatte keinerlei Übung in Bezug auf echte Konversation, wie man sie im alltäglichen Leben eben benutzte und benötigte. Außerdem war sie viel zu schüchtern, um ihm vorzuschlagen, sie könne die Reservierung übernehmen. Wie sollte sie auch. Offizielle Dinge regeln, das ging ja schon schwer genug, wenn sie jemandem direkt gegenüber stand. Und dann erst in einer fremden Sprache! Undenkbar! Sprecher im Radio oder gar Songtexte verstand sie nur selten. Am Telefon hatte sie noch größere Probleme, Franzosen zu verstehen. Sie sprachen nicht unbedingt Lisas mühevoll erlerntes Schulfranzösisch und für besonders klare Aussprache oder besonders langsames Sprechen waren sie auch nicht bekannt. Also hielt sie sich zurück und vertraute auf Andreas. Der würde das schon alles regeln. Es war so schön, wieder einmal alle Verantwortung abgeben zu dürfen und nichts selbst entscheiden zu müssen. Und verhungern würden sie vermutlich auch nicht. Ihr war ohnehin egal, wo sie schließlich landen würden. Die Hauptsache war doch, dass sie zusammen waren.

Viele Kilometer lagen noch vor ihnen. Nicht auf einer Autobahn, sondern auf dieser relativ schmalen Landstraße, deren Erbauer wohl Achterbahn Fans gewesen waren, denn diese Straße bestand aus langen Strecken mit hügeligem, wellenartigen Verlauf. Das sah fantastisch aus, wenn man angebraust kam und den Blick auf diese Straße hatte, die vor einem in sanftem Gefälle in ein Tal hinab führte, das sich in der Ebene ausbreitete. Man konnte den Straßenverlauf kilometerweit überschauen, er war schnurgerade, praktisch ohne Kurven, aber mit vielen Erhebungen, wirkte wie der Blick über kräftige Meereswellen.

Das mochte ja den ein oder anderen Franzosen in seinem alten Peugeot oder seiner klapprigen Citroen Ente zum gemächlich Fahren veranlassen, nicht aber einen Andreas, der sein Restaurant vor Augen hatte, der zum Jäger mutierte, sein Wild in der Ferne bereits witterte, und es vor seinem inneren Auge ins Visier nahm.

Warum eigentlich musste er so früh dort eintreffen? Nun, eine allgemeine Unsitte, sowohl in Frankreich als auch in Deutschland war es, dass man ohne vorherige Reservierung mittags nur bis kurz nach zwölf die Chance hatte, einen schönen Tisch zugewiesen zu bekommen. Und das auch nur eventuell. Offensichtlich musste man auch noch einen guten Eindruck machen, also zum Restaurant passen. Touristen, die nach Pommes mit Mayo verlangten, waren nicht so gerne gesehen. Ihnen wurde in den meisten Fällen von der Patronne freundlich bedauernd mitgeteilt, alle Tische wären schon vorbestellt und leider nicht mehr zu haben.

Traf man etwas später ein, wurde man in den meisten Fällen ebenso gnadenlos abgewiesen, denn dann waren tatsächlich alle Plätze belegt. Wer in Frankreich Wichtigeres zu tun hatte, als mittags pünktlich zu seinem Restaurant zu kommen, der hatte sich auch keinen Tisch verdient. So war das eben. Man musste Prioritäten setzen. Hatte man aber erst seinen Tisch erkämpft, dann konnte man absolut sicher sein, man wurde erstklassig verwöhnt und konnte endlos lang sein mehrgängiges Menu genießen. Wen wundert es da, dass von Ort zu Ort hetzende Touristen, die nur schnell ihre Schnitzel verschlingen wollten, um dann zum nächsten Ziel zu jagen, nicht gerne als Gäste gesehen waren.

Jeder Koch eines solchen Hauses setzte sein ganzes Können darin, Köstlichkeiten zu kreieren. Was gab es Schöneres für ihn, wenn die Gäste ihn und das gesamte Restaurant abschließend begeistert lobten?

Andreas kannte sich bestens aus, er wusste Bescheid über diese Geheimnisse. Mehr als einmal sollte es ihm nicht passieren, abgewiesen zu werden, das hatte er sich geschworen. Und um dieses Ziel zu erreichen, war ihm fast jedes Mittel recht, er duldete keine Störung, wehe, jemand würde sich ihm in den Weg stellen! Selbst eine noch so große Verliebtheit konnte ihn da nicht von seinem Weg abbringen. Es war nicht der Hunger, der ihn so beflügelte, nein, es war ganz alleine dieser Jagdtrieb. Das Gefühl, ein anderer könne ihm seinen Platz streitig machen!! Schreckliche Vorstellung für ihn! Das muss wohl in den Genen mancher Männer stecken. Da haben sie sich ihr archaisches Erbe strikt bewahrt. Sie waren eben immer schon Jäger und Sammler.

So jagte Andreas in halsbrecherischer Geschwindigkeit über diese Wellen Straße seinem und somit auch Lisas Ziel entgegen. Lisa hatte keine Zeit, direkte Angst zu verspüren, da sie es ausgiebig genoss, mit dem gut gefederten Auto über einen Wellenkamm nach dem anderen und wieder ins folgende Straßen Tal zu schießen. Der Magen schien dabei jeweils vor Freude im Bauchraum auf und ab zu hüpfen. Lisa schwebte zwischen Angst, Unwohlsein und grenzenlosem Spaß.

Sie hatte auch ganz schnell gemerkt, dass ihr sanfter Andreas gar nicht mehr sanft blieb, wenn sie ihn ermahnen wollte. Ist ein Mann auf der Jagd, so haben eben besondere Triebe ihre Priorität. Verhaltensforscher wie Konrad Lorenz, Eibl Eibesfeldt und Tinbergen haben dieses Verhalten untersucht und eine Hierarchie der Instinkte entdeckt. Was im jeweiligen Augenblick lebenswichtig ist, steht ganz oben auf der Verhaltensliste, alles andere wird untergeordnet. Welch

176

natürliche Eigenschaften hatte sich dieser Homo sapiens Andreas doch bewahrt! Wie einst die Höhlenmenschen, die ja gar nicht weit entfernt von Les Échets gelebt hatten, war auch er jetzt in diesem Taumel, dass es um sein Überleben und auch das seiner Liebsten ginge. Da musste ein Mann kämpfen. Keine Frage. Small Talk, Flirten, Lachen, Herumalbern, Streicheln, Grabbeln, ja, erst Recht aufwändigere Liebeshandlungen, alles wurde zu untergeordneten Verhaltensweisen. Nur noch die Fahrt zum Restaurant war von Bedeutung, war plötzlich mit dem Blick auf die Uhr und der zutiefst erschreckenden Erkenntnis, dass nur noch zwei Stunden Zeit blieben, der oberste Instinkt auf dieser Instinkte Hierarchie Pyramide geworden. Im inneren Navi klingelte nur noch die Alarmglocke mit dem unmissverständlichen Befehl:

„Les Échets / Zwölf Uhr / Les Échets! Restaurant! Los, fahr, was das Auto her gibt! Les Échets! Restaurant! Les Échets! Zwölf Uhr! High Noon!"

Und dort kamen sie dann auch schließlich ziemlich erschöpft an. Und wie vorauszusehen gewesen war, waren sie viel zu früh. Das machte aber nichts, zu früh, das war immer ok. So bestellte Andreas einen Tisch nach seinem Geschmack und auch gleich ein Zimmer zum Übernachten. Das Essen würde natürlich von einigen Gläsern Wein begleitet werden, das war klar. Hier gab es den wunderbaren Beaujolais. Danach noch große Autofahrten zu unternehmen, war nicht sehr ratsam, also war Übernachtung angesagt. Nachdem alles zur besten Zufriedenheit erledigt worden war, wurde Andreas wieder der begehrende, verliebte und stürmische Eroberer. Ja, vielleicht war er nun noch verführerischer, er strahlte diese zutiefst zufriedene Siegermentalität aus. Seine Jagd war in jeder Hinsicht erfolgreich gewesen. Nun konnte man beginnen, die Früchte seiner Taten zu genießen. Wie schön, dass es noch nicht zwölf Uhr war! Wie schön, dass sie noch Zeit für sich hatten! Wenn der Tisch bestellt war, durfte man sich ohnehin etwas mehr Zeit lassen, bis man sich zum Essen hin setzte.

So konnten sie noch rasch ihr Zimmer aufsuchen, sich frisch machen und sich aufeinander konzentrieren. Die Nacht war schon so lange her, sie mussten dringend erkunden, ob alles noch genauso schön wäre wie zuvor. Diese Zimmer in kleinen französischen Hotels faszinieren Lisa bis heute. Bettüberwürfe, Übergardinen, Tapeten an Wänden und Decken, alles aus gleich gemustertem Stoff bzw. Papier, alles über und über mit winzigen Blümchen, in allen Farben leuchtend, bedeckt. Alles etwas erdrückend, aber eben auch sooo französisch und damit soooo schön. Es erinnerte Lisa an die Puppenstuben in ihrem Puppenhaus aus der Kindheit, das ihr Opa ihr gebastelt hatte und dessen Wände, Fußböden und Möbel ihre Oma mit entsprechenden Blümchen Stoffen ausgeschmückt hatte.

Viel Zeit konnten sie sich nicht nehmen, also lagen sie bald ermattet und glücklich wie auf einer Wiese mitten zwischen diesen Hunderten von Blümchen und verspürten Hunger und Durst. Kam es noch von der rasanten Fahrt oder lag es am „Ausruhen" in diesem Zimmer, dass ihr Appetit so angeregt worden war? Man weiß es nicht. Auf jeden Fall saßen sie bald mit knurrendem Magen und voller Erwartung an ihrem Tisch beim Aperitif und dazugehörigem Knabberzeug.

Und hier aß Lisa zum ersten Mal in ihrem Leben Froschschenkel. Ganz dünne Beinchen, in Knoblauchbutter gebraten, eine Spezialität aus dieser Region. Als die Schale, in der die goldbraunen „cuisses de grenouilles" in heiß brutzelnder Butter schwammen, gebracht wurde, verteilte sich ein betörender Duft im Raum. Lisa schluckt noch heute bei dem Gedanken an den Geruch und Geschmack. Ganz zarte, kleine Schenkelchen, nicht Fleischpakete, wie sie sie später öfter sah, lagen verführerisch vor ihr. So zögerte sie auch kaum und knusperte diese Köstlichkeit hingebungsvoll in sich hinein. Die Knöchlein waren so zart, dass sie einige so weit abknabberte, bis sie verschwunden waren. Ein schlechtes Gewissen hatten sie beide wegen der Schenkelchen nicht. Andere Tiere wurden auch von Menschen gegessen. Sie genossen einfach nur.

Tja, so aßen sie weitere Leckereien und saßen hier bestimmt drei Stunden und ließen sich verwöhnen.

Nach diesem Erlebnis mussten sie erst einmal ein Weilchen im Zimmer auf ihrer Blumenwiese ausruhen. Danach erkundeten sie die Umgebung. Jetzt ging es auch auf die Suche nach Clochemerle. Von einem Dorf zum anderen fuhren sie, entdeckten viele schöne Dinge, aber Clochemerle blieb unauffindbar.

Am nächsten Tag ging es weiter Richtung Süden. Ihr Ziel war die Provence. Sie fuhren durch Montélimar, dem Ort des Nougats, dieses weißen Nougats, der aus einer schaumig aufgeschlagenen hellen Masse besteht, der zwar ganz anders als der in Deutschland bekannte schmeckt, den Lisa aber einfach köstlich findet. Die Hauptstraße kannte Lisa schon von den Fahrten mit ihren Eltern. Schon damals war sie so fasziniert von diesem Ort.

Die lange Hauptstraße, die fast den ganzen Ort ausmachte, war kunterbunt von tausenden Nougatstangen, und Nougatwürsten, die in glänzende Silberfolie gewickelt waren und mit bunten, flatternden Bändern geschmückt waren, flankiert. Wenn das nicht verlockend wirkte! Sie hingen alle unmittelbar am Straßenrand an großen Ständern und bewegten sich im Wind. Den Nougat gab es in jeder Form und Qualität und Größe. Lisa erzählte stolz von ihren Einkäufen, die sie mit ihrer Familie vor einigen Jahren hier getätigt hatte. Papa, der Naschkater, liebte das Zeug fast noch mehr als Lisa. Natürlich mussten auch sie beide anhalten und einkaufen, schon um feine Mitbringsel für die anderen zu Hause zu haben. Und dann ging sie weiter, ihre Reise, die für Lisa wie die Reise in eine verzauberte Welt war.

****

Der heimtückischer Brunnen am Fuße des
Mont Ventoux

Lisa hat gar keine Zeit mehr, in die Realität zurückzukehren. Sie taumelt gleich weiter, verlässt diese bunte Straße des kleinen Nougatortes Montélimar und schon sieht sie den Mont Ventoux, den „heiligen Berg der Provence" im Département Vaucluse vor sich. Er befindet sich etwa sechzig Kilometer von Avignon und hundert Kilometer von Marseille entfernt. Schon aus der Ferne erspäht man ihn von der Autobahn aus, denn er ragt mit seinem kahlen Gipfel weit über das umgebende flache Land. Freunden des Radsports ist er sicher bestens bekannt, da die Radler der Tour de France hier die 1912 Meter das ein oder andere Jahr auf der serpentinenartigen Bergstraße mühselig hinauf und auch wieder hinunter strampeln mussten und sicher auch heute noch müssen.

Andreas wies sie voller Stolz schon auf seine Silhouette hin, als er erst ganz weit in der Ferne zu erahnen war. Dieser Mann konnte ihr so vieles zeigen und erklären, das ihr bisher unbekannt gewesen war. Das fanden sie beide so unterhaltsam, so interessant, so spannend. Er erzählte ihr, dass dieser Berg schon bei den Kelten als heilig verehrt wurde, dass er auch auf ihn einen besonderen Zauber ausübte, weil er ihm zeigte, dass er nun sein Ziel „La Provence" fast erreicht hatte. Die Faszination des Berges hatte sicher nichts mit dessen klimatischer Eigenart zu tun, sie entsprach so gar nicht Andreas' Geschmack. Andreas suchte die Sonne, die Wärme, ja sogar die Hitze. Und diese Bergstraße, die zum Gipfel führte, ist von November bis Mai in vielen Jahren für Besucher gesperrt, da in ihren höheren Bereichen und auf der Bergspitze häufig bis in den Mai hinein Schnee liegt.

Bei diesem Gedanken schüttelte es Andreas. Schnee, allein schon das Wort, löste bei ihm Widerwillen, Schüttelfrost, ja, bestimmt sogar Allergien aus. Das behauptete er zumindest mit überzeugendem Gesichtsausdruck. Lisa entdeckte zwar weder Pickel auf seiner Nase noch erkannte sie Schnappatmung und sie sah ihn auch nicht zittern, aber bestätigte ihm lachend, dass sie ihm glaubte. Soweit kannte sie ihn schon. Denn schließlich hatte er ihr ja mehrfach von seinen vielen Reisen in tropische Länder vorgeschwärmt, hatte ihr überzeugend verraten, wie sauwohl er sich bei brütender Hitze am Strand unter Kokospalmen fühlte, wie er es liebte, im klaren und sehr warmen Wasser der Lagune zu liegen oder über Korallenriffen zu schnorcheln. Lisa und Andreas entdeckten immer neue Gemeinsamkeiten, verstanden sich immer mehr. Sie konnten sich beide stundenlang über diese Themen unterhalten, konnten über dasselbe lachen und sich über die gleichen Sachverhalte aufregen. Niemals langweilten sie sich mit einander. Im Gegenteil, Andreas weckte Wünsche in Lisa, mit denen sie sich bisher nie ernsthaft beschäftigt hatte. Und bald war sie voller Sehnsucht, wollte zu gerne auch einmal unter einer Kokos Palme liegen, nach oben in deren Wedel schauen, die von leichtem Wind bewegt wurden und wie gerne wollte sie ihrem Flüstern in der sanften Brise lauschen. Sie wollte auch einmal von diesen weißen Sandstränden geblendet werden, auch einmal die vielen frechen Krabben bei ihrer geschäftigen Höhlen Ausbuddelei beobachten, auch einmal diese Wunderwelt eines Korallenriffes schnorchelnd erkunden und auch einmal in dunkler Nacht den Sternenhimmel erleben, das Kreuz des Südens sehen und bewundern. Sie erinnerte sich an den von Andreas anscheinend so dahin gesagten Satz im Restaurant am Tag ihres Kennenlernens: „Ich nehme dich mit auf meine nächste Reise nach Ost Afrika", und mit einem Mal erschien diese Aussage gar nicht mehr so verrückt. So unwahrscheinlich musste das wirklich nicht sein. Dieser Mann scherzte eigentlich nicht, wenn er solche Versprechen gab. Für ihn war das offensichtlich nicht nur so dahin gesagt gewesen, sondern ein ernst gemeintes Angebot, ja, fast schon ein ernst gemeinter Befehl. Hatte Lisa nicht auch diese Reise nach Frankreich zunächst für unmöglich gehalten? Jetzt aber fuhren sie auf der Autobahn mit Ziel Provence und eventuell auch Côte d'Azur. Wieder einmal war es später Vormittag. Wieder einmal wurde Andreas zunehmend unruhig. Die Mittagszeit war ja wieder einmal nicht allzu fern und natürlich hatte Andreas wieder einmal ein bestimmtes Restaurant im Sinn, ein Restaurant, am Fuße des Mont Ventoux' in einem winzigen Dorf gelegen. Den Tipp, dass man dieses Restaurant unbedingt ansteuern müsste, weil man hier so unglaublich fantastisch essen könnte, hatte Andreas von einem Kollegen, einem absoluten Provence Fan und echtem Gourmet, bekommen. Solche Ratschläge musste man natürlich befolgen. Da gab es nicht die geringsten Zweifel. Undenkbar, an so einen Gourmet Tempel, der praktisch am Wegesrand lag, schnöde vorbei zu fahren.

Ohne Schwierigkeiten fanden sie dieses Restaurant. Schon von außen war es genau so, dass Andreas und Lisa sich hingezogen fühlten. Ein Haus, bewachsen mit Weinranken, die Straßenfront übersät mit Terrakotta Blumenkübeln, voll mit bunter Blütenpracht. Tische und Stühle schmiegten sich zwischen üppige Pflanzen. Oleander Büsche blühten, Feigenbäume trugen reife Früchte. Hier musste man ganz einfach einkehren. Und da sie wie immer sehr pünktlich vor zwölf Uhr mittags eingetroffen waren, bekamen sie einen schönen Platz zugewiesen. Sie bestellten ihren Apéritif, natürlich einen Ricard, was denn auch sonst, wenn man mitten in der Provence war. Genießerisch schlürften sie mit jedem Schluck den Duft der Provence mit ihren speziellen Kräutern, vor allem natürlich Anis, in sich hinein.

Sie waren überzeugt, die eingefangene Sonne zu schmecken und gaben sich dem echten Provence Feeling hin.

Sie beobachteten das Treiben auf der Straße, erkannten, wie malerisch dieser Flecken war. Nicht weit von ihnen entfernt befand sich offensichtlich der kleine Marktplatz, der in keinem Ort fehlen durfte, um den herum sich das dörfliche Leben abspielte. Große, alte Platanen spendeten rund herum angenehmen Schatten. In der Mitte des Marktes befand sich ein Brunnen. Der Brunnen hatte einen Durchmesser von höchstens zwei Metern und seine Außenmauer ragte nur etwa achtzig Zentimeter über den Erdboden. Hübsch sah er aus, bestand aus sehr hellem, gelb-beigen Gestein und fügte sich harmonisch in das Gesamtbild des Platzes mit den umgebenden Häusern ein.

Andreas und Lisa verspeisten ein köstliches Mehrgänge Menu. Der Kollege hatte nicht übertrieben. Es war ein kulinarisches Erlebnis in bildschöner Umgebung. Alles schmeckte so hervorragend, sie waren so glücklich, sie fühlten sich so wohl. Es war so heiß, sie waren so durstig. Zu jedem Gang eines Menus gehört ein besonderer Wein, wenn man das Essen vollkommen genießen will. Diese Weisheit ist jedem französischen Kind schon in die Wiege gelegt worden. Kein Franzose würde das je in Abrede stellen.

Und sie beide befolgten diese Regel absolut gewissenhaft. Nichts wäre schlimmer für sie gewesen, als sich als unwissende Deutsche zu outen, die gar nur Wasser und Cola tranken. Also leerten sie sicher nicht nur eine Flasche Wein. Klar, auch das frische kalte Wasser aus der Karaffe gehörte auf den Tisch. Man nippte auch hin und wieder daran, aber der volle Geschmack dieser Köstlichkeiten konnte sich nur mit dem dazu passenden Wein entfalten, das hatten sie verinnerlicht. In der Beziehung fühlten sie absolut französisch. Nach diesem herrlichen Mittagsmahl planten sie den Besuch des Mont Ventouxs.

Andreas startete seinen Wagen, diesen zuverlässigen Dienstwagen seiner Firma, und musste auf der engen Straße rangieren, um in die gewünschte Fahrtrichtung zu kommen. Er stellte die Automatik auf die Rückwärts Position und fuhr schwungvoll los. Und schon krachte und knirschte es. Sie guckten sich verdutzt an. Sie hatten kein Hindernis gesehen. Andreas war unmittelbar auf die Bremse gestiegen und sie öffneten vorsichtig die Autotüren, wollten kein zu großes Aufsehen erregen. Langsam stiegen sie aus und als würden sie etwas aus dem Kofferraum entnehmen wollen, gingen sie ohne Aufregung zu zeigen hinter den Wagen.

Da sahen sie dann den Übeltäter, der ihnen einen solchen Schrecken eingejagt hatte. Da stand doch tatsächlich dieser Brunnen, den sie erst kurz zuvor so bewundert hatten, stand direkt an ihrer hinteren Stoßstange bzw. er stand sogar etwas in dieser Stoßstange. Andreas hätte ja am liebsten diesem Brunnen die Schuld am Malheur gegeben. Wie konnte er da einfach mitten in seiner Fahrtrichtung stehen! Frechheit eigentlich! Pure Provokation! Er musste ihn ja genau treffen. Da dieser nicht sehr hoch war, hatte er ihn beim Rückwärtsfahren gar nicht sehen können. Andreas traf keine Schuld, davon war er völlig überzeugt. Ob der Wein vielleicht auch noch seine Wirkung gezeigt hatte? Das fragten sie sich natürlich besser nicht.

Der Schaden war nicht groß, der Brunnen stand noch, hatte keinen Kratzer. Er schien fast über den Vorfall amüsiert zu lächeln. Was konnte ihm so eine Blechkiste anhaben, ihm, der sicher schon seit Hunderten von Jahren hier stand. Hatten ihn nicht die Römer gebaut? Die wussten, wie man stabil baut. Da musste sich niemand Sorgen machen. Das Auto hatte etwas mehr gelitten, aber auch das war harmlos. Ein paar Kratzer, ein paar Schrammen, eine kleine Delle, na und? Im Dienst in Deutschland konnte aber auch so viel passieren, selbst wenn man ein Auto ganz korrekt am Straßenrand abgestellt hatte. Wie sollte Andreas wissen, wie es zu diesen Blessuren gekommen war? Man kannte das ja, der Schuldige meldete sich nie. Fahrerflucht etc.

Niemanden in den Restaurants und Cafés störte irgendetwas. Keiner rannte zu einem Telefon, um die Polizei zu verständigen. Solche Vorfälle gab es sicher öfter, wen interessierte das? Vermutlich kannte auch dieser Brunnen ähnliche Angriffe auf seine Mauern und ließ sie im wahrsten Sinne des Wortes einfach von sich abprallen. Kein Grund, sich aufzuregen oder gar Anzeige zu erstatten. Selbst kleine Auffahrunfälle waren so bedeutungslos, dass niemand sein Gespräch dafür unterbrochen hätte. Für die meisten Franzosen waren Autos reine Gebrauchsgegenstände, keine Status-symbole. Was machte da schon ein Kratzer oder eine Beule aus? Und so ein Brunnen würde noch mehr und auch noch stärkerer Buffe aushalten. Wozu also sich aufregen?

Dass Autofahrer das ein oder andere Glas Wein zu sich ge-nommen hatten, war ebenfalls ganz normales Verhalten und interessierte niemanden, schon gar nicht die Gendarmerie. Ja, damals war das so, heute gelten auch in Frankreich sehr strenge Regeln und Andreas und Lisa würden nun keinen Alkohol trinken, wenn sie noch Auto fahren müssten.

Personen waren nicht zu Schaden gekommen, daher setzten sich Andreas und Lisa ohne Eile wieder in ihr Auto und fuhren davon, dieses Mal vielleicht etwas aufmerksamer, so gut das eben ging. Kaum waren sie aus dem Dorf hinaus, mussten sie erst kichern, dann prustend lachen. Ein Erleb-nis, das man sicher nie vergessen würde!

Nun direkt die Bergstraße hoch zu fahren, erschien ihnen aber auch nicht so sehr ratsam, also suchten sie sich einen kleinen Seitenweg, umsäumt von mancherlei Gestrüpp und parkten das Auto, um nach ausgiebiger Schmuserei ein we-nig zu träumen und sich von allem zu erholen, vom Essen, vom Wein, vom Brunnen und von der Liebe.

Zirpen tausender Zikaden, Vogelgezwitscher, das Rascheln von schnell dahin huschenden Eidechsen, der Duft nach Lavendel, nach Rosmarin, nach Anis, nach Thymian, nach Blumen, all das umfing sie und wirbelte sie in einen sanften Schlaf.

Danach, erfrischt und voller Tatendrang, ging es hoch auf den Mont Ventoux. Andreas' Auto hatte ein Schiebedach. Welch fantastische Ausstattung, dachte sich Lisa und schon saß sie auf der Lehne ihres Sitzes und streckte ihren Kopf und Oberkörper aus dem Dach. Schließlich setzte sie sich ganz in die Öffnung und genoss mit allen Sinnen den Fahrt-wind, den Duft nach Blumen und Kräutern und den Blick auf die Serpentinen und die am Rande vorbeigleitenden Pflanzen. Andreas fuhr langsam, es sollte ja nichts passie-ren. Eine Hand hatte er am Steuer. Die andere Hand führte ein Eigenleben, war anderweitig beschäftigt. Näheres will Lisa jetzt nicht erörtern. Errötet sie nicht gerade bei dieser Erinnerung? Spiegel, Spiegel, was zeigst du nur alles? Und doch: War es nicht eine herrliche Zeit gewesen? Lisa lächelt und lässt sich weiter ziehen.

Je höher sie kamen, desto weniger Bäume und Sträucher wuchsen hier noch. Schließlich saß Lisa wieder brav auf ihrem Sitz. Sie hatte einen hochroten Kopf, sicher nur von der Hitze und dem Fahrtwind. Wovon denn auch sonst?

Aber eigentlich wurde es immer kühler, je höher sie kamen. Und oben angekommen, spürten sie eine empfindliche Kälte. Sie stiegen aus und liefen ein paar Schritte gegen kräftige Windböen an. Viel gab es hier oben direkt nicht zu sehen. Alles um sie herum war kahl, kein Baum, kein Strauch, kaum ein Grashalm wuchs hier. Aber der Ausblick entschädigte für alles, er war überwältigend. Die vor Hitze flirrende Provence breitete sich vor ihnen aus. Ja, sie meinten sogar, dort ganz weit in der Ferne das Meer zu erkennen. Und so fiel ihnen der Abschied vom unwirtlichen Berg nicht sehr schwer, sie brachen auf zum nächsten Ziel: Mouries, ein Dorf mitten in der Provence, in dem es einen verträumten Campingplatz mitten in einem Pinienwald, neben einem Olivenhain, gab. Hier war Andreas erst vor einigen Tagen mit Frau und Kind gewesen. Hier kannten ihn die Besitzer des Platzes seit Jahren. Was nur trieb ihn, nun mit seiner Lisa dort aufzukreuzen?

****

La Provence, mon amour

Lisa lehnt sich zurück. Das waren aufregende Erinnerungen. Wie dankbar ist sie für dieses wundervolle Leben. Das Leben war so schön! Das Leben ist immer noch so schön! Es ist etwas anders als in ihrer Jugend, aber anders schön. Die Verliebtheit wurde im Laufe der Jahre abgelöst von einer tiefen Liebe. Selbst Gewohnheit und manchmal sogar Langeweile, selbst Schicksalsschläge, selbst Tiefpunkte, die zum Leben dazu gehören, Sorgen, Stress, Streit, was auch immer, konnten nichts Ernstes ausrichten. Die Liebe und die Zufriedenheit sind wertvolle Geschenke, die man bis in die kleinsten Bereiche hinein auskosten muss. Genau das hat Lisa immer getan und wird sie wohl bis ans Ende ihres Lebens weiter tun, sofern sie die Möglichkeit dazu hat.

Sie schaut in ihr Spiegelbild, lächelt sich zu, hebt das Glas, trinkt einen Schluck des roten Weins. Ein bisschen ausruhen, dann möchte sie diese Reise weiter erleben. Möchte sich erinnern, was weiter geschah. Sie schließt die Augen.

Schon ist sie in Mouriès, diesem verschlafenen Dorf mitten in der Provence. „Département Bouches du Rhône, Region "Provence-Alpes-Côte d'Azur Wie das schon klang!! Lisa fühlte sich im Paradies. Konnte es Schöneres geben? Heute hat der Ort bereits fast 4000 Einwohner, dazu Geschäfte und mehrere Hotels. Ob er seinen Charme behalten hat?

Damals bestand Mouries aus nur wenigen Häusern, die sich an der einen großen Straße befanden: dem Bistro „L'Avenir", einem Geschäft für Lebensmittel, einem Blumengeschäft, einem winzigen Laden, der sich „Modegeschäft" nannte und die Dorfschönheiten wohl mit neuestem Pariser Chic versorgte, vielleicht einige Monate oder sogar Jahre später als auf den Champs - Elysée, aber immerhin, und einem sogenannten Hotel, das aber eher Ähnlichkeit mit einem etwas heruntergekommenen Mehrfamilienhaus besaß. Nicht weit entfernt befand sich dieser wunderschöne Campingplatz mitten zwischen uralten Pinien, angrenzend an eine Olivenplantage. Auf einer Erhöhung lockte ein Swimming Pool mit seinem glasklaren kühlen Wasser zum Erfrischen. Es gab saubere sanitäre Anlagen, es gab Kühlschränke und eben alles, was Camperherzen begehrten. Für die Zeit um 1970 herum war dieser Platz absoluter Luxus. Camping Plätze kannte Lisa gut, sie hatte ja oft genug mit ihrer Familie in den Ferien an der Nordsee in Deutschland, in Österreich und auch in Frankreich gezeltet. Aber solch einen gut ausstaffierten Platz hatte sie nie kennen gelernt.

Monsieur, der Besitzer, ein sehr sympathischer Mann in mittleren Jahren, grauhaarig, sehr gut aussehend, ließ sich nicht einmal mit einem Augenzucken anmerken, dass er erstaunt oder gar empört über Andreas Erscheinen war. Auch seine Frau und seine Tochter begrüßten Andreas als guten alten Bekannten und hießen auch Lisa freundlich willkommen. Es war keine Woche her, da hatte Andreas hier mit Frau und Kind vorbei geschaut. Nun tauchte er mit einer neuen Frau auf, und ganz dem Klischee von Klatschzeitungen entsprechend war sie viel jünger als die andere und hatte lange hellblonde Haare. Nun, in Frankreich hatte man für vieles vollstes Verständnis, erst recht, wenn es um Liebe ging.

Monsieur verkörperte den Franzosen schlechthin, so dachte Lisa. Er wirkte absolut relaxed, ein echter Lebenskünstler, der seinen Arbeitstag am Morgen mit Café au lait, mit Baguette und mit Camembert beginnen ließ und dieses Frühstück mit einem Glas eines leichten Rotweins aus der Region abrundete. Laut seiner Aussage gehörte Wein ganz einfach zum Leben dazu. Und zwar gab es das erste Glas gleich morgens zum Frühstück, Mittagessen ohne Wein? Undenkbar. Nachmittags zum Kaffee und natürlich zum Abendessen wieder das ein oder andere Gläschen.

Wein, leichter Landwein aus der Region, war der Garant für ein langes und gesundes Leben, so sagte Monsieur Dupont. Immer in Maßen, das versteht sich, betrunken sahen sie ihn niemals, auch kein anderer älterer Franzose, den die beiden kennen lernten, wirkte je betrunken, obwohl sie alle zu jeder Tageszeit ein Glas Apéritif oder Wein vor sich hatten.

Nach dem gemütlichen Frühstück kümmerte er sich absolut zuverlässig um seine Gäste und seinen Platz und zu gegebener Zeit auch um die vielen uralten Olivenbäume, deren Oliven nach der recht mühseligen Ernte in einer nicht weit entfernten Oelmühle zu köstlichem Olivenoel gepresst wurden. Auch Olivenoel brauchte der Mensch, um lange gesund und munter auf dieser Erde verweilen zu können, lernten Lisa und Andreas.

Sie nahmen Monsieur beim Wort und frühstückten nach seinem Vorbild. Café au lait, Baguette und Käse, das war prima, schmeckte lecker und bekam ihnen gut. Das Glas Wein danach hatte allerdings Auswirkungen, die nicht so günstig waren. Lag es daran, dass sie Alkohol nicht so sehr gewohnt waren, schon gar nicht am frühen Morgen und erst recht nicht in brütender Hitze? Monsieur war ja toppfit nach seinem Morgenbeginn, sie beide aber waren doch ziemlich derangiert und mussten erst einmal ihren Rausch ausschlafen. Sie entschieden weise, mit Wein beginnen wir fortan erst beim Mittagessen.

Lisa und Andreas verbrachten einige Tage in dieser Idylle. Sie erkundeten die Umgebung, suchten immer wieder neue Wege, abseits der bekannten Straßen. Sie machten bei jedem Ausflug neue, spannende Erfahrungen. Sie trafen nur selten Einheimische, noch seltener Fremde. In dieser Gegend waren nur wenige Touristen unterwegs. Sicher musste man schon sehr verliebt sein und die Einsamkeit suchen, um sich hier länger aufzuhalten.

Eines Tages fuhr Andreas wieder einmal eine ihnen bisher unbekannte Strecke. Die Straße wurde bald zu einem schmalen Band, das sich sanft einen Hügel hinauf wand. Der Weg war kaum noch als solcher zu erkennen. Wild wucherten Lavendel, Ginster, Disteln, Thymian, Rosmarin, Fenchel und andere blühende und duftende Pflanzen zwischen dornigem Gestrüpp. Die Luft vibrierte vom Summen unzähliger Insekten jeder Farbe und Größe, Bienen und Hummeln umschwirrten sie.

Die für die Provence so typischen Zikaden lärmten ihre unterschiedlichen Melodien und klangen wie verstimmte Geigen in einem Orchester, die immer wieder versuchten, die richtigen Töne von sich zu geben. Ihr Pssss Pssss Pssss erscholl ab Sonnenaufgang ununterbrochen, machte mittags zwei bis drei Stunden Siesta, begann wieder gegen 15 Uhr und hielt an bis pünktlich abends 18 Uhr. Dann verstummten sie alle wie auf ein geheimes Kommando, um am frühen Morgen des nächsten Tages wieder neu mit ihrem Gesang zu beginnen. So lockten sie anscheinend Tag für Tag Weibchen an, vertrieben Rivalen und steckten unermüdlich Reviergrenzen ab. Wie Lisa später innerhalb eines „Zikaden Praktikums" erfuhr, das sie aufgrund dieser Provence Eindrücke mit Begeisterung innerhalb ihres Studiums belegt hatte, beherrschen Zikaden eine Reihe verschiedener mehr oder weniger melodischer Klangabfolgen. Sie besitzen regelrechte Dialekte. So würde eine Zikade aus dem Gebiet um Mouries herum vermutlich einen Artgenossen aus dem Gebiet Cannes und Umgebung nur schwer oder gar nicht verstehen, also die im Zirpen sehr präzise vermittelten Informationen nicht übersetzen können. Auf jeden Fall konnten diese Tierchen eine enorme Lautstärke entwickeln, die durchaus lästig werden konnte. Immerzu lautes Pssss Pssss Psss in den Ohren zu haben, konnte stören. Aber das gehörte eben zur Landschaft dazu. Irgendwann gewöhnten sie sich auch daran und merkten nur, wenn es plötzlich still um sie herum wurde.

Dornige Macchie streifte Andreas schönen Dienstwagen und sorgte für manch weitere Schrammen. Wen sollte das stören? Andreas nicht und Lisa schon gar nicht. Sie näherten sich dem Gipfel des Hügels und erkannten einen halb verfallenen Turm, bestehend aus diesen so herrlich beige gelben Steinen, die ganz in der Nähe, im Steinbruch von Les Baux, abgebaut wurden. Sie hatten einen fantastischen Blick über die Provence, die sich kilometerweit vor ihnen ausbreitete. Lisa sprang wie eine Bergziege durch das Gestrüpp und konnte die Vielfalt und Schönheit der Pflanzen um sich herum kaum fassen. Der Duft der Kräuter und Blüten war einfach betörend. Andreas stand lächelnd neben dem Turm und beobachtete sein kleines „Bergzicklein", wie er sie nun liebevoll nannte. Er hatte eine Frau gefunden, die sich für dieselben Dinge wie er selber so sehr begeistern konnte. Er konnte sein Glück kaum fassen und verliebte sich noch mehr in sie, behauptete er zumindest.

In St. Rémy de Provence hatte er in einem Buchladen das Märchen „ La Chèvre de M Seguin" entdeckt und gekauft. Es stammt aus Alphonse Daudets Buch „Lettres de mon moulin" und beschreibt die unzufriedene Ziege, die in Deutschland aus dem Märchen „Tischlein deck dich" bekannt ist. Gemeinsam lasen sie später dieses Märchen und träumten Arm in Arm von ihrem Turm.

Lisa setzte sich auf einen größeren Felsbrocken, um den Blick auf diese zauberhafte Landschaft in vollen Zügen aufnehmen und genießen zu können. Sie pflückte sich ein Zweiglein Rosmarin und atmete versonnen dessen würzigen Duft ein. Da blendete sie mit einem Mal etwas Glänzendes aus dem Gebüsch heraus, sie sprang auf und entdeckte tatsächlich einen goldenen Ehering, auf den wohl gerade ein Sonnenstrahl gefallen war, so dass sie ihn finden musste. Wieder Schicksal? Ganz sicher! Noch mehr begeisterte sie, dass dieser Ring im Inneren eine feine, aber gut lesbare Gravur enthielt. Total aufgeregt rannte sie zu Andreas und zeigte ihm den Ring und die Inschrift:

In geschwungener Schreibschrift stand dort: Germaine / Pierre 21. Janvier 1967.

Lisa muss noch heute lachen, wenn sie sich erinnert, welche Erklärungen sie sich beide nun ausdachten, diskutierten, verwarfen, wieder neu ausschmückten. Ihrer Fantasie waren keine Grenzen gesetzt. Sie liebten ja solche Geschichten! Was konnte hier passiert sein? Streit zwischen Liebenden, bei dem der eine Partner den Ring wütend in hohem Bogen in die Wildnis warf? Schäferstündchen mit einer Geliebten oder einem Geliebten, die oder der nicht sehen sollte, dass der stürmische Liebhaber oder die Liebhaberin verheiratet, verlobt oder zumindest versprochen war? Oh, was alles konnte man sich da nur ausdenken!

Zuvor schon, bei der Erkundung dieser Turm Ruine hatte Andreas ausführlich wilde Szenarien geschildert, wie Tatsachenberichte im Fernsehen vorgetragen. Er erzählte so, dass er schließlich selber von der Wahrhaftigkeit überzeugt war. Esoteriker oder auch Querdenker wie Erich von Däniken hätten ihre Freude an diesen Erläuterungen gehabt. Andreas war nämlich der festen Überzeugung, und steigerte sich in immer präzisere Beschreibungen hinein, dass Lisa in einem früheren Leben einmal aus irgendeinem geheimnisvollen Grund in so einem Turm gefangen gehalten worden war.

Vielleicht war sie einmal als Hexe angeklagt worden? Sie hatte unter Garantie vor einigen Jahrhunderten schon einmal auf dieser Erde gelebt. Sicherlich war sie eine kundige Kräuterfrau gewesen, was auch sonst bei ihrem Interesse für alle Geheimnisse der Natur? Irgendwann dann wurden ihre Kenntnisse anderen, bösen Neidern, ein Dorn im Auge. Also wurde sie der Inquisition gemeldet. Klare Sache für Andreas. Um sie mürbe zu machen oder auch, um sie auf ihre Hinrichtung warten zu lassen, war sie in einen Turm gesperrt worden. Mit ziemlicher Sicherheit war es sogar genau dieser Turm hier gewesen, so beteuerte er voller Inbrunst. Wieso hatte das Schicksal sie sonst hierher geführt? Ein weiterer absoluter Beweis für die Richtigkeit seiner Angaben, Lisa hatte oft Angst und sogar unter Umständen Panik Attacken, wenn sie sich in geschlossenen Räumen aufhalten sollte. Manchmal reichte ihr schon alleine die Vorstellung, dass die Türen des Zimmers, in dem sie sich befand, geschlossen waren, um sich unwohl zu fühlen und Beklemmungen zu spüren. Und Andreas wusste, hier in diesem Turm war sie angekettet gewesen, anfangs vielleicht noch bei Wasser und Brot, später dann vermutlich vergessen worden und elendig verdurstet und gestorben.

Das erklärte ja auch, dass sie trockene Gegenden nicht so mochte. Wüsten gehörten ganz sicher nicht zu ihren Traumzielen. Im Fernsehen hatte sie genau aufgepasst, was man im Falle, wenn man so rein zufällig doch einmal in einer Wüste ohne Wasser unterwegs sein sollte, tun könnte. So wusste sie, es gibt bestimmte Pflanzenarten, deren Wurzeln verdickt sind und als Wasserspeicher dienen. Die musste man dann nur ausgraben, ausquetschen und schon hatte man kühle köstliche Flüssigkeit.

So ganz beruhigend war diese Information dann allerdings doch nicht, denn es blieb ein kleines Problem. Nur ganz wenige, sehr erfahrene Wüstenbewohner erkannten diese Pflanzen, die überirdisch eigentlich nur aus einzelnen verdorrten Stöckchen bestanden, die aus dem Sand herausragten, wenn man denn Glück hatte. Wie hoch wäre Lisas Chance gewesen, so eine Wurzel zu finden? Sie hatte es ja gleich gewusst. Wüsten waren und sind nichts für sie. Na gut, also war es sicher doch klüger, sich gar nicht erst in solche Gefahr zu bringen, also sollte man Wüsten besser meiden.

Ihr Tick ging sogar so weit, dass sie stets darauf bedacht war, erstens reichlich Getränke im Reisegepäck mit sich zu führen, zweitens in Hotels sofort den Fluchtweg zu erkunden und drittens in Räumen am liebsten alle Fenster und Türen offen stehen zu lassen.

Ein Außenstehender hätte die zwei Märchenerzähler für verrückt gehalten, aber sie beide konnten sich herrlich in ihre Ideen hineinsteigern, konnten aufgreifen, was der andere sagte und dessen Vorstellungen folgerichtig weiter spinnen und immer abstruser werden lassen. Romane hätten sie schreiben können! Irgendwann kamen sie wieder in die Realität zurück und überlegten, was nun mit diesem Ring zu tun sei.

Eigentlich war es für so ein wohl erzogenes anständiges junges Mädchen wie Lisa selbstverständlich, dass man jeden Fund, erst recht einen wertvollen, melden musste und ihn natürlich abgeben musste. Doch dann redeten sie sich ein, das sei hier geradezu unmöglich. Sie waren im Ausland, beherrschten die Sprache nicht wirklich. Wie sollten sie ihren Fund mit richtigen Worten erklären? Zu welchen Verwirrungen das führen könnte! Noch schlimmer: Würden sie damit nicht eventuell den oder die vorherige Besitzerin in Schwierigkeiten bringen? Dieser Aspekt erschien ihnen immer wahrscheinlicher. Das sollte ja nun auf keinen Fall geschehen! Mit Liebenden, die ihre Geheimnisse bewahren mussten, kannten sie sich aus erster Hand aus. Nie würden sie denen in den Rücken fallen und sie bloß stellen! Der Name im Ring könnte sogar auf eine Verwandtschaft zum Monsieur vom Campingplatz hin deuten. Sollte man etwa diesen reizenden Monsieur oder dessen Familienmitglieder in Schwierigkeiten bringen wegen so eines kleinen Ringes? Andererseits war der Name Pierre im südlichen Frankreich ziemlich verbreitet. Wie sollte man den wahren Besitzer oder die wahre Besitzerin da jemals finden?

Nach langem Hin und Her blieb nur eine sinnvolle Möglichkeit, für alle Beteiligten die einfachste und beste, Lisa musste diesen Ring behalten. Das tat sie voll Freude und Begeisterung, ganz ohne schlechtes Gewissen, und bezeichnete ihn fortan als ihren Glücksbringer. Seither trägt sie diesen Ring auf dem rechten Ringfinger, nun schon fünfundvierzig lange Jahre, anstelle ihres richtigen Eheringes, der im Safe sein Dasein fristet. Und dieser Provence Ring, den sie als Symbol für Liebe mit all ihren Facetten ansahen, hat ihr und Andreas wirklich Glück gebracht.

Abends saßen sie mit den Einheimischen in Mouries vor dem Bistro unter riesigen Platanen und schauten wissend lächelnd den jungen Männern auf ihren Mopeds zu, wie sie die Straße entlang preschten und dabei zu den jungen Mädchen, die in Gruppen kichernd und schwatzend unter den Bäumen standen, schielten und ihre Wirkung zu erkunden versuchten. Lisa und Andreas genossen ein paar Kleinigkeiten, die die Wirtin zubereitet hatte und schlürften dazu so manches Glas Wein.

Hier lernten sie eines Tages einen alten Franzosen kennen, einen Mann von ca. 75 Jahren, klein, rund, mit Schnäuzer und Baskenmütze und dazu einem sehr lieben und sympathischen Gesichtsausdruck. Wie aus einem Märchen entsprungen erschien ihnen dieser Marcel, der so freundlich war, der Deutsche nur in guter Erinnerung hatte, der stolz war, nun junge Deutsche zu kennen. Mit ihm verbrachten sie viele Stunden und diskutierten, so gut das eben ging, alle möglichen Themen. Sie trafen sich auch in den folgenden Jahren immer wieder in diesem Bistro und zwischen den Besuchen schrieben sie einander Briefe.

Eines Tages bekamen sie dann eine Nachricht von seiner Tochter mit der traurigen Mitteilung, dass Marcel verstorben sei, dass die Tochter sich aber freuen würde, sie beim kommenden Besuch in Mouries kennen zu lernen. Ihr Vater habe ihr aufgetragen, ihnen etwas zu überreichen. Sie trafen sich und gingen mit der Tochter zusammen in sein Häuschen, das tatsächlich einem winzigen Hexenhäuschen glich. Es hatte einen kleinen verwilderten Vorgarten mit einem funktionstüchtigen echten Brunnen darin. Das Häuschen bestand fast nur aus einer Stube. Ob das tatsächlich vor Hunderten von Jahren einmal Lisas Zuhause gewesen war? Hatte sie hier gelebt, ihre Kräuter aufbewahrt, ihre Heilmittelchen zubereitet? Sie wussten es nicht, aber es passte herrlich zu ihren Turmgeschichten und ihren Glauben an das ihr Leben bestimmende Schicksal.

Es stellte sich heraus, dass Marcel in diesem Häuschen selber Schnaps gebrannt hatte, in kleinen Fässern gelagert und dann in Flaschen abgefüllt hatte. Und eine dieser Flaschen mit seinem „L'Eau de Vie" – Lebenswasser - hatte er ihnen schenken wollen. Sie waren gerührt, waren begeistert von dem Häuschen, dachten in Wehmut und Dankbarkeit an ihren alten Freund. Ja, sie überlegten sogar, ob sie das Häuschen nicht kaufen sollten. Die Tochter hätte das gerne gesehen. Es wäre nicht teuer gewesen. Doch diesen Gedanken mussten sie vergessen, das wäre alles zu umständlich gewesen, obwohl Papa und Freunde von Papa mit Begeisterung geholfen hätten, nötige Bauarbeiten zu erledigen. Aber was wollten sie hier mit Besitz? Sie lebten in der Gegenwart, dachten nicht daran, dass sie vielleicht Jahrzehnte später so einen Besitz schätzen könnten. Sie planten ja keine weit entfernte Zukunft. Sie hätten sich ja nur selten hier aufhalten können, sie hätten sich nicht darum kümmern können, also verzichteten sie schweren Herzens. Aber sie besuchten Marcels Grab jedes Mal, wenn sie in der Nähe waren. Heute denken sie beide oft, schade, dass wir damals dieses winzige Haus mit dem verwunschen wirkenden Garten und seinem Brunnen nicht doch gekauft haben.

In der Nähe von Mouries gab es einen noch kleineren Ort und hier sollte ein weiteres Geheimtipp Restaurant zu finden sein, das nur als „Auberge de Provence chez Victor und Veronique" bezeichnet wurde. Sie wussten nicht, ob das ein offizieller Name war. Im Michelin stand das Lokal nicht. Das war auch völlig egal. Insider fanden es, wenn sie es suchten. Lisa und Andreas fuhren mittags in dieses Dorf und sahen außer ein paar kleinen unscheinbaren Wohnhäusern zunächst nur eine alte Scheune. Da hatte ihnen wohl jemand einen Bären aufgebunden? Wo sollte denn hier ein Restaurant sein? Es gab keinerlei Hinweise. Doch Andreas war nicht lange erstaunt, er ließ sich wieder einmal gar nicht von seinem festen Vorhaben, der Mittagstisch Eroberung, abbringen. Es war schon kurz nach zwölf, höchste Zeit also, fast schon zu spät! Er ließ aber noch keine Panik aufkommen. Hier sollte das Restaurant sein, also war das hier auch und also würde er in den nächsten paar Minuten seinen Tisch dort besetzen und für ein paar Stunden besitzen, so wie er sich das ausgemalt und Lisa versprochen hatte.

Neben der Scheune waren einige Autos geparkt, die irgendwie gar nicht in so ein Dorf passen wollten. Es waren einfach zu viele, sie waren zudem einige Nummern zu schön, zu gepflegt, zu groß, zu teuer, also hatten keine Ähnlichkeit mit den üblichen kleinen Schrottkisten, die in jedem Dorf so herum standen oder die Straßen unsicher machten.

Ein Blick und Andreas wusste, dass er mit seiner Ahnung richtig lag. Er nahm Lisa an die Hand und marschierte zielstrebig durch das geöffnete Scheunentor. Es handelte sich um eine echte Scheune. Vielerlei landwirtschaftliche Geräte hingen und standen hier herum. Man erkannte aber schnell, dass sie nicht mehr im Gebrauch waren. Sie waren verstaubt, Spinnen fühlten sich hier absolut heimisch und hatten in monatelanger oder sogar jahrelanger fleißiger Arbeit ihre Netze gesponnen. Da lagerten ohne Frage ausrangierte Teile, die, wie so oft in Frankreich, sehr euphorisch als „Antiquitäten" bezeichnet wurden, wie sie einem ebenso üblichen handgeschriebenen Schild entnahmen.

Es gab keine besondere Ordnung, wenigstens erkannten Lisa und Andreas sie nicht, manches war wild zusammen gewürfelt oder lag verstaubt und gestapelt in den Ecken herum. Und als sie weiter geradeaus schauten, trauten sie zunächst kaum ihren Augen. Vor ihnen öffnete sich der Blick durch weit geöffnete Scheunentore auf einen großen, wundervoll verwildert und gleichzeitig gepflegt aussehenden Garten. Einige mit bunten Tischtüchern versehene Tische, dazu passende Stühle und Sonnenschirme schmiegten sich an große Feigenbäume, waren einfach, aber sehr geschmackvoll gedeckt und luden zum Essen ein. Die meisten Plätze waren besetzt, aber es gab noch ein paar freie Tische für jeweils zwei Personen. Konnte es perfekter verlaufen? Die beiden Sonntagskinder hatten sich wieder einmal auf ihr sprichwörtliches Glück verlassen können. Schon schwebte ihnen eine elegante, allerdings nicht besonders schöne, da sehr streng aussehende Dame mit langem schwarzen Zopf entgegen und fragte nach ihren Wünschen. Das war Veronique, keine Frage. Sie wies ihnen einen dieser märchenhaft anmutenden Plätze zu. Sie kamen sich vor wie in einem verwunschenen Zaubergarten.

Genau gegenüber von ihrem Tisch befand sich ein riesiger offener Kamin. Hier stand Victor, ein beeindruckender

Mann. Unter Garantie brachte er locker mindestens zweieinhalb Zentner auf die Waage. Er trug einen gewaltigen Bauch stolz vor sich her. Er war der Herr dieses Kamins, er war der Grillmeister, der die gewünschten urprovenzalischen Köstlichkeiten, die man auf der mit schöner Handschrift beschrifteten Speisekarte auswählen konnte, vor den Augen der Gäste gekonnt zurecht brutzelte.

Eigentlich hätte man ihn sich auch sehr gut als Seeräuber auf einem Groß Segler vorstellen können, oder, wenn man ehrlich war, noch besser als den Antreiber, den Trommler, auf einem Galeerenschiff. Im Dunkeln hätte er auf Lisa sicher bedrohlich gewirkt, hier am Kamin relativierte sich die Empfindung. Ob er ein ehemaliger Knast Insasse gewesen war? Auch das erschien ihnen nicht unmöglich. Veronique hätte man sich auch durchaus als die gestrenge Herrin eines gehobenen frohen Hauses vorstellen können. Andreas und Lisas Fantasie überschlug sich schon wieder. Veronique als Prostituierte und Victor als ihr Zuhälter, beide natürlich aus Marseille. Und da Veronique in die Jahre gekommen war, hatten sie eben vom Ersparten sich diesen Traum erfüllt, ein Spezialitäten Restaurant zu führen. Tja, die Fantasie von Lisa und Andreas kannte eben keine Grenzen. Aber, wen sollte die Vergangenheit der Wirtsleute stören? Niemanden interessierte das hier. Hier wollte man nach Herzenslust schmausen, mehr nicht.

Seitlich an einer Scheunenwand saßen mehrere Frauen und junge Männer auf einer Bank an einem langen Tisch, puhlten voll konzentriert und mit leicht verklärten Blicken Erbsen, schnippelten Bohnen, putzten anderes Gemüse. Es schien, als hätten die Jugendlichen des Dorfes und auch ein paar ältere Einheimische, die wohl sonst nur schwer vermittelbar gewesen wären, hier eine recht sinnvolle Tätigkeit gefunden, die sie mit Hingabe verrichteten. So fanden selbst Dörfler, deren Schulbildung sicher nicht besonders nennenswert war, ein Auskommen und waren zufrieden mit ihrem Leben. Sie passten perfekt in dieses Märchenbild.

Lisa und Andreas schlürften ihren Aperitif, einen Ricard, klar, sie waren ja in der Provence, und begannen ihr Menu mit einer Vorspeisen Platte. Solche Platte hatten sie nie zuvor gesehen und sollten sie auch nie an einem anderen Ort sehen. Veronique erschien mit einem großen runden Tablett, das kunstvoll aus Sisal geflochten war, einem flachen Korb, wie man diese besonders in St. Remy de Provence kaufen konnte. Dieser Korb enthielt sechzehn kleine Schalen aus der typischen Keramik dieser Region. Sie waren gelb glasiert und ihre Außenwände mit grünen und schwarzen Oliven und Zikaden verziert. Schon alleine das Aussehen konnte betören. Aber wie erst waren Lisa und Andreas vom Inhalt begeistert!

In jedem dieser winzigen Töpfchen befand sich eine andere Köstlichkeit. Sie fühlten sich fast wie am Hofe Ludwig des XIV. Unbeschreiblich einfach! Alles probierten sie. Es gab kaum eine Kreation, die ihnen nicht schmeckte. Diese Vorspeisen hätten ihnen eigentlich vollkommen gereicht, doch anschließend grillte Victor ein Gigot d'Agneau für sie beide, von dem sie bis heute behaupten, es sei das Köstlichste ihres Lebens gewesen.

Die verschiedenen Gänge dieses Festmahls wurden natürlich begleitet von geschmacklich passenden Weinen. Jeder Patron eines solchen Restaurants setzte immer seinen ganzen Ehrgeiz hinein, besonders guten Wein der Region im Fass zu lagern und dann in sogenannten Pichets, also kleinen Steingut Krügen verschiedener Größen anzubieten. Wein, abgefüllt in Flaschen zu bestellen, das wäre ein echter Faux Pas gewesen und hätte den Patron zutiefst beleidigt. Niemand, der sich mit französischen Bräuchen auskannte, hätte das jemals gemacht.

Nach den Pichets blanc, rosé und rouge folgte das Dessert.

Zum Nachtisch gab es frische Himbeeren mit Creme fraîche. Lisa und Andreas übersetzen brav: frische Sahne. Ohja, das passte zu frischen Himbeeren. Und voller Gier löffelten sie den ersten Bissen Früchte mit dieser Creme fraîche in sich hinein. Erschrocken sahen sie sich an. Da stimmte doch etwas nicht! Sie kosteten noch einmal, dieses Mal aber nur vorsichtig. Beide verzogen die Gesichter, schauten sich an und flüsterten sich zu, dass diese Creme sauer schmeckte, also unter Garantie verdorben wäre. Sollten sie Veronique heranrufen und sie dezent darauf aufmerksam machen? Sie zögerten, trauten sich zum Glück nicht, wollten nicht als besserwisserische Deutsche auftreten.

Heimlich schielten sie zu den Nachbartischen, beobachteten die munter schwatzenden Franzosen, die ebenfalls beim Nachtisch angelangt waren. Niemand schien etwas Unangenehmes zu bemerken, ganz im Gegenteil, sie schienen einfach nur zu genießen, nickten ihnen beiden freundlich zu, streuten reichlich Zucker über ihre Sahne und die Früchte und verspeisten alles mit Wonne.

In keinem Geschäft in Deutschland gab es in den siebziger Jahren diese spezielle Sahne, also konnten sie beide sie auch nicht kennen. In Deutschland kannte man aber Ähnliches. Es gab saure Sahne, Buttermilch, dicke Milch und anderes, was in die Nähe dieses Geschmacks kam. So beschlossen sie, die Sahne tapfer über ihre Himbeeren zu geben und kräftig mit Zucker zu bestreuen. Und so erlebten sie eine weitere kulinarische Offenbarung. Sie konnten es kaum glauben, wie köstlich diese Kombination aus frischen Himbeeren der Provence, Creme fraîche und Zucker schmeckte. Langsam verstand Lisa, was es bedeutete, wie „Gott in Frankreich" zu leben!

Abgerundet wurde das Menu mit einem Café, einem bitteren schwarzen Gebräu. Zum Glück war es nie viel mehr als ein Schluck, den man sich mit viel Zucker erträglich machen konnte.

Dieser Espresso gehörte einfach zu jedem Menu dazu. Und so eklig er auch schmeckte, er schien tatsächlich dafür zu sorgen, dass einem das Essen gut bekam. Zumindest hatten Lisa und Andreas trotz der ganzen Völlerei nie Magenprobleme oder andere Beschwerden.

Jahre später ließen sie sich im Garten einen Kamin bauen, der dem von Victor und Veronique vollkommen nachempfunden war - sie hatten entsprechende Fotos - und frischten bei jedem Anheizen ihre Erinnerungen an die Reisen in die Provence auf. Und Himbeeren mit Creme fraîche wurde zu einem ihrer Lieblings Desserts.

Nach dieser Zeit mitten in der Provence, nach Besuchen aller Orte der Umgebung, nach den köstlichsten Speisen in echten Geheimtipp Restaurants, von denen es hier nur so wimmelte, kam aber doch die Sehnsucht nach dem Meer. Das Mittelmeer wartete ja auf sie. Sie brachen also auf nach Cassis, einem kleinen Fischerort, nur dreizehn Kilometer von Marseille entfernt.

****

Leichtsinn und Glück
– die Sache mit der Verhütung

Lisa kuschelt sich in ihren Sessel. Die Vergangenheit tritt wieder tief in das Spiegelglas zurück, nur schemenhafte Schleier bleiben noch in Lisas Gedanken und lassen neue Erinnerungen ahnen. Sie schließt die Augen, lächelt in sich hinein, konzentriert sich neugierig auf die Andeutungen. Ohja, Cassis! Liebestaumel in Cassis, anders kann man das kaum beschreiben. Ihre Zeit in Cassis war unglaublich. Sie lacht laut auf. Wer würde das für wahr halten, würden die Erlebnisse, die ihr gerade in den Sinn kommen, in einem Film zu sehen sein. Rosamunde Pilcher in verschärfter Form, ehrlich gesagt, in absolut scharfer Form. Die Zuschauer würden schmunzeln, vielleicht sogar lachen, würden sich vielleicht anregen lassen, würden vermutlich sagen, eine wirklich lustige, erotische und gelungene Darstellung. So müsste das Leben sein, wie schön wäre das! Aber dass es Tatsachen waren, wer würde das glauben? Lisa lächelt. Scham empfindet sie nicht, keine Sekunde ihres Lebens würde sie anders leben wollen. Es war alles gut so, wie es gewesen war.

Doch heute möchte sie noch nicht auf diese Reise nach Cassis gehen. Sie möchte erst Mouries und die eben gesehenen Erlebnisse nachwirken lassen. Was war das für eine verrückte und aufregende Zeit gewesen. Eine Zeit der absoluten Superlative. Sonne, Wein, kulinarische Köstlichkeiten, Liebe!

Ohja, die Liebe! Meine Güte, die Liebe!

Wie naiv war sie doch bis dahin gewesen, bis sie Andreas kennen gelernt hatte, der sich zum Glück mehr auskannte und umsichtiger war als sie. Sie erschauert bei den Gedanken, was alles hätte passieren können.

AIDS? Gut, diese Krankheit gab es noch nicht, zumindest wusste niemand davon. Erst ab den 80iger Jahren tauchte dieses Thema auf. Andere böse Krankheiten? Keine Ahnung davon. Weder in der Schule, schon gar nicht zu Hause, noch an der Uni wurde sie darüber informiert. Diese Dinge schwebten mit im großen Raum des Unsagbaren, des ach so Unanständigen. Also, kein Gedanke daran. Diese Krankheiten kamen aus einer anderen Welt, so kam es ihr vor. Was hatten die mit ihr zu tun?

Schwangerschaft? Ach, sie doch nicht. Welch Glück hatte sie gehabt, bisher nicht schwanger geworden zu sein! Das wurde ihr erst spät und dann immer eindringlicher klar. Leichtsinn, Unwissenheit und Dummheit, die prägten sie als junges Mädchen.

Ja, Papa, du hast es sicher gut gemeint, dein Töchterchen immer vor Männern zu warnen, die ja „alle immer das Eine wollen". Aber da warst du nicht sehr vorausschauend gewesen. Hattest du denn gar nicht wahrhaben wollen, dass auch dein geliebtes Lisalein eines Tages dieses „Eine" entdecken würde, feststellen würde, welchen Spaß das machte, wie schön das sein konnte, welch Glück es bringen konnte? Papa, Papa, war da etwa nicht nur väterliche Sorge um das Wohl des Töchterchens im Spiel, sondern doch auch die Angst, sie an einen anderen Mann zu verlieren? Angst, ihre Liebe zu verlieren?

Ach, Papa, wie unbegründet das doch war! Die Liebe zu dir war etwas ganz anderes, etwas Besonderes, etwas so Kostbares, etwas, das bis an dein Lebensende andauerte, ja sogar darüber hinaus. Die Liebe zu dir und zu Mama hält über den Tod hinaus an und besteht bis heute uneingeschränkt.

Ihr habt schließlich erkannt, dass eure Tochter flügge geworden war und konntet euch an ihrem Glück erfreuen, hattet so viel Verständnis.

Eurer Generation muss man aber den Vorwurf machen: Warnung vor dem „Einen" war zunächst sicher vernünftig gewesen, doch klüger und auch realistischer wäre es gewesen, Eltern oder wenigstens die Schule hätten die Jugendlichen bei Zeiten aufgeklärt, sie sachlich auf Gefahren und deren Vermeidung hin gewiesen. Wie viele junge Menschen hätte man so schützen können.

Ihr zwei wart relativ modern und liberal, aber über Sex reden, das war dann doch zu viel für euch. Wahrscheinlich hielt eure verklemmte Erziehung euch davon ab, über „Unanständiges" mit einem Mädchen zu reden. Also blieb nur die Warnung vor dem „Einen".

Lisa erinnert sich nur zu gut, dass sie als Mädchen und später als junge Frau nicht die geringste Ahnung bezüglich Geschlechtskrankheiten oder Verhütung gehabt hatte. Auch das Wissen aus Bravo und das von Freundinnen war nicht sonderlich hilfreich gewesen. Sie hatte sich auch gar nicht mit solchen Dingen beschäftigen wollen. Allein schon das Wort „Kondom" hätte ihr das Feuer auf die Wangen getrieben. Wie sollte sie da je auf die Idee kommen, solche Themen mit einem Mann zu erörtern oder dessen Benutzung von einem Mann zu verlangen?

Tja, die Aufklärung damals! Ein trauriges Kapitel!

Eines Tages, nachdem Lisa sich in der städtischen Bücherei aber längst über wichtige Grundlagen selbst informiert hatte, hatten ihre Eltern sich durchgerungen und einen Aufklärungsversuch gestartet. Wer weiß, wie lange sie das im Vorfeld ängstlich und schamvoll geplant und beredet hatten? Sie wirkten so hilflos, so verschreckt. Lisa bekam schon fast Mitleid mit ihnen.

Am Beispiel von Kaninchen begannen sie ihre Aufklärungsstunde. Immerhin war das schon ein Schritt weiter als die berühmte Geschichte um die Blümchen und die Bienchen. Lisa wertete das aber nicht mehr besonders, sondern staunte nur, an Kaninchen hatte sie bis dahin nicht gedacht, wenn es um ihren Körper und dessen Funktionen ging. Wo waren Parallelen zu den auf Wiesen und Feldern herumrennenden Tieren? Die jagen sich gegenseitig, weil die Männchen hinter den Weibchen her sind, wurde ihr erklärt. Irgendwann bleiben sie stehen und das Männchen springt auf das Weibchen. Dann stockte die elterliche Erzählung.

Papa bekam Hustenanfälle, Mama schien kurz vor einem Nervenzusammenbruch zu stehen, wechselte zum Tomaten-Look und japste nach Luft.

Da Lisa selbst inzwischen schon zum praktischen Teil dieses „Einen" übergegangen war, winkte sie nur noch ab und sagte: ‚lasst mal, ich weiß schon Bescheid' und verließ den Raum. Mama und Papa waren sichtlich erleichtert und kamen nie wieder direkt auf das Thema zurück.

Die Drohung: „Komm uns ja nicht mit einem Kind nach Hause!" Ja, die gab es hin und wieder. Und wie oft hörte sie: „Wenn du ein Kind nach Hause bringst, dann fliegst du aus der Schule, dann kannst hier am Ort am Fließband in der Schokoladenfabrik arbeiten und Pralinen verpacken oder in der Schnaps Brennerei Korn in Flaschen abfüllen und den Lebensunterhalt für dich und dein Kind verdienen. Wir sind dann nicht mehr für dich da! Dann kannst du Abitur und Studium selbstverständlich vergessen!"

Lisa muss wieder lachen, so schlimm fand sie diese Drohung mit der Schokoladenfabrik gar nicht. Hmm Schokoladen Fabrik!! Täglich ihre Lieblings Schokolade „MaMiNu" essen zu dürfen, nach Herzenslust so viel sie wollte!! Das sollte eine Drohung sein? Außerdem wusste sie genau, dass ihre Eltern sie nie im Leben im Stich lassen würden, egal, welchen Mist sie anstellte. Hunde, die bellen, beißen nicht! Und ihre Eltern bellten gerne sehr laut und ausgiebig, um anschließend umso mehr Verständnis zu haben und sie umso mehr zu verwöhnen.

Verständlicherweise war der Gedanke, man könne vom Sex krank werden oder man könne schwanger werden, nie in Lisas Vorstellung präsent gewesen. Gut, es hatte die eine oder andere Mitschülerin gegeben, der das passiert war, die schwanger geworden war. Aber das wurde an der Schule ja nie besonders bekannt. Eines Tages war das Mädchen einfach weg und es interessierte kaum jemanden außerhalb ihres Freundeskreises. Ein paar Tage wurde über sie getuschelt und dann war sie vergessen. Vielleicht traf man sie einmal wieder mit Kinderwagen auf der Straße. Man begrüßte und beglückwünschte sie und ging seiner Wege. Das hatte nichts mit Lisa zu tun, so empfand sie es.

Ja, ihre beste Freundin musste auch heiraten, wie das so schön hieß. Aber die war ja schon zuvor von der Schule abgegangen, um eine Lehre anzutreten. Lisa fand das nicht schlimm, wurde sogar Patin des kleinen Mädchens. Dass sie selber auch ein Kind bekommen könnte, ein ungeplantes, kam ihr nie in den Sinn. Sie doch nicht!

In ihrer grenzenlosen Naivität hatte sie einfach nur enormes Glück, wie sie jetzt erleichtert feststellt. Lisa schüttelt den Kopf. Wie leichtsinnig war sie doch gewesen! Wie völlig anders wäre ihr Leben verlaufen, hätte sie dieses „Glück" nicht gehabt. Es sollte wohl nicht sein. Ihr Schicksal hatte einen anderen Plan für sie.

Ihr Andreas war nun ganz anders, ein sehr erfahrener Mann, gerade auf dem medizinischen Sektor. Trotz aller Verliebtheit war er vorsichtig, wollte sein Leben nicht fremd bestimmen lassen. Inzwischen war von der Firma Schering die sogenannte „Antibaby Pille" auf dem Markt. Lisa erinnert sich sofort an den Spruch, der damals kursierte:

„Antibaby Pille falscher Zauber, nur Ajax hält das Becken sauber!"

Von dieser Wunderpille hatte Lisa natürlich gehört, aber sich nie genauer mit ihr beschäftigt. Wieso auch? Die war für sie unerreichbar. Wie sollte sie daran kommen? Mutter fragen? Undenkbar. Beim Frauenarzt war sie auch nie gewesen. Sie wusste gar nicht, ob der auch jungen Frauen, die nicht einmal volljährig waren, diese Pille verschreiben durfte. Sicher nur, wenn die Mutter ihre Tochter begleitete und die Erlaubnis gab. Allein der Gedanke, zu einem Gynäkologen zu gehen, sich untersuchen zu lassen und ihn gar noch nach der Pille zu fragen, war schrecklich. Sie hätte sich zu Tode geschämt. Und was hätten ihre Eltern dazu gesagt? Hätte Mama geschwiegen? Schweigepflicht eines Arztes? Galt ja damals nicht, wenn man noch nicht volljährig war. Wie also sollte sie an Verhütungsmittel kommen? Und Kondome? „Eeeeerna, was kosten die Kondome?", an solche Werbung war ja nicht einmal in Ansätzen zu denken. Total unsittlich und verdorben!

„Was war das nur für eine verklemmte und verlogene Zeit", denkt Lisa jetzt. „Zum Glück hat sich auf diesem Sektor vieles geändert, sowohl in Elternhäusern als auch in Schulen und in der Gesellschaft überhaupt. Fast schon muss man aufpassen, dass die Aufklärung und die Freiheit bezüglich Sexualität nicht übertrieben werden. Gut, es wird sich schon alles richtig einpendeln.

Nun, für heute ist es genug. Ich habe genug in der Vergangenheit gestöbert. Jetzt freue ich mich wieder auf die Gegenwart, auf reale Herausforderungen." Sie kichert, nimmt einen letzten Schluck Wein und steht auf. „Das reicht für heute. Ich möchte ja auch noch für die nächste Zeit Erinnerungen auffrischen, lieber Spiegel. Also, bis bald, vergiss ja nichts"!

****

Nicht nur für die Schule wurde gelernt,
nein, auch fürs Leben

Tage sind vergangen. Zeit, in der Lisa nicht an Vergangenes gedacht hat, in der sie nur von der Gegenwart in Beschlag genommen wurde. Für Spiegel Zaubereien war keine Zeit gewesen. Auch war keine richtige Stimmung für Ausflüge in die Vergangenheit und für Träume aufgekommen. Heute aber spürt sie wieder leise sich heranschleichende Neugier und Sehnsucht. Sie schaut zum Spiegel. Ist er bereit? Oder ist heute doch noch nicht der richtige Abend für verborgene Geheimnisse gekommen?

Unsichtbare Hände scheinen sie auf ihren Platz vor den Spiegel zu ziehen. Wie nur kommen Kerze und Wein auf das Tischchen davor? Solche Gedanken huschen vorbei, sind aber schnell bedeutungslos, denn schon wird ihr Blick eingesogen. Lisa setzt sich hin, lehnt sich zurück. Jetzt übernimmt der Spiegel die Regie.

Schemenhaft sieht sie sich als junges Mädchen, etwa neunzehn Jahre alt ist sie. Es war Frühsommer. Vor wenigen Wochen hatte sie ihr letztes Schuljahr mit dem so hart erkämpften Abitur abgeschlossen. Sie fühlte sich so frei, bald würde ihr die Welt offen stehen. Sie wollte endlich etwas Aufregendes erleben und zwar ganz ohne die kritischen und besorgten Blicke von Lehrern, Eltern, Bruder und anderen Menschen, die ihr Leben bisher bestimmt hatten. Sie wollte selber planen, wollte möglichst selbständig eigene Ideen entwickeln und umsetzen. Leider war sie ja noch nicht volljährig, musste sich also bestimmten, recht strengen Zwängen unterordnen.

So saß sie an diesem Tag mit ihren Eltern, ihrer besten Freundin Eva und deren Eltern am Wohnzimmertisch. Mit hochroten Köpfen diskutierten sie seit Stunden. Die Mädchen sollten für die hinter ihnen liegenden Strapazen belohnt werden und Kräfte sammeln für den neuen Lebensabschnitt, der unweigerlich nun kommen würde. Die Kindheit und Jugendzeit im behüteten elterlichen Umfeld neigte sich ihrem Ende zu. Bald würde ihr Studium in irgendeiner Großstadt beginnen, bald wären sie weit weg von zu Hause und müssten das erste Mal in ihrem Leben auf eigenen Füßen stehen. Viele Entscheidungen müssten sie alleine treffen, ja, bald schon wären sie flügge und würden in die Welt hinaus fliegen.

Natürlich waren die Eltern mächtig stolz auf die bisherigen Leistungen ihrer Töchter, die sich in Form des Abitur Zeugnisses zeigten. „Zeugnis der Reife" stand in fetten Buchstaben über der vierseitigen Urkunde. Ob sie wirklich „reif" waren, ist zu bezweifeln. Sie waren doch noch ziemlich unfreie Kinder, abhängig von ihren Eltern und mussten Selbstständigkeit erst erlernen.

Die Noten auf diesem Abschluss Zeugnis spielten zur damaligen Zeit noch keine große Rolle. Abitur bestanden, das alleine war ausschlaggebend, ob mit der Gesamtnote „ausreichend" oder mit „sehr gut", das war völlig egal. Einen Numerus clausus gab es noch nicht. Erst zwei Jahre später wurde dieses Auswahlprinzip für bestimmte Studiengänge eingeführt.

So stand den Mädchen mit ihrem Abitur trotz nur mittelmäßiger Noten tatsächlich die Welt offen, sie hätten sogar Medizin studieren können. Lisa stellt lächelnd fest, dass man sich das heute kaum noch vorstellen kann. Und doch muss man anerkennen, dass die damals ausgebildeten Menschen sicher nicht schlecht in ihren Berufen waren, vielleicht sogar besser als mancher Einser Kandidat heute.

Lisas und Utes Eltern wollten ihren Stolz und ihre Dankbarkeit mit einem passenden Geschenk zum Ausdruck bringen. Wie solche Belohnungen aussehen könnten, nun, das entpuppte sich als Grund für stundenlange und heftige Diskussionen. Die Vorstellungen gingen sehr weit auseinander. Schenkte man Mädchen zu solchen Anlässen nicht Silberbestecke oder Bettwäsche oder ein Sparkonto mit Inhalt oder eine Golduhr oder anderes „Wertvolles", Sachen, die man auch als „Aussteuer" bezeichnen könnte? Auf jeden Fall doch wohl handfeste Dinge, Geschenke, die ein ganzes Leben an diese Ereignisse erinnern würden? Soweit die Elternseite.

Lisa und Freundin Eva hatten allerdings völlig andere Ideen im Kopf. Um es klar zu sagen, sie hatten einen ganz festen Plan, der mit den von den Eltern vorgetragenen Angeboten, mochten sie diese noch so behutsam und vermeintlich verlockend darlegen, absolut nichts zu tun hatte.

Beide Elternpaare konnten stur sein, konnten sich anscheinend unnachgiebig geben, einige Zeit. Doch die Mädchen waren ja ihre Töchter und hatten diese Dickköpfe geerbt und im Laufe der Zeit so verfeinert, so erstklassig ausgeprägt, dass sie nahezu unschlagbar geworden waren und es mit ihren Eltern aufnehmen konnten. Außerdem hatten beide einen Trumpf in der Hinterhand, den es allerdings galt, sehr geschickt einzusetzen und das bedeutete, man musste genau den passenden und entscheidenden Augenblick erwischen.

Für beide war der jeweilige Papa das Kreuz As in ihrem raffinierten Spiel. Die Mütter wussten das genau, immer wieder war ihnen vorgeführt worden, wie geschickt ein Mädchen seinen Papa um den Finger wickeln konnte. Sie hatten zwar meist dagegen gehalten und auch manches Mal wütend geschimpft, aber im Endeffekt gaben sie nach – die Klügere sah eben ein, dass Widerstand sinnlos war – und meist unterstützten sie am Ende resignierend die Väter und freuten sich, wie gut sich alle schließlich einigten und wie harmonisch das Familienleben insgesamt gesehen trotz der mehr oder weniger heftig ausgetragenen Gefechte doch ablief.

Töchter haben ein großes Repertoire an Überredungsmöglichkeiten. Wütende, oft lautstarke Worte, Kraftausdrücke, gar nicht mädchenhaft, beleidigt den Kopf in den Nacken Werfen, Türen Knallen, Drohungen, man werde nie wieder ein Wort mit den Eltern reden, man verstehe die Eltern nicht, die so eigensinnig sein konnten und vor allem so un-einsichtig.

Man verstehe eigentlich niemanden, niemanden verstehe einen, ausgenommen natürlich die beste Freundin.

Man hasse die Eltern, man hasse eigentlich alles und jeden, außer natürlich diese beste Freundin. Man werde so schnell wie möglich ausziehen, am besten natürlich mit dieser besten Freundin zusammen ziehen. Das Repertoire der meist lautstark vorgetragenen empörten Aussagen war uner-schöpflich.

Klar, all diese mit dem Brustton der Überzeugung wütend heraus geschrienen Mitteilungen gab es so hin und wieder, aber all das war auch meist ganz schnell vergessen, wenn alle Kampfhühnchen, Kampfhennen und Kampfhähne sich beruhigt hatten.

Streit auf Dauer war einfach zu anstrengend. Wie sollte man das schaffen, sich in einem Haus ständig aus dem Weg zu gehen, keine Wünsche mehr äußern zu dürfen, keinen Klatsch und Tratsch mehr erzählen zu können, keine Gefüh-le mehr darlegen zu können, weil man ja gedroht hatte, für immer zu schweigen? War äußerst schwierig, wollte man sein doch recht angenehmes und bequemes Leben wieder im normalen Rahmen weiter führen. Man musste eben auch mal über den eigenen Schatten springen können, so sagten sie sich irgendwann alle. Meist fanden sie einen akzepta-blen Weg, so dass niemand sich zu stark übervorteilt fühlte, meist sahen sie ein, wo sie zu weit gegangen waren und suchten Lösungen, mit denen alle leben konnten.

Eva und Lisa waren absolut unzertrennliche Freundinnen. Keine konnte und wollte ohne die andere sein. Eva war Ein-zelkind, Lisa hatte nur diesen Bruder, den sie zwar heiß und innig liebte, den sie auch grenzenlos bewunderte, der aber als Seelentroster oder als Gesprächspartner bei Mädchen-fragen völlig ausfiel, weil er erstens ein Mann war und zweitens viel zu alt war.

So empfanden die Mädchen sich enger verbunden als Schwestern es je sein könnten. Seit Anfang ihrer Freundschaft verbrachten sie so oft wie nur möglich Tag und Nacht zusammen. Jede hatte bei der jeweils anderen Familie ihr eigenes Bett im Zimmer der Freundin. Gerade die Nächte erwiesen sich als ideal, um jede Kleinigkeit, die Mädchen eben beschäftigte, bis in feinste Einzelheiten zu zerlegen und stundenlang darüber zu reden. Untermalt von ihrer jeweiligen Lieblingsmusik gab es nichts, was sie nicht besprachen.

Beatles und Rolling Stones, Evas Lieblingsbands, waren nie Lisas Favoriten, eher schon Fats Domino und vor allem Harry Belafonte, mit denen Eva wiederum wenig anfangen konnte. Aber sie tolerierten gegenseitig ihre Musik und noch schöner war es, wenn sie sich auf gemeinsame Melodien und Texte einigen konnten.

Oft trällerten sie nach erschöpfendem Gedankenaustausch dann nur noch die Texte gerade aktueller Songs, die sie beide herrlich witzig fanden und die wunderbar zur Stimmung alberner Teenager passten.

Die deutschsprachigen Lieder von Esther und Abi Ofarim, diesem zu der Zeit sehr berühmten Gesangs Ehepaar, eigneten sich besonders gut zum inbrünstigen Mitjohlen. „Cinderella Rockefella" wurde zu einem ihrer bevorzugten Nachtlieder, das ihre Eltern an den Rand des Wahnsinns trieb, wenn sie gegen Mitternacht oder noch später

„You're the lady, you're the lady that I love" trällerten und mit Hingabe immer wieder den Refrain anstimmten:

„I love your touch, thank you so much,

I love your eyes, that's very nice,

I love your chin, say it again,

I love your chinny chin chin.

You're the fella, you're the fella that rocks me. Rockefella, Rockefella"

Der Song war eben zu schön, davon waren sie überzeugt. Was ein „chin", ein Kinn, oder ein „chinny" in diesem Zusammenhang eigentlich bedeutete, das wussten sie nicht. Internet, das heute alles weiß, gab es noch nicht. Eltern, die zwar meist alles besser wussten, aber dennoch nicht alles wussten, konnten hier sicher auch nicht helfen. Lehrer fragen, das hätte gefährlich werden können. Wer weiß, welch verfängliche, gar unanständige Hintergründe sich da im Liedtext aufgetan hätten, weiß man ja bei Songtexten nie so genau. Lexika waren gar keine Hilfe. Man fand darin nie das, was man suchte. Nun, sie grämten sich nicht, diese Worte „chinny chin chin" klangen einfach super, nur das zählte. Man konnte die Lieder mit Leidenschaft im Duett vortragen. Der zweite Song Favorit, auch von diesem Paar gesungen, „Noch einen Tanz" hatte auch wunderbares Potenzial für Lisa und Eva. Sie fanden es nie langweilig und mussten selbst bei der 95. Wiederholung lachen, wenn sie beide Esther und Abi mit diesem Text imitierten:

„Schatz, geh nach Haus, dein Mann der ist krank"

„Ist er krank? Medizin steht im Schrank.

Komm, lieber Franz, noch einen Tanz.

Dann geh ich heim zu meinem Mann, zu meinem armen alten Mann!"

Vor Kichern und Lachen mussten sie immer wieder unterbrechen und neu beginnen, bis sie die letzten Strophen voll Genuss singen konnten:

„Schatz, geh nach Haus, dein Mann, der ist tot."

„Ist .er tot? Vorbei ist die Not.

Komm, lieber Franz, noch einen Tanz.

Dann geh ich heim zu meinem Mann, zu meinem armen alten Mann!"

„Schatz, geh nach Haus, gleich wirst du ja reich!"

„Was sagst du, gleich?"

„Du wirst reich durch die Leich."

„Oh nein, lieber Franz, kein‘ Zeit für ein Tanz.

Jetzt muss ich heim zu meinem Mann,

den ich von Herzen beweinen kann."

Da die Ruhephasen in der Nacht durch diese Exzesse ziemlich knapp wurden und die schulischen Leistungen darunter litten, weil beide Sängerinnen morgens nicht allzu frisch in ihren Bänken hingen, durften sie schließlich während der Schulzeit nur am Wochenende nachts zusammen bleiben.

Aber jetzt war die Schulzeit beendet und ihnen wurden kaum noch Vorschriften gemacht, wann sie das Licht zu löschen hatten, wann sie einschlafen sollten.

In solchen Nächten hatten sie sich einen Plan ausgedacht. Bis in alle Einzelheiten wussten sie genau, was sie wollten und wie sie es vorbringen würden. Dazu gehörte auch, klug zu überlegen, welche Einwände Eltern bringen würden und wie man dagegen steuern könnte. Sie waren bestens vorbereitet. Die Eltern dagegen hatten erst einen Tag zuvor von den Ideen ihrer Töchter erfahren und waren doch ziemlich verwirrt und hilflos. Beide Elternpaare hatten spontan abgelehnt, aber einem gemeinsamen Treffen mit allen Beteiligten zugestimmt.

Das war ein wichtiger Pluspunkt für Eva und Lisa, eine sehr gute Ausgangsposition, der erste Schritt zum Erfolg. Sich vorher eine Gegenstrategie auszudenken, war den Eltern aus Zeitgründen kaum möglich gewesen. Das hatten Eva und Lisa sich im Vorfeld genau überlegt. Das war schon der zweite große Schritt zum Erfolg. Nun kam der kritische Schritt, der eigentliche Überzeugungs Disput. Hier mussten sie nun ihr gesamtes Können perfekt einsetzen. Nun, Argumente zu sammeln, Argumente und Gegenargumente geschickt zu verwenden, das hatten sie ja jahrelang in der Schule erlernen müssen. Wie war das noch?

„Nicht für die Schule, sondern fürs Leben lernen wir!" An jenem Abend würde es sich nun herausstellen, ob diese weise Aussage auch stimmte. Hatten sie fürs Leben gelernt, so würden sie heute endlich die Früchte dieser mühevollen jahrelangen Arbeit einfahren können. Die beiden waren recht zuversichtlich. Bisher hatten sie ja eigentlich im Großen und Ganzen ihre Vorhaben immer durchgesetzt. Und nun der aktuelle Plan:

Sie hatten sich in den Kopf gesetzt, mit Lisas VW, den sie direkt nach ihrem 18. Geburtstag geschenkt bekommen hatte, ganz alleine in Urlaub zu fahren, am besten bis zum Mittelmeer, und dort ein paar Wochen zu zelten. Bis in jede Einzelheit hatten sie alles durchgesprochen und geplant.

Die völlig verblüfften und fast entsetzten Gesichtsausdrücke der Eltern sieht Lisa heute noch vor sich. Mit dem Gedanken an eine Reise an sich konnten sie sich ja noch anfreunden, eine Reise mit Reisegesellschaft und Reiseleitung, die ihre Mädchen rund um die Uhr schön behütete. Schlimm genug, dass die Eltern nicht dabei sein würden, aber gut, damit könnte man sich abfinden, wenn nur die Aufsicht vertrauenswürdig wäre.

Solche Reise war nun aber genau das, was die Mädchen auf keinen Fall wollten, da wären ja Eltern noch besser, die konnte man leichter überreden, Freiheiten zu erlauben. Die Argumente schossen regelrecht über den Tisch hin und her.

„Ihr seid nicht volljährig! Ihr habt gar keine eigenen Pässe. Wie wollt ihr über die Grenzen kommen?"

„Kein Problem, ihr gebt uns eben eine Vollmacht, also eine schriftliche Erlaubnis für diese Reise. Das wird akzeptiert. Wir haben uns schon erkundigt".

„Was ist, wenn ihr krank werdet? In der Fremde, gar im Ausland?"

„Es gibt Telefone. In solch einem Fall rufen wir euch an. Dann holt ihr uns eben ab, wenn wir nicht alleine fahren können."

„Was ist, wenn ihr einen Unfall habt? Wenn das Auto unterwegs kaputt geht?"

„Wir werden keinen Unfall haben, Lisa ist eine ausgezeichnete Fahrerin und das seit vielen Monaten, eigentlich schon seit vielen Jahren. Und den offiziellen Führerschein hat sie auch schon fast eineinhalb Jahre. Das Auto wird nie schlapp machen. Es ist doch ein VW. Habt ihr nicht immer wieder betont, wie sicher und gut so ein VW ist? Er rollt und rollt und rollt. Das sind eure Worte und auch die der Werbung."

„Eva hat keinen Führerschein, kann auch gar nicht Auto fahren. Wie soll Lisa große Strecken ganz alleine schaffen?"

„Lisa fährt jeden Tag und könnte ohne Unterlass Tag und Nacht fahren, wenn ihr nur mehr Geld für Benzin springen lassen würdet. Sie steuert doch für ihr Leben gerne ihr

Auto. Sie wird nicht schnell müde. Und wenn sie erschöpft sein sollte, so halten wir eben an und übernachten irgendwo."

„Aber ein Silberbesteck oder ein Sparbuch, das wäre doch was fürs Leben!"

„Sparbücher haben wir ohnehin. Ob da nun 500 DM mehr oder weniger drauf gehortet werden, ist doch egal. Und was sollen wir mit Silberbestecken? Ja, fürs Leben, wissen wir ja. Das wird uns aber keineswegs glücklich machen. Was brauchen wir solchen Aussteuer Quatsch? Wer weiß, ob wir überhaupt einmal heiraten werden. Erst einmal wollen wir etwas von der Welt sehen, wollen neue Leute kennen lernen, wollen studieren und einen Beruf erlernen. Und wozu Aussteuer? Ist nicht unsere Ausbildung eine viel kostbarere Aussteuer? Und wie war das bei euch? Habt ihr euch als junge Leute Silberbestecke und Bettwäsche gewünscht? Denkt mal nach! Hattet ihr sowas dann, als ihr geheiratet habt? Ist nicht alles im Krieg verloren gegangen? Waren das also wirklich sichere Werte?

Schwärmt ihr nicht viel häufiger von Erlebnissen aus eurer Jugend, vor allem von denen, die Erwachsene, zum Beispiel eure Eltern und Großeltern, gar nicht so dolle fanden, bei denen sie eher vor Angst und Panik die Hände überm Kopf zusammengeschlagen haben? Sind diese Erinnerungen nicht viel viel mehr wert und gaben sie euch nicht entscheidende Erfahrungen mit für euer ganzes Leben? Haben sie nicht viel mehr Bestand als Geld und Silberbesteck? Sagtet ihr nicht immer, solche Verrücktheiten kann man nur machen, wenn man jung, frei und ungebunden ist. Und das sehen wir ganz genauso. Später kommt der Ernst des Lebens noch früh genug. Da ist dann reichlich Zeit für Planungen, in denen eventuell Silberbestecke, Sparbücher und Bettwäsche etwas zu suchen haben."

„Aber eigentlich solltet ihr doch die Ferien nutzen und lernen, euch aufs Studium vorbereiten, da kann ja so viel gefragt werden, was ihr noch nicht könnt!"

„Wir brauchen auch ein paar Wochen Erholung. Was meint ihr, wie wir danach arbeiten können! Tag und Nacht werden wir dann lernen! Das versprechen wir!"

So ging es hin und her. Ihre Deutsch Lehrerin wäre mächtig stolz auf sie gewesen, hätte sie diese Diskussion miterleben können. Sie hatte ihnen offensichtlich wirklich gutes Handwerkzeug mit gegeben. Jahrelanges Training hatte sich bezahlt gemacht.

Die Gegenargumente der Eltern wurden immer schwächer Das entging keinem der vier. Ute und Lisa merkten triumphierend, wie sie Oberwasser bekamen. Die Väter hatten sie praktisch schon auf ihrer Seite, auch wenn die das noch nicht offen zugaben. Die Mütter würden ihre Bedenken bestimmt auch bald aufgeben. War da nicht schon fast ein stolzer Unterton bei den Vätern zu hören? Hatten sie nicht großartige Töchter, die so geschickt kämpften, um an ihr Ziel zu kommen? Waren ihre Argumente nicht tatsächlich überzeugend? Und war es nicht im Grunde toll, dass Töchter sich sowas zutrauten? War das denn wirklich so verwunderlich? Nein! Das war es ganz und gar nicht! Es waren eben ihre Töchter! Genau so hatten sie sich Töchter gewünscht."

Und so gaben die Eltern ihren Widerstand schließlich auf und versuchten, wenigstens noch das Gefährlichste und Schlimmste zu verhindern. Sie bestanden darauf, dass die beiden nicht bis zum Mittelmeer fahren sollten, die Schweiz erschien ihnen wesentlich sicherer, denn da gab es hoffentlich keine verführerischen Südländer, die ihren Mädchen die Köpfe verdrehen würden oder weiß der Himmel, was sonst noch alles mit ihnen anstellen würden. Lieber gar nicht genauer daran denken. Vierzehn Tage maximal müssten auch ausreichen.

Mit dem Kompromiss Vorschlag, zum Genfer See zu fahren und dort ihr Zelt aufzuschlagen, waren dann alle zufrieden. Nun konnte man die genauere Planung angehen, konnte den Atlas durchforsten, welche Strecke man nehmen wollte, konnte rechnen, welche Kosten entstehen würden und was eben alles sonst noch zu beachten war.

Bis kurz vor Basel reichte die Autobahn, dann würden sie die Grenze passieren, und in der Schweiz auf Landstraßen gemütlich vorbei am Lac de Biel, an Neuchâtel, am Lac de Neuchâtel, an Lausanne hin nach Genf und zu einem Zeltplatz am Genfer See zuckeln. Irgendwo müssten sie vermutlich Zwischenstation machen, da sie sich ja tatsächlich nicht beim Fahren ablösen könnten. Das würde sich nach jeweiliger Situation ergeben. Das war sicher kein unlösbares Problem, einen schönen Platz zu finden. Darüber machten sie sich noch keine Gedanken. Einzig wichtig war es, dass sie möglichst bald im gepackten Auto sitzen würden, den guten Ratschlägen der Eltern entkommen könnten und los fahren könnten.

Endlich! Der große Tag brach an. Das Auto war von Papa perfekt gepackt worden. Das hatte er sich nicht nehmen lassen. Da war er schließlich Experte. Neben den vielen Ermahnungen und besorgten Hinweisen, ja vorsichtig zu sein und ja auf sich aufzupassen, und ja nicht fremden Männern zu glauben oder gar mit ihnen irgendwo hin zu gehen und sich natürlich von unterwegs abends sofort telefonisch zu melden, egal ob etwas passiert wäre oder nicht, hatten sie zum Glück auch handfestere Hilfen bekommen, nämlich das nötige Taschengeld, um diese Reise finanzieren zu können. Die Papas waren recht großzügig gewesen, und ohne deren Wissen gab es auch von den Mamas noch einigen heimlichen Zuschuss. Man konnte ja nie wissen, in welche Notlagen die Mädchen kommen würden. Mütter haben eben immer noch einen weiteren, ganz speziellen Sinn und erahnen oft, was ihren Kindern bevorstehen könnte.

Wie Recht sie damit hatten!

****

Abenteuerliche Fahrt in die Schweiz

Sie fuhren morgens um zwei los. Es war stockdunkel, aber sie würden ja in den Morgen hinein fahren. Sonnenaufgang war gegen fünf Uhr, also würde es bereits ab halb fünf spätestens dämmern und die Sicht würde immer besser werden. So wären sie gegen Mittag etwa vor Basel, am Grenzübergang in die Schweiz. Soweit der Plan.

Wie war das noch? „Der Mensch denkt, Gott lenkt"? Hier würde eher passen, Lisa lenkte, der VW dachte. Und leider hatte dieser sonst ständig bereitwillig und problemlos rollende Bursche genau an diesem Tag andere Vorstellungen bezüglich Unverwüstlichkeit, Zuverlässigkeit und Robustheit.

Noch aber ließ der gute VW sich nichts anmerken und wiegte seine Insassinnen in schönster Sicherheit. Daher waren Lisa und Eva bester Laune, sangen oder besser gesagt, gröhlten lautstark mit tiefen Bass Stimmen und voller Inbrunst ihre beiden Speziallieder, die sie immer bei ihren Ausflügen im Auto anstimmten. Natürlich nur, wenn sie unter sich waren:

„In der Nacht ist der Mensch nicht gern alleine" und „Es stand ein Soldat am Wolgastrand". Zum Glück musste außer ihnen niemand diesen „Kunstgenuss" ertragen. Wie sie irgendwann einmal ausgerechnet auf diese beiden Lieder gekommen waren, konnten sie nicht mehr erklären. Vermutlich hatten sie diese Eingebung bei einem ihrer vielen unglaublich albernen Gespräche während ihrer von den Papas gesponserten Autofahrten. Sie waren fest überzeugt, die würden so gut passen und es wurde schließlich zum Ritual, sie zu schmettern, sobald sie mit Lisas Auto fuhren. Von beiden Liedern kannten sie den Text mehrerer Strophen auswendig und setzten ihren ganzen Ehrgeiz darin, die Interpretationen immer neu zu erfinden, immer weiter zu verbessern. Das ging immer so lange, bis sie sich vor Lachen verschluckten, nur noch prusteten und schließlich ihren Gesang abbrechen mussten.

An diesem frühen Morgen waren sie keine 30 Minuten unterwegs, da wurde ihr Gesang von einem seltsamen Geräusch gestört. Sie beachteten es erst gar nicht, dachten, das hätte nichts mit ihnen zu tun. Doch dieses Geräusch wurde immer lauter und bedrohlicher. Lisa drosselte die Geschwindigkeit, Ute kurbelte das Seitenfenster hinunter und streckte ihren Kopf aus dem Fenster. Das Geräusch war ohrenbetäubend. Sie waren starr vor Entsetzen. Was nun? Da stimmte etwas nicht mit ihrem Auto, aber was? Sie hatten absolut keine Ahnung. Es hörte sich so an, als würden ständig Steine mit enormer Wucht gegen Blech geschleudert werden, wirklich beängstigend. Rechts auf den Standstreifen fahren und auf Hilfe hoffen? Vielleicht erst einmal die beste Lösung.

So standen sie auf dem Seitenstreifen und überlegten, was zu tun sei. Es dauerte nicht lange, da stoppte in einiger Entfernung hinter ihnen ein kleiner Lieferwagen, ließ seine Scheinwerfer eingeschaltet und mehrere Männer stiegen aus. Panische Gedanken stürzten auf sie ein und sie fragten sich: Nähern sich jetzt Verbrecher? Potentielle Diebe? Potentielle Vergewaltiger? Potentielle Mörder? Alle Warnungen, die sie je gehört hatten, und ihre Eltern waren damit ja sehr freigiebig und fantasievoll umgegangen, prasselten auf sie ein und versetzten sie in Angst und Schrecken. Es war zu spät, sich zu beraten, sie waren auch viel zu geschockt dazu. Die Männer näherten sich bereits, zunächst vorsichtig, weil sie vermutlich selber Gefahren ausschließen wollten, dann forscher, da sie die Insassinnen ausmachen konnten. Der im Auto befindliche Fahrer folgte ihnen langsam mit dem Lieferwagen.

Sie trugen Overalls, sahen nicht weiter bedrohlich aus. Sie waren wohl auf dem Weg zu ihrer Arbeitsstelle. Mutig und auch erleichtert öffnete Lisa ihr Fenster und erklärte ihnen, was passiert war. Sofort gingen die Männer um das Auto herum und rüttelten an jedem Rad. Es dauerte keine drei

Minuten, da wussten sie, was nicht in Ordnung war. Hinten rechts war das Kugellager des Rades hinüber, so sagten sie. Auch teilten sie den Mädchen mit, dass man damit eigentlich nicht mehr fahren dürfe, das Auto müsse sofort in eine Werkstatt. Als die Männer hörten, wohin die beiden Mädchen an diesem Tag noch fahren wollten, verstummten sie betreten. Sie boten an, von ihrer Arbeitsstelle aus die Eltern zu informieren, die dann Hilfe organisieren könnten. Das kam aber nicht in Frage. Das wollten Lisa und Eva auf keinen Fall. Sie verboten den Helfern, irgendjemanden zu informieren. Auch nicht die Polizei oder wer sonst für solche Zwischenfälle zuständig war, sollte benachrichtigt werden. Und so fuhren die freundlichen Arbeiter kopfschüttelnd davon.

Was die später wohl ihren Kameraden erzählten! Herrliches Futter für Stammtisch Gespräche: Frau am Steuer, man wusste es ja schon immer. Auto wollen sie fahren, aber haben von nichts eine Ahnung! Bis nach Genf wollten die beiden. Sowas Hirnrissiges hatten sie ja noch nie gehört. Zwei Mädchen ganz alleine! Das konnte ja niemals gut gehen. Das hätten sie ihren Töchtern nie erlaubt! Bestimmt nicht. So würden sie vermutlich laut tönen. Vielleicht aber auch bewunderte der ein oder andere heimlich, tief im Innern, diesen Mut. Väter können durchaus beide Empfindungen parallel spüren. Ob sie das allerdings dann zugeben, das ist eine andere Sache.

Lisa wusste, die nächste Abfahrt auf ihrer Strecke war nur wenige Kilometer entfernt. Und die nächste Stadt war auch nicht weit weg. Diese Ausfahrt mussten sie erreichen, komme, was wolle, dann würden sie in Ruhe überlegen und entscheiden, was weiter zu tun wäre.

Lisa merkte, wenn sie ihre Geschwindigkeit auf ca. zwanzig Kilometer drosselte, war das Geräusch etwas weniger schrill. Nun befanden sie sich allerdings auf einer Autobahn. Um diese Zeit war der Verkehr gering und sie konnten problemlos überholt werden, zunächst wenigstens. Sie zuckelten also voller Anspannung, aber auch zuversichtlich weiter der rettenden Ausfahrt entgegen. Sie hatten das Gefühl, das schreckliche Scheppern nähme immer mehr zu, trotz der geringen Geschwindigkeit.

Und da ein Unglück selten alleine kommt, meistens kommt ja auch noch Pech dazu, kam genau das, was sie wirklich gar nicht gebrauchen konnten: Sie näherten sich einer Baustelle, in deren Verlauf nur eine schmale Spur befahrbar war. Ihr guter alter Käfer besaß noch keine Warnblink Anlage - gab's die überhaupt schon bei normalen PKW? - also konnte man anderen Verkehrsteilnehmern nicht schon von weitem mitteilen, dass etwas nicht in Ordnung war. Das entpuppte sich als die nächste Schwierigkeit, die zu meistern war.

Woher nur kamen plötzlich all die Autos mitten in der Nacht, die sich jetzt hinter ihnen stauten, wütend hupten und aufblendeten? Was sollten sie denn tun?

Eva kniete auf ihrem Sitz und gestikulierte heftig, um zumindest dem direkt folgenden Auto und dessen Insassen verständlich zu machen, dass sie eine Art Panne hatten und nicht schneller fahren konnten. Doch wie sollte man das mit Pantomime übermitteln? Eva bemühte sich wirklich nach Leibeskräften, sie gab alles, setzte Kopftücher und Bücher und jedes Teil, was ihr in die Hände fiel, ein. Viel Erfolg hatte sie dennoch nicht. Das folgende Auto war nun dicht aufgefahren und das stellte sich als hilfreich heraus. Darin befanden sich Männer, die wohl genau wie ihre Helfer zuvor zur Arbeit fahren wollten und die schließlich amüsiert waren über das Mädchen, das da vor ihnen wie ein Kobold herum hüpfte.

Sie hupten nicht mehr und blendeten nur ab und zu auf, um das Schauspiel besser beobachten zu können. War doch gar nicht so übel, den Arbeitstag mit diesem Anblick zu beginnen. Vielleicht war das ja eine Irre, die gerade der Nervenklinik entsprungen war? Solche Klinik war nicht weit entfernt.

Evas und Lisas Nerven waren bis zum Äußersten gespannt. Sie beide hatten hochrote Köpfe. Das fiel im Dunkeln nicht weiter auf. Lisa lief der Schweiß in Strömen über ihren Körper. Sie erhöhte die Geschwindigkeit ein wenig, doch bereute dies sofort, weil das Auto heftig rebellierte. Also wieder zurück zum Schneckentempo und eben Eva weiter Verrenkungen machen lassen.

Endlich kam die Ausfahrt. Wie erleichtert die beiden waren, ist kaum zu beschreiben. Sie wurden überholt und schauten vor Scham lieber gar nicht hin, welche Mimik und Gestik die Autofahrer ihnen zugedachten. Völlig erschöpft hielten sie am Straßenrand an, um zu überlegen, wie sie weiter vorgehen sollten. Sie könnten noch mit ihrem Auto, das eher die Geräusche eines Panzers von sich gab, in den nächsten Ort schleichen und dort eine Telefonzelle suchen und zu Hause anrufen und um Hilfe bitten.

Beiden war klar, würden sie das tun, so wären in Kürze, Eltern, Bruder und wer sonst noch zur Stelle und sie müssten mit nach Hause. Das wäre das klare Ende ihres Ausflugs. Wenn schon wenige Kilometer von zu Hause entfernt die erste Katastrophe geschah, würden ihre Eltern sie nie weiter fahren lassen. Eine andere Lösung musste her. Und so entschlossen sie sich, zur nächsten Tankstelle zu fahren und dort die nötige Reparatur durchführen zu lassen. Sehr intelligent war dieser Entschluss nicht, denn eine Tankstelle hatte sicher keine Möglichkeit, ihnen zu helfen. Darüber hatten sie nicht weiter nachgedacht. Lisa kannte zu Hause eine Tankstelle, deren Pächter ein Freund ihres Bruders war und der immer Autos reparierte, also war es für sie vollkommen logisch, zu einer Tankstelle zu fahren. Eva hatte noch viel weniger Ahnung von solchen Dingen. Sie hatte ja weder Führerschein noch Auto.

Zufrieden, eine gute Lösung gefunden zu haben, fuhren sie also weiter, bis sie eine Aral Tankstelle ausmachten. Sie fuhren zum Kassenraum. Alles dunkel, alles wie ausgestorben. Ein kleines Schild verkündete ihnen: Öffnung ab acht Uhr in der Früh. Nun gut, hatten sie es so weit geschafft, würden sie auch den Rest noch hin bekommen. Sie parkten seitlich neben dem Eingang. Inzwischen war es so ca. vier Uhr. Also mussten sie vier Stunden überbrücken.

An Schlafen war nicht zu denken, sie waren viel zu aufgedreht. Sie machten es sich so gemütlich, wie das eben auf den Vordersitzen eines VW Käfers ging, vernaschten einen Teil ihres Proviants, da die Aufregungen sie mächtig hungrig gemacht hatten. Mit vollem Bauch sah die Welt doch schon viel schöner aus, Probleme verkleinerten sich. Am Horizont erschien bereits ein heller Streifen, die Vorankündigung des Sonnenaufgangs. War das nicht ein gutes Zeichen? Es würde sich sicher bald alles regeln. Eva suchte eines der Bücher, die als Ferienlektüre gedacht waren, heraus und begann, es Lisa vorzulesen. Sie hatte eines mit leicht schlüpfrigem Inhalt gewählt, zumindest hatten sie, ehemalige Schülerinnen des Mädchengymnasiums, dieser strengen „Anstalt" damals diesen Eindruck.

Die Zeit verstrich erstaunlich schnell und tatsächlich, um kurz vor acht, fuhr ein Mann auf einem Fahrrad herbei, stieg erstaunt ab und fragte sie nach ihren Wünschen. Nachdem sie ihm ihr Problem erzählt hatten, schüttelte er nur entgeistert den Kopf und teilte ihnen mit, dass er keine Werkstatt hätte, dass er ihnen also nicht helfen könnte. Als er die entsetzten Mienen der Mädchen sah, beruhigte er sie und beschrieb ihnen den Weg zur nächsten VW Werkstatt, gar nicht weit entfernt. Also auf ein Neues.

Mit großem Getöse ratterten sie kurz danach auf den Parkplatz besagter Werkstatt, ganz wie in einem Witz schien der Käfer zu brüllen: „Rumpel, pumpel, ich bin ein Panzer".

Hier standen bereits eine Reihe von Autos mit ihren Besitzern davor. Alle wollten irgendwelche Reparaturen am Auto durchführen lassen und alle waren bereits vor ihnen eingetroffen. Wann würden sie einen Termin bekommen? Ein Mann, der für die Annahme von Reparaturen zuständig war, kam zu ihnen, da es nicht zu überhören gewesen war, welches Problem hier gelöst werden musste. Er sagte ihnen, sie kämen dann an die Reihe, wenn die Autos x bis y fertig wären. Sie könnten ja so lange wieder mit Bus oder Taxi nach Hause fahren.

So viele Aufregungen hatten sie nun schon hinter sich gebracht und waren doch nach ungefähr sieben Stunden erst ganze vierzig Kilometer von zu Hause entfernt. Nein, aufgeben, das kam nicht in Frage. Mit weinerlicher Stimme und mit Tränen in den Augen erzählte Lisa ihm, wohin sie heute eigentlich hätten fahren wollen, erzählte, dass sie auf keinen Fall den Eltern Bescheid geben wollten, weil sie diese Reise, die so lange geplant worden war, auf die sie sich so gefreut hatten, sonst vergessen könnten.

Eva unterstützte sie mit heftigem Nicken und Schluchzern an den richtigen Stellen. Beide hatten gar nicht bemerkt, dass sich inzwischen eine Gruppe von Männern um sie gebildet hatte. Schließlich sagte einer aus der Gruppe:

„Das geht nicht an, diesen Mädchen alles zu versauen. Aber wenn sie noch bis nach Basel wollen, locker 700 Kilometer, dann müssen sie wirklich bald los fahren. Kommt, lassen wir sie vor. Die beiden sind doch schon mit den Nerven am Ende. Haben ja im Grunde auch schon vier Stunden länger gewartet als wir. Alle einverstanden? Die Reparatur geht doch fix."

Es waren alle einverstanden. So hektisch wie heutzutage war die Zeit noch nicht. Man hatte Verständnis für Notlagen und half, wenn es sich machen ließ.

Lisa und Eva waren überglücklich und dankbar. Nach kurzer Zeit war ihr Auto wieder fahrbereit und konnte surrend, nicht scheppernd, rollen, rollen, rollen, wie sich das für einen Käfer gehörte. Zum Glück hatten sie ja von ihren Müttern diesen „Zusatzgroschen" bekommen, mit dem sie die Reparatur bezahlen konnten. Mütter und ihr spezieller Sinn! Sehr teuer war die Sache nicht. Es ging ohne Rechnung. Der Werkstattleiter hatte wohl nur den Selbstkostenpreis gefordert.

So fuhren Lisa und Ute denn endlich Richtung Basel. Singend, lachend, Geschichten erzählend kamen sie zügig voran. Ihr Plan, am selben Tag noch in der Schweiz oder sogar in der Nähe von Genf einzutreffen, war allerdings nicht mehr durchführbar. Kurz vor Basel, es war später Nachmittag, spürte Lisa, dass ihre Kräfte sie verließen. Sie hatten keine Pausen mehr eingelegt, um Zeit aufzuholen. Eva hatte sich aufopferungsvoll bemüht, Lisa mit Unterhaltungsprogramm, mit Futter und Getränken munter und wach zu halten.

Doch jetzt waren beide einfach nur noch erschöpft. So fuhren sie von der Autobahn ab und hielten in einem malerischen Ort in wunderschöner Landschaft. Sie fanden eine kleine günstige Pension, in der sie ein Zimmer mieten konnten. Der Ort war entzückend, ein richtiger Ferienort. Ihre Pension hatte eine schöne Terrasse, auf der sie, nachdem sie sich etwas frisch gemacht hatten, bei einem leckeren Getränk die Abendsonne genießen wollten. Egal, wenn das noch mehr Löcher in ihre Urlaubskasse riss. Das brauchten sie jetzt. Also saßen sie dort und da Lisa sich völlig ausgetrocknet fühlte, bestellte sie ein großes Bier als Durstlöscher.

Von einer Telefonzelle aus hatten sie ihren Eltern Bescheid gegeben, dass sie in diesem netten Ort Zwischenstation gemacht hätten, um Lisa nicht zu überanstrengen. Am nächsten Tag würden sie dann Richtung Genf weiter fahren. Alles wäre in bester Ordnung. Es hätte keinerlei Zwischenfälle gegeben. Keiner müsste sich Sorgen machen. Alles wäre einfach perfekt gelaufen.

Dass sie erst abends anriefen, wunderte niemanden. Tagsüber geführte Ferngespräche waren zu der Zeit kaum zu bezahlen. Erst gegen Abend konnte man sich ganz kurze Telefonate leisten. Wie praktisch: Man musste möglichst spät anrufen und sich ganz ganz kurz fassen. Ausgezeichnet. Was Besseres hätte ihnen nicht passieren können.

Sie saßen in der Sonne und schlürften ihre Getränk. Lisa hatte das Glas kaum zur Hälfte geleert, da überkam sie schlagartig eine enorme Müdigkeit und sie wollte nur noch ins Bett. Beim Aufstehen merkte sie, wie sie schwankte. Sie war beschwipst! Von einem halben Glas Bier! Sie konnte es nicht fassen. Kichernd ließ sie sich von Eva an die Hand nehmen und ins Zimmer führen. Es gab keine Gespräche mehr, keine Lieder, nichts. Beide fielen todmüde in ihre Betten und schliefen so tief und fest wie kaum je zuvor.

Völlig erfrischt, voller Tatendrang fuhren sie dann am nächsten Morgen nach einem ausgiebigen Frühstück weiter ihrem Ziel entgegen.

****

Brave Mädchen
- und keine Eltern weit und breit

Bester Stimmung, voller Freude, Aufregung und Erwartung, was noch alles auf sie zukommen würde, fuhren Lisa und Eva munter durch die berauschend schöne Landschaft der Schweiz. Gegen Nachmittag trafen sie am Lac Léman, am Genfer See ein, fuhren eine Strecke am Ufer entlang auf der Suche nach einem dicht am Wasser gelegenen Campingplatz. Weit und breit entdeckten sie nichts Passendes. Campingplätze gab es anscheinend nicht so viele in der Schweiz. Dass sie sich Genf näherten, erkannten sie an der berühmten großen Fontäne, dem „jet d'eau", einem Springbrunnen im See vor Genf, dessen Wasserstrahl bis zu 140 Meter hoch schoss und bei unterschiedlichen Lichtverhältnissen immer wieder neue und herrliche Eindrücke hinterließ. Wie das Wasser in breiten Bahnen zurück in den See fiel, sah beeindruckend aus.

Immer noch zeigte sich am Seeufer kein Platz, auf dem sie ihr Zelt hätten aufbauen können. Sie wollten doch unbedingt direkt am See ihr Quartier aufschlagen und nun mussten sie feststellen, das schien nicht zu klappen. Schon leicht enttäuscht und entmutigt fuhren sie durch Genf hindurch, wurden aber durch den Blick auf beeindruckende Alleen, wunderschöne kleine Straßen und Häuser jeglichen Alters und jeglicher Ausführung etwas besänftigt. Schließlich führte eine größere Straße sie auf die andere Seite des Sees und siehe da, genau gegenüber der Fontäne war tatsächlich ein Campingplatz, genau wie sie ihn sich gewünscht hatten. Große Wiesenflächen, bedeckt mit Zelten und Wohnwagen, dehnten sich bis ans Wasser aus. Das war es. Das war ihr Platz!

Sie fuhren schwungvoll vor eine Schranke neben dem Häuschen, in dem man sich anmelden musste. Lisa ging zum Eingang. Die Tür stand offen und ihr kam ein süßlicher Rauch in die Nase. Oha, hier hatte jemand gekifft. Ein junger Mann kam ihr entgegen. Er sah genauso aus, wie Lisa sich jemanden vorstellte, der sich mit Haschisch etc. auskannte. Sehr freundlich fragte er nach ihren Wünschen, erkundigte sich, wie lange sie bleiben wollten und wie groß ihr Zelt wäre. Lächelnd bekundete er, alles würde super geregelt werden, „pas de problemes" keine Probleme zu erkennen. Dann spazierte er ihrem Auto voraus und winkte ihnen, ihm zu folgen. Bald schon wies er ihnen einen Platz für ihr Zelt zu. Sie konnten es kaum fassen, wo er sie hingeführt hatte! Blick auf den See, Blick auf die Stadt Genf, Blick auf die Fontäne!! War das ein Traum!!! Das war der schönste Platz auf dem ganzen Gelände, so kam es ihnen vor. So ein netter Mann! War ihnen doch egal, wie er aussah und was er konsumierte. Sie bedankten sich überschwänglich und begannen umgehend mit dem Auspacken des Autos.

Eva hatte noch nie gezeltet, hatte also keine Ahnung, was zu tun war, um ein Zelt aufzubauen. Lisa hatte schon viel Erfahrung mit Camping, allerdings hatte sie beim Aufbau eines Zeltes sich immer im Hintergrund gehalten und die Arbeit weitgehend Vater und Bruder überlassen. So wusste sie zwar prinzipiell, was zu tun war, kannte sich aber mit den Tücken im Einzelnen wenig aus. Ja, Papa und Stefan hatten manches Mal geflucht und sich rüde Anweisungen zugerufen, doch da Lisa sich in diesen Situationen vorsichtshalber verkrümelt hatte, war ihr nie klar geworden, wo die Probleme steckten und wie man sie löste.

Das ging nun dieses Mal leider nicht, zunächst wenigstens nicht.

So standen die beiden Mädchen bald mitten zwischen Bergen von Zeltwänden und Gestängen und Zubehör wie Tauen und Heringen. Sie hatten kaum bemerkt, dass sich nicht weit entfernt eine Gruppe von jungen Männern versammelt hatte, die sie beobachtete. Auch Kommentare und Lachen nahmen sie nicht bewusst wahr bzw. ignorierten sie. Sie brauchten keine Gaffer. Alles würden sie in Kürze geregelt kriegen.

Das Zelt war ein Familienzelt, hatte einen kleinen Wohnraum und einen abgetrennten Schlafraum, in dem Lisa und Bruder und Eltern geschlafen hatten, war also für zwei Personen sehr großräumig. So weit, so gut. Nur der Nachteil einer solchen Luxusherberge war eben das Aufbauen. Da brauchte man Köpfchen, Kombinationsgabe, Geduld, lange Arme sowie Kraft und Ausdauer. Genau das Richtige für zwei tatendurstige, unerfahrene, ungeduldige junge Mädchen. Sie waren unschlüssig, womit sie beginnen sollten, womit man beginnen sollte. Klar, das Gestänge musste als erstes zusammen gebaut werden, aber wie? Es gab so viele unterschiedliche Stangen, kurze, lange, dicke, dünne, mit Spiralen drin, ohne Spiralen, mit Spitzen an den Enden, ohne solche Spitzen. Hätten sie doch nur zu Hause schon mal geübt! Hatten sie aber nicht.

Lisa übernahm aufgrund ihrer angeblich doch langjährigen Erfahrung das Kommando. Schon steckten sie siegesgewiss die ersten Stangen in einander. Sie schienen zu passen, also bastelten sie munter weiter, bis sie an einen Punkt kamen, an dem sie merkten, entweder fehlten eine Menge Stangen oder sie hatten etwas falsch gemacht. Letzteres war das Wahrscheinlichere. Also wieder alles auseinander montieren. Das stellte sich auch als gar nicht so leicht heraus, weil diese falsch eingesteckten Teile nun klemmten und sich kaum lösen ließen. Es war zum Verzweifeln. Bevor sie sich aber Wutanfällen oder gar Weinkrämpfen hingeben konnten, näherten sich die jungen Männer, an deren Spitze der freundliche Platz - Zuweiser von der Anmeldung marschierte.

Für Lisas und Evas Vorstellung sah er reichlich wild aus. Hoch gewachsen, schlank, aber im absoluten Schlabberlook mit roten langen Haaren und einem roten Vollbart. Die anderen Burschen sahen nicht viel anders aus. Sie stellten sich vor. Alle sprachen französisch. Das fanden die Mädchen schon mal sehr sehr attraktiv. Dany hieß der Rotbart. Weiter hielten sie sich gar nicht mit viel Reden auf, sondern machten sich direkt über das Chaos her. Es dauerte keine fünfzehn Minuten und das Zelt war perfekt aufgebaut. Alle strahlten, alle freuten sich. Die Helfer verabschiedeten sich mit einem fröhlichen „À bientôt" und Dany rief den Mädchen zu, dass am Abend, bei Eintritt der Dunkelheit, ein Treffen am Strand geplant sei, Lisa und Eva sollten doch auch kommen und ihr „Bettzeug" mitbringen.

Das hatten sie beide zumindest so verstanden. Ihr Französisch war doch inzwischen ganz gut. Da hatten sie sich bestimmt nicht verhört. Sie schauten sich verblüfft an und beiden fielen sofort alle Ermahnungen der Eltern, vor allem die der Väter ein! Haltet auch fern von Männern, die wollen doch alle nur das „Eine". War das nun tatsächlich schon am ersten Nachmittag der Fall? Ein Mann, der ihnen ein solch unverblümtes Angebot machte? Was dachte sich dieser unverschämte Kerl nur. Was meinte er denn, wen er hier vor sich hätte?

So schnell wie möglich verstauten sie alle nötigen Sachen in ihrem Zelt, auch ihr Bettzeug, also ihre Kopfkissen, Luftmatratzen und Schlafsäcke. Es dauerte nicht allzu lange, da beschlossen die zwei natürlich dennoch, abends zum Treffen am Strand zu gehen. Sie waren ja zu zweit, was sollte ihnen schon passieren? Ihr Bettzeug würden sie natürlich auf keinen Fall mit nehmen. Das wäre ja noch schöner.

Nun aber erst einmal zum Strand, nun unverzüglich den ersten Urlaubstag so richtig genießen.

Sie schwammen ausgiebig und legten sich danach auf die Wiese, auf der schon viele andere Leute, jung und alt, lagen und sich ausruhten. Sie schauten träge auf den See. Die Fontäne und vor allem die fallenden sprühenden Wasserstrahlen glitzerten im roten Licht der untergehenden Sonne. Es war traumhaft schön und sie waren so glücklich und zufrieden, wie sie alles bis hierhin trotz einiger Schwierigkeiten gemeistert hatten. Ein Mann mit Bauchladen schlenderte zu ihnen und schenkte ihnen Probepackungen mit Zigaretten darin. Sie bettelten mit entzückendem Augenaufschlag, wiesen auf ihre knappe Urlaubskasse hin und luchsten ihm so weitere Päckchen mit jeweils drei Zigaretten darin ab. Rauchen an sich fanden sie ok, aber Marihuana oder ähnliches hatten sie nie angerührt und wollten sie auch nie anrühren, nicht einmal nur so aus Neugier. Sie hatten zu viel Angst vor solchen Drogen, mochten sie auch noch so harmlos sein, im Biologie Unterricht hatten sie genug über Auswirkungen erfahren. Sie wollten niemals davon abhängig werden.

Hier auf dieser Wiese mit dieser Postkarten Aussicht und mit dem Zigaretten Vorrat fühlten sie sich wie im Schlaraffenland. Jung, hübsch, unbekümmert, das machte wohl den Zauber aus, dem kaum jemand widerstehen konnte und der manchmal sogar half, kostenlos Zigaretten zu bekommen.

Um die Bilderbuch Atmosphäre noch zu vervollständigen, kreuzte ein Segelboot nicht weit entfernt vom Strand. Die weißen Segel blähten sich in sanfter Brise. An der Ruderpinne stand ein junger Mann. Wie aus einem Werbeprospekt entsprungen wirkte die Szene. Diese Segel vor der Wasserfontäne und der glutroten Sonne, und zur Krönung der junge Mann am Heck, aufrecht stehend, mit weißer Hose und weißem Polo Shirt bekleidet, über den Schultern einen knallroten Pulli lässig geschwungen! Meine Güte, der Anblick war heftig, besonders für den ersten Tag. Die Mädchen mussten schlucken. So einem Mann begegnete man nicht jeden Tag, den müsste man kennen lernen! Das wäre es!

Der Abend kam, es wurde dunkel und die beiden machten sich auf den Weg zum Strand. Es gab keine festen Wege, es gab auch keine Beleuchtungen, die irgendwie Orientierung bieten konnten. Sie mussten sehr aufpassen, nicht ständig über irgendwelche Stricke, die mit Heringen gespannt waren, zu stolpern und aus dem Inneren der Zelte unwillige Kommentare zu hören. Von Ferne hörten sie Gitarrenmusik und Gesang. Das klang nicht schlecht. Die Richtung stimmte also wohl. Die Musik wurde lauter und sie erkannten direkt am Wasser ein großes Lagerfeuer und viele Leute, die im Kreis drum herum saßen oder standen oder tanzten. Mit lautem Hallo wurden sie begrüßt. Dany war da und winkte sie zu sich und seiner Gruppe.

Lisa dachte, es träfe sie der Schlag. Direkt neben Dany saß der Segler, den sie so angeschmachtet hatten. Und im Schein des flackernden Feuers sah er noch anziehender aus. Um wegen ihrer zitternden Knie nicht zu stolpern, ließ sich Lisa schnell auf die Wiese fallen. War das Zufall, dass sie direkt neben den Schönling plumpste?

Didier hieß er, wurde aber von allen nur Didi genannt. Lisa schmolz dahin, jedes Wort, das er sagte, fand sie umwerfend. Sie selber sagte nicht sehr viel, es hatte ihr die Sprache verschlagen, erst recht die französische. Und er konnte kein einziges deutsches Wort, so behauptete er zumindest. Später glaubte sie das auch, später, als sie merkte, dass seine Intelligenz sich wohl in engen Grenzen hielt.

Das Feuer erhitzte sie von vorne, der Mann neben ihr erhitzte sie von der Seite, doch von hinten wurde es kühl, wie das ja nun einmal so ist, wenn man am Lagerfeuer sitzt. Didi bemerkte ihr Erschauern und legte ihr seinen roten Pulli um die Schultern. Damit er nicht runter fiel, hielt er ihn fürsorglich mit einem Arm fest. Lisa erstarrte vor Wonne. Warum sie ihr Bettzeug nicht mitgebracht hätte, fragte er nun. Und ihr fiel es wie Schuppen von den Augen, als sie die anderen jungen Leute um sich herum anschaute. Viele hatten Decken um sich gewickelt oder saßen gar in Schlafsäcken um das Feuer herum. Das also hatte Dany mit „Bettzeug" gemeint. Sie musste lachen und erklärte Didi den Grund. Er lachte mit, stand auf und zog sie hoch, er wollte tanzen.

Ein Mann, der auch noch freiwillig tanzen will! Sie konnte ihr Glück kaum fassen. Sie versuchte Ute Bescheid zu geben, entdeckte sie im munteren Gespräch mit anderen und winkte ihr zu. Didi und Lisa tanzten erst etwas ausgelassen, weit voneinander entfernt, dann zog er sie immer dichter zu sich heran. Sie spürte seinen Körper und zitterte leicht.

Didier hatte sie inzwischen etwas von der Gruppe fort geführt und sie spürte seine Hand, die auf Wanderschaft ging.
Erst lag sie auf ihrem Po, naja, kann man erlauben, dann
wanderte sie höher und höher, näherte sich ihrer Brust.
Nein. Das ging zu weit. Sie schob sie sanft weg. Er versuchte es erneut. So verblendet war Lisa nun doch nicht,
dass sie das hinnahm. Schließlich nahm seine Hand wieder
ein neues Ziel in Angriff und versuchte in ihre Jeans zu
greifen. Sie drückte ihn noch freundlich, aber doch etwas
empört von sich, sagte:
„Non, laisse ! Tu viens d'une frontière à l'autre!" und hoffte, dass die Übersetzung „Nein lass es! Du kommst von einer Grenze zur anderen" auch im Französischen verständlich ausdrückte, dass sie diese Art der Annäherung nicht
wollte. Anscheinend verstand Didier und zeigte schlagartig
kaum noch Interesse an ihr, führte sie zurück zum Feuer
und schlenderte weiter. Lisa war verärgert. So ein Idiot,
dachte sie. Papa hatte Recht, die wollen alle nur das „Eine"
und das auch noch sofort. So krass hätte sie sich das allerdings nie vorgestellt. Und ihre anfängliche Schwärmerei
wandelte sich augenblicklich in Verachtung für diesen
Schönling. So ein dämlicher Angeber. Tagsüber kreuzt er
mit seinem blöden Boot hier wohl auf und ab, um Mädchen
anzumachen und abends will er sie flach legen. Nee, so nun
wirklich nicht mit ihr. Sie ärgerte sich nicht weiter, sondern
unterhielt sich mit Dany und anderen. Dany kannte Didier
wohl ganz genau und freute sich, dass er abgeblitzt war. Er
mochte zwar Haschisch rauchen und längst nicht so gut
aussehen wie der große Angeber, aber er war ein zutiefst
anständiger Kerl und nicht auf schnelle Abenteuer aus.
Dany stellte Lisa seine Freundin Coralie vor. Lisa mochte
die beiden auf Anhieb. Coralie hatte wohlhabende Eltern,
die in den USA oder wer weiß wo, ihren Geschäften nach-
gingen, sich nicht weiter um ihre Tochter kümmerten, ihr
aber ein kleines Appartement in Genf, bestehend aus einem
großen Zimmer, winzigem Bad und noch kleinerer Küche,
finanzierten. Mitten in Genf! Billig war das sicher nicht.

Lisa konnte nur staunen, als sie es ein paar Tage später sah. Man blickte vom Zimmer aus auf den See. Das Luxus Empfinden begann für Lisa schon, als sie das Appartement Haus betrat. Im Eingangsbereich saß in einem kleinen Glasabteil eine Concierge, die genau registrierte, wer das Haus betrat, die nur Personen hinein ließ, die ihr bekannt waren. Kamen Fremde, rief sie die Mieter, die besucht werden sollten, an und erkundigte sich, ob der Besuch erwartet wurde. Zuvor hatte Lisa solche Sachen nur im Kino oder Fernsehen gesehen, nie selber erlebt. Ganz schön aufregend war es.

Als Lisa sich umschaute, erkannte sie Eva, die gerade eng umschlungen mit Didier tanzte. Sie musste lachen, dieser Typ versuchte es wohl bei allen neu eingetroffenen weiblichen Wesen, Frischfleisch auf dem Markt schien seinen Jagdtrieb zu beflügeln. Sie schaute Dany und Coralie an und alle drei mussten lachen. Nun, Eva würde sich schon zu wehren wissen, da machten sie sich keine Gedanken. Und es dauerte auch nicht gar so lange, da war Eva wieder bei ihnen. Dany hatte einen Bruder, der ihm sehr ähnlich war und Eva fand direkt Gefallen an ihm. Das hielt die gesamte Urlaubszeit an. So hatten sie bald beide ihren eigenen Freundeskreis aufgebaut.

Spät abends lagen sie in ihrem Zelt und schliefen nach nur kurzem den Tag Revue passieren lassen, erschöpft ein.

Ihre Zeit auf diesem Campingplatz war sehr aufregend und unbeschreiblich schön zugleich.

Sie genossen jeden Tag, so ausgiebig, wie es ging. An zu Hause dachten sie kaum, nur ab und zu führten sie die nötigen lästigen Telefonate, um zu beweisen, dass sie noch lebten und unversehrt waren. Am ersten Wochenende stellten Coralie und Dany ihnen Francis vor, einen Freund aus Frankreich, der jeden Samstag und Sonntag auf diesen Campingplatz kam, manchmal auch noch einen Tag länger hier verbrachte, wie seine Arbeit es eben zuließ. Lisa und Francis verliebten sich ineinander. Es war nur eine sehr kurze Zeit, dafür eine sehr schöne. Francis war stolzer Besitzer einer Ente, eines Citroën 2 CV. Mit dem kurvten sie durch Genf und mit den beiden zu Coralies Wohnung. Dort angekommen, baute Francis jedes Mal die Batterie aus dem Auto und nahm sie mit in die Wohnung. Warum? Lisa bzw. der Spiegel weiß es nicht mehr.

Eva und Lisa trafen sich meist abends wieder in ihrem Zelt und erzählten sich ihre Erlebnisse. Viel zu schnell vergingen die Urlaubstage und die beiden kehrten in die sehnsuchtsvollen Arme ihrer Eltern zurück.

Jetzt konnten sie berichten, ohne Angst haben zu müssen, dass Konsequenzen drohten. Noch im Nachhinein stellten sich besonders den Müttern die Haare vor Entsetzen auf, bei den Gedanken, was ihren „Kleinen" alles hätte passieren können. Die Väter schmunzelten nur stolz vor sich hin. War doch klar, das waren ihre Töchter!

Es vergingen einige Wochen, da schrieb Francis einen langen Brief. Lisa freute sich riesig, wieder von ihm zu hören und nun einen Brieffreund in Frankreich zu haben. Nicht lange danach bekam sie eine Langspielplatte von ihm geschenkt. Der Sänger war Serge Reggiani. Sie kannte ihn nicht, sie kannte auch die Chansons nicht. So sehr sie sich freute über das Geschenk an sich, so wenig konnte sie zunächst damit anfangen. Doch sie spielte die Lieder immer wieder, weil sie ja von Francis geschenkt worden waren, und irgendwann fand sie den Zugang und erkannte, wie fantastisch sie waren. Vor allem „La femme qui est dans mon lit n'a plus vingt ans depuis longtemps" vielleicht besser bekannt unter dem Titel „Sarah" gefiel ihr so gut, dass sie bald schon mitsingen konnte, da die Texte aller Lieder auf dem Plattencover nachzulesen waren. „Les Loups" war auch ein super Titel, „Les loups sont entrés dans Paris", „Ma Solitude" und „Ma Liberté", alle die wurden zu ihren Lieblings Chansons. Und wie sich später herausstellen sollte, trafen sie auch haargenau den Geschmack von Andreas. Der kannte natürlich Serge Reggiani schon lange, hauptsächlich aber als tollen Schauspieler.

Eines Tages kam ein Brief von Francis, aus Algerien oder war es aus Marokko? In diesem Brief versuchte Francis,

Lisa zu überreden, zu ihm zu kommen. Er vermisse sie so. Er liebe sie, er würde sie so gerne wieder sehen. Das Leben dort sei so wunderbar, man käme auch mit absolut wenig Geld aus. Gleichzeitig fragte er vorsichtig, ob sie ihm etwas Geld schicken könne, er hätte noch keinen Job gefunden und wäre etwas dumm dran, könnte sich nicht einmal Essen kaufen. Sobald er einen Job hätte, könnte sie kommen, dann würde er sie beide schon durchbringen. Lisa saß tagelang mit klopfendem Herzen am Schreibtisch. Sie sprach mit niemandem darüber, auch nicht mehr mit Eva. Irgendwie waren sie nicht mehr so eng mit einander wie zuvor. Mit ihren Eltern konnte sie das Thema gar nicht erörtern.

Sie wusste aber ganz genau, sie wollte nicht weg von zu Hause, wollte auf jeden Fall in Deutschland bleiben, wollte studieren. Ins Ausland gehen und dann auch noch in solch fremdes Land, außerhalb von Europa, das war undenkbar für sie. Sie mochte Francis immer noch, aber eine Liebe war es nicht. Das war eben so ein typischer Urlaubsflirt gewesen, an den man sich gerne zurückerinnert, mehr aber nicht.

Ihr Taschengeld war eng bemessen. zehn DM gab es pro Woche. Sie sparte eine Weile, schickte Francis dann zehn DM in einem Brief, in dem sie ihm erklärte, dass es ihr unmöglich sei, zu ihm zu kommen. Einmal noch antwortete er, bedankte sich freundlich und herzlich, schrieb, dass er sie verstehe und ihr nicht böse wäre, teilte ihr mit, wie lange er mit diesem Geld auskäme und dann hörte sie nie wieder von ihm. Das war ihr auch ganz recht, die Sache war ihr unheimlich geworden.

Coralie und Dany besuchten sie eines Tages und wurden sehr freundlich von ihren Eltern beherbergt, obwohl ihr Äußeres schon fast als sensationell zu bezeichnen war, vor allem in einer spießigen Kleinstadt. Bei Spaziergängen sorgten sie für manches Kopfschütteln und heimliches Tuscheln. Allerdings sahen sie beide im Grunde sehr hübsch aus. Coralie war eine echte Schönheit. Nur eben ihr Outfit war doch gewöhnungsbedürftig für Menschen, die mit

Flower Power nicht viel anzufangen wussten! Lisas Eltern waren tolerant und vielem Neuen gegenüber aufgeschlossen. Sie hatten keine Probleme mit dem Besuch von Lisas Freunden.

Als die Exoten schließlich nach einigen Tagen wieder Richtung Schweiz abreisen wollten, stellte sich heraus, sie waren per Anhalter gefahren und wollten das auch auf dem Rückweg machen. Lisas Papa war entsetzt, wollte ihnen Fahrkarten für den Zug kaufen. Das wiederum lehnten sie entrüstet ab.

Also fuhren Papa und Lisa mit den beiden auf einen Autobahnrastplatz, direkt an der Grenze. Papa wanderte an den parkenden LKW vorbei und fand einen, der in die Schweiz wollte. Er gab dem Fahrer 20 DM und bat ihn, das junge Paar mitzunehmen. Der Fahrer freute sich über das so unerwartete Taschengeld und stimmte gerne zu. Später stellte sich heraus, er war gar nicht die gesamte Strecke gefahren, sondern höchstens ein Drittel und danach hatten die zwei wie bisher wieder getrampt. Sie waren gut zu Hause angekommen. Nur das zählte schließlich und alle waren froh, denn irgendwie hatten sich Lisas Eltern verantwortlich gefühlt.

Auch von diesen beiden hörte Lisa nie wieder. Es war eine kurze Episode ihres Lebens, sehr schön, sehr aufregend, aber eben auch nur vorübergehend.

Lisa lehnt sich in ihrem Sessel zurück, trennt sich von den verzaubernden Spiegelungen, kommt wieder zurück in die Wirklichkeit, in ihr jetziges Sein. Sie ist nicht traurig, nicht böse, nicht enttäuscht. Sie ist glücklich, das alles erlebt zu haben. Jetzt allerdings ist sie erschöpft. Reisen in das eigene vergangene Leben sind anstrengend. Wohin der Spiegel sie nur wieder geführt hat! Welche tief vergrabenen Erinnerungen er wieder hervorgeholt hat!

Lisa seufzt, trinkt den letzten Schluck des Beaujolais, hebt das Glas zu ihrem Spiegelbild und flüstert:

„Danke! Das war sehr schön, dieser Ausflug in die Schweiz. Jetzt muss ich mich erst wieder ein paar Tage erholen, muss mich wieder auf das Hier und Jetzt konzentrieren. Ich freue mich auf unsere nächsten gemeinsamen Stunden. Â bientôt!"

****

Cassis –
Wer Paris gesehen hat und nicht Cassis, der hat gar nichts gesehen (nach Frédéric Mistral)

Tage sind vergangen. Lisa war mit verschiedenen Dingen des Alltagslebens beschäftigt, hat nicht an Spiegelgeschichten gedacht. Man kann nicht zu oft in der Vergangenheit leben, man sollte sich niemals in ihr verlieren. Das Hier und Jetzt fordert Aufmerksamkeit, ist die Zeit, die gelebt und genossen werden will. Auch die alltäglichen Geschehnisse können einen zur Genüge beschäftigen und Freude machen. Wie die Zeit rennt. Wo bleiben die Stunden nur? Tage vergehen wie im Flug, Jahre wirbeln dahin und schon werden Jahrzehnte daraus.

Lisa geht durch ihre Wohnung und wischt ein bisschen Staub vom Bücherregal, ordnet Zeitungen, bringt Geschirr in die Küche. Sie wischt über das Tischchen vor ihrem Spiegel, wischt über die glatte Spiegelfläche und schaut dabei flüchtig auf deren Glas. Ihre Bewegungen verlangsamen sich. Fängt der Spiegel sie und ihre Gedanken wieder ein?

Sie spürt den bekannten Sog. Will sie es zulassen? Ist sie in der richtigen Stimmung? Was könnte er ihr heute bieten? Was würde sie denn gerne in der Erinnerung auftauchen lassen? Kein Glas mit Wein, keine Kerze steht bereit, dennoch sinkt sie auf den Sessel, in dem sie schon so oft saß und von dem aus man sich so wunderbar in die Vergangenheit entführen lassen kann.

Das Staubtuch fällt auf den Boden. Sie bemerkt es nicht, sie ist bereits in der Vergangenheit, wieder befindet sie sich in Frankreich. Der Name Cassis erscheint im Spiegel und vor ihrem inneren Auge.

Cassis, ja, dieser kleine malerische Fischerhafen, ca. dreizehn Kilometer von Marseille entfernt, der nahm solch wichtige Stelle in ihrem Leben mit Andreas ein. Er war sein

Lieblingsurlaubsort schlechthin. Selbst an wunderschönen tropischen Palmenstränden träumte er von seinem Cassis am Mittelmeer mit all den urigen Typen, die dort zu Hause waren, die er zum Teil persönlich kannte, wie zum Beispiel einige alte Fischer auf ihren Booten, die schon lange nicht mehr aufs Meer hinaus fuhren, die aber so viele Geschichten zu erzählen hatten. Man hörte bereits von weitem ihre lautstarken Streitgespräche, die mit leidenschaftlichen Gesten unterstrichen wurden. Meistens, ja, man kann sagen, eigentlich immer, ging es um erfolgreiche Fangmethoden, um die besten Fanggebiete, um richtiges Ausflicken und Knüpfen von Netzen, darum, dass die jungen Fischer oft keine Ahnung vom Metier hatten.

Moderne Ideen waren ohnehin meist zu verwerfen, weil sie ihnen wenig sinnvoll erschienen. Was hatten diese Jungspunde denn schon für Vorstellungen? Schon alleine diese großen modernen Fangschiffe waren ja eine Katastrophe. Wo war da der Bezug zur guten alten Fischer Tradition? Sie mussten allerdings zugeben, dass es noch einige wenige echte Fischer gab, meist die eigenen Söhne. Auch über die gab es genug Gesprächsstoff. Ja, die Alten fuhren nicht mehr zum Fang hinaus, aber ihr Wissen war ja nicht verloren gegangen und so konnten sie jeden Aspekt über Fisch und Fischer und Fischerboote täglich immer wieder mit Inbrunst aus jeder erdenklichen Sicht mit den Kumpeln besprechen.

Andreas kannte auch die aktiven Fischer alle persönlich. Für ihn und somit auch bald für Lisa, war es so spannend, zu beobachten, wie sie mit ihren Booten nach langer anstrengender Arbeit auf dem Meer in den Hafen hinein fuhren und am Kai fest machten. Ihre Frauen hatten bereits Verkaufsstände direkt vor den Anlegeplätzen an der Promenade fertig aufgestellt und warteten auf das, was ihre Männer ihnen bringen würden. Kunden standen bereits Schlange, um die schönsten und frischesten Fische und Meeresfrüchte zu kaufen. Köche aus Restaurants erschienen persönlich, um besondere Leckerbissen auszuwählen und ihre Gäste ein paar Stunden später mit ihren Kreationen zu verwöhnen.

War der Fang, der verkauft werden sollte, von Bord, so blieben auch diese Männer noch lange auf ihren Booten und verrichteten die nötigen Arbeiten. Es wurde geputzt und aufgeräumt und schließlich saßen auch diese Männer mit Netzen vor sich und flickten und knüpften. Im Unterschied zu den Gesprächen der alten Fischer verlief dies meist ohne großes Palaver, jeder konzentrierte sich auf seine Arbeit und rauchte schweigend, vielleicht in Gedanken bei der letzten Ausfahrt, seine Zigarette. Ab und zu flogen dann aber doch Ausrufe zwischen den Alten und Jungen hin und her. Sie neckten sich zu gerne, auch manchmal mit für Außenstehende harten Worten. Aber das war alles meist nur Geplänkel, ohne böse Absicht dahinter.

Am späteren Nachmittag dann traf man den einen oder anderen in einem Bistro am Hafen, konnte ein nettes Pläuschchen halten und ein oder auch zwei Gläser Pastis oder auch Wein mit ihnen trinken. Irgendwie fühlte man sich zugehörig zur großen Familie. Im Laufe vieler Jahre waren so Freundschaften entstanden. Es ging so weit, dass Andreas und Lisa schließlich bei jedem Besuch im Ort Suchard Schokolade, Vollmilch, für einen der alten Fischer als Geschenk mitbrachten. Er hatte keine Zähne mehr, aber, wie er ihnen erzählte, lutschte er diese Schokolade für sein Leben gern. Er freute sich unglaublich über eine Tafel, teilte sie sehr streng in kleine Abschnitte ein, so dass er sich einige Tage daran erfreuen konnte. Kaufen konnte er sich keine. Rente gab es wohl nur wenig, wenn überhaupt. Gebettelt hat er dennoch niemals. Dazu wäre er viel zu stolz gewesen. Wahrscheinlich sorgten die anderen Fischer für ihn. Das war so eine Art Lebensversicherung.

Leider hat die Fischerei heute keinerlei Bedeutung mehr für den Ort. Es gibt keine aktiven Fischer mehr, so weit Lisa das beurteilen kann.

Das Wappen von Cassis, ganz in Blau gehalten, Symbol für das Meer, der Bischofsstab des Bischofs von Marseille in

Gold in der Mitte, Symbol für die Herrschaft der Bischöfe, rechts und links davon jeweils ein Fisch in Weiß, zeigen unmissverständlich heute noch, dass Cassis einst ein Fischereihafen war. Und der Stolz seiner Bewohner ist nach wie vor präsent.

Die Chefin eines in den Anfangsjahren sehr einfachen Restaurants, unmittelbar am Hafen gelegen, war für Andreas wie seine zweite Mutter, so sagte er immer. Eine sehr resolute Frau, deren Mann, wie sie berichtete, früh verstorben war, und die ihre Kinderschar alleine durchbringen musste. Sie managte ihr Lokal perfekt. Kraft schöpfte sie, indem sie jeden Morgen gegen acht Uhr im Meer einige Runden schwamm, egal zu welcher Jahreszeit, egal welche Wassertemperatur und Lufttemperatur andere Menschen zum Zittern brachte. Sie kannte keine Ausreden, darauf zu verzichten. Danach genoss sie einen oder zwei Espresso in ihrem Stammcafé an der Promenade. Nun war sie gerüstet für den langen anstrengenden Tag, der ihr bevorstand.

Was genau mit ihrem Mann passiert war, wusste niemand bzw. erzählte niemand in Anwesenheit von Fremden. Er war ein begnadeter Koch gewesen, der jahrelang in der kleinen total überhitzten Küche seines Restaurants, die eher als Kochnische bezeichnet werden konnte, zugebracht hatte. Eines Tages war er in die Berge zum Pilze Suchen aufgebrochen und von diesem Ausflug nie zurückgekehrt. Trotz intensiver Suche wurde nichts gefunden, was irgendwie eine Erklärung über sein Schicksal hätte geben können. Vielleicht hatte er einfach keine Lust mehr auf dieses stressige Leben zwischen Küche und Kindern und resoluter Frau.

Madame jammerte nicht lange, sondern übernahm die gesamte Verantwortung für das Lokal. Es war winzig, sehr einfach eingerichtet, hatte einen kleinen Außenbereich mit Stroh Sonnenschirmen, wackeligen Holztischen und Holzbänken. Aber es war einfach gemütlich und passte genau in einen kleinen, verträumten Fischereihafen.

Auf der Speisekarte stand wenig, aber alles, was es gab, war einfach köstlich. Und Madame verstand es wie keine andere, Leute in ihr Lokal zu locken. Der Wein der Region, egal, ob weiß, rosé oder rot rundete jedes Menu perfekt ab. Und in den ersten Jahren, als es noch keinen Touristen Andrang gab, konnte man Stunden dort sitzen, den Blick auf das Meer, auf das Cap Canaille, die Schiffe und die vorbei schlendernden Menschen genießen und dabei Köstlichkeiten vernaschen. Jahre später saß man nicht mehr so entspannt an den inzwischen modernen Tischen, denn es lauerten bereits Mengen von nächsten Gästen gierig auf frei werdende Plätze und man musste sich sputen. Die Rechnung wurde bereits vorgelegt, wenn man noch seinen Espresso schlürfte.

Dieses Kleinod Cassis musste Andreas seiner Lisa unbedingt zeigen. Dieses verträumte Städtchen mit seinen zum Teil kuriosen Menschen und seinen urigen Restaurants, familiären Pensionen und schicken Hotels musste sie kennen lernen. Sogar Napoleon soll hier einmal Station gemacht haben. Der allerdings hatte sicher nicht diesen verträumten Fischerei Hafen genießen wollen, sondern bestimmt nur überprüfen wollen, ob sich die Gegend hier als militärisch wertvoll erweisen könnte.

Andreas wollte mit Lisa zusammen Hand in Hand am Fuße des kleinen Leuchtturms sitzen, der an der Hafeneinfahrt den Schiffen den Weg weist, mit ihr aufs offene Meer schauen, das Cap Canaille bewundern, den Schiffen zuschauen und einfach träumen.

So fuhren sie von der inneren Provence, direkt vom Campingplatz des Monsieur aus, Richtung Marseille. Lisa kannte ja schon die Fahrt durch Marseille, erinnerte sich kichernd an die Autofahrt damals und an ihren Aufenthalt dort mit Eltern und Bruder und erzählte Andreas jede Kleinigkeit. Sie beschlossen, am Hafen Station zu machen, etwas zu essen und diese besondere Hafen Atmosphäre zu genießen. Nur einfach auf der Hauptstraße durch Marseille durchzufahren, das erschien ihnen beiden als frevelhaft. Diesen Hafen musste man so oft wie möglich genießen!

Ausflugsschiffe warben um Passagiere. Eines bot eine Fahrt zum Château d'If an. Lisa wurde total hibbelig, Château d'If – war das nicht der Ort, die Festung, also das Gefängnis, in dem der legendäre Graf von Monte Christo jahrelang im Kerker gefangen gehalten worden war? Klar war das der Ort. Und verblüfft stellten Andreas und Lisa wieder einmal fest, wie ähnlich ihre Vorlieben waren. Das Buch von Alexandre Dumas „Der Graf von Monte Christo" gehörte zu Andreas Lieblingslektüren. Er kannte jede Szene bis in jede Einzelheit. So intensiv erinnerte sich Lisa nicht an die Handlung. Sie hatte das Buch auch sehr gerne gelesen, aber nicht so oft wie Andreas. Dennoch war sie aufgeregt und bettelte, dass sie mit dem Schiff zur Insel d'If übersetzen sollten, um sich das Château anzuschauen. Andreas beobachtete sie mit verschmitztem Lächeln, ließ sie etwas zappeln. Dabei war er selber genauso begeistert von der Idee. Schon waren sie auf dem Schiff und wenige Minuten später auf der direkt vor Marseille liegenden Insel, auf der sie eine Besichtigung buchten.

Sie erfuhren, dass die Festung auf der Insel bereits im 16. Jahrhundert gebaut worden war, um eine Art Bollwerk für die Stadt Marseille und vor allem den Hafen zu errichten. Marseille war bis dahin jeder Invasion schutzlos ausgesetzt gewesen. Trotzdem gefiel den Stadtbewohnern dieses mächtige Bauwerk zunächst gar nicht.

Es dauerte nicht lange und gewitzte Stadtobere stellten fest, welch geniale Idee das doch wäre, wenn man die Festung wegen ihrer idealen Lage und ihrer Stabilität als Gefängnis nutzen würde. Hier würde nie jemand nach irgendeinem Gefangenen fragen, der vergessen werden sollte, und hier würde nie im Leben ein Fluchtversuch eines Insassen erfolgreich sein können. Manch wichtiger Politiker oder manch Sprössling aus gutem Haus, den man los werden wollte, landete hier. Nicht allen ging es unbedingt schlecht. Manche konnten sich mit entsprechenden Bestechungsgeldern ein relativ angenehmes Leben in bequemen Zimmern mit gutem Essen erkaufen. Allerdings lebten sie total abgeschieden, hatten sicher wenig Unterhaltung. Nun, vielleicht verschaffte man ihnen gegen entsprechende Bestechung das ein oder andere Mädchen für ein paar Stunden Ablenkung. Darüber steht allerdings nichts in den Reiseführern.

Für den Schriftsteller Dumas war die Vorstellung eines dunklen Verlieses, in dem der unschuldige junge Seemann Edmond Dantès, der spätere Graf von Monte Christo, aufgrund bösartiger Intrigen eingekerkert wurde und bei brackigem Wasser und schimmligem Brot seinem ziemlich sicheren Tod entgegen vegetierte, dagegen sehr inspirierend. Und seine Leser, unter anderem Lisa und vor allem Andreas, hatten seine Schilderungen mit Begeisterung verschlungen.

Nun ließen sie sich die Festung zeigen und erklären und sahen Zellen tief im dicken Gemäuer, in denen sie sich Edmond und den Abbé Faria, auf den Edmond nach langem Buddeln in einer Nachbarzelle traf, der dem jungen Mann eine Karte zum Auffinden eines unglaublichen Schatzes gab, und ihm schließlich zur Flucht verhalf, sehr gut vorstellen konnten.

Für mittellose Gefangene bzw. für solche, die draußen mit Absicht vergessen werden sollten, war das Leben in diesen Zellen sicher der Horror schlechthin. Fluchtmöglichkeiten gab es im Grunde wirklich nicht. Selbst wenn jemand aus dem Gemäuer entwischen konnte, wie sollte er ohne gesehen zu werden ins Meer gelangen? Wie sollte er nach Marseille kommen?

Auch diesen Aspekt hat Dumas raffiniert beschrieben. Durch einen Trick gelangt Dantès ins Meer, in die Freiheit, wird von Schmugglern in ihr Boot aufgenommen und zur Schatzinsel gebracht. Dumas Abenteuer Roman beginnt ja eigentlich erst richtig nach Edmonds Flucht, indem der Autor ihn den Schatz finden lässt und genüsslich beschreibt, wie der unermesslich reiche Graf von Monte Christo, wie Dantès sich nun nennt, sich an jedem, der ihm und seiner

Familie und seinen Freunden Böses angetan hat, rächt, gleichzeitig aber auch jeden, der sich anständig benommen hat, großzügig belohnt. Gerade dieser Teil des Romans faszinierte Andreas. Das entsprach genau seinem Empfinden von Gerechtigkeit.

Lisa gruselte es, als sie in gebückter Haltung, fast kriechend, in eine Zelle gelangten und dort ein Bett aus Stein sahen, auf dem ja tatsächlich irgendwann einmal so ein armer Gefangener gelegen hatte, wenn auch vermutlich nicht der fiktive Graf.

Nach diesem Ausflug in den Abenteuerroman machten sie sich auf den Weg nach Cassis.

Lisa verschwimmen die Bilder vor ihren Augen. Das Château hat sie noch ganz klar gesehen. Jetzt aber sieht sie nur Schemen, sie weiß, sie ist wieder auf dem Weg nach Cassis. Sie weiß, da hat sie so viel erlebt. Sie war so oft dort in den folgenden Jahren, im Sommer, im Herbst, im Frühling. Aber der Spiegel zeigt ihr keine genauen Angaben, keine Jahreszahlen, keine Jahreszeiten. Es erscheinen immer wieder neue Erinnerungsblitze. Doch der Spiegel gibt keine Anhaltspunkte, in welche Reihenfolge diese zu ordnen sind. Wann hat sie denn was erlebt? Sie kann es nicht erkennen. Aber wozu auch? Muss sie denn genau wissen, in welchem Jahr oder zu welcher Jahreszeit sie dort war? Sie sieht einzelne Erlebnisse, nur darauf kommt es an, die Reihenfolge spielt doch gar keine Rolle. Sie nimmt alles an, was im Spiegel erscheint und gibt sich den Erinnerungen hin.

Ohja, Cassis ist ein alter, bezaubernder Ort, der schon zur Zeit der Römer besiedelt worden war. Die Häuser schmiegen sich an einen sanften Hügel und reichen bis direkt an den Hafen. Zum Meer hin gibt es einen kleinen Strand, der kaum Sand, dafür sehr viele Kieselsteine aufweist.

Lisa sieht, dass sie beide am Leuchtturm von Cassis sind. Dieser kleine, aber trutzig wirkende Turm, dessen hellbeigen Steine, die im Sonnenlicht glänzen und den Betrachter blenden, gleichzeitig Besucher einladen, sich hier auf der steinernen Sitzbank, die sich rundherum an den Leuchtturm anzuschmiegen scheint, nieder zu lassen. Zuvor hatten sie versucht, in verschiedenen Musik Geschäften, bereits in Marseille, jetzt in Cassis, eine ganz bestimmte Single Schallplatte zu kaufen. Und zwar beteuerte Andreas, ein Weiterleben sei für ihn kaum möglich, wenn er nicht den Song „Après toi", mit dem Vicky Leandros den Grand Prix d'Eurovision 1972 gewonnen hatte, ganz bald auf einer Platte besitzen würde. Andreas ist ein Mensch, für den Musik eine sehr große Rolle in seinem Leben spielte und immer noch spielt.

Sie konnten es kaum fassen, aber in Cassis gab es tatsäch-lich in einem kleinen verstaubten Musikladen eine einzige Single mit diesem Song. Überglücklich kauften sie dieses kostbare Exemplar. Stolz hielt Andreas es in einer Hand und schaute immer wieder auf das Cover. Erst zu Hause würde er sie ja anhören können, aber die Vorfreude war schon enorm. So saßen sie nun auf der Bank am Leucht-turm und schauten aufs Meer.

Heute noch ist Lisa überzeugt davon, dass Neptun oder Po-seidon oder wie sich der Meeresgott hier nun gerade nennen ließ, auch ein absoluter Musik Liebhaber ist. Denn aus dem Nichts heraus gab es mit einem Mal eine starke Windbö, die die Schallplatte, die Andreas neben sich gelegt hatte, hoch wirbelte und mit großem Schwung ins Meer beförderte. Mit offenen Mündern schauten sie beide völlig konsterniert ih-rem „Après toi" hinter her. Da das Wasser glasklar und ab-solut sauber war, sahen sie, wie die Platte in sanften Kreis-bewegungen sich dem Meeresboden näherte und dort schließlich in einer leichten Kuhle landete. Ein unglaubli-cher Anblick. Andreas war vor Entsetzen erstarrt. Neu kau-fen, das ging ja nicht, es gab keine mehr. Sie hatten ja die letzte gekauft. In Deutschland war es sehr schwierig, fran-zösische Schallplatten zu bekommen. Man konnte sie zwar in Fachgeschäften bestellen, aber dann dauerte es Wochen, bis sie eintrafen oder man bekam nach Wochen die Mittei-lung, dass sie leider nicht zu bekommen seien.

Also passte der Titel „Après toi" perfekt. „Nach dir". Ja, nach dir kam nun nichts mehr. Schließlich lachten sie beide aber über das Missgeschick und gönnten dem Meeresgott und seinen Nixen diese schöne Musik. Sie malten sich aus, welche Tanzfeste nun auf dem Meeresgrund stattfinden könnten und fanden diese Vorstellung bald schon viel interessanter, als die, die Musik auf dem heimischen Plattenspieler abspielen zu können.

Lisa ist verwirrt. Es gelingt ihr nicht, die nächsten Angebote, die im Spiegel aufblitzen, zu ordnen. Worauf soll sie sich konzentrieren? Soll sie die Aufenthalte erinnern, die in Luxushotels, die sich an den unterschiedlichsten Plätzen befinden, mal auf der Spitze von schroff abfallenden Klippen, mal etwas erhöht auf Hügeln, aber auch mit dem Blick aufs Meer, aufs Cap Canaille, auf den Leuchtturm, auf den Hafen, befinden? Soll sie lieber beschreiben, wie es in den weniger luxuriösen Hotels war, welch quirliges Leben dort herrschte? Oder soll sie die Ereignisse in Aldos Pension wieder aufleben lassen.

Dieser Pension „Chez Aldo", die in einer Parallelstraße zur Hafenpromenade in einem alten, leicht maroden Einfamilienhaus eingerichtet worden war. Die Gästezimmer befanden sich im ersten Stock. Eine Außentreppe führte zu einem langen, schmalen Balkon, auf dem Frühstück oder nach Wunsch auch Mittag- oder Abendessen serviert wurde, und von dem aus man durch eine Straßenschlucht das Meer sehen konnte. Das ehemalige Wohnzimmer und ein weiterer Raum waren die Gästezimmer, jeweils bestückt mit einem Doppelbett, einem Schrank und einem Waschbecken. Das Klo für Pensionsgäste befand sich im Garten. Also musste man über diese Stiege vom Balkon aus wieder hinab, um das Haus herum gehen und dann im Garten das Plumpsklo aufsuchen.

Damals empfanden Lisa und Andreas alles total romantisch und wunderschön. Sie waren so verliebt, dass sie sich keinen passenderen Ort hätten denken können. Sie kamen öfter her, freundeten sich mit dem Besitzer Ehepaar an. Beim nächsten Aufenthalt bekamen sie ein anderes Zimmer, wohl das Schlafzimmer der Wirtsleute. Es war weit ab von allem, ging zum Garten hinaus, hatte ein eigenes Badezimmer mit Klo und allem, was man so braucht. Und das Fantastischste: Das Fenster war ganz zu öffnen und kletterte man da hinaus, so gelangte man auf ein begehbares Dach. Wie oft saßen sie beide dort und schauten über die vor ihnen liegenden Dächer und aufs Meer. Dass man dort oben auch die Essensgerüche aus verschiedenen Schornsteinen direkt geliefert bekam, störte sie nur wenig.

Bis heute weiß Lisa nicht, wie sie zu dieser Ehre gekommen waren, das familieneigene Schlafzimmer zugewiesen zu bekommen. Lag es daran, dass Andreas dem Hund des Hauses einmal sehr hatte helfen können oder lag es doch eher daran, dass die Wände in ihrem ersten Zimmer sehr sehr dünn waren und sowohl alle, die in der genau gegenüberliegenden Küche beschäftigt waren, als auch die Gäste im Nachbarzimmer jedes Geräusch ziemlich genau mit bekamen? Auf jeden Fall erinnert sich Lisa grinsend, wie oft sie beide auch tagsüber im Zimmer waren und wie fröhlich und verständnisvoll sie von allen im Haus jedes Mal begrüßt wurden. Ja, Franzosen haben eben einen besonderen Draht zu L'Amour und Les Amoureux.

****

Cassis
- die Verliebten - die Liebe – die Pille

Ja, Spiegel, wie beginnt man mit der nächsten Schilderung?
Lisa lacht laut auf. Sie reibt sich die Ohren. Das kann doch
nicht sein. Sie hört ein lautes Zischen, das wie „tuschotu-
schotuscho" klingt. Kichernd schaut sie ins Spiegelglas. Sie
liegt mit Andreas auf einem Handtuch am Strand von Cassis. Müde, glücklich, verträumt sehen sie sich in die Augen.
Fast kitschig erscheint ihr die Erinnerung heute. Da hört sie
schon wieder diese seltsamen Laute.

Andreas und sie schauten in die Richtung, aus der die Rufe
kamen. Sie erblickten einen jungen Mann mit einem Bauchladen vor sich. Er hielt die Hände hoch über seinem Kopf
und wedelte mit durchsichtigen, spitz zulaufenden Tüten in
alle Richtungen. Als er näher kam, erschnupperten und sahen sie, was er da anpries: Gebrannte Mandeln waren es
und nun verstanden sie auch seine seltsamen Laute. Er rief
immerzu:

„Tout chaud, tout chaud, tout chaud!" „Ganz heiß, ganz
heiß, ganz heiß!" Was mussten sie lachen. Natürlich kauften
sie ihm ein paar Tüten ab und bis zum heutigen Tag amüsie-
ren sie sich über „tuscho, tuscho, tuscho", einen Ausspruch,
den nur sie verstehen, eine der vielen lustigen gemeinsamen
Erinnerungen.

Ihre Albernheiten kannten kaum Grenzen, für strenge Beobachter verhielten sie sich sicher nicht altersgerecht. Wie
Teenager benahmen sie sich, kicherten, glucksten leise und
prusteten lauthals, meist alles zusammen. Was lag näher, als
ein Spielchen der besonderen Art zu ersinnen? Gerade hier
am Strand ließ sich das perfekt durchführen. Immer ab-
wechselnd suchten sie sich in ihrer Nähe eine geeignete
Person aus und beschrieben diese dann im Stil von Partnersuche Anzeigen der Zeitschriften mit den so typischen Abkürzungen.

So lagen sie da, beobachteten die Leute, die sich am Strand, am Wasser oder auf der Straße befanden und kreierten Beschreibungen, die ihrer Meinung nach perfekt auf die verschiedenen Typen, die in ihr Blickfeld kamen, passten. Allerdings verwendeten sie mehr ungewöhnliche Abkürzungen, nicht ganz genau solche, wie sie in Zeitungen nachzulesen waren. Ihre bezogen sich hauptsächlich auf hervorstechende äußere Merkmale. So kamen dabei eher mündliche Hieroglyphen heraus als verständliche Sätze wie z.B. das folgende Gestammel.

„Bschö. Sie mi. gr. Br. su hei. Er mit espr. Aust."

Bis der jeweils andere herausgefunden hatte, welch tiefer Sinn hinter den Abkürzungen steckte, verging geraume Zeit, während der sie sich vor Lachen auf ihrer Decke wälzten, regelrechte Bauchkrämpfe bekamen und schließlich nur noch nach Luft schnappten. Wie sollte man auch problemlos auf „Bildschöne Sie mit großen Brüsten sucht heißen Er mit entsprechender Ausstattung" kommen?" Sie übertrafen sich gegenseitig darin, total abwegige Beschreibungen zu erfinden.

Dass diese fingierten „Anzeigen" nie so ganz jugendfrei waren, versteht sich fast von selbst. Ihrer Fantasie waren keine Grenzen gesetzt. Und für Lisa, die damals noch recht unbedarft war, viele Begriffe bis dahin gar nicht kannte. war es sogar richtig lehrreich. So lehrte Andreas sie manchen Fachbegriff aus der Medizin, wie zum Beispiel in der frechen Anzeige:

„Er mi. Dapri. br. dr. verst. Gesp. Me di umge. Br di schn."
„Er mit Dauerpriapismus braucht dringend verständnisvolle Gespielin. Melde dich umgehend. Brauche dich schnell".

Seither weiß sie, was es bedeutet, wenn solch armer Mann die Diagnose „Dauerpriapismus" bekommt. Der nötige Ernst und das eventuell angebrachte Bedauern fehlten ihr damals und fehlen auch heute noch beim Erwähnen dieser sicher sehr unangenehmen Krankheit. Doch trotz allem, nach wie vor muss sie sofort lachen beim Gedanken an diesen „Dapri". Erst recht, da sie ein paar Jahre später, bei der

Besichtigung der Ruinen und Ausgrabungen von Pompeji, der von Vulkanasche des Vesuvs verschütteten Stadt, Statuen von Satyrn und Faunen gesehen hatte, die ihren „Dapri" durch enorm große Geschlechtsteile stolz zur Schau stellten.

Wie sollten sie beide, die so oft nur Unsinn im Kopf hatten, da ernst und mitleidsvoll bleiben. Andere Menschen würden vielleicht die Nase rümpfen bei so viel Unanständigkeit. Sie beide belästigten aber niemanden mit ihren losen Reden, da sie natürlich nur geflüstert wurden. Beide hatten den gleichen Spaß an ihren Albernheiten und auch an dem, was danach im Hotel Zimmer oder bei Aldo im Zimmer geschah. Und ihr jeweiliges Zimmer suchten sie meist mehrfach am Tag auf.

Nach dem Aufwachen musste man sich liebevoll begrüßen, nach dem Frühstück musste man kontrollieren, ob die Gefühle noch genauso stark waren wie vor dem Frühstück. Nach dem Aufenthalt am Strand und dem üppigen Mittagessen musste man ein wenig Siesta halten, am Abend musste man sich vorm Einschlafen Gute Nacht Geschichten erzählen und diese in die Tat umsetzen. Dann schlief man ein und wachte eventuell nachts noch einmal auf. Ja, was tat man dann, um wieder müde zu werden?

Lisa schüttelt den Kopf und flüstert:

„ Meine Güte, war das eine wilde und aufregende Zeit! Keine Sekunde möchte ich missen."

Sie schaut tiefer in den Spiegel und entdeckt noch eine Episode, die sie zum Lachen bringt.

Wer so viel Liebe macht, ist entweder äußerst leichtsinnig oder dumm oder beides, wenn er nicht an Verhütung denkt. Lisa war leichtsinnig und dumm und konnte gar nicht glauben, dass ihr etwas passieren könnte und machte sich keine Gedanken um mögliche Folgen ihrer wilden Urlaubstage.

Andreas war zum Glück der Realist und zudem als Fachmann auch auf dem neuesten Stand der Forschung bezüglich der Anti Baby Pille. Die gab es bereits seit einiger Zeit. In einer Apotheke wollte man ihnen die bewusste Pille nicht ohne Rezept aushändigen. In Deutschland wäre das für Andreas durch Vorzeigen des Ausweises kein Problem gewesen. Im Ausland allerdings war es für ihn nicht so leicht, an Medikamente zu kommen.

Doch für Andreas gab es natürlich kein „geht nicht", er gab nie schnell auf, wenn er sich etwas vorgenommen hatte. So saßen sie beide bald im Wartezimmer eines Gynäkologen in Cassis. Lisa stumm und mit hochrotem Kopf, Andreas völlig gelassen, als sei es das Normalste der Welt, dass er in dieser Praxis auf den Doktor wartete. Ein freundlicher, sehr gut aussehender Mann, nicht viel älter als Andreas, bat sie dann höflich in sein Besprechungszimmer hinein. Lisa fühlte sich wie eine Wachspuppe. Entweder würde sie sich jetzt direkt auflösen und zerfließen oder sie würde an Ort und Stelle kleben bleiben und keinen Schritt mehr tun können.

Wie sich schnell herausstellte, war die Aufregung völlig überflüssig gewesen. Andreas managte wieder mal alles. Eigentlich sprach er ja gar kein Französisch, dennoch verstand der Arzt seine wunderbare Mischung aus Latein, griechisch, französisch, englisch und deutsch. Er erklärte, dass er ein entfernter Kollege sei, dass seine Freundin vergessen habe, die Pille mit in den Urlaub zu nehmen und bat den verständnisvoll lächelnden Arzt, ihnen ein Rezept über eine bestimmte Pille der Firma Schering auszuschreiben.

Es gab keine Schwierigkeiten. Nicht einmal ein Honorar wollte der Mann. Er lächelte nur augenzwinkernd. Kurz danach hatten sie das gewünschte Rezept und bekamen dann auch die so wichtigen Pillen in der Apotheke.

Von da an mussten sie sich nun gar keine Sorgen mehr machen.

Lisa schmunzelt. Sie lehnt sich zurück, reibt sich die Augen, blinzelt ihrem Spiegel zu und verabschiedet sich von ihm.

Das Thema Cassis kann sie erst einmal abschließen. Es gab so viele Cassis Urlaube, alle waren sie wunderbar. Es gab so viele Frankreich Urlaube, auch später mit den eigenen Kindern, überall in Frankreich, überall an den französischen

Küsten. Alle waren sie wunderbar. Es gab so viele Urlaube in fremde Länder, in exotische Länder, so viele auf tropische Inseln und an tropische Strände.

Alle waren sie wunderbar, manche sogar traumhaft schön. Doch, was soll der Spiegel ihr noch alles zeigen? Lisa hat dieses satte, zufriedene Gefühl tief in sich, so viel Schönes gesehen und erlebt zu haben. Sie braucht keine weiteren Einzelheiten, an die der Spiegel sie heranführt. Zumindest im Moment nicht. Später vielleicht doch wieder?

Was morgen sein wird, wird sie dann sehen.

Für heute aber verabschiedet sie sich von ihrem wunderbaren Zauberspiegel, blinzelt und wirft ihm eine Kusshand zu.

****

Alaaf, Helau und Corps Studenten

Wie viel Zeit ist inzwischen vergangen? Wie lange hat Lisa ihren Spiegel nicht mehr genauer wahr genommen? Sicher, sie geht täglich an ihm vorbei, schaut kurz hinein, überprüft mehr oder weniger kritisch ihr Erscheinungsbild. Sie weiß, dass sie nicht mehr jung ist, das heißt aber nicht, dass ihr Äußeres ihr egal ist. Für das eigene Wohlbefinden ist es so wichtig, mit sich selber und auch mit seinem Spiegelbild, zufrieden zu sein. Sie zupft an den Haarsträhnen, die sich vorwitzig an ganz andere Stellen gelegt haben, als sie sollen.

Immer diese Fusel auf dem Pulli! Muss man natürlich aufpieksen und entfernen. Woher kommen die nur ständig neu? Ist da nicht schon wieder ein Fleck auf dem Pulli? Wie schafft sie das bloß immer? Ist schon peinlich, dieses Beschlabbern, schlimmer als bei Altersheim Insassen.

Der Spiegel erfüllt also Tag für Tag genau die Aufgaben, die ein normaler Spiegel eben zu erfüllen hat, wenn man flüchtig in ihn schaut. Seine Zaubergabe hat Lisa lange nicht mehr genutzt. Die Stimmung passte wohl nicht.

Heute ist der 11. November. Lisa hat den Fernseher eingeschaltet, weil sie weiß, welche Bedeutung dieses Datum für viele Menschen, besonders die Rheinländer hat. 11.11 Uhr, Startsignal für die Karnevalsjecken in Köln, in Düsseldorf und in vielen anderen Städten.

Wie gerne erinnert sie sich an die Zeit in Karnevalshochburgen zurück! Auf welch tolle Erlebnisse kann sie zurückblicken! Tolle Tage waren es im wahrsten Sinne des Wortes!

Lisa schielt zum Spiegel. Gibt es einen idealeren Zeitpunkt, in die Vergangenheit zu schauen? Der Spiegel scheint ihr wieder einmal zuzuzwinkern, scheint sie heranzuziehen. Sie hört die Karnevalslieder, die aus dem Fernseher schallen, summt fröhlich mit, trällert Texte, an die sie sich erinnert, schunkelt in Richtung Spiegel und wie selbstverständlich setzt sie sich und lässt sich nur zu gerne in seine geheime Welt hineinziehen.

Karneval in einer Hochburg dieses Festes. Lisa und Freundin Ramona frühstückten gemütlich in ihrem kleinen Doppelzimmer im Dachgeschoss ihres Studentenheims. Heute - - Altweiber. Also eine Art Feiertag in der Stadt. Es war 9 Uhr und der Tag lag noch vor ihnen. Torsten, der Anrufer, war natürlich nicht da, Andreas kannten sie noch nicht und Ramonas Freund war in Wien. Vielleicht war er sogar unterwegs mit Leonard Bernstein, dem berühmten Dirigenten. Sie waren nämlich befreundet. Das war für ihn vermutlich auch wichtiger als mitten in der Woche, an einem Donnerstag den weiten Weg an den Rhein auf sich zu unternehmen.

Die beiden Mädchen waren auf jeden Fall bester Laune. Lisa erinnert sich nicht mehr und der Spiegel anscheinend auch nicht, was an diesem Morgen ganz genau geschah. Sie sieht nur, wie Ramona und sie mit mehreren jungen Männern und ein paar anderen Mädchen losziehen. Anfangs wussten sie nur, es waren Freunde von Freunden, teils mit Freundinnen, teils solo.

Um diesen Tag richtig zu begehen, musste man natürlich spätestens um 11 Uhr 11 mit der richtigen Clique in der richtigen Kneipe oder an der richtigen Stelle auf der Straße eingetroffen sein. Und Ramona und Lisa wurden mit gezogen und ließen sich gerne treiben. Nach vielen Zwischenstationen landeten sie in einer großen alten Villa, einem studentischen Verbindungshaus, wie sich herausstellte.

Lisa kannte studentische Verbindungen nur aus der Literatur und aus Erzählungen. Sie hatte sich nie für deren Mitglieder interessiert, hielt deren Sitten und Rituale für recht ungewöhnlich in der modernen Zeit. Für sie waren die Mitglieder solcher Corps ziemliche Idioten. Es waren in ihren Augen Muttersöhnchen oder besser Vatersöhnchen, die nur durch Papas Protektion ihre Zukunft gestalteten. Dieser Papa war natürlich auch Mitglied in einer Verbindung und ließ seine Beziehungen spielen. Erst, um die Aufnahme, in die bestimmte Verbindung für sein Söhnchen zu erreichen und später, um dessen Berufsweg zu ebnen. Eine Hand wäscht eben die andere.

Schon die Bezeichnungen, die sie sich gaben, konnten Lisa nur ein müdes Lächeln entlocken. Für sie waren die Väter alte Herren, die sich feiern ließen und deren Hauptanliegen bei den regelmäßigen Treffen wohl war, sich zu besaufen. Die jungen Männer, die sich ebenfalls im wahrsten Sinne des Wortes bis zur Besinnungslosigkeit voll laufen ließen, waren ihr noch suspekter. Sie fanden es wohl besonders männlich, sich mit Säbeln bei irgendwelchen obskuren Zusammenkünften, den Mensuren, Verletzungen beizubringen, die möglichst große Narben hinterlassen mussten. Und dieser enorme Klüngel, dieses Netzwerk, durch das sich alle Mitglieder gegenseitig Vorteile verschafften, stimmte mit ihrer Auffassung von Anstand, Gerechtigkeit, Ehrlichkeit, ja Moral schlechthin, absolut nicht überein.

Persönlich hatte sie nie Kontakt zu solchen Studenten gehabt. Sie mied diese Leute und diese Leute mieden sie wahrscheinlich ebenso. Sie kam mit Sicherheit nicht aus einem der angesagten Häuser, aus denen man zukünftige Ehefrauen rekrutieren konnte.

Und nun waren Ramona und sie mitten drin in solchem Vereinshaus und mitten zwischen solchen „Idioten". Nur wirkten sie gar nicht so idiotisch. Waren ganz normale Studenten, wie sie beide auch. Sie fielen durch nichts besonders auf. Sie zeigten ihnen das Haus. Nichts Geheimnisvolles war dort zu entdecken. Eine normale alte Villa mit schönen großen Zimmern und sehr hohen stuckverzierten Decken. Fast schon gemütlich. Allerdings war Frauen im Normalfall der Zutritt verboten. Doch an solchen Tagen wie Altweiber z.B. wurden Ausnahmen gemacht.

So hatten die beiden Mädchen einen enormen Spaß und begannen diesen Tag, wie es sich gehörte. Später zogen sie alle in die Stadt, zogen von Kneipe zu Kneipe, tanzten, lachten, tranken natürlich auch das ein oder andere Kölsch und schauten auf jeden Fall nicht auf die Uhr. Niemand wurde müde, alle hielten durch, ganz ohne Ecstasy oder andere Aufputschmittel. Ecstasy gab es natürlich noch nicht, doch dafür hätte man von Haschisch bis LSD alles haben können. Lisa hatte Angst, davon abhängig zu werden und probierte daher nichts aus, Die normalen Zigaretten reichten ihr vollkommen als Suchtmittel. Ramona hatte einmal unter Lisas Aufsicht Haschisch ausprobiert. Das reichte ihr für die Zukunft, weil ihr furchtbar schlecht wurde und sie nichts Schönes erlebte. Vielleicht war sie ein besonders empfindlicher Mensch. Lisa war das eine Lehre, sie begann erst gar nicht damit. Auch Alkohol vertrug Ramona gar nicht Ein Schluck Wein und sie war total neben sich.

Dieser Tag hatte um 9 Uhr begonnen und endete am nächsten Morgen auch so gegen 9 Uhr oder etwas später. Eine ganze Nacht durchgetanzt und durchgefeiert. Ein tolles Erlebnis.

Am Nachmittag, Lisa war alleine in ihrem Zimmer und döste noch vor sich hin, da klopfte es energisch an ihrer Türe. Sie erschrak. Fragte, wer da sei. Siegfried meldete sich, einer der Corps Mitglieder vom Tag zuvor. Er verkündete, er habe sich bis über alle Ohren in sie verliebt, müsse sie unbedingt wiedersehen, wolle sie unbedingt näher kennen lernen. Eigentlich hatte sie ihn ja auch nett gefunden, hatte viele Stunden mit ihm verbracht. Aber ihr Herz klopfte wie wild beim Gedanken an Torsten. Was wäre, wenn Torsten davon erfahren würde? Sie traute sich nicht, die Türe zu öffnen, sagte ihm, sie wolle nichts von ihm, er müsse gehen. Nach langem Gezetere ging er dann tatsächlich. Sie öffnete vorsichtig ihre Türe, schielte nach draußen und fand dort einen riesigen Strauß roter Rosen. Sie war überwältigt. Von Torsten hatte sie noch nie so ein Geschenk bekommen. Fast bereute sie schon, Siegfried so schnöde fortgeschickt zu haben. Aber sie war eben noch in ihrer „ auf Torsten warten" Phase.

Siegfried sah sie nie wieder. Er kam nie wieder, sie ging auch nicht zu ihm. Ihr blieb diese wunderbare Erinnerung und das reichte ihr völlig.

Ein Schrank und sein Geheimnis

Lisa hat es sich auf ihrem Fernsehsessel gemütlich gemacht. Eine Tasse mit heißem, verführerisch duftendem grünen Roibos Tee, aromatisiert mit Ingwer und Limone, steht neben ihr. Heute ist ihr nicht nach Rotwein, heute ist der Tag für Relaxen mit Tee. Sie freut sich auf ein paar nette Stunden, hofft auf eine unterhaltsame Fernsehsendung.

Sie greift nach der Fernbedienung und zappt sich durch Programme.

Ein wissenschaftlicher Bericht über die Konstruktion von Auto Motoren – ach, wie spannend! Nichts für sie, nein danke! Zapp.

Ein alter Spielfilm in schwarz weiß – ohje, ohje, einfältige Texte, übertriebene Gestik und Mimik. Spätestens nach zwanzig Sekunden weiß man, wie die Handlung weitergehen wird und wie der Film nach 90 Minuten enden wird. Gähn. Nichts für sie, nein, danke! Zapp.

Eine Dokumentation über Grottenolme – ohh, sind die hässlich, arme Kerlchen! Die sind so hässlich, dass nur eine Mama sie lieb haben könnte. Naja, sie wissen ja nicht, wie sie aussehen. Und an ihre Umgebung sind sie ja bestens angepasst. Andere Grottenolme finden ihre Artgenossen wahrscheinlich sogar attraktiv. Muss ja so sein, woher kommen sonst all die vielen Grottenolm Babys, die fast noch hässlicher sind als ihre Eltern? Nichts für Lisa im Moment, sie ist nicht in der Stimmung für Tiersendungen, nein, danke! Zapp.

Ein Problemfilm: Menschen in Slums, die sich gegen reiche und skrupellose Industrielle zur Wehr setzen wollen – ach, nein, jetzt wirklich nicht solche düsteren Geschichten! Nichts für sie, nein danke! Zapp.

Eine medizinische Sendung. Titel: „Wie werde ich gesund"? – Ach herrje. Ich bin doch gesund! Ist ja schlimmer als die Werbung für die Apotheken Zeitschrift: „Die

Zeitschrift, die Sie gesund macht!" Über diesen Spruch ärgert sich Lisa jedes Mal. Sie empfindet die Aussage als unverschämt, da wird unterstellt, dass jeder von vornherein erst einmal krank ist. Es geht nur um Steigerung der Umsätze. Wenn es wirklich um die Menschen ginge, müsste es doch wohl eher heißen: „Die Zeitschrift, die sie gesund erhält!" – Zum Kuckuck noch mal! Lisa regt sich schon wieder auf. Und nun auch noch eine solche Reportage. Die wirklich wichtigen Informationen sind meist in solchen pseudowissenschaftlichen Sendungen sehr dürftig, aber bei den entsprechenden Zuschauern werden Ängste erweckt und der Besuch beim Arzt und der Griff zu Medikamenten ist vorprogrammiert. Lisa schüttelt sich. Nichts für Lisa, nein danke!

Lisa nimmt sich entnervt vor, noch maximal dreimal zu zappen und dann aufzugeben und lieber zu lesen oder Hörbuch zu hören. Wer schaut sich nur solchen absoluten Schwachsinn an? So viele Programme stehen zur Verfügung und gleichzeitig auch so viel Mist! Sie wollte sich doch einen so schönen gemütlichen Abend machen und nun ärgert sie sich nur. Nun gut, sie gibt dem Fernseher eine weitere Chance: drittletzter Versuch: Zapp. Krieg und Partisanen – ach, wie schrecklich. Das fehlte ja gerade noch. Genau das braucht sie nun wirklich nicht! Nichts für sie, nein danke! Zapp.

Da küssen sich zwei innig auf einem Balkon. Hmm, mal gucken. Ist das eine Schnulze, seichte Unterhaltung? Er ist so um die dreißig, sie scheint etwas jünger zu sein. Sie sehen beide sehr appetitlich aus, scheinen so verliebt zu sein, streicheln und umarmen sich und schauen sich tief in die Augen. Die Kamera schwenkt seitlich. Man erkennt eine frühsommerliche Landschaft mit Wiesen und Feldern. In der Ferne glitzert das Wasser eines Sees, auf dem Boote mit strahlend weißen Segeln zu erkennen sind. Romantik pur. Oder sogar Kitsch? Also doch eine der üblichen Schnulzen, deren Verlauf und deren Ende man vermutlich wie bei den alten schwarz weiß Filmen schnell erkennt, hier vielleicht aber erst nach den ersten fünf Minuten klar vor Augen hat. Sattes Grün mit bunten Tupfen der verschiedensten Blumen lassen Lisa an Filme von Rosamunde Pilcher denken. Ahja. Das passt. Immerhin ist traumhaft schöne Landschaft zu sehen. Ok. Bleiben wir mal ein paar Minuten hier. Kein Zapp! Noch nicht!

Lisa lehnt sich zurück und genießt den Anblick. Sie erkennt knallrote Mohnblumen, tiefblaue Kornblumen, sonnengelben Löwenzahn und immer wieder andere Blumen und blühende Sträucher, deren Namen ihr gerade nicht einfallen. Eine schmale Straße schlängelt sich wie ein silbernes Band durch das Grün. Ein Auto scheint sich zu nähern.

Die junge Frau schaut zur Straße hin und erstarrt. Augenblicklich zerrt sie ihren Liebsten vom Balkon ins Zimmer. Hastig erklärt sie ihm, dass ihr Ehemann wider Erwarten früher nach Hause komme. In der Ferne hat sie seinen knallroten Ferrari erkannt. In wenigen Minuten wird er hier im Zimmer stehen. Und was dann? Verständnis kann man wohl kaum von ihm erwarten. Sein bester Freund ganz alleine bei seiner Frau im Schlafzimmer. Wie sollte man das erklären? Was ist zu tun? Wohin mit dem Liebhaber.

Lisa grinst wissend und schaut, was weiter passiert. Kurz entschlossen rennt die Frau einen Gang entlang, zieht ihren Liebsten an einer Hand hinter sich her, reißt eine Türe auf. In dem winzigen Raum stapeln sich Besen, Schrubber, Staubsauger, Eimer, Putzmittel. Energisch schiebt sie den ungläubig und verwirrt blickenden Mann zwischen all diese Gerätschaften. Er quetscht sich so gut es geht in eine Lücke. Zum Glück ist er schlank. Er muss hier hinein, eine Alternative scheint es nicht zu geben. Weglaufen geht nicht. Er würde dem Ferrari genau vor die Kühlerhaube rennen. Sie drückt ihn noch etwas weiter hinein, irgendwelche Dosen fallen von einem Regal. Das kümmert sie nicht. Mit Schwung knallt sie die Türe zu und schließt ab. Den Schlüssel steckt sie in ihre Hosentasche.

Lisa muss lachen. Typisch für Filme dieses Genres. Utta Danella konnte sowas auch perfekt beschreiben. Meine

Güte, welch ein Quatsch, denkt sie. Völlig übertrieben! Sie will schon weiter zappen, da hält sie inne. Sie stutzt und mit einem Mal schieben sich ganz spezielle Bilder vor ihr inneres Auge. Übertriebener Quatsch? Wirklich? Lisa schmunzelt. Das Leben hält oft Erlebnisse bereit, die ein Außenstehender, wenn man sie ihm erzählen würde, für völligen übertriebenen Unsinn halten würde, die aber dennoch sich so abgespielt haben.

Lisa schaltet das Gerät ganz aus, steht auf und schaut zu ihrem Spiegel. Schon ist sie wieder in seinem Bann. Er lässt ihr keine andere Möglichkeit. Sie fühlt sich hingezogen. Setzt sich auf den Sessel vor dem Tischchen, über dem ihr Zauberspiegel hängt. Sie stützt das Kinn in ihre Hände und schaut ins Spiegelglas.

In Sekundenbruchteilen befindet sie sich wieder in ihrem Zimmer unterm Dach des Studentenheims. Sie ist etwa einundzwanzig Jahre alt. Sie kennt nun Andreas schon einige Zeit. Beide sind völlig vernarrt in einander, beide möchten jede Minute eines Tages zusammen verbringen, am liebsten im Bett. Viel mehr Möglichkeiten gab es in dem Zimmer auch gar nicht.

Und genau dort befanden sie sich an diesem Tag.

Sie kuschelten, sie streichelten sich, sie küssten sich, sie neckten und kitzelten sich, sie liebten sich. Sie legten keine großen Pausen ein. Andreas war anscheinend in dem berühmten „besten Mannesalter" und zeigte keine Schwächen. Lisa hatte unendlich viel nachzuholen und war ja so wissbegierig und lernwillig. Sie waren so hungrig nach dem anderen, konnten kaum voneinander lassen.

Dennoch brauchten sie hin und wieder doch eine Ruhephase. Für diese kurzfristige Erholung und gleichzeitige Aufmunterung lasen sie sich gegenseitig Szenen aus Büchern vor. Clochemerle: zum Lachen, „Fanny Hill" oder „Josefine Mutzenbacher" oder „Die Geschichte der O": zur Anregung für weitere Spiele. Sie kicherten, sie flüsterten. Andreas hatte sich gut im Griff, aber Lisa konnte nicht immer absolut leise sein, manch wohliges Stöhnen, manch kleiner spitzer

Schrei waren bestimmt auch auf dem Flur vor ihrer Türe zu hören.

Und genau in einem solchen Augenblick klopfte es energisch an die Türe. Und das war nun keine Szene aus einem kitschigen Liebesfilm, war keine überschäumende Fantasie der Rosamunde Pilcher, war kein übertriebener Unsinn. Nein, das war die Realität. Lisa und Andreas fuhren erschreckt auseinander. Beide sprangen aus dem Bett. Lisa schlüpfte in ihren knallroten Plüsch Bademantel, Andreas griff in Windeseile seine Sachen zusammen und stand schon vor dem Kleiderschrank. In diesem Moment dankte Lisa Heerscharen guter Geister für Andreas kluge und umsichtige Voraussicht. Er hatte ihr eingeschärft, dass in ihrem Zimmer niemals auch nur die geringste Spur zu erkennen sein durfte, die auf seine Anwesenheit schließen lassen könnte. Er hatte betont, dass sie jederzeit mit Besuch rechnen müsse, der sie verraten könne. Auch ihre Zimmernachbarn durften absolut nichts von ihrer engen Verbindung wissen. Die einzig Eingeweihte war Ramona. Die war absolut vertrauenswürdig.

So waren sie solche Situationen in der Theorie schon öfter durchgegangen. Jeder wusste genau, was zu tun war. Lisas Kleiderschrankhälfte, die ja ohnehin aus finanziellen Gründen kaum Kleidung enthielt, war so aufgeräumt, dass Andreas leicht hineinschlüpfen konnte und dort stehen konnte, sehr beengt, aber es ging. Da er keine Zeit zum Anziehen gehabt hatte, musste er seine Wäsche, sein Hemd, seine Hose und Schuhe im Arm halten. Im Zimmer selber durfte nichts von ihm herumliegen.

Normalerweise hätte Lisa in einer solchen Situation ja gar nicht die Türe geöffnet. Doch genau in dieser Woche sollte ihr Bruder Stefan die Ergebnisse einer Untersuchung seines Augenarztes bekommen, die sagen würden, ob er eine Operation benötigen würde. Es konnte eine sehr ernsthafte Erkrankung sein, die zur Erblindung führen würde, es konnte sich aber auch als eine harmlose Lappalie herausstellen. Sobald ein Ergebnis vorlag, wollte er Bescheid geben. Lisa fieberte dieser Mitteilung entgegen. Täglich, ja stündlich rechnete sie mit dem Anruf. Bei jedem Klingeln des Telefons auf dem Flur schreckte sie also zusammen, ihr Herz klopfte stürmisch, weil sie Angst vor schlechten Nachrichten hatte. So auch an diesem Tag. Es klopfte wieder an der Türe und jemand brüllte: „Lisa, nun komm endlich! Wichtiges Telefonat!!

Trotz ihrer Panik stürzte sie zuerst zum Kleiderschrank, um dessen Türe abzuschließen. Danach riss sie die Zimmertüre auf, ließ sie weit offen stehen und rannte zum Telefon. Auf dem Flur war niemand, zumindest nahm sie niemanden wahr. Sie war nur auf das Telefon fixiert. Atemlos schrie sie förmlich ins Telefon und fragte, was los sei. Nichts. Keine Antwort. Verwirrt rief sie noch einmal in den Hörer. Nichts. Keine Antwort. Nach einigen ihr endlos erscheinenden Minuten erklangen schließlich diese bestimmten Pieptöne, die anzeigten, dass niemand in der Leitung war. Verständnislos legte sie den Hörer auf die Gabel, schaute den Flur entlang und sah in diesem Moment, wie eine unbekannte Person ihr Zimmer betrat.

Aufgewühlt und wütend rannte sie die paar Meter zu ihrem Zimmer hin und stürmte hinein. Sie stand einer jungen eleganten Frau gegenüber. Diese schaute sich im Zimmer um und war offensichtlich noch verwirrter als Lisa. Beide sahen sich mit weit aufgerissenen Augen verblüfft an.

Lisa musste Erstaunen, Verärgerung, Angst und Wut gar nicht spielen. All diese Gefühle wirbelten wild in ihr. Keuchend stieß sie hervor:

„Was wollen Sie hier? Wer sind Sie? Wie kommen Sie dazu, einfach in mein Zimmer zu gehen?"

Die Frau antwortete mit zittriger Stimme:

„Ich bin Andreas Ehefrau. Ich weiß, dass er hier ist. Ich habe Sie beide doch eben gehört."

„Sie sind wohl nicht ganz bei Trost. Wer soll Andreas sein? Sehen Sie hier jemanden? Wer weiß, was Sie gehört haben! Das Radio läuft. Vielleicht haben Sie das gehört. Hier ist niemand, schon gar nicht ihr Andreas!"

Woher Lisa diese Geistesgegenwart nahm, so bestimmt zu antworten, das weiß sie bis heute nicht. Sie, das eigentlich so schüchterne und ängstliche Mädchen trumpfte hier selbstsicher auf. Lisa verstand sich selber nicht, dachte auch gar nicht nach, sondern reagierte völlig spontan und sprudelte ihre Empörung hervor. Sie war schon fast stolz auf sich, als sie sich etwas gefasst hatte. Es musste der Mut der Verzweiflung gewesen sein, der sie so keck hatte reden lassen. Eigentlich hätte diese Frau ihren Mann ja besser kennen müssen und wissen müssen, dass er ein schlauer Fuchs war und sich nicht so leicht einfangen ließ. War sie so naiv oder wollte sie ihn nicht durchschauen?

„Ein alter Fuchs lässt sich nicht so leicht von einer jungen Gans einfangen" – nicht der richtige Augenblick für freche Sprüche, unpassend, aber genau dieser Ausspruch fiel Lisa gerade jetzt ein und führte fast dazu, dass sie aufgelacht hätte. Ein Freund ihres Vaters, ein Mann der ständig neue Liebschaften hatte, dennoch mit seiner langjährigen Lebensgefährtin zusammen lebte, sich aber strikt weigerte, sie zu heiraten, hatte dies zu seinem Leitsatz gewählt. Und die Ähnlichkeit zu Andreas war nun wirklich nicht zu übersehen.

„Am besten, Sie verlassen jetzt auf der Stelle mein Zimmer", sagte Lisa nun recht gefasst und ruhig.

Wäre diese Frau etwas klüger vorgegangen, hätte sie sicher mehr erreicht. Lisa zitterten die Beine. Es kam ihr vor, als sei ihr Zimmer erfüllt von einem bestimmten Geruch, dem Duft der Liebe. Sie selber war eingehüllt in diese Wolke. Wie konnte man das nicht bemerken? Aber diese Frau sagte nur:

„Ich weiß ja, dass mein Mann mich betrügt. Das ist mir auch egal. Soll er ruhig. Aber ich kann es nicht ertragen, wenn die Frau, mit der er mich gerade hintergeht, nur eine Straße von meiner Wohnung entfernt wohnt."

Sie drehte sich um und verließ völlig konsterniert Lisas Zimmer.

Lisa schloss die Türe ab, befreite Andreas aus seinem dunklen und stickigen Versteck und warf sich erschöpft und am ganzen Körper zitternd in seine Arme. Das war hart gewesen. Wie in einem billigen und kitschigen Liebesfilm. Kam wohl öfter vor, als man dachte, wie sonst wären Rosamunde Pilcher und co. darauf gekommen, solche Szenen in ihren Büchern zu verarbeiten? Heimlich zugeschaut hatten sie bei Lisa und Andreas ja sicherlich nicht.

Lisa drängte sich fester in Andreas Arme. Sie zitterte am ganzen Körper. Er streichelte sie und flüsterte ihr beruhigende Worte ins Ohr. Er hatte keinerlei schlechtes Gewissen. Lisa schämte sich. Hatten ihre Eltern nicht immer wieder davor gewarnt, mit einem verheirateten Mann etwas anzufangen? Galt dies nicht als absolut tabu? Was nur war mit ihr geschehen? Aber sie war doch so verliebt, was sollte sie dagegen tun? Sollte sie Andreas zu dieser Frau nach Hause schicken und ihn ab sofort nicht mehr wiedersehen? Die Kraft hatte sie nicht.

So nach und nach beruhigte sie sich, das Zittern hörte auf und Schuldbewusstsein oder gar Mitleid mit der Ehefrau verschwand, bis beides eher in Empörung überging.

Wie konnte diese Frau so kaltschnäuzig argumentieren, fragte sich Lisa. Ihr war es also egal, dass ihr Mann seine Freizeit mit anderen Frauen verbrachte. Sie wollte nur sicher stellen, dass diese nicht in ihrer Nachbarschaft lebten. Für tiefe Liebesgefühle sprach das sicher nicht. Diese Einstellung passte eher zu Andreas Aussagen, dass seine Frau und er in einer sehr offenen Beziehung lebten.

Andreas konnte nun natürlich nicht unmittelbar gehen. Vielleicht wartete seine Frau noch irgendwo auf ihn. Was war also vernünftiger, als sich wieder ins Bett zu legen und dort zu kuscheln, alles durchzusprechen und die Aufregung so schön wie möglich zu verarbeiten?

Wie sie beide erkannten, musste seine Frau jemanden beauftragt haben, im Studentenheim anzurufen und Lisa unter einem Vorwand ans Telefon zu locken. Sie war eine raffinierte Person, also war es gar nicht unwahrscheinlich, dass

sie über irgendwelche Quellen von Stefans Erkrankung erfahren hatte und somit genau wusste, dass Lisa auf einen
Anruf wartete. Sie selber hatte sich vermutlich seitlich hinter einer Säule versteckt und war genau in dem Moment, in
dem Lisa am Telefon stand, ins Zimmer eingedrungen, in
der festen Meinung, dort ihren Mann in flagranti zu erwischen. Schließlich hatte sie doch unmissverständliche Geräusche gehört. Vielleicht hatte sie auch eine Kamera bei
sich oder ihr Komplize wäre auf ihren Ruf hin mit Fotoapparat ins Zimmer gestürzt. Keine schlechte Idee. Wäre
sicher ein tolles Foto geworden, das man vor Gericht
genüsslich hätte präsentieren können: Nackter Ehemann im
Zimmer vor oder sogar im zerwühlten Bett einer jungen
Studentin. Was bräuchte ein Scheidungsrichter mehr als Beweis für die Schuld des Ehemannes? Und die Zuweisung einer Schuld war derzeit von größter Bedeutung. Denn der
betrügerische Ehemann müsste auf unabsehbare Zeit einen
hohen Unterhalt für die arme betrogene Ehefrau bezahlen.
Aber es sollte anders kommen, ihre Planung war eben doch
nicht perfekt gewesen. Sie kannte ihren Mann trotz mehrerer Ehejahre wohl nicht besonders gut.
Andreas und besonders Lisa lernten aus diesem Vorfall, in
Zukunft noch vorsichtiger zu sein. Lisa war anfangs leicht-
sinniger gewesen, hatte Andreas Vorsichtsmaßnahmen für
übertrieben gehalten. Nun aber war ihr klar geworden, wie
klug er vorgegangen war.
Diese Schrank Szene damals blieb nicht die einzige. Es
folgte Wochen später eine weit dramatischere.
Der Spiegel lässt sie sehen, wie sie mit Andreas leicht bekleidet am Tisch saß und wie sie ein Glas Wein tranken.
Wieder klopfte es, wieder war Andreas in Windeseile in seinem Versteck. Lisa warf sich wieder ihren roten Bademantel über und öffnete nach vorheriger kurzen Überprüfung,
ob auch nichts Verräterisches im Zimmer herumlag, die
Türe. Eine Kommilitonin stand vor ihr und bat sie um einen
Gefallen. Warum Lisa nicht einfach sagte, ihr gehe es nicht
gut und sie müsse gleich wieder ins Bett, weiß sie nicht.

Seltsam, Heimlichtuerei und Notlügen waren doch schon zu einem Teil ihres Alltags geworden, das kannte sie doch eigentlich. Aber Notlügen im normalen Lebensbereich waren ihr fremd. Es fiel ihr äußerst schwer, Bekannte oder gar Freunde zu belügen. Also ließ sie die junge Frau eintreten und sich hinsetzen.

Die Frau erzählte und erzählte. Lisa warf ab und zu ins Gespräch, sie müsse jetzt arbeiten und habe keine Zeit mehr. Das störte ihre Besucherin nicht im Geringsten. Die Minuten verstrichen. Lisa wurde immer nervöser. Es war schon mindestens eine halbe Stunde vergangen und Lisa malte sich bereits Horror Szenarien aus. Andreas würde im Schrank keine Luft mehr bekommen, er würde ersticken. Schließlich wurde ihre Angst doch so stark, dass sie die Freundin energisch bat, nun zu gehen.

Kaum war diese verschwunden, riss Lisa die Schranktüre auf. Sie rechnete mit dem Schlimmsten. Andreas schwankte zwar etwas, als er sein Versteck verließ, aber er lebte offensichtlich noch. Er war ja hart im Nehmen, aber jetzt japste er doch ein bisschen nach Luft und gestand ihr, dass es ihm langsam unheimlich geworden war und dass er nicht mehr allzu lange im Schrank ausgehalten hätte.

„Tja, Frau Pilcher, wir hätten ihnen viel Stoff für ihre Romane geben können. Aber Sie hatten ja entweder die entsprechende Fantasie auch ganz ohne uns oder andere Paare haben Ähnliches erlebt und Ihnen erzählt", murmelt Lisa vor sich hin.

Lisa lehnt sich zurück, schließt die Augen und lächelt. Noch heute erinnern sich Andreas und sie an diese Schrank Erlebnisse. Wie oft haben sie diese unter schallendem Gelächter von Freunden zum Besten gegeben.

Ihre Abenteuer begannen nun im Grunde erst. Was haben sie im Weiteren doch alles im Verborgenen unternommen, um einerseits ihre Liebe ausleben zu können und andererseits nicht erwischt zu werden. So viele verrückte Einfälle hatten sie gehabt.

Ihre ersten gemeinsamen Monate waren so voll Aufregung und Spannung und Angst gewesen, entdeckt zu werden. Aber nichts hatte sie davon abhalten können, sich täglich zu treffen, Ausflüge zu unternehmen, in Hotels zu übernachten, sogar Silvester auf Helgoland zu feiern und im Februar danach gemeinsam tatsächlich, wie ja am ersten Tag ihres Kennenlernens bereits von Andreas verkündet, nach Afrika zu reisen, nach Tansania in ein traumhaftes Tropen Paradies.

****

Und noch einmal Marienkäfer
- bockig und eigenwillig

Sofort springt eine neue Szene aus der Tiefe des Spiegels hervor und fesselt Lisas Aufmerksamkeit.

Andreas hatte sich wieder einmal im Dunkeln in ihr Studentenheim geschlichen und wartete in diesem winzigen Raum, der den so hochtrabenden Namen „Fernsehzimmer" trug. Diese stolze Bezeichnung hatte er nur darum erhalten, weil ein uralter Schwarz-Weiß Apparat auf einem Tisch in einer Ecke sein Dasein fristete und hauptsächlich genutzt wurde, wenn Weltmeisterschaften oder Europameisterschaften irgendwelcher sportlichen Ereignisse übertragen wurden. Bei entsprechenden Fußball Events war dieser Raum zum Bersten gefüllt, was ja einfach zu erreichen war, da er so winzig war.

An diesem Abend gab es keinen Fußball, auch keine Weltmeisterschaft oder Ähnliches, also war das Zimmerchen verwaist. Es verfügte über große Fenster zur Straßenseite hin. Vorhänge gab es nicht, das deutete auch nicht gerade auf die Qualität eines Fernsehraumes hin.

Für Andreas war der Raum äußerst praktisch. Er stand im dunklen Zimmer am Fenster und schaute auf die Straße hinunter und konnte so genau beobachten, was sich dort abspielte.

Lisa bemühte sich bereits seit einiger Zeit ihren störrischen Fiat 500, diesen angeblich doch so niedlichen Marienkäfer, dazu zu bringen, endlich anzuspringen. Sie wollten doch einen Ausflug machen, wollten in die Eifel, nach Hellenthal, fahren und dort eine lange, lange Nacht und einen schönen Tag verbringen. Das Hotel war schon gebucht. Wunderschön auf einem Hügel gelegen, ganz einsam, mit herrlichem Blick über ein Tal, mit hübschen modernen Zimmern, mit Swimming Pool, also mit allem, was sie beide so genießen wollten.

Aber vor der Abfahrt dorthin stand eben der Kampf mit dem Auto. Und der war hart. Lisas Gesicht war vor Anstrengung, Wut und immer größer werdender Scham hochrot. Sie stand kurz vor einem Nervenzusammenbruch. Aber nicht nur sie. Anwohner erschienen an ihren Fenstern und schauten, wie Lisa zu erkennen glaubte, finster zu ihr hinunter.

Lisa hatte das Auto gegenüber vom Studentenheim geparkt, an der Straßenseite, an die normale Wohnhäuser angrenzten. So konnte Andreas von oben aus genau sehen, wann das Auto bereit war zur Abfahrt, konnte dann blitzschnell auf die Straße und in den Marienkäfer springen.

Noch gab Lisa nicht auf. Die Aussicht auf Hellenthal spornte sie immer wieder an. Dieses verdammte Startgeräusch musste doch endlich ertönen. So war es doch immer gewesen. So störrisch wie heute war dieser verhexte Wagen doch noch nie gewesen.

Sie orgelte und orgelte und orgelte und orgelte noch mehr. Am Fenster des einen Hauses stand bereits eine verzweifelt wirkende Mutter mit einem Baby auf dem Arm und schaute zu ihr hinunter. Lisa wäre am liebsten im Autositz versunken. Es tat ihr ja wirklich sehr leid, sie wollte sicher keine Mütter und deren Babys um den wohlverdienten Schlaf bringen, aber was sollte sie denn tun? Aufgeben war überhaupt keine Option. Aufgeben war völlig indiskutabel. Sie würde dieses verdammte Biest von Auto so lange bearbeiten, bis es entweder auseinander fiel, bis die Polizei eintrudelte oder bist es ansprang.

Und siehe da, der Klügere gibt nach: der Marienkäfer gab auf, fügte sich Lisas Willen und sprang an, als sei das das Selbstverständlichste auf der Welt. War es ja im Grunde auch, nur eben nicht bei diesem Wagen.

Schon rannte Andreas herbei und im Nu sprang er auf den Beifahrersitz und schon preschten sie mit Vollgas, wie immer mit dem Hebel fürs Standgas auf äußerster Position – davon, Richtung Hellenthal. Der Fiat lief ohne Probleme bis zum Zielort, erklomm etwas mühevoll, dennoch erfolg-

reich den doch recht steilen Weg bis zum Hotel. Dort angekommen stellte Lisa – aus Erfahrung klug geworden –ihren
Marienkäfer so ab, dass er auf dem Gipfel des Hügels
stand, mit der Schnauze direkt zum Tal gerichtet. So würde
sie bei der Abfahrt nicht mehr orgeln müssen, sondern
könnte das Auto einfach rollen lassen und hoffen, dass es
dann auf jeden Fall anspringen würde.

Sie verbrachten dort eine herrliche Zeit. Sie besuchten ein
Wildfreigehege und eine Greifvogelstation. Sie sahen Greif-
vögel Shows und waren sehr beeindruckt und begeistert
von den Flugmanövern der unterschiedlichen Vögel. Der
kleinste von ihnen, ein Sperlingskauz hatte in etwa die Größe einer Faust. Der größte, ein Anden Kondor, hatte etwa
drei Meter Flügelspannweite. Welch herrliche Tiere flogen
dicht über ihren Köpfen dahin. Die verschiedenen Eulenar-
ten beherrschten den absolut lautlosen Flug.

Im Wildfreigehege durften sie einen jungen Puma streicheln, der dort aufgepeppelt wurde. Wunderschönes Tier!
Von wegen: Jemand stinkt wie ein Puma. Dieser kleine Kerl
stank überhaupt nicht! Er war einfach nur niedlich und
kuschelig wie ein junges Kätzchen.

Am Abend schwammen sie im Pool des Hotels und genossen dann im Zimmer ihre Zweisamkeit, so ausführlich, dass
sie wieder ein paar Tage davon zehren konnten.

Bei der Abfahrt überraschte sie der Fiat mit einem Verhalten, das bei jedem anderen Auto nie aufgefallen wäre. Er
sprang problemlos an. Musste also gar nicht den Hügel als
Starthilfe nutzen, dieses kleine Aas.

Viele Geschichten um ihren Marienkäfer waren nett und
lustig, aber ein Erlebnis mit ihrem Auto, eines, das Lisa
noch heute Angst einflößt, drängt sich vor all dem Lustigen
in ihr Gedächtnis.

Ach ja, dieser Fiat 500! Bald schon waren seine Tage ge-
zählt, zumindest die, die er in Lisas Besitz war.

So nett alle seine Mucken aus der Erinnerung heraus erschienen, so sehr man im Nachhinein darüber lachen konn-

te, so ganz anders war ein böses Erlebnis, das sich mitten in der Stadt, mitten im Straßenverkehr, abgespielt hatte.

Lisa war zu Hause bei ihren Eltern gewesen. Sie hatten ihren 21. Geburtstag gefeiert, den Geburtstag aller Geburtstage, den Geburtstag zur Volljährigkeit, den Geburtstag zum Eintritt in das Erwachsenen Leben.

Papa hatte sie beiseite genommen und sie mit Tränen in den Augen beglückwünscht. Er hatte sie mit vielen liebevollen Worten und mit vielen guten Ratschlägen symbolisch aus seiner Obhut ins eigene Leben entlassen. Er hatte es auch nicht versäumt, ihr zu danken. Die Jahre mit ihr waren trotz mancher Ärgernisse, Sorgen und Ängste eine wunderschöne Zeit für Mama und ihn gewesen. Er sprach seine Hoffnung aus, dass auf sie ein wunderbares Leben warte und dass sie alle sich weiterhin gut verstehen würden.

Soweit der offizielle Teil dieses Festes.

Lisas Eltern hatten alles vorbereitet, dass dieser Tag unvergesslich bleiben sollte. Das ganze Haus war vom Keller bis in den ersten Stock voll mit Matratzen, Decken und Schlafsäcken, um die vielen jungen Leute, die Lisa hatte einladen dürfen, unterbringen zu können. Es machte ihnen Spaß, die Freunde ihrer Tochter zu beherbergen. Ihre Mutter hatte Unmengen von Essen zubereitet, ihr Vater hatte Getränke jeglicher Art besorgt. Im ganzen Haus erschallte laute Musik, es war ein richtiges Party Haus geworden.

Der einzige Stress für Lisas Eltern bestand darin, nachts, nachdem so langsam auch der eifrigste Partygänger müde wurde und allmählich sein Nachtlager aufsuchte, zu kontrollieren, dass das jeweilige Zimmer nur jeweils von einem Geschlecht bevölkert wurde. Männlein und Weiblein waren laut Plan der Eltern strikt getrennt. Auch die Schlafsäcke wurden scharf ins Visier genommen, um eine eventuelle Doppelbelegung zu unterbinden.

Zu dieser Zeit gab es den ominösen Paragraphen, der Kuppelei unter Strafe stellte. Sie waren als Aufsichtspersonen verpflichtet, jegliche „Unzucht" zu verhindern. Sie hätten wirkliche Schwierigkeiten bekommen können, wenn böswillige Nachbarn zum Beispiel Anzeige erstattet hätten, was einer gewissen Nachbarin absolut zuzutrauen gewesen wäre. Also bauten sie gewissenhaft vor und machten ihre strengen Kontrollgänge.

Nun mussten sie ja schließlich auch einmal schlafen, also verschwanden sie irgendwann in der Nacht in ihrem Schlafzimmer. Was anschließend eventuell noch an Aktivitäten in ihrem Haus stattfand? Man weiß es nicht.

Am folgenden Morgen verabschiedeten sich nach und nach alle Gäste und fuhren wieder heim.

Lisa und ihre Freundin Ramona machten sich auch sofort auf den Weg zu ihrem Studienort, denn Lisa hatte es sehr eilig. Die Geburtstagsfeier war wunderschön gewesen. Es war sehr lustig und aufregend zugegangen. Doch ein kleiner, aber entscheidender Punkt war gar nicht schön gewesen. Andreas hatte nicht teilnehmen können. Das wäre zu gefährlich geworden. Sicher hätte ihn der ein oder andere wieder erkannt und wer weiß, was danach hätte passieren können. Also wartete er sehnsüchtig auf sie und sie dachte noch sehnsuchtsvoller an ihn und konnte das Treffen kaum erwarten.

Sie wollten sich in einem Restaurant, das in der obersten Etage eines Hochhauses angesiedelt war und einen unglaublich schönen Blick über die nächtliche Stadt mit ihrem Lichtermeer ermöglichte, zum Abendessen treffen.

Ramona und Lisa zuckelten also mit dem Fiat Richtung Stadt. Es gab so viel zu bereden, die beiden brabbelten ohne Unterbrechung. Vor lauter Lachen, Freude und Diskussionen achteten sie nicht so sehr auf die Straße und so verpasste Lisa ihre richtige Ausfahrt. Sie nahmen es gelassen, so würden sie eben die nächste Ausfahrt nehmen. Wie ja jeder wusste: Es führen viele Wege nach Rom, also auch in ihre Stadt.

Sie bogen schließlich auf eine der Zufahrtsstraßen in die Stadt. In der Mitte fuhr die Straßenbahn und rechts und links von ihr waren dreispurige Fahrbahnen für Autos und daneben jeweils ein Fahrradweg. Schon beim Abbiegen auf diese Straße war ihnen ein Wagen aufgefallen, der seit langem hinter ihnen fuhr. Zwei junge Männer saßen darin. Sie fuhren sehr dicht auf, was Lisa sehr unangenehm war, so dass sie versuchte, schneller zu fahren. Die beiden ließen sich nicht abschütteln.

Auf dieser breiten Straße überholten sie plötzlich und setzten sich direkt vor Lisa und Ramona. Lisa musste abbremsen, überholen konnte sie nicht, da die Straße recht befahren war. Sie fuhr auf der rechten Spur und wartete auf eine Gelegenheit, den beiden zu entkommen. Da mit einem Mal gab der Fahrer etwas Gas, zog das Auto so zur Mitte, dass es quer auf Lisas Spur stand und bremste dann bis zum Stillstand. Auch Lisa musste eine Vollbremsung machen, um nicht aufzufahren.

Und was passierte nun? Lisas Fiat ging natürlich umgehend aus, wie schon so oft zuvor, wie fast regelmäßig, wenn Lisa z.B. wegen einer roten Ampel abbremsen musste. Jetzt half auch das Handgas nichts mehr. Der Wagen sprang einfach nicht wieder an. Es ging alles so schnell, dass die beiden jungen Frauen gar nicht mehr dazu kamen, die Türen von innen zu verriegeln. Schon waren diese Burschen aus ihrem Wagen gehechtet und zu Lisa und Ramona gerannt und hatten deren Türen aufgerissen. Andere Verkehrsteilnehmer hupten wild. Doch davon ließen sich die zwei nicht ablenken.

Im ersten Moment hielten die Mädchen das für einen Scherz, wenn auch einen sehr schlechten. Es stellte sich aber sofort heraus, dass dieses kein Scherz war. Die beiden jungen Männer erklärten ihnen unmissverständlich, was ihnen in den Sinn gekommen war, wie sie sich den Verlauf des Abends vorstellten. Und das war alles andere als witzig und lustig, das war ordinär, vulgär, absolut beängstigend. Lisa und Ramona zitterten vor Angst. Fieberhaft überlegten sie, was zu tun sei. Sie verständigten sich blitzschnell und beide sprangen gleichzeitig aus dem Auto. Ramona hatte einen ihrer Schuhe in der Hand. Es war die Zeit der Pumps mit sehr sehr spitzen und hohen Absätzen. Ramona wollte dem einen Angreifer mit ihrem Schuh eins überbraten., doch der wich geschickt zurück und setzte sich lachend auf die Schnauze des Fiats. Lisa war auf der Seite der Fahrspuren und versuchte verzweifelt vorbeifahrende Autos zum Anhalten zu bringen. Sie schrie, sie fuchtelte mit den Armen, sie hüpfte hin und her, damit der Kerl sie nicht fassen konnte. Es half nichts. Niemand hielt an, niemand kam zur Hilfe. Ihr Angreifer winkte jetzt auch und hüpfte auch herum. Wie sollte da jemand Außenstehender den Ernst der Lage erkennen? Die meisten hatten diese Szene wohl als dummen Jugendstreich angesehen, einige lachten und winkten Lisa zu, andere schüttelten den Kopf und zeigten ihnen den Vogel.

Bevor Lisa vor Verzweiflung zusammenbrach, sah sie zu Ramona. Die hatte einen Radfahrer entdeckt, der sich von hinten auf dem Radweg näherte. Sie lief auf ihn zu und erklärte ihm wild gestikulierend ihre Notlage. Beide jungen Männer ließen von ihnen ab und schlenderten betont lässig Richtung Radfahrer, der inzwischen abgestiegen war. Lisa sprang ohne Zögern wieder auf den Fahrersitz. Ramona ließ die drei Männer stehen, rannte zur Beifahrerseite und sprang neben Lisa auf ihren Sitz. Lisa startete den Fiat. Und, oh Wunder, der sprang sofort an. Ohne noch irgendwie nachzudenken fuhr Lisa mit Vollgas über den Rand des Bürgersteigs, über den Fahrradweg und brauste davon. Dass das Auto nicht auseinander brach, war wirkliches Glück bei der brutalen Behandlung. Die Geräusche ließen so etwas vermuten. Doch es hielt.

Im Rückspiegel sahen sie, dass die Typen immer noch mit dem Fahrradfahrer seitlich standen. Sie beteten, dass dieser gute Mann ohne Schaden zu nehmen, davon kommen würde. Sie hatten ein ganz schlechtes Gewissen, aber sie hatten das Gefühl gehabt, es wäre um ihr Leben gegangen. Ganz so weit hergeholt war dieser Gedanke wirklich nicht, wenn sie bedachten, was diese Männer ihnen alles gesagt hatten und wo sie mit ihnen hin gewollt hatten.

Lisa konnte bei der wilden Flucht kaum etwas sehen, ihr Blick war durch Tränen verschwommen. Sie kamen dennoch gut an ihrem Haus an und Lisa schaffte es sogar noch, nachdem Ramona ausgestiegen war, zum Treffpunkt mit Andreas zu fahren. Dort angekommen fiel sie ihm nur noch kraftlos in die Arme und erzählte von ihrem schlimmen Abenteuer.

Nie wieder fuhr sie mit diesem Auto ohne die Türen von innen verriegelt zu haben.

Lange lebte sie in der Angst, dem Radfahrer könne etwas passiert sein oder diese Typen könnten ihr nochmals begegnen und sie erkennen. In der Zeitung fand sie keine Hinweise auf einen Zwischenfall dieser Art und so beruhigte sie sich so nach und nach wieder.

Ihre gemeinsame Zeit, Marienkäfer und Lisa, dauerte nach diesem Vorfall nicht mehr lange.

Nachdem sie dieses Erlebnis ihren Eltern erzählt hatte, wurde der unzuverlässige Fiat umgehend verkauft und sie bekam wieder einen zuverlässigen VW. Auch der hatte kleine unangenehme Eigenarten, aber er ließ sie nie so im Stich wie der Marienkäfer.

Trotz allem erinnert sie sich inzwischen gerne an den Fiat. Meist klammert sie dieses letzte entscheidende Erlebnis aus. Sie denkt lieber an die vielen lustigen Episoden mit und in diesem Auto. Dazu gehört auch die Erinnerung an eine Nacht, in der sie und Andreas mit dem Wagen auf einen Parkplatz der Uni gefahren waren. Sie hatten sich dort ausgiebig miteinander beschäftigt. Mit einem Mal hörten sie ein Motorengeräusch. Andreas murmelte nur: Die Polizei kommt. Lisa fuhr entsetzt mit ihrem Kopf hoch und sah das Polizeiauto dicht neben sich. Die beiden Beamten schauten zu ihnen, grinsten, hoben zum Abschied eine Hand und fuhren davon. Das war wohl nicht das erste Mal gewesen, dass sie ein Liebespaar überrascht hatten. Die Überraschung bestand wohl eher in der Erkenntnis, welche Möglichkeiten solch kleines Auto doch anscheinend bot. Zum Glück waren die Polizisten sehr verständnisvoll und ließen sie in Ruhe. Sie waren bestimmt nicht die ersten gewesen, die solchen Parkplatz besuchten.

„Was ich so alles in meinem Leben angestellt habe", denkt Lisa und schüttelt fast ungläubig ihren Kopf. Das glaubt mir niemand, wenn ich das erzählen würde.

****

Tansania
- ein Traum wird wahr

Und schon wieder sitzt Lisa vor ihrem Spiegel. Es gibt ja noch so viel, das er ihr zeigen könnte.

Am Tag ihres ersten Rendezvous' hatte Andreas zu Lisa gesagt:

„Wenn ich das nächste Mal in die Tropen fliege, musst du unbedingt dabei sein. Dich nehme ich mit nach Afrika! Ich will dir diese exotische Welt zeigen."

„Spinner!" hatte sie damals nur gedacht, „da hast du dir ja eine ganz außergewöhnliche Anmache vorgenommen: total verrückt und unglaubwürdig, aber dadurch auch irgendwie interessant und witzig." Sie war amüsiert und auch fasziniert von diesem Mann.

Und nun, nur ein dreiviertel Jahr später, im Frühjahr, es waren Semesterferien, Lisa gerade 21 Jahre alt, saßen sie tatsächlich nebeneinander in einem Flugzeug auf dem Weg nach Ostafrika.

Sie schaut intensiver in den Spiegel. Er zeigt Lisas Aufregung und Vorfreude damals, die kurz vor ihrer Abreise kaum noch zu beschreiben war. Sie, eigentlich immer zurückhaltend, schüchtern, die sich von dem Anrufer Torsten so hatte an der Nase herumführen lassen, sollte nun eine solche Reise machen dürfen, eine Reise ins tiefe Afrika. Auf der Landkarte hatte sie erst einmal herausfinden müssen, wo genau Tansania, ihr Ziel, eigentlich lag!

Geografie war ja nun wirklich nicht ihre Stärke. Afrika! Ja, das klang schon exotisch genug. Wie oft erzählten Leute etwas von „Afrika", ohne genaue Angaben zu machen, über welche Region, welche Landschaft, welchen Staat, welche Stadt sie berichteten. Dieser riesige Kontinent Afrika, Wiege der Menschheit, so hatte sie in der Schule erfahren, bestand aus Dutzenden verschiedener Staaten, und mittendrin, direkt am Indischen Ozean, lag dieses geheimnisvolle Tansania, neben Kenia und Uganda, deren Namen ihr etwas bekannter waren und die sie so einigermaßen in eine Landkarte einordnen konnte.

Lisa in Afrika! Und das noch gemeinsam mit ihrer großen Liebe. Unglaublich einfach. Sie hatte ziemlicheAngst, dass irgendetwas dazwischen kommen könnte, dass sie die Reise doch nicht antreten dürfte. Alles musste ja heimlich geplant werden. Andreas war nach wie vor verheiratet und musste sehr geschickt vorgehen, um keine Scheidungsgründe zu liefern, die ihm die volle Schuld an der Situation zuschreiben könnten. Doch er war ruhig und gelassen, voll überzeugt, dass es keine Zwischenfälle geben könnte. Er kannte keine Angst, akzeptierte keine Hindernisse. Er hatte den Entschluss gefasst, Lisa dieses Paradies zu zeigen, also würde er es ihr zeigen. Er hatte alles in die Wege geleitet, hatte sich um alles gekümmert, alle nötigen Unterlagen besorgt. Auch für die entsprechenden Impfungen hatte er gesorgt.

Lisa hatte keine Ahnung gehabt, welche Gefahren in tropischen Ländern lauerten. Sie war einmal als Kind nach einer Impfung schwer erkrankt. Somit hatten ihre Eltern sie nie wieder impfen lassen. Das stellte sich jetzt als gewisses Problem heraus. Es musste so viel nachgeholt werden, da das Einreiseland bestimmten Schutz als Bedingung zur Einreise verlangte. Sie wollte nach Tansania, nichts würde sie mehr davon abhalten können, also ab ins Tropeninstitut und Impfungen einholen. So ließ sie trotz reichlich unguten Gefühls alles über sich ergehen. Sie bekam Schutz gegen Pocken, Cholera, Typhus, Gelbfieber und zusätzlich eine Malaria Prophylaxe. Und sie überstand alles ohne Schwierigkeiten. Nun war der Weg frei nach Afrika!

Gemeinsam wälzten sie wieder und wieder ihre Reiseunterlagen und steigerten sich immer mehr in ihr Reisefieber. Lisa schrieb für ihre Eltern eine Art Reisebericht, fügte dem Fotos aus Katalogen der Reisebüros hinzu, beschrieb ihre überschäumenden Gefühle.

So ganz traute sie allerdings ihrem Glück noch nicht. Erst wenn sie im Flugzeug sitzen würde, erst dann wäre es tatsächlich Wirklichkeit. Auch bei ihr hätte etwas dazwischen kommen können, irgendetwas hätte ihre Pläne durchkreuzen können. Aber sie war wild entschlossen, alles zu unternehmen, damit nichts sie an dieser Reise hindern könnte.

Heute noch amüsiert sich Andreas bei dem Gedanken daran, was sie damals voller Inbrunst ausrief:

„Und wenn ich mir jetzt die Beine breche, ich komme auf jeden Fall mit! Wenn es sein muss, dann lasse ich mich eben auf einer Bahre ins Flugzeug tragen. Ich komme auf jeden Fall mit nach Tansania! Und wenn du mich mit einem Rollstuhl schieben musst, mich kannst du nicht mehr abschütteln! Ich bin dabei! Ich will das tropische Meer sehen, will in diesem smaragdgrünen, glasklaren Wasser schwimmen, will mich darin treiben lassen, will Meerestiere beobachten. Fischschwärme, Krebse, Muscheln, Seeanemonen, all das will ich sehen, will erleben, wie es ist, sie in ihrem Element beobachten zu können. Will alles mit allen Sinnen wahrnehmen, aufnehmen und für immer festhalten. Ich will unter Palmen liegen, will Kokosmilch aus Nüssen, die gerade vom Baum geschlagen wurden, trinken, will Bananen frisch von der Staude pflücken und essen, will über Korallenriffen schnorcheln, will Delfinen und fliegenden Fischen zusehen.

Ach, ich will so vieles, will alles sehen und erleben, von dem du mir so oft vorgeschwärmt hast! Du hast Schuld. Du hast mich absolut heiß gemacht mit deinen Schilderungen. Den letzten Pfennig würdest du hergeben für diese Reisen, das hast du mir immer gesagt. Und das hast du ja auch tatsächlich immer gemacht. Deine Frau interessierte sich für solche Dinge nicht, sie fuhr lieber in Städte, in denen man ausgiebig shoppen konnte. Ich bin anders, ich bin ähnlich wie du. Und nun will ich das auch alles erleben. Nun musst du mir das zeigen!"

Die Erinnerungen stürmen auf Lisa vor ihrem Spiegel ein. Schon der Flug an sich war ein wunderbares Abenteuer. Sie genoss jede Sekunde. Nichts war ihr unbequem, nichts missfiel ihr. Das Essen fand sie köstlich. Die Getränke waren super. Die Enge war nicht schlimm, sie konnte sich unter einer Decke an Andreas kuscheln, dabei einen Film anschauen, der über dem Gang auf einer Leinwand mehr oder weniger schlecht zu erkennen war, konnte hinausschauen, sah Landschaften unter sich, Berge, Flüsse, weite Ebenen, sah Wolken unter sich wie Zuckerwatte, in die man am liebsten gesprungen wäre, konnte selig eindruseln.

Irgendwann überquerten sie den Äquator. Es war finstere Nacht. Plötzlich ging das Licht in der Kabine an. Der Bord Lautsprecher knackte, der Pilot meldete sich mit einer „wichtigen" Durchsage. Alle Passagiere schreckten auf und hörten zunächst mit etwas mulmigem Gefühl zu. Es bestand aber absolut kein Grund zur Aufregung. Ihr Pilot führte ein schönes Ritual durch. Er teilte ihnen mit, dass sie nun den Äquator überquert hätten und damit das Reich von Aeolos, dem Gott des Windes, durchfliegen würden. Sie sollten ruhig sitzen bleiben, müssten aber mit leichten Turbulenzen rechnen. So erginge es allen Flugzeugen, die ins Reich von Aeolos kamen, also über den Äquator flogen. Und schon schaukelte das Flugzeug seitlich hin und her und die Passagiere bekamen den einwandfreien Beweis für die Anwesenheit des Gottes. Aelos ließ es kräftig pusten und der Pilot erklärte, dass er sich heute besondere Mühe gebe, weil er seiner Liebsten, Eos, der Göttin der Morgenröte, zuwinken wollte. Alle Passagiere applaudierten begeistert und grüßten ihn und auch seine Gattin, die schon am Horizont ihre rötlichen Vorboten erkennen ließ. Das alleine reichte aber nicht, diesen wilden Gott völlig zu besänftigen. Es wurde Sekt serviert, damit man ihn um Gnade bitten konnte und auf sein Wohl anstoßen konnte. Und nach dem ersten vorsichtigen Nippen und dem Zuprosten, zeigte sich auch schon die Wirkung. Aeolos war besänftigt und das Flugzeug flog wieder ganz ruhig weiter durch die Nacht, dem Morgen entgegen.

Jeder Passagier bekam anschließend eine sehr hübsche Urkunde, auf der Ort und Zeit des Äquator Überflugs durch die Unterschrift des Piloten und des Co Piloten bekundet wurden.

Eine wirklich schöne Idee der Fluggesellschaft Lufthansa. Leider erlebten sie das nicht mehr in den weiteren Jahren, da bei späteren Flügen die Airlines auf diese so nette Geste verzichteten.

Genauso verzichteten sie auf Essbestecke aus Metall und gingen zu Plastik über. Sehr schade für Lisa, die so gerne bei jedem Flug ein Besteck als Andenken mitgenommen hatte. Auch wenn sie jedes Mal fast einen Nervenzusammenbruch erlitt, wenn sie mit ihrer Beute und ihrem hochroten Kopf durch die Sicherheitskontrollen ging.

Zu ihrem Glück waren diese Kontrollen früher äußerst lasch, Flugzeugentführungen, terroristische Anschläge, kannte man nicht. Lisa wurde nie erwischt, fiel nie auf. Vermutlich war das gar nicht so ungewöhnlich, wenn man solche Bestecke im Gepäck von Passagieren entdeckte. Sicher hatten die Fluggesellschaften diesen Verlust von vornherein einberechnet und Lisa war nicht die einzige Diebin dieser Art. Im Laufe der Jahre hatte sich ein richtiges Sortiment angesammelt mit den Emblemen verschiedener Fluggesellschaften. Diese Teile waren, wie es sich später herausstellte, ideal geeignet als Kinderbestecke.

Die heutigen Billigflieger haben ganz andere Sorgen, machen sich sicher keine Gedanken, ihre Passagiere nett zu unterhalten. Heute wird nur überlegt, was man alles einsparen kann, um möglichst billige Flüge anbieten zu können. Damals war Fliegen noch etwas ganz Besonderes, natürlich war es recht teuer. Als Normalmensch musste man lange sparen, um sich eine Fernreise leisten zu können; umso größer war das Erlebnis, umso größer war die Aufregung, umso größer war die Freude, es war einfach ein echtes Abenteuer.

Schon im Flugzeug fiel Lisa und Andreas ein Mann mittleren Alters auf, der oft zu ihnen schaute und sie freundlich anlächelte. Beim seltenen Beine Vertreten im Gang kamen sie ins Gespräch. Er war alleine unterwegs, es war auch seine erste Tropenreise. Er war ähnlich gespannt wie Lisa und lauschte begeistert Andreas Erzählungen. Seine Frau und Tochter hatten solche weite Reise nicht auf sich nehmen wollen und waren daher zu Hause geblieben.

Wie der Zufall es wollte, hatte er dasselbe Ziel, ja sogar dasselbe Strandhotel gebucht wie Andreas und Lisa.

Lisa sieht sich in Dar es Salam, der größten Stadt Tansanias, herumspazieren. „Haus des Friedens" ist die schöne Übersetzung dieses so exotisch klingenden Namens. Diese Stadt stand einst unter der deutschen Kolonialverwaltung von Deutsch Ostafrika, da sie wegen ihres Naturhafens aus militärischer Sicht sehr bedeutend war. 1961 bekam sie dann ihre Unabhängigkeit und war ca. fünfzehn Jahre Hauptstadt Tansanias, ist heute immer noch Regierungssitz. Dieses quirlige Leben in der Stadt war überwältigend! Wie der Verkehr auf diesen total überfüllten Straßen, die vollgestopft waren von Autos, Pferdekarren, Eselkarren, Fahrrädern, Mopeds und Fußgängern ohne größere Probleme funktionierte, kann man kaum nachvollziehen.

Für brave Deutsche wie Lisa, denen Verkehrsregeln, Ordnung, Vorsicht, Voraussicht und was alles noch dazu gehört, von Kindesbeinen an eingetrichtert worden war, zeigte sich eine völlig verwirrende Umgebung. Chaos pur, wildes Gewusel bei ohrenbetäubendem Lärm, und Lisa und Andreas mittendrin.

Wider Erwarten, eigentlich gegen jede Vernunft, zumindest gegen biedere deutsche Vorstellungen lief der Straßenverkehr mit all den Menschen meist ohne größere Zwischenfälle nach irgendwelchen geheimnisvollen, ihnen völlig unverständlichen Regeln ab.

Lisa war so fasziniert, sie sog alle Eindrücke gierig in sich auf. Die Märkte, die waren für sie beide ein absoluter Höhepunkt. Obst, Gemüse, Fleisch und was nicht alles, wurde hier in üppiger Fülle angeboten. Die bunten Farben betörten sie. Sie wussten gar nicht, wohin sie zuerst schauen sollten, sie konnten nicht entscheiden, was am schönsten war.

Aber das allerbeste waren die Fischmärkte. Welch herrliche und beeindruckende Fischmärkte sie dort sahen! Meerestiere aller Arten lagen fein säuberlich sortiert, fast schon kunstvoll angeordnet, auf Dutzenden von Ständen. Die Händler priesen mit lautem Gebrüll ihre Ware an und lockten Kundschaft herbei. Die Gerüche waren umwerfend. Nicht unangenehm, nicht faulig, nein, absolut frisch, aber völlig ungewohnt. Faszinierend!

Und dann kam Lisas kleine Rache an Torsten. Sie kaufte eine wunderschöne Ansichtskarte und schrieb an ihn: „Die trüben Tage mit dir sind vergessen! Viele Grüße! Lisa!"

Das musste einfach sein, hatte sie sich gesagt. Zu gerne hätte sie sein Gesicht gesehen beim Empfang dieser Karte. Kurz nach ihrer Rückkehr, tauchte er bei ihr auf, fiel auf die Knie, beteuerte seine Liebe zu ihr und bot ihr an, sie zu heiraten. Was Lisa nie für möglich gehalten hätte, er war ihr plötzlich völlig egal, sie empfand nicht einmal mehr Wut. Sie konnte ihn wegschicken ohne die kleinste Empfindung zu haben. Die trüben Tage mit ihm waren also wirklich vergessen und vorbei.

Aber wieder sieht Lisa sich in Tansania.

Nach dem Stadtbummel ging es zurück ins Hotel. Sie hatten Sehnsucht nach dem Meer. Was gab es Schöneres, als nach diesem wilden Treiben in der Stadt ans Meer zu fahren, am weiß schimmernden Strand zu spazieren, im Wasser, über einem Korallenriff schwebend, sich wie ein Fisch unter Fischen fühlen zu können oder bei Ebbe das Riff mit seinen Tausenden Lebewesen zu erkunden.

Auch ihre neue Bekanntschaft teilte diese Gefühle. Im Strandhotel verbrachten sie von Anfang an jeden Tag gemeinsam mit ihrem Freund, nahmen gemeinsam die Mahlzeiten ein, spazierten zusammen übers Korallenriff und bestaunten das so vielfältige Leben dort. Sie schwammen gemeinsam im Meer, lagen gemeinsam am Pool, machten gemeinsam Ausflüge. Sie hatten sich von der ersten Minute an so gut verstanden, als wären sie seit Jahren befreundet. Die berühmte Chemie stimmte offensichtlich von der ersten Minute im Flugzeug an bei ihnen überein.

Sogar jeweils eine Hälfte eines der am Strand gebauten Doppel Bungalows war ihnen gemeinsam- ohne ihr Zutun – zugewiesen worden. Das ging schon fast über glücklichen Zufall hinaus. Heute sind sie überzeugt, das war vorbestimmtes Schicksal.

Man musste eine steile Treppe erklimmen, dann kam man zu den Eingängen der wegen der umwerfenden Aussicht aufs Meer im ersten Stock gelegenen Zimmer. Tür an Tür lagen ihre Eingänge, Wand an Wand ihre Zimmer.

Die Wände dieses Bungalows erschienen Lisa und Andreas als sehr massiv. Das waren sie auch. Sie bestanden aus dicken Korallenblöcken. So machten sich Lisa und Andreas weiter keine Gedanken und verhielten sich in ihrem Zimmer, als seien sie die einzigen Menschen weit und breit. Wieso auch sollten sie sich leise verhalten angesichts dieser dicken Wände?

Erst ein paar Monate später, als sie ihren Freund in seiner Heimatstadt besuchten, seine Frau und Tochter kennen lernten, bekamen sie Grund zum Erröten, wenn auch sehr verspätet. Ihr Freund berichtete ihnen nämlich, dass er abends oft in seinem Zimmer auf dem Bett gelegen hatte und sich gefragt hatte, was denn nebenan wohl gerade ablief, welche „Schinkenklopf Spielchen" dort wohl stattfanden.

Die Wände waren zwar dick, aber das Korallengestein war porös wie ein Schwamm und jedes kleinste Geräusch war deutlich zu hören gewesen.

Diese Anregungen hat er dann wohl unmittelbar nach seiner Reise in die Tat umgesetzt, denn wie der Zufall es so wollte, wurde genau neun Monate nach dem Tansania Urlaub ein kleiner Sohn geboren. Wie oft haben sie gemeinsam über diesen „Zufall" gelacht. Und Lisa und Andreas fühlten sich wie eine Art „Schwippeltern" des neuen Erdenbürgers.

Es war zu schön, dass sie sich auch mit der Frau des Freundes auf Anhieb wie mit einer lang bekannten lieben Freun-

287

din verstanden. Sie schwammen sozusagen genau auf einer Linie. Sie besuchten sich regelmäßig. Ihre Treffen waren so herzlich, so witzig, einfach nur schön. Wie viele Übergänge in ein neues Jahr sie gemeinsam erlebten, kann Lisa gar nicht mehr sagen. Sie weiß nur, wie wunderschön all diese Feiern waren.

Unzählige Menschen haben sie auf all ihren Reisen kennen gelernt! Sicher, es wurden oft Adressen ausgetauscht, aber kaum zu Hause, vergaß man zu schreiben! Die einzigen, mit denen sie immer Kontakt gehalten haben, die zu solch festen Freunden wurden, waren diese beiden. Auch wenn sie sich inzwischen nur noch selten besuchen, so empfinden sie sich immer noch eng verbunden. Bei jedem Telefonat werden Erinnerungen ausgetauscht, wird über so vieles gelacht.

****

Exotik pur
Mauritius / Sri Lanka / Seychellen

Dieser Tansania Reise folgten so viele andere Reisen in tropische Gegenden, fast immer ans Meer, fast immer zu Korallenriffen, aber auch ins Landesinnere. Was durften sie beide gemeinsam alles kennen lernen! Urlaube in Kenia, mehrfach. Sie verbrachten Wochen auf einer Lodge mitten zwischen wilden Tieren, zwischen Löwen, Krokodilen, Affen, Elefanten, Gazellen, Büffeln und Giraffen und was sich noch so alles in einem Nationalpark zeigt. Sie machten Safaris durchs unbekannte Land, trafen auf Massai, diese interessanten Menschen in ihren meist roten Gewändern, ihrem beeindruckenden Halsschmuck und ihrer für Europäer ungewöhnlich erscheinenden Lebensweise. So wurden sie bekannt durch ihre Tänze, bei denen junge Männer an einem Stock auf einer Stelle so hoch springen, wie sie nur können. Noch exotischer erscheint, dass sie das Blut ihrer Rinder trinken. Sie waren Nomaden, die nach Möglichkeit große Rinderherden besaßen. In der heutigen Zeit mussten sie ihre Lebensweise weitgehend ändern, mussten sesshaft werden, denn ihre Gebiete wurden immer kleiner.

Lisa und Andreas machten weiter direkte Bekanntschaft mit Lebewesen, an die man nicht sofort denkt beim Thema afrikanische Savanne, wie z.B. mit vielen Krabbeltieren, Insekten in enormer Vielfalt, Spinnen und Tausendfüßler in allen Färbungen und Größen.

Kalte Schauer laufen Lisa selbst jetzt vor ihrem Spiegel über den Rücken, besonders, wenn sie sich erinnert, wie sie in dieser Lodge vom Zimmer aus zum Restaurant gingen. Ein schmaler überdachter Weg führte zum Haupthaus. Er war nur spärlich durch Fackeln an den Wegrändern beleuchtet. Seltsame Kratzgeräusche und ab und zu ein Plumpsen war zu vernehmen. Sie schauten über sich und konnten es kaum fassen: Die Decke aus über einander gestapelten Palmwedeln war dicht überzogen von Unmengen von Tieren, vor allem schwarze dicke Tausendfüßler krabbelten dort herum. Ab und zu fiel einer nach unten auf den Weg und verursachte dadurch das Platsch Geräusch. Diesen Weg überbrückten sie fortan im Dauerlauf, denn ganz sicher gehörten diese Tiere nicht zu ihren Lieblings Lebewesen, auch wenn diese Art Tausendfüßler im Grunde harmlos war und keine Gefahr darstellte. Aber wem gefällt es, unter Mengen von ca. zwanzig Zentimeter langen dunkel glänzenden Tieren mit ihren knallroten Beinchen her zu laufen. Auch wenn sie vermutlich keine tausende Beinchen hatten, sondern nur so um die zweihundert, war die Vorstellung, sie könnten einem auf den Kopf fallen, wirklich gruselig.

Es folgten viele Urlaube an kenianische Strände, mehrfach auf die Malediven, Seychellen, Mauritius, Sri Lanka, das damals noch Ceylon hieß. Natürlich machten sie zwischendurch auch Urlaub in Frankreich, in Tunesien und anderen Ländern, aber diese Tropenurlaube waren mit Abstand die aufregendsten gewesen.

Der Spiegel kann Lisa auch jetzt wieder keine Ordnung, keine Chronologie vermitteln. Lisa erkennt nur einzelne Erlebnisse, die besonders hervorstachen, die einmalig waren.

Sie sieht ein Picknick am Strand, das muss auf Mauritius gewesen sein. Ein Einheimischer hatte sie und ein befreundetes Paar zum Abendessen am Strand eingeladen. Bei Mondschein gingen sie über den weichen warmen Sand und sahen schon in der Ferne ein kleines Lagerfeuer. Der Einheimische winkte sie fröhlich zu sich heran. In einer verrosteten Konservendose, es war wohl einmal Gemüse darin gewesen, das im Hotel verarbeitet worden war, brutzelte er vor ihren Augen Undefinierbares zusammen. Sie versuchten, ihre Skepsis zu überwinden, sahen sich diese tiefrote Masse, in der hellere Stückchen herumschwammen, an und lächelten dem Koch freundlich zu und bekundeten ihre Freude auf das Mahl. Es wurde ja alles stark erhitzt, also bestand vermutlich keine Gefahr, sich mit etwas Bösem zu infizieren. Sie hockten sich alle um das Feuer und nachdem die Dose und deren Inhalt sich etwas abgekühlt hatte, griffen sie beherzt mit einer Hand hinein und fischten sich etwas heraus. Tapfer kauten sie vorsichtig drauf rum, schluckten den Bissen hinunter und mussten erstaunt feststellen, es schmeckte köstlich.

Was sie aßen, wussten sie nicht. Es waren irgendwelche Meeresfrüchte, Fische, Krebse, irgend so etwas. Und wenn es Maden oder Meereswürmer gewesen wären, wen störte das, man wusste es nicht und der Geschmack war super. Ihr Gastgeber strahlte, als er sah, wie sie mit gutem Appetit weiter zugriffen. Der Abend war einmalig, überraschend, spannend und gemütlich gewesen. Ein Erlebnis, das sie nie vergessen sollten.

Mauritius ist in ihrer Erinnerung eine Insel voller Zuckerrohr. Palmen, deren Blätter total zersaust nach unten hingen, säumten die Strände. Sie machten gar nicht diesen verlockenden Eindruck wie in den Reiseprospekten. Ein kurz zuvor über die Insel hinweggefegter Wirbelsturm hatte sie so zugerichtet, wie Lisa und Andreas erfuhren. Solche Stürme waren hier völlig normal, bis zu zehn bis fünfzehn mal fegten sie pro Jahr über die Insel oder knapp an ihr vorbei. Warum wurde Mauritius als Paradies angepriesen? Sie verstanden es nicht. Sie hatten schon schönere Gebiete kennen gelernt.

Das Zuckerrohr hatte nicht gelitten. Überall wuchs es wie Unkraut und ließ kaum andere Vegetation zu. Bei einer Fahrt mit einem geliehenen Auto quer über die Insel zur Hauptstadt Port Louis, einer ganz normalen Großstadt, die sie nicht begeistern konnte, sahen sie eigentlich nur Zuckerrohr. Riesige Plantagen, in denen Menschen die Ernte einbrachten. Nach einer Fahrt mit geliehenen Fahrrädern, wieder durch endlose Zuckerrohr Plantagen, gelangten sie in eine bergige Gegend, in der sie einen wunderschönen Wasserfall bewundern konnten.

Das einzig wirklich Schöne an dieser Insel waren ihre weißen Korallensand Strände. Aber auch dabei gab es dann

einen Wermutstropfen. Die Hotelleitung hatte beim Begrüßungs Cocktail einige interessante Informationen verkündet. Der wohl beeindruckendste Hinweis war der, dass eine
bestimmte Bucht wunderschön anzusehen sei, dazu ideal
für Wassersportler sei, aber dass dort sehr viele Seeschlan-
gen zwischen den zahlreichen Korallenstöcken im seichten
Wasser lebten.

Es handelte sich um diese wirklich schönen schwarz weiß
gestreiften Tiere, deren Gift allerdings auch für Menschen
sehr gefährlich ist. Die sind im Normalfall ganz harmlos,
verkündete die junge Dame lächelnd, nur in der Paarungszeit werden sie aggressiv und beißen gerne zu. Das könnte
unangenehm werden, da sie zu den giftigsten Tieren dieser
Erde gehören. Aber, wie gesagt, nur in der Paarungszeit.

Tja, das war nun das Problem. Sie waren hier in den Tropen, also bei immer ziemlich gleich hohen Temperaturen,
bei immer nahezu gleichen Wassertemperaturen. Waren da
solche Schlangen nicht rund ums Jahr in Paarungslaune?
Wer konnte das schon wissen, wie und wann solche Giftnat-
tern gerade in Stimmung für Liebe und damit für Angriff
waren? Wie auch immer, Abenteuerlust hin oder her, Lisa
weigerte sich strikt, in dieser Bucht zu schwimmen oder zu
schnorcheln, sie verzichtete gerne auf das tolle Erlebnis,
solch eine Schlange von Nahmen sehen zu dürfen.

Ein weiteres ungewöhnliches Ereignis drängt sich in Lisas
Gedanken:

Ceylon! Sri Lanka! Sie waren eines späten Abends in einem
Dorf, in der Nähe ihres Hotels. Wieder hatten sie sich mit
zwei anderen Urlaubern zu diesem Ausflug verabredet. Es
war kein vom Hotel arrangierter Event, keine Folklore für
Touristen. Vorstellungen, extra für Touristen engagiert, fanden zur damaligen Zeit in diesen tropischen Gegenden
kaum statt. Der Tourismus befand sich noch in den Kinder-
schuhen. Man konnte, wenn man etwas Mut und Neugier
besaß, Land und Leute in ursprünglicher Art kennen lernen.
Es war sehr laut. Es war gespenstisch. Es war eine dunkle
Nacht und überall flackerten Feuer. Außer Andreas und Lisa

war nur noch das befreundete Paar aus dem Hotel dabei, keine anderen Europäer. Hier fand ein wichtiges Fest der Einheimischen des Dorfes statt. Vielleicht ging es um Mannwerdungs Rituale? Sie haben es nie wirklich erfahren. Menschen schrien wild durcheinander, einige hatten Trommeln jeder Größe vor sich und trommelten in immer wilder klingendem Rhythmus immer schneller auf ihren Instrumenten. Andere sangen und bewegten sich rhythmisch, machten ekstatische Bewegungen. Eine unheimliche Atmosphäre für Europäer. Und Lisa ertappte sich bei dem Gedanken, vielleicht doch lieber in Richtung Hotel wegzuschleichen. Wer weiß, ob man hier jemals heil fort kommen würde. Waren sie nicht alle beim Begrüßungs Cocktail im Hotel vor Alleingängen gewarnt worden? Waren nicht schon öfter Europäer in diesem Land spurlos verschwunden? Doch die Faszination dieser Feier überwog. Lisa vergaß bald ihre Angst und war nur noch gefesselt vom Anblick, der sich ihr bot. Schließlich hatte Andreas ihr zugeflüstert, es bestehe keine Gefahr, wenn sie sich still im Hintergrund halten würden, und so vergaßen sie alle Bedenken und genossen einfach dieses exotische Abenteuer.

Unterstützt von unglaublichem Gröhlen und anfeuerndem Klatschen bewegten sich junge Männer mit entrücktem Blick gemächlich über einen langen Weg, auf dem glühende Kohlen rot leuchteten. Ihre Fußsohlen blieben völlig unverletzt, keinerlei Brandblasen oder andere Beeinträchtigungen waren zu erkennen, wie sie am Ende des Weges den Zujublern, die sich die ganze Strecke lang drängten und sie ekstatisch herumhüpfend anfeuerten, zeigten.

Im Fernsehen zu Hause hatten Lisa und Andreas ähnliche Vorstellungen schon gesehen. Aber diese hier wirkte anders, war anders. Das war keine Schau für Fremde. Das machten diese jungen Männer aus Begeisterung und einem Pflichtgefühl heraus. Sie hatten offensichtlich eine wichtige Aufgabe zu erfüllen. Sie kannten weder Angst noch Schmerz. Sie kannten nur das eine Ziel. Dazu hatten sie sich irgendwie in Trance versetzt, schienen weit entrückt zu sein.

Und doch gab es noch eine Steigerung. Der absolute Höhepunkt dieser Rituale folgte unter noch stärker anschwellenden Trommelwirbeln und Schreien. Ein junger Mann ließ sich den Rücken mit einem weißen Pulver bepudern. Daraufhin wurden ihm sechs Fleischerhaken durch die Haut seines Rückens gestochen, säuberlich in einer geraden Linie an jeder Seite drei. Diese waren mit langen Seilen versehen, an deren Ende Haken waren. Dann hängten ihn vier Männer an eine Art Reck. Er schaute verzückt in die Weite, war total entrückt, nahm anscheinend niemanden mehr klar wahr, spreizte Arme und Beine und streckte sie weit aus. Andere junge Männer, die mit weißen Farben gespenstisch bemalt waren, schritten heran und begannen ihn hin und her zu schaukeln. Er schwang in hohem Bogen von einer Seite zur anderen.

Die Zuschauer gerieten in noch stärkere Ekstase, sangen, kreischten, trommelten, tanzten.

Schließlich nahmen die jungen Männer die lebende Schaukel wieder ab, lösten die Haken. Auf dem Rücken war kaum etwas zu sehen, kleine Einstiche, aber keine Verletzungen, kein Blut. Lisa war überwältigt. Wie machten diese Männer das? Sie schaute in ihre Augen und sah eigentlich ins Nichts. Die Männer schienen nicht im Hier und Jetzt zu sein. Sie waren entrückt, völlig in Trance. Diese Augen machten Lisa wieder Angst. Vergeblich suchte sie darin menschliche Regungen, wie sie sie kannte. Sie drängte Andreas, möglichst bald zu verschwinden. Das erschien ihnen allen dann doch angebracht. Unbehelligt kamen sie wieder in ihr Hotel. Aber heute noch gruselt es Lisa ein wenig, wenn sie sich erinnert.

Wieder drängt sich ein neuer Ausschnitt in das Spiegelbild:
Sie befindet sich wieder auf Sri Lanka. Wieder waren sie mit einem jungen Paar aus dem Hotel unterwegs. Der Mann war unglaublich unternehmungslustig. Er arrangierte so vieles. Er war es auch, der einen Wagen, einen Mini Moke, gemietet hatte, in dem sie zu viert die Insel erkundeten.

Lisa sieht den schmalen, nur teilweise asphaltierten Weg vor sich. Rechts das Meer, links steile Felsen und in der Mitte dieser holprige Weg mit riesigen Schlaglöchern, die man aber nicht sehen konnte, weil es derartig goss, dass die Straße überschwemmt war. Und wie es kommen musste, so kam es auch. Sie blieben in einem Schlagloch stecken. Von der Felswand links schossen Wassermassen wie ein bedrohlicher Wasserfall auf die Straße und auf sie hinunter und strömten danach ins aufgewühlte Meer.

Andreas und Lisa saßen recht eingequetscht auf den engen Rücksitzen. Voll Entsetzen bemerkte Lisa, das mit einem Mal eine Wasserfontäne wie aus einem Springbrunnen neben ihren Füßen aus dem Boden des Autos in den Innenraum spritzte. Sie wollte nur noch hinaus aus dem Wagen und machte das auch lautstark klar. In ihrer Fantasie sah sie, wie das Wasser diesen Mini ins Meer spülen würde und sie alle elendig ertrinken würden. Nun sie waren nicht ertrunken, waren tatsächlich ausgestiegen, hatten abgewartet, bis der starke Tropenschauer abgeebbt war, hatten das Auto mit vereinten Kräften wieder aus dem Schlagloch gezogen und waren weiter gefahren.

Vielleicht war es in diesem Erlebnis begründet, dass Andreas am nächsten Tag streikte und sich der Gruppe nicht anschließen wollte. Er brauchte einen Ruhetag am Strand, hatte keine Lust auf eine Bootsfahrt und blieb im sicheren Hotel. Aber Lisa wollte sich diesen Ausflug auf keinen Fall entgehen lassen, also unternahm sie zum ersten Mal etwas ohne Andreas.

Der quirlige Mann mit dem Mini Moke hatte eine Mangrovenfahrt auf einem Boot gebucht. Wie er an die Adresse gekommen war, erfuhren sie nicht. Er war ja immerzu unterwegs auf der Suche nach neuen Abenteuern und dabei hatte er viel Kontakt mit Einheimischen. So hatte er es zumindest erzählt.

Das Boot entpuppte sich als einfaches, eher sogar primitives Floß. Einige Palmenstämme waren mit Tauen aus Palmenfasern zusammen gebunden. Das also war das Boot.

Mehr als vier Personen hätten darauf ohnehin kaum Platz gefunden. So war es gut, dass Andreas nicht dabei war. Der Floßführer stak mit einer langen Stange ins Wasser und beherrschte sein Floß wirklich gut. Obwohl Lisa anfangs ein unangenehmes Gefühl hatte: wie war das noch mit Krokodilen in Mangroven Sümpfen? Lieber nicht nachdenken. Und schon war sie nur noch begeistert.

Ohne diesen unternehmungslustigen Mann aus ihrem Hotel, der sich seiner Freundin gegenüber leider nicht besonders nett verhielt, ansonsten aber ein toller Unterhalter war, der immerzu neue Ideen verwirklichte, und ständig Neues plante, wäre ihr dieses unglaubliche Erlebnis entgangen. Sie erkannte auch bald, dass man sich in Mangrovenwäldern nur mit solchem flachen Floß gut fortbewegen konnte. Die Äste und Zweige des dichten Bewuchses hingen seitlich der schmalen Wasserkanäle bis zur Wasserlinie hinunter. Wahrscheinlich war gerade Ebbe, denn ihr Floß glitt unter den Zweigen problemlos hindurch. Ihr Floß Kapitän hielt sein Gefährt an, indem er mit den Staken senkrecht in den Untergrund stieß. Es war absolut still. Nicht einmal Wasser hörte man plätschern. Und plötzlich klatschte er in seine Hände.

Ein tiefes Rauschen erfüllte die Luft, hunderte Flughunde, die in den Zweigen der dichten Mangroven gehangen und geschlafen hatten, stoben aus dem Gestrüpp und flogen hoch. Als dunkle Wolke entfernten sie sich. Das war ein Anblick, den Lisa nie vergessen wird. Sie bekommt Tränen in die Augen bei dem Gedanken daran. Ein kleiner Einblick in die unglaubliche Schönheit der überwältigenden Natur.

Sie glitten schließlich aus dem Wald hinaus in eine Art Fluss. An den Ufern türmten sich hin und wieder Müllhaufen auf. Dazwischen bewegten sich dunkle Schatten. Beim Annähern entpuppten sie sich als große Warane, die den Unrat auf der Suche nach Futter durchwühlten. Riesige Tiere. Unheimliche Tiere! Gefährliche Tiere! Nein, hier würde Lisa niemals an Land gehen wollen. Diese Warane waren ihr zutiefst zuwider, sie sahen äußerst bedrohlich aus. Dieses hässliche Gesicht mit der langen Schnauze, die Zunge, die sie weit aus dem Maul mit den spitzen Zahnreihen herausfuhren, um ihre Umgebung abzuriechen. Es schüttelte Lisa.

Der Fluss verbreiterte sich zu einem See. Dort entdeckten sie in unregelmäßigen Abständen Stöcke, die weit aus dem Wasser ragten. Sie näherten sich einem und erkannten, dass ein Mann auf einem dieser dünnen Stöcke saß und einen Speer in der Hand hielt. Es war ein Stockfischer. Diese Männer sitzen stundenlang in einer fast unbeweglichen Pose auf ihren Stöcken und warten auf Beute, also auf Fische, die sie harpunieren können. Kaum zu verstehen, wie sie sich auf dieser spitzen und schmalen Unterlage halten können, ohne herunter zu fallen, ohne sich zu verletzen.

Bisher hatten sie eigentlich immer nur freundliche Einheimische erlebt. Dieser hier gebärdete sich dagegen sehr ungehalten. Er war wütend und schimpfte. Er machte ihnen klar, dass sie abhauen sollten, aber zuvor wollte er noch ein Geschenk.

Nun, was hat man schon an Geschenken dabei, wenn man im Badeanzug auf einem Floß hockt? Wie gut, dass es Raucher gibt!!! Auf Raucher ist in jeder Lebenslage Verlass. Sie sind immer gewappnet. Lisa war Raucherin und hatte ein Feuerzeug und eine fast volle Schachtel Zigaretten in einer kleinen Plastiktasche dabei. Sie bot ihm kurzerhand eine Zigarette an. Aber das reichte ihm keineswegs. Erst als sie ihm die ganze Schachtel und das Feuerzeug dazu schenkte, winkte er ihnen gnädig zu und ließ sie unbehelligt ziehen. Ob ihr Floß Führer mit diesem Fischer enger befreundet war? Ob sie sich die Beute später teilten? Seltsam war das ganze schon.

Neue Erinnerungsblitze: Seychellen! Diese Inselgruppe mit ihren traumhaften Stränden, mit ihren ganz speziell geformten Felsen, an denen man sofort erkennt, dass es sich nur um die Seychellen handeln kann. Diese üppige Vegetation!! Nur zu erklären durch den fast täglichen kräftigen Regenguss, den man gut auch als Dusche verwenden konnte. Die

Luftfeuchtigkeit war dort so hoch, nahe 100%, so dass Koffer und Kleidungsstücke regelrecht Schimmel angesetzt hatten und ein Fotoapparat das Zeitliche gesegnet hat. Aber was war das schon gegen diese Vegetation, gegen diese Blütenpracht, gegen diese Sträucher und Bäume!

Hier lebten Menschen so vieler Kulturen, so vieler Hautfarben, so vieler Religionen absolut friedlich miteinander. Die Menschen genossen ihr Leben, sie schienen ununterbrochen zu lachen und zu tanzen. Hier erlernte Lisa die Grundschritte des Segas, dieses typischen Tanzes der Seychellen, bei dem man sich langsam um sich selber dreht und dabei elegante Bewegungen mit den Hüften macht, sofern man das hinbekommt. Wie elegant er doch bei den bildschönen Mädchen dieser Insel wirkte. Wie mag es wohl auf diese gewirkt haben, wenn Lisa sich daran versuchte? Sie kicherten und lachten, aber das machten sie ja eigentlich immer, bei jeder Gelegenheit. Diesen Tanz konnten sie während eines anderen Urlaubs auch auf Mauritius erleben, er war etwas abgewandelt, aber dennoch tanzt man auch dort leidenschaftlich gerne den Segas.

Das Buch Dino Park und gar den Film Jurassic Park gab es noch nicht, aber als Lisa und Andreas einen Tagesausflug zur Insel Praslin unternahmen und dort durch das Vallée de Mai spazierten, kamen sie sich genauso vor wie die Menschen Jahre später in diesem Buch bzw. Film. Über ihnen wölbten sich riesige Baumfarne, Büsche und Bäume, die schon Millionen Jahre alt zu sein schienen, wucherten um sie herum. Die Krönung des ganzen aber war der Anblick der Kokospalmen, der Coco de mer, die es einmalig auf der ganzen Welt nur auf dieser Insel gibt. Die männlichen Fruchtstände sehen wie überdimensionale Penisse aus, die weiblichen Nüsse zeigen von einer Seite die Ansicht einer Frau von hinten mit wohlgeformten Po Backen, die andere Seite zeigt sozusagen den Intimbereich einer unrasierten Frau. Die Natur vollführt schon manchmal seltsame Kapriolen.

Wieder auf der Hauptinsel Mahé zurück, liehen sich Lisa und Andreas ein Auto. Sie fuhren zunächst in die Hauptstadt und aßen dort sehr leckere einheimische Speisen. Kreolische Küche in Verbindung mit französischen Einflüssen, das hatte schon was ganz Besonderes. Dazu gab's natürlich wieder den passenden Wein. Man pflegte hier ja die französische Kultur mit Hingabe. In bester Stimmung machten sie sich dann mit ihrem Auto auf den Weg um die Insel herum. Es gab nur diese eine Straße, die um die gesamte Insel führte. Und zum Glück kamen ihnen nur selten Autos entgegen. Aber voller Entsetzen stellten sie fest, die fuhren auf der falschen Straßenseite, sie kamen ihnen nämlich genau auf ihrer rechten Spur entgegen. Solche Idioten aber auch! Geisterfahrer! Ein Geisterfahrer?? Nein, alle waren Geisterfahrer!!!!

Ohja, der hatte seine Tücken, dieser Linksverkehr. Vor allem, wenn man mit genügend Wein im Bauch ins Auto stieg und los fuhr. Niemanden vor sich oder hinter sich, an dem man sich hätte orientieren können. Klar fuhr man dann im gewohnten Trott. Besonders ein Kreisverkehr, wohl der einzige der gesamten Insel, wurde zu einer echten Herausforderung.

Lisas Gedanken wirbeln durcheinander.

Mauritius, diese Insel, vielleicht mit noch größerem Völkergemisch als die Seychellen. Auch hier lebten die Menschen friedlich und fröhlich miteinander. Toleranz zwischen ihnen war selbstverständlich. Sicher wird es auch hier Streitereien gegeben haben, aber selten ernste Auseinandersetzungen. Die fremde Religion des anderen wurde als gegeben hingenommen und akzeptiert. Dieses Zusammenleben hatte sich so ergeben, weil niemand einen anderen missionieren wollte und ihn so nahm, wie er eben war. Es war ein paradiesisch anmutender Zustand.

****

Tunesien
- Wildnis Restaurant und falsches Klo

Lisa sitzt erneut vor ihrem Spiegel, hält ein Glas Beaujolais in einer Hand und ist tief in Gedanken versunken. Sie ist verwirrt. So viele Erinnerungen hat der Spiegel aus ihrer Vergangenheit hervorgezaubert, die sie sonst vermutlich vergessen hätte oder an die sie sich zumindest nur selten erinnert hätte. Diese Fülle von Episoden aus ihrem Leben haben ihr gezeigt, wie wunderbar ihr Leben war. Haben ihr aber auch gezeigt, wie viele Jahre schon hinter ihr liegen.

Was möchte sie noch einmal sehen und in Gedanken erleben. Sie kann sich nicht entscheiden. Muss sie auch gar nicht. Ein paar außergewöhnliche Dinge will sie sich noch genauer vergegenwärtigen, dann ist aber Schluss mit der Vergangenheit. Die Gegenwart ist aufregend genug und braucht ihre ganze Aufmerksamkeit.

Sie denkt mit Sorge und Angst an die politischen Zustände in der Welt. Sie wird nie verstehen, warum es so viel Wirrungen, so viel Aggression, so viel Kriege geben muss, warum immer wieder Religionen als Auslöser für die bösesten Auseinandersetzungen verantwortlich sind. Als sie ihre Reisen machte, gab es wesentlich weniger Unruhen auf der Welt.

Im Spiegel erscheint ein neues Bild. Sie sind in Tunis, der Hauptstadt Tunesiens. Es ist Frühling. Sie wohnen in einem Luxushotel mitten auf der Avenue Habib Bourguiba. Von ihrem Fenster aus können sie das bunte Treiben auf dieser Prachtstraße bewundern, Der Duft unendlich vieler Blüten von Zitronenbäumen steigt zu ihnen hoch. Menschen vieler Kulturen tummeln sich dort. Keine Unruhen, keine Anschläge sind hier bisher aufgetreten. Sie beide denken gar nicht daran, dass Gefahren auf sie lauern könnten. Es gab keine Berichte dieser Art, weil es auch keine Vorfälle dieser Art gab. Sie betraten eine winzige Gaststätte, es schienen hauptsächlich Einheimische hier ihren Tee oder ihre Mahlzeiten einzunehmen. Niemand beachtete sie besonders, man grüßte und beschäftigte sich wieder mit eigenen Dingen. Ohne Zweifel wurden sie als Ausländer erkannt, aber niemanden störte das. Sie bestellten verschiedene Gerichte. Die Namen waren ihnen absolut unbekannt. Aber sie wollten so viel Exotisches wie möglich ausprobieren. Es schmeckte alles köstlich. Sie waren begeistert.

Danach schlenderten sie in Richtung Medina, um diese orientalischen Märkte kennen zu lernen. Sofort schloss sich ihnen ein „Führer" an, der recht gut deutsch sprach. Er drängte sich ihnen auf, geheuer war ihnen das nicht, aber wehren konnten sie sich auch nicht. Sie wurden ihn nicht los. Sie gaben ihm eben etwas Geld, das er verlangte und nahmen sich vor, sehr vorsichtig zu sein. Das waren sie dann auch. Er führte sie in eine Nebenstraße mit Teppichhändlern. Schon befanden sie sich in einem Geschäft mit hunderten oder auch tausenden von Teppichen. Sie wurden in einen Bereich des Raums gedrängt, in dem eine Ecke eingerichtet war, in der Tee ausgeschenkt wurde und wurden genötigt, sich zu setzen. Da wurde es ihnen zu viel, sie dankten sehr höflich und verließen das Geschäft. Man wollte sie zwar mit vielen Überredungskünsten und dem Vorführen der schönsten Teppiche aufhalten, ließ sie dann aber, zwar ungehalten schimpfend, aber sonst ohne Beeinträchtigung gehen.

Sie hörten noch eine ganze Weile Geschrei hinter sich, drehten sich aber nicht mehr um, sondern gingen schnellen Schrittes Richtung Straße. Ihr Führer war mit einem Mal auch spurlos verschwunden. Gut so, dachten sie. Sie durchstreiften nun die Bereiche des Basars, in denen sehr viele Leute, auch Touristen waren und bestaunten dieses Menschen- und Farben- und Geräusche Chaos. Einmal muss man das erlebt haben, sagten sie sich, aber das reicht dann auch. Ganz geheuer war ihnen dieser Ausflug wirklich nicht.

Am Abend feierte der Sohn des Präsidenten Habib Bourguiba Jr. In ihrem Hotel seinen Geburtstag, Dazu hatte er den
gesamten Saal, in dem sonst ein normales Restaurant betrieben wurde, gemietet. Andreas erkundigte sich beim Hotel
Manager, wo sie beide nun zu Abend essen könnten. Und es
geschah etwas, was sie heute fast als Wunder ansehen, sie
bekamen die Erlaubnis, im selben Raum sitzen und ihr
Abendessen einnehmen zu dürfen wie die Geburtstagsge-
sellschaft.

In der Mitte des bis auf den letzten Platz besetzten Raumes
war eine große Bühne aufgebaut. Lisa und Andreas saßen
so günstig, dass sie das gesamte Geschehen auf der Bühne
beobachten konnten. Musiker mit verschiedenen Instrumenten bildeten einen äußeren Halbkreis und ließen die Mitte
frei. Nachdem einige Reden gehalten worden waren, von
vielen Trinksprüchen und vielem Zuprosten abgewechselt,
begannen die Musiker ihre Vorstellung.

Tunesien war auch damals schon zum größten Teil ein mus-
limisches Land, aber der Präsident war ein sehr liberaler
und toleranter Führer, der keinen fanatischen Islam in seinem Land erlaubte. So war es offensichtlich auch kein Problem für diese Gesellschaft, Fremde in ihren Reihen zu dulden, sich des Lebens zu erfreuen, Alkohol zu trinken, zu
singen und zu tanzen.

Der Höhepunkt der Vorstellung begann. Es traten Bauchtän-
zerinnen auf. Sie wirkten auf Lisa und Andreas wie die
schönsten aller Frauen, direkt entsprungen aus „Tausend
und einer Nacht". Ihre Kostüme waren ein Traum, ihre Bewegungen waren fast überirdisch. Solche eine Körperbe-
herrschung, solch anmutigen Bewegungen, solch erotische
Bewegungen, die sie anscheinend spielerisch und völlig
ohne Anstrengung zeigten, verzauberten die Zuschauer.
Bald brodelte der Saal von Zurufen, von lautstarkem An-
spornen, von begeistertem Jubel. Ohrenbetäubender Ap-
plaus verabschiedete die Tänzerinnen. Danach gab es die
köstlichsten Leckereien. Warum auch immer, das haben
Lisa und Andreas nicht herausgefunden, aber sie bekamen

die gleichen köstlichen Speisen wie die Gäste. Es war ein unglaublicher Abend. Es hätte eine zur Realität gewordene weitere Geschichte der Scheherazade sein können.

Am folgenden Tag mieteten sie sich ein Auto, um Tunis und Umgebung zu erkunden. Vor Lisas Augen fliegen Felder und Wiesen mit so viel verschiedenem Gemüse und Obst vorbei.

Die Straßenränder waren voller Blüten, wilde Gladiolen ließen Wiesen zu Blumenfeldern werden, daran erinnert sie der Spiegel besonders. Sie trafen nur selten auf andere Autos, sahen nur wenige Menschen, meist auf Eselskarren, hoch beladen mit Artischocken und anderen Gemüsen.

In einem Reiseführer hatten sie von einem Restaurant am Meer gelesen, das ein echter Geheimtipp sein sollte. Natürlich mussten sie dorthin.

Sie kamen nicht direkt bis an dieses Haus. Sie mussten das Auto am Straßenrand abstellen und zu Fuß über einen durch Gestrüpp umsäumten Weg gehen. Sie waren ganz alleine, Angst hatten sie dennoch keine. Tunesien galt als ein touristenfreundliches Land, in dem bisher keine Überfälle bekannt geworden waren.

Und schließlich sahen sie ein altes Haus, fast eine Ruine, aber direkt am Meer. Die Terrasse war überdacht und es standen ein paar wacklige Tische und Stühle darauf.

Kaum stiegen sie die paar Stufen zur Terrasse hoch und betraten sie zögernd, da stürzte ein Tunesier mittleren Alters freundlich lachend auf sie zu. Er begrüßte sie wie alte Freunde mit Handschlag und rückte Stühle zurecht, so dass sie Platz nehmen konnten. Er sprach französisch, so konnten sie sich einigermaßen verständigen. Sie bestellten Essen. Eine Auswahl gab es nicht. Wozu auch. Man bekam eben dasselbe wie jeder, der hier essen wollte. Andreas raunte Lisa zu, dass es hier weder fließendes Wasser noch Strom gäbe, also die Hygiene vermutlich nicht so im Vordergrund stünde, also bräuchten sie zwecks Desinfektion einen sehr starken Rotwein. Seit Pasteur weiß man ja, welch gute Eigenschaften ein starker Rotwein doch hat, besonders in Bezug auf das Abtöten von Krankheitskeimen.

Also bestellten sie einen einheimischen Wein. Der Wirt strahlte und freute sich riesig, endlich Gäste bewirten zu können. Er verschwand hinter seiner Theke und plötzlich hörte man Musik. Er besaß einen uralten Plattenspieler und hatte eine Platte aufgelegt. Also demnach gab es doch Strom. Die Musik quiekte und schrammte, dennoch waren Lisa und Andreas fast gerührt und winkten dem Wirt begeistert zu.

Der Wein wurde serviert. Die Flasche wurde am Tisch entkorkt. Da konnte also keine Gefahr durch Keime auftreten. Dann sahen sie die Gläser. Es schüttelte Lisa innerlich. Diese Gläser hatten wohl schon viele Menschen vor ihnen benutzt und in Ermangelung von fließendem Wasser war die Reinigung nicht so ganz gelungen. Die Gläser zeigten viele Spuren vieler Lippen. Was tun? Sie wurden beobachtet. Eine Beschwerde – unmöglich. Das Glas selber auswischen – unsinnig. Das würde die gesamten Bakterien etc. nur gleichmäßig verteilen.

Also blieb nur die Hoffnung auf einen kleinen Trick und dazu auf die bakterienabtötende Wirkung des Weines, der einen sehr hohen Alkoholgehalt hatte.

Lisa zog ihre Unterlippe nach innen und setzte dann das Glas auf die Außenseite ihrer Lippe und ließ nach Andreas Anweisung den Wein in den Mund laufen. So war zumindest der direkte Kontakt mit dem Glas gemildert.

Um ganz sicher zu gehen, sich nicht mit irgendeiner bösen Krankheit anzustecken, mussten sie dann noch eine zweite Flasche bestellen. Was sollten sie sonst tun? Ab der zweiten Flasche machten sie sich gar keine Sorgen mehr, sie wurden immer alberner und lachten und freuten sich zusammen mit dem Wirt, der sehr stolz zu sein schien, solch tolle Gäste zu haben. Wirt und Gäste waren glücklich.

Irgendwann verabschiedeten sie sich dann mit Umarmungen und guten Wünschen.

An die Autofahrt danach kann Lisa sich nicht mehr erinnern und der Spiegel verschweigt auch verschämt, wie diese ablief.

Sie kamen in ein winziges Dorf, in dem sich ein kleines Café befand. So ein Tässchen Mocca wäre jetzt nicht schlecht, beschlossen sie und parkten ihr Auto. Im Innern saßen einige verschleierte Frauen und einige Männer. Man begrüßte sich freundlich mit Kopfnicken und Lächeln und beachtete sich nicht weiter.

Das Unvermeidliche geschah, Andreas musste dringend für kleine Königstiger. Toiletten gab es, aber deren Beschriftung konnten sie leider nicht entziffern. Andreas hatte es eilig, konnte nicht mehr große Nachforschungen vornehmen und durchschritt eine der Türen. Keine zwei Minuten später öffnete sich die Türe. Heraus kam aber nicht ihr Andreas, sondern eine verschleierte Frau. Lisa erstarrte vor Schreck. Andreas hatte offensichtlich die falsche Toilette erwischt. Lisa stellte sich vor, wie einer der anwesenden Männer mit gezücktem Messer auf Andreas los gehen würde.

Andreas erschien. Kein Mann stürzte sich auf ihn. Alles blieb ruhig. Sie konnten das Lokal ohne Probleme verlassen. Schleunigst fuhren sie von dannen.

Lisa lehnt sich zurück und denkt, was ist nur in der Welt geschehen, dass solch Irrtum, wie der von Andreas, in der heutigen Zeit ein Todesurteil sein könnte. Und wahrscheinlich auch für sie sehr böse enden würde.

Als Krönung dieses Tunesien Aufenthaltes zeigt ihr der Spiegel den Ausflug nach Karthago.

Sie fuhren vorbei an schneeweißen Häusern mit blauen Fensterläden, sie bestaunten auf diesem Weg wunderschöne Moscheen mit unglaublich kunstvollen Mosaiken, sie durchwanderten alte Stadtanlagen. Eine ihnen ganz fremde Welt.

Und dann Karthago: Sie staunten über die archäologischen Ausgrabungen und Funde. Beeindruckend und schon fast unheimlich war für Lisa der Besuch einer Grabkammer, in der Dutzende von Grabsteinen gestapelt lagen. Alle waren

Hinweise auf Kinderopfer. Noch jetzt laufen ihr kalte Schauer über. Schnell musste sie aus dieser Kammer raus und wieder den strahlend blauen Himmel über sich haben. Es duftete überall um sie herum. Mimosen Bäume verströmten den Duft. Große Bäume, die in voller Blüte standen. Traumhafter Anblick, betörender Duft!

Lisa lächelt still. Herrlich war es gewesen. Und sie denkt daran, dass sie ein paar Jahr später noch einmal Tunesien besucht hatten, dieses Mal aber die Insel Djerba. Der Strandurlaub war langweiliger, allerdings gab es einen Höhepunkt in Form einer mehrtägigen Exkursion per Flugzeug und Bus durch Wüstenland. Sie erlebten Sandwüste, Salzwüste und Oasen. Übernachteten in einer Oase, fühlten sich wie Nomaden. Unvergessen bleibt ihr auch ihr Ritt auf einem Kamel in Richtung aufgehende Sonne. Beide bekamen wie echte Beduinen einen Kopfschleier gegen den Sand. Andreas saß auf einem weiblichen Kamel, Lisa auf einem männlichen. Lisa hielt sich mit einer Hand an einer Art Sattel fest, in der anderen hielt sie krampfhaft ihren Fotoapparat.

Andreas ritt schon zügig vor ihr her in Richtung auf einen Sandhügel zu, von dem aus der herrliche Sonnenaufgang zu beobachten sein sollte, als ihr Hengst sich endlich aufgerichtet hatte. Er hob seinen stolzen Kopf und schnupperte in Richtung Stute. Und dann ging es los. Im Galopp stürmte das offensichtlich liebestolle Tier hinter seiner Auserwählten her. Lisa schaffte es unter Einsatz aller Kräfte, sich und ihren Fotoapparat festzukrallen. Zu mehr kam sie nicht. An Fotos Schießen war nicht zu denken. Einziges Ziel: Nicht von dem großen Tier herunter fallen! Endlich hatte der Hengst die Stute eingeholt und beruhigte sich. Nun trotteten sie gemächlich und friedlich nebeneinander her der Sonne entgegen.

Gibt es noch mehr über diesen Ausflug zu berichten? Ja, sicherlich. Aber der Spiegel verweigert sich. Er ist beschlagen, will keine Einzelheiten mehr zeigen. Das war

genug Tunesien für heute. Das war genug Erinnerung insgesamt.

Der Spiegel kann sich nun wieder auf seine echten Pflichten
beschränken.

****

Weitere Bücher der Autorin, erhältlich als Taschenbücher oder ebooks

Kinderbücher:

„Pica und ihre Freunde"

Bd. I   Abenteuer aus dem Leben tropischer Tiere

Bd. II   Neue Abenteuer aus dem Leben tropischer Tiere

Pica, eine freche Ara Dame lebt in den Tropen. Bei ihren ausgiebigen Rundflügen lernt sie ihre Umwelt und vor allem die darin lebenden Tiere kennen. Sie schließt Freundschaften, lernt aber ebenso, wovor sie sich hüten muss, und sammelt so voller Begeisterung Stoff für neue Geschichten. Ihre große Leidenschaft ist es, gespannt lauschenden Zuhörern diese dann vorzutragen.

Einer ihrer Ausflüge endet mit einer Bruchlandung auf der Koralleninsel Wisperis. Um sich von dem Sturz von einer hohen Palme zu erholen, muss sie nach Anweisung des Insel Tierarztes Dr. Schimpi-Schlau, eines weisen Schimpansen, ein paar Tage strikt ruhen. Schon bald lässt sie sich nur zu gerne von den dort lebenden Affen Puki, Paki und Poki-Kux überreden, von ihren Erlebnissen und denen anderer Tiere zu erzählen.

So erfährt man in diesen Büchern einiges über das Leben vieler Tiere. Man erlebt mit Papageien, Wasserschildkröten, Schlangen, Riffkrabben, Strandkrabben, Einsiedler-Krebsen, Korallentieren, Muränen und anderen Lebewesen viele spannende Abenteuer.

Es handelt sich um kindgemäß verfasste Fantasiegeschichten, die sich zum Vorlesen und eigenständigen Lesen eignen. Die Tiere können sich unterhalten und durchaus auch ungewöhnliche Dinge tun, dennoch entsprechen die Schilderungen typischen Verhaltensweisen und Lebensumständen. Somit sind die biologischen Hintergründe korrekt.

Leser, egal welchen Alters, sollen verzaubert werden von den Natureindrücken dieser tropischen Welt. Sie sollen sich z.B. in den fantastischen Lebensraum Korallenriff, in den einer Lagune oder den eines tropischen Sandstrandes hinein versetzt fühlen, sollen alles mit den Augen der Tiere sehen. Neben dem reinen Spaß am Lesen der Geschichten können die Leser ein Empfinden für die Schönheit dieser Lebensräume entwickeln und vielleicht erkennen, wie wichtig es ist, an deren Erhaltung mitzuarbeiten .

Gedichtband: erhältlich als Taschenbuch

„Segel mit mir!"

Meer und Küsten waren Inspiration zu den vorliegenden Gedichten, die von Fotos begleitet werden.
Sie spiegeln die Philosophie des Meeres mit Gedanken an Ruhe, unermessliche Weite, Freiheit und Schönheit.
Sie zeigen Menschen mit ihrer Liebe und ihrer Sehnsucht nach Geborgenheit und Glück.
An Meeresküsten, bei strahlendem Sonnenschein, bei Sonnenaufgängen, bei Mondschein und dem Blick auf das Blinkfeuer entfernter Leuchttürme kommt wohl jeder ins Träumen.

Segel mit mir!
Gedichte

von Erika Plückthun

Das Meer, Quelle meiner Sehnsucht und
Ursprung meiner Bewunderung und Inspiration

Malaika Plueckthun

Niemand ist bei den Kühen

Kurzgeschichten vom Leben, dem Tod und von der
Liebe...

»Manchmal kann es etwas dauern, bis sich zwei Seelen wiederfinden.
Aber wenn sie es schaffen, verharrt die Zeit einen Moment, hält inne und
lächelt.«

TWENTYSIX – ISBN:9783740728977